Marguerite Duras

Der Matrose von Gibraltar

Roman

Aus dem Französischen von
Maria Dessauer

Suhrkamp

Titel der Originalausgabe: *Le marin de Gibraltar*
Umschlagfoto: Stephan Erfurt

suhrkamp taschenbuch 2437
Erste Auflage 1995

Druck: Ebner Ulm
Printed in Germany
Umschlag nach Entwürfen von
Willy Fleckhaus und Rolf Staudt

1 2 3 4 5 6 – 00 99 98 97 96 95

suhrkamp taschenbuch 2437

Liebe Ruth,
das Absolute
sollte nicht die Maxime
unseres Handelns sein,
und der Absolutismus
ist zum Glück über-
wunden.
Suchen wir trotzdem
nicht oft das Abenteuer
der Suche nach dem
Absoluten?
Viel Glück bei
Deinen Adventuren
und alles Gute in Zukunft!

Thomas

Marguerite Duras, die 1914 in Giadinh/Indochina geboren wurde und heute in Frankreich lebt, ist sowohl durch ihre Romane als auch durch ihre Dramen, Hörspiele und Filme in Deutschland bekannt geworden.

Zu ihren bekanntesten Werken zählen neben dem Roman *Der Liebhaber* (L'Amant), *Hiroshima mon amour* (erschienen als st 112), *Die Verzückung der Lol V. Stein* (st 1079), *Ganze Tage in den Bäumen* (st 1157), *Der Nachmittag des Herrn Andesmas* (BS 109) und *Moderato cantabile* (st 1178). Ihr Werk im Suhrkamp Verlag ist auf den Seiten 361 und 362 dieses Bandes verzeichnet.

Am Strand liegt eine große Luxusyacht; die Yacht gehört Anna, einer jungen, schönen, reichen Frau, die die Meere bereist, auf der Suche nach dem verlorenen Geliebten, dem Matrosen von Gibraltar. Das Schiff hatte ihn einst an Bord genommen, als er, zwanzigjährig, wegen Raubmordes gesucht, aus der Fremdenlegion geflohen war. In Shanghai hatte er das Schiff verlassen. Weil Anna ihn liebt wie keinen der anderen Begleiter, die sie zur Kurzweil von einem zum anderen Hafen mit an Bord nimmt, sucht sie ihn und gibt die Hoffnung nicht auf, ihn zu finden. Und der Erzähler dieser Geschichte begleitet sie. Er will ihr helfen, den Matrosen zu finden.

Was könnte der Matrose von Gibraltar sein – außer das Liebesthema einer reichen Frau? Er könnte die Jugend sein, das Verbrechen, die Hoffnung. Er könnte zum Symbol geworden sein, zum Symbol der Suche nach einer absoluten, einer bleibenden Liebe, dem höchsten Ziel, nach dem Unerreichbaren.

Für Dionys

Erster Teil

Mailand und Genua hatten wir schon besichtigt. Seit zwei Tagen waren wir in Pisa, als ich nach Florenz zu fahren beschloß. Jacqueline war einverstanden. Sie war immer einverstanden.

Es war das zweite Jahr nach Kriegsende. In den Zügen war kein Platz zu finden. Zu allen Tages- und Nachtzeiten, auf allen Strecken waren sie überfüllt. Reisen war zu einer Art Sport geworden, und wir verstanden uns immer besser darauf. Doch als wir in Pisa diesmal beim Bahnhof eintrafen, waren die Schalter geschlossen, nicht einmal Fahrkarten wurden mehr für die abfahrenden Züge ausgegeben. Wir überlegten uns, den Autobus zu nehmen. Aber auch für die Autobusse gab es keine Fahrscheine mehr. Trotz dieser Hindernisse schwor ich mir, noch am selben Tag nach Florenz zu gelangen. Wenn ich reiste, war ich immer so verbissen, ich mußte immer weiter reisen, und an dem Tag war mir allein die Vorstellung, Florenz erst morgen zu sehen, unerträglich. Ich hätte gewiß nicht sagen können warum, was ich von der Stadt erwartete, welche Offenbarung, welche Atempause ich von ihr erhoffte. Wenn ich auch keine anderen Arten von Ungeduld mehr verspürte, suchte ich sie mir doch nie zu erklären. Nach dem Mißerfolg mit den Autobussen erkundigte ich mich weiter. Ich erfuhr, daß jeden Samstagabend gegen sechs Uhr Arbeiterkolonnen nach Florenz zurückfuhren, daß ihre Lastwagen auf dem Bahnhofsplatz standen und manchmal Leute mitnahmen.

Wir gingen also zum Bahnhofsplatz. Es war fünf Uhr. Wir hatten noch eine Stunde zu warten. Ich setzte mich auf meinen Koffer, und Jacqueline setzte sich auf ihren. Der Platz war bombardiert worden, und der zerstörte Bahnhof gewährte einen Durchblick auf die ankommenden und abfahrenden Züge. Hunderte von Reisenden gingen an uns vorbei, erschöpft, schwitzend. Ich stellte mir vor, sie alle kämen aus

Florenz oder führen dorthin, und betrachtete sie neidvoll. Es war schon heiß. Das Laub der wenigen noch auf dem Platz stehenden Bäume war von der Sonne und vom Rauch der Züge verdorrt und spendete wenig Schatten. Ich dachte nur an die Lastwagen, und die Hitze war mir gleichgültig. Nach einer halben Stunde sagte Jacqueline, sie habe Durst, sie würde gern eine Limonade trinken, uns bliebe genug Zeit dafür. Ich sagte ihr, sie solle sie allein trinken gehen, denn ich wollte die Arbeiter nicht verpassen. Sie verzichtete auf die Limonade und kaufte *gelati.* Wir aßen sie schnell, sie zerschmolzen uns zwischen den Fingern. Sie waren übersüßt und machten uns nur noch durstiger. Es war der elfte August. Die Italiener hatten uns gewarnt, die Hundstage ständen bevor, sie begännen gewöhnlich um den 15. August. Jacqueline erinnerte mich daran.

»Das ist jetzt noch gar nichts«, sagte sie, »was werden wir erst in Florenz erleben!«

Ich gab ihr keine Antwort. In zwei von drei Fällen gab ich ihr keine Antwort. Der Sommer ängstigte mich. Zweifellos weil ich die Hoffnung verlor, jemals etwas zu erleben, was ihm angemessen war. Es mißfiel mir, daß sie in einem solchen Ton von ihm sprach.

Endlich trafen die Arbeiter ein. Sie kamen in Gruppen. Es waren Maurer, die beim Wiederaufbau von Pisa eingesetzt wurden. Einige trugen Arbeitskluft. Die erste Gruppe rannte auf einen kleinen Lastwagen mit Verdeckplane zu, der nicht weit weg von uns stand.

Jacqueline lief zu dem Arbeiter, der sich ans Steuer des Lastwagens setzte. Eine Frau, dachte sie, hat mehr Aussicht, ihn zu erweichen als ein Mann. Sie erklärte ihm auf italienisch – sie hatte im Hinblick auf unseren Urlaub zwei Monate lang nach der Methode Assimil Italienisch gelernt, ich übrigens auch –, wir seien zwei Franzosen und um ein Transportmittel verlegen, wir wollten nach Florenz, und wenn er uns in seinem Lastwagen mitnähme, wäre das sehr freundlich von ihm. Er war sofort einverstanden. Ich setzte mich neben ihn, um die Straße besser sehen zu können. Jacqueline stieg hinten ein. Im Kolonialministerium saß ich näher als sie am Fenster. Solche Gewohnheiten waren mir so selbstverständlich geworden, daß sie nicht einmal mehr daran Anstoß nahm. Wenigstens glaubte ich das. Sie stieg brav hinten ein. Der Lastwagen hatte ein Verdeck, und es waren an jenem Nachmittag etwa sechsunddreißig Grad im Schatten. Aber selbstverständlich litt sie, Jacqueline, nicht unter der Hitze. In wenigen Minuten war der Wagen voll besetzt. Wir fuhren los. Es war sechs Uhr abends. Die Ausfahrt aus der Stadt war durch Radfahrer verstopft. Der Fahrer fluchte und beschimpfte die Radfahrer, die, unempfindlich gegen sein Hupen, in Reihen nebeneinanderher fuhren. Er hatte als Kind zwei Jahre in Frankreich verbracht – das war das erste, was er mir sagte – und sprach Französisch. Er wurde darum auf französisch wütend – weil ich neben ihm saß. Und zwar sehr. Bald legte er nicht nur gegen die Radfahrer los. Es gab keine Arbeit in Florenz, um welche zu finden, mußte man fünfundsechzig Kilometer weit bis hierher fahren. Alles war schwierig für die Arbeiter. Es war kein Leben mehr. Die Unterhaltskosten waren hoch. Die Löhne waren niedrig. So konnte das nicht mehr lange weitergehen. Als erstes mußte eine neue Regierung her. Die jetzige mußte gestürzt, der Präsident liquidiert werden. Er redete über ihn. Wenn er den verhaßten Namen aussprach, schwenkte er in einer Gebärde der Ohnmacht und der Wut seine Fäuste und packte erst im letzten Augenblick und ungern wieder das Steuer. Der Wagen machte Schlenker, der Wind fegte hinein und die Planen klatschten wie Peitschen. Doch im Innern schien sich niemand darüber aufzuregen. Ich sagte mir, daß es wohl jede Woche so sei, an jedem Samstag, wenn der Fahrer sich beim Stadtausgang aus Pisa über die Radfahrer ärgerte. Ich ängstigte mich nicht. Ich hatte zu sehr befürchtet, am heutigen Tag nicht mehr nach Florenz zu kommen, um noch über irgend etwas zu erschrecken, und sei es die Aussicht, nicht lebend hinzugelangen. In benommener Zufriedenheit hörte ich ihm zu.

Kurz nach der Ausfahrt aus Pisa, ehe wir Cascina erreichten, drangen erstickte Schreie unter dem Verdeck hervor. Es war Jacqueline. Die Arbeiter mußten sie wohl ein wenig bedrängen. Das lachende Geschrei war eindeutig. Der Fahrer hörte es auch.

»Wenn Sie wollen«, sagte er mit verlegener Miene, »kann Ihre Frau zu mir nach vorne kommen.«

»Das ist nicht nötig.«

Er blickte mich erstaunt an, dann lächelte er.

»Hierzulande ist man sehr eifersüchtig. In Frankreich ist man's weniger, was?«

»Schon möglich.«

»Die haben vor der Abfahrt ein paar Gläser getrunken. Heute ist Zahltag. Darum. Macht es Ihnen wirklich nichts aus?«

Das belustigte ihn.

»So was ist nur natürlich, wenn eine Frau mit Männern zusammengesperrt wird, die getrunken haben«, sagte ich.

»Ein Segen, nicht eifersüchtig zu sein. Ich könnte das nicht.«

Die Arbeiter lachten. Jacqueline stieß einen Schrei aus, der gereizter klang. Er blickte mich wiederum sehr erstaunt an.

»Wir leben sehr zurückgezogen«, sagte ich, »wir sehen nie jemanden bei uns, darum macht es mir einen gewissen Spaß, wenn einmal andere ... Sie verstehen wohl.«

»Sie sind schon lange verheiratet, und deshalb, wie?«

»Wir kennen uns schon lange, das ja, aber verheiratet sind wir nicht. Wir werden demnächst heiraten. Sie besteht darauf, sie wird erst glücklich sein, wenn wir verheiratet sind.«

Wir lachten beide.

»Viele Frauen sind so, was das Heiraten angeht.«

Gewöhnlich mochte ich mit ihrem Schicksal zufriedene oder auch sorglose Menschen nicht leiden. Ihn aber ertrug ich mühelos.

»Mit der Liebe ist es wie mit allem anderen«, sagte er, »ewig kann das nicht dauern.«

»Sie ist nett«, sagte ich.

»Ich verstehe schon«, sagte er lachend.

Wir ließen Cascina hinter uns. Die Straße war viel leerer geworden. Er war in redseliger Stimmung, stellte mir die üblichen Fragen.

»Sind Sie zum ersten Mal in Italien?«

»Zum ersten Mal, ja.«

»Sind Sie schon lange hier?«

»Vierzehn Tage.«

»Und wie finden Sie die Italiener?«

In herausforderndem Ton, mit geradezu kindlicher Hochnäsigkeit hatte er mir die Frage gestellt. Meine Antwort erwartete er sodann mit plötzlich verschlossener Miene und gespielter Achtsamkeit beim Steuern seines Lasters.

»Genau kann ich es nicht wissen«, sagte ich, »denn ich kenne noch keine. Immerhin scheint mir, würde es schwerfallen, sie nicht zu lieben.«

Er lächelte.

»Die Italiener nicht lieben«, sagte ich, »hieße die Menschheit nicht lieben.«

Er entspannte sich wieder.

»Man hat vieles über sie gesagt während der porcheria di guerra.«

»Was redet man den Leuten im Krieg nicht alles ein«, sagte ich.

Ich war müde. Er bemerkte es nicht sofort.

»Und Pisa? Pisa ist schön, was?«

»O ja«, sagte ich. »Pisa ist schön.«

»Zum Glück ist der Platz nicht von Bomben getroffen worden.«

»Zum Glück.«

Er drehte sich zu mir um. Ich mußte mich anstrengen, um ihm zu antworten, und jetzt sah er es.

»Sie sind müde«, sagte er.

»Ein bißchen.«

»Die Hitze«, sagte er, »und die Reise.«

»Das stimmt«, sagte ich.

Er hatte jedoch Lust weiter zu reden. Er erzählte mir von sich, und zwanzig Minuten lang brauchte ich ihm nicht mehr zu antworten. Er sagte mir, daß er sich für die Politik interessiere, seit der Befreiung, ja, besonders seitdem er in einer Fabrik in Piemont dem Arbeiterrat angehört habe. Das sei die schönste Zeit seines Lebens gewesen. Nach der Auflösung der Arbeiterräte sei er enttäuscht in die Toscana zurückgekehrt. Aber er trauere Mailand nach, »denn Mailand, das ist eine lebendige Stadt«. Er sprach viel von den Arbeiterräten, über das, was die Engländer angerichtet hätten.

»Das ist doch empörend, was die dort gemacht haben, wie?«

Die Sache war ihm sehr wichtig. Ich sagte ihm, es sei empörend. Er fing wieder an, von sich zu sprechen. Jetzt war er Maurer in Pisa. Viel Wiederaufbau in Pisa. Der Lastwagen, der gehörte ihm. Er hatte ihn zur Zeit der Befreiung gehabt und hatte ihn behalten. Unterm Reden verlangsamte er das Tempo, wenn wir durch Dörfer fuhren, damit ich die Kirchen, die Denkmäler, die Kreideaufschriften an den Mauern genau sehen sollte: *Viva il partito comunista* und das umgekippte W vor *il Re*. Ich betrachtete sie jeweils so aufmerksam, daß er keine ausließ.

Wir kamen nach Pontedera. Er sprach wieder von seinem Lastwagen. Die Art, wie er ihn erworben hatte, machte ihm ein wenig zu schaffen.

»Was wollen Sie, ich hätte ihn den Kameraden vom Arbeiterrat abliefern müssen, aber nein, ich habe ihn behalten.«

Er sah wohl, daß mich das nicht im geringsten entrüstete.

»Ich hätte es tun müssen, aber ich habe es nicht fertig gebracht. Zwei Monate hatte ich den Lastwagen gefahren, da war es mir dann nicht mehr möglich.«

»Viele hätten das gleiche gemacht«, sagte ich.

»Ich sagte mir, nie im Leben werde ich zu einem anderen kommen, es gibt Sachen, die muß man einfach tun, und wenn man stehlen müßte. Den Wagen da, na ja, den habe ich gestohlen. Aber bedauern kann ich es nicht.«

Ohnehin sei das ein alter Klapperkasten, erklärte er mir, der, wie ich ja selber sähe, nicht mehr als sechzig Stundenkilometer schaffe, trotzdem sei er sehr froh, ihn zu besitzen. Ah, für Autos habe er nun mal eine Schwäche. Übrigens würde es der Wagen nach einer gründlichen Ventileinschleifung bis auf achtzig bringen. Aber er finde einfach nie die Zeit, sie vorzunehmen. Der Laster leiste ihm noch so manchen Dienst. Weil er ihn habe, könne er am Wochenende zu einem kleinen Fischereihafen am Mittelmeer fahren, Freunde mitnehmen. Das koste ihn nur halb so viel wie die Eisenbahn. »Wo ist das?« fragte ich. – »In Rocca«, sagte er. Er habe auch Familie dort. Es sei nicht weit. Jede Woche lasse es sich nur schwer machen wegen der Benzinrationierung, alle vierzehn Tage aber fahre er hin. Letzte Woche sei er dort gewesen. Oh, es sei nur ein ganz kleiner Hafen. Das letzte Mal sei eine schwerreiche Amerikanerin dort gewesen, man frage sich, was die in einem solchen Nest suchen mochte. Eine Amerikanerin, jawohl, so werde wenigstens behauptet. Sie habe eine sehr schöne Jacht, die direkt am Strand ankere. Er habe sie baden sehen. Eine herrliche Frau. Man sollte eben selbst in kleinen Dingen nie verallgemeinern. Bisher habe er geglaubt, was immer gesagt werde: daß die Amerikanerinnen weniger schön seien als die italienischen Frauen. Aber diese da sei einfach so schön, daß er sich nicht erinnern könne, jemals einer schöneren Frau begegnet zu sein. Er sagte mir nicht, sie sei hübsch gewesen oder sie habe ihm gefallen, nein, nur daß sie schön gewesen sei. Er sagte es in ernstem Ton, auf italienisch: *Bellissima.* Er setzte hinzu: *È sola.*

Dann erzählte er mir von Rocca. Warum ich eigentlich nicht hinginge, falls ich genügend Zeit hätte? Man sollte sich nicht auf die Städte beschränken, um eine richtige Vorstellung von Italien zu bekommen. Man sollte auch das eine oder andere Dorf besuchen und aufs Land fahren. Und Rocca sei ein geeigneter Ort, um das Leben des einfachen italienischen Volkes kennenzulernen. Dieses Volk habe so sehr gelitten, es sei arbeitsam wie kein anderes, und Sie werden sehen, wie freundlich es ist. Er kannte es gut – seine Eltern waren Bauern –, doch wenn er auch seine Verblendung nicht mehr teilte, liebte er es deshalb nur um so mehr. Weil er aus ihm hervorgegangen war, machte er es sich ein wenig zum Eigentum. Er sprach davon wie von einem Wunderwerk, voller Stolz. Ja, falls ich genügend Zeit hätte, müsse ich nach Rocca fahren. Dort gab es zwar nur einen Gasthof, aber wir, meine Frau und ich, kämen da gut unter. Er sagte mir:

»Auf der einen Seite haben Sie das Meer und auf der anderen Seite den Fluß. Wenn das Meer zu stürmisch oder zu warm ist oder Sie einfach eine Abwechslung suchen, können Sie im Fluß baden. Er ist immer kühl. Und der Gasthof liegt direkt am Fluß.«

Er erzählte mir von diesem Fluß, vom Gasthof, von den Bergen über dem Tal, von der Unterwasserfischerei.

»Solange man das nicht gemacht hat, kann man sich nicht vorstellen, wie das ist. Beim ersten Mal hat man Angst, und danach kann man es nicht mehr lassen. Es ist sehr schön, die Farben, die Fische, die schwimmen einem unter dem Bauch vorbei. Er ist so ruhig, man macht sich keinen Begriff davon.«

Er erzählte mir von den öffentlichen Tanzvergnügen, von den Früchten jener Gegend – Zitronen so groß wie Orangen.

Wir kamen nach San Romano im Arnotal. Der Himmel war kupferfarben. Die Straße war nicht mehr besonnt, aber die Spitzen der Hügel waren es noch eine Weile. Sie waren von unten bis oben mit Olivenbäumen bepflanzt. Die Häuser waren schön, von der gleichen Farbe wie die Erde. Neben dem unscheinbarsten standen Zypressen. Es war eine Landschaft von fast unerträglicher Lieblichkeit.

»Stammen Sie aus diesem Teil der Toscana?« fragte ich ihn.

»Aus der Ebene, ja«, sagte er, »aber nicht aus der Ecke von Florenz. Meine Familie aber, die lebt jetzt in Rocca. Mein Vater liebt das Meer.«

Die Sonne verschwand hinter den Hügeln, und das Tal erhielt sein Licht vom Arno. Er war ein schmales Gewässer. Seine glänzende, ruhige Oberfläche, seine sanften, zahlreichen Windungen, seine grüne Farbe verliehen ihm das Aussehen eines schlafenden Tieres. Zwischen den Steilufern wälzte er sich glücklich dahin.

»Wie schön der Arno ist«, sagte ich.

Ohne sich dessen bewußt zu werden, duzte er mich.

»Und du?« fragte er. »Was machst du?«

»Kolonialministerium«, sagte ich. »Standesamtsregister.«

»Gefällt dir das, so eine Arbeit?«

»Gräßlich«, sagte ich.

»Was tust du da?«

»Ich kopiere Geburtsurkunden und Sterbeurkunden.«

»Ah so«, sagte er. »Bist du schon lange dort?«

»Acht Jahre.«

»Ich«, sagte er nach einer Weile, »ich könnte das nicht.«

»Nein«, sagte ich, »du könntest das nicht.«

»Obwohl«, sagte er, »als Maurer arbeitest du hart, im Winter frierst du, im Sommer schwitzt du. Aber immerfort nur abschreiben, das könnte ich nicht. Manche können das, es muß ja auch solche geben, aber ich, ich könnte das nicht.«

»Ich kann's auch nicht«, sagte ich.

»Und trotzdem machst du es?«

»Ich mach es. Im Anfang glaubte ich, es würde mich umbringen, und trotzdem mache ich es, du weißt ja, wie das ist.«

»Und glaubst du es auch jetzt noch?«

»Daß es tödlich sein kann? Ja, aber für einen anderen, nicht mehr für mich.«

»Schrecklich muß das sein, immer abschreiben«, sagte er langsam.

»Unvorstellbar schrecklich«, sagte ich.

Sicherlich redete ich in scherzhaftem Ton. Und man hätte glauben können, daß es entweder nicht so schlimm oder daß dies meine Art war, von meinen Angelegenheiten zu sprechen.

»Die Arbeit, die man macht, ist doch wichtig«, sagte er. »Man kann doch nicht nur irgend etwas machen.«

»Auch dergleichen muß aber doch getan werden«, sagte ich. »Warum also nicht durch mich?«

»Nein«, sagte er, »warum gerade durch dich?«

»Ich habe versucht, etwas anderes zu machen, aber nie etwas gefunden.«

»In manchen Fällen«, sagte er, »ist es besser, vor Hunger zu krepieren. Ich an deiner Stelle würde lieber vor Hunger krepieren.«

»Immer die Angst vor der Arbeitslosigkeit. Und vielleicht auch die Schmach, ich weiß nicht.«

»Trotz allem gibt es Dinge, die zu tun schmachvoller ist, als sie nicht zu tun.«

»Ich wäre gern Radrennfahrer geworden, Forschungsreisender, unmögliche Sachen. Und schließlich bin ich im Kolonialministerium gelandet. Mein Vater war Kolonialbeamter, deshalb war das leicht für mich. Im ersten Jahr ist man fassungslos, man sagt sich, das muß ja wohl ein Witz sein, im zweiten Jahr sagt man sich, so kann das nicht weitergehen. Dann kommt das dritte Jahr, und da, du weißt ja...«

Es freute ihn, daß ich zu reden begonnen hatte.

»Während des Kriegs war ich glücklich«, fuhr ich fort. »Ich war in einer Telegraphenabteilung. Ich habe gelernt, die Masten hinaufzuklettern, es war gefährlich, weil man einen elektrischen Schlag bekommen oder herunterfallen konnte, aber ich war glücklich. Sonntags konnte ich nicht aufhören und kletterte auf Bäume.

Wir lachten.

»In dem Augenblick, als wir schleunigst abhauen mußten, hing ich an der Spitze eines Telegraphenmastes. Die anderen sind ohne mich gegangen, aber in die falsche Richtung. Als ich hinabgeklettert war, ist niemand mehr da. Ich bin ganz allein abgehauen, aber in die richtige Richtung. Ich habe Schwein gehabt.«

Er lachte herzlich.

»Ach, der Krieg, manchmal gibt es da auch was zu lachen.«

»Und dann«, fragte er mich, »in der Widerstandszeit?«

»Da war ich beim Ministerium in Vichy.«

Er schwieg, als ob dies eine zusätzliche Erklärung erfordere.

»Ich habe falsche standesamtliche Urkunden ausgestellt für Juden, die sich verstecken mußten, zwangsläufig vor allem Sterbeurkunden.«

»Ah, ich verstehe. Und hast du nie Schwierigkeiten bekommen?«

»Nie. Erst nach dem Krieg, da hat man mich zurückgestuft, weil ich drei Jahre in Vichy gearbeitet hatte.«

»Und deine Juden, konnten die denn nicht sagen, daß du ihnen geholfen hattest, wie?«

»Ich habe keinen einzigen je wieder ausfindig machen können«, sagte ich lachend.

»Na hör mal. So was läßt du dir einfach gefallen?«

Er sah mich von der Seite an, er glaubte, ich lüge.

»Lang habe ich auch nicht nach ihnen gesucht. Selbst wenn man mich nicht zurückgestuft hätte, wäre ich beim Standesamtsregister geblieben. Und da...«

»Na hör mal«, sagte er wieder.

Er glaubte mir nicht mehr.

»Es ist die Wahrheit«, sagte ich – ich lächelte ihm zu –, »ich habe keinen Grund, dich anzulügen.«

»Ich glaube dir«, sagte er endlich.

Ich lachte.

»Für gewöhnlich lüge ich viel. Heute aber nicht. Es gibt so Tage.«

»Jeder Mensch lügt«, sagte er nach einem Zaudern.

»Ich belüge alle, sie, meine Vorgesetzten. Im Amt habe ich es mir angewöhnt, weil ich oft zu spät komme. Da ich nicht mehr sagen kann, daß meine Arbeit mich anödet, habe ich mir ein Leberleiden ausgedacht.«

Er lachte, aber nicht sehr offenherzig.

»Das«, sagte er, »das heißt doch nicht lügen.«

»Von Zeit zu Zeit muß man schließlich über irgend etwas reden, und davon rede ich dann immerhin. Über meine Leber weiß ich am besten zu reden, tagtäglich schildere ich die Streiche, die sie mir spielt. Statt ›Guten Tag‹ sagt man im Ministerium zur mir: ›Wie geht's Ihrer Leber?‹«

»Und sie, glaubt sie dir?«

»Ich weiß es nicht, sie redet mit mir nicht darüber.«

Er überlegte.

»Und die Politik, bist du politisch tätig?«

»Als Student war ich politisch tätig.«

»Und jetzt gar nicht mehr?«

»Ich habe mich immer weniger damit befaßt. Und jetzt tue ich es gar nicht mehr.«

»Du bist Kommunist gewesen?«

»Ja.«

Er verstummte. Schwieg lange.

»Ich habe zu früh damit angefangen«, sagte ich. »Der Überdruß...«

Wieder schwieg er lange und sagte dann plötzlich:

»Komm übers Wochenende nach Rocca.«

Das Standesamt beherrschte mein ganzes Leben, und was bedeuteten drei Tage Rocca gegenüber dieser Kalamität? Ich begriff jedoch, was er sagen wollte, daß, wie er wohl wisse, das Leben manchmal so hart ist und daß man ab und zu nach Rocca gehen muß, um zu sehen, es kann manchmal weniger hart sein.

»Warum nicht?« sagte ich.

»Ich weiß nicht wieso, aber ich liebe Rocca«, sagte er.

Wir kamen nach Empoli.

»Hier wird Glas gemacht«, sagte er.

Ich sagte ihm, ich fände die Stadt schön. Er redete nicht über sie, er dachte an anderes, an mich, glaube ich. Nach Empoli ließ die Hitze wieder nach. Wir verließen den Arno, aber das war mir nicht wichtig. Ich war froh. Ich vertrödelte meine Zeit nicht. Er schaut mich an, er hört mir zu, ich sehe deutlich, daß ich für die Fahrt von Pisa nach Florenz ebenso viel tauge wie eine Menge anderer. Ich behaupte mich ganz gut. Man kann mich als Kumpel gebrauchen. Ich war es nicht gewohnt, froh zu sein. Wenn ich es einmal war, nahm mich das so mit, daß ich eine Woche brauchte, um mich davon zu erholen. Ein Rausch setzte mir weniger zu.

»Komm also nach Rocca, du wirst schon sehen«, sagte er.

»Ich habe noch zehn Tage Urlaub«, sagte ich. »Warum nicht?«

Der Wagen fuhr jetzt mit seiner Höchstgeschwindigkeit, sechzig Kilometer. Es war nicht mehr heiß, wenigstens nicht für uns, die wir nicht unter der Plane saßen. Und mit dem Abend kam ein kühler Wind, gewiß aus einer Gegend, wo schon ein Gewitter niedergegangen war, es roch feucht.

Wir redeten von neuem, über ihn, die Arbeit, die Löhne, sein Leben, das Leben allgemein. Wir fragten uns, was das Glück eines Menschen ausmache, die Arbeit oder die Liebe oder was sonst.

»Du hast mir gesagt, du hast keine Kameraden«, sagte er, »das verstehe ich nicht. Kameraden muß man doch immer haben.«

»Nur zu gern hätte ich welche«, sagte ich, »aber mit den Kollegen aus dem Ministerium kann ich nicht verkehren, und sie, sie kennt außer denen niemand.«

»Und du?«

»Ich wüßte nur einige Kameraden von der Universität. Und die sehe ich nicht mehr.«

»Komisch«, sagte er – er war freundlich und mißtraute mir nun fast nicht mehr –, »ich meine, Kameraden muß man doch immer finden können.«

»Im Krieg, da hatte ich viele«, sagte ich. »Aber jetzt scheint mir, daß sie ebenso schwer zu finden sind, wie ... ich weiß nicht was.«

»Wie eine Frau?«

»Fast«, sagte ich lachend.

»Trotzdem«, sagte er.

Er dachte nach.

»Immerhin ist es für unsereinen leichter als für euch, kein Problem, man kennt sich gleich.«

»Dort nicht«, sagte ich, »dort braucht es seine Zeit. Man wird mit ›Herr‹ angeredet. Und wenn man abschreiben muß, kann man sowieso mit niemandem sprechen.«

»Das wird's sein. Unsereiner kann reden, wann immer er will. Wie geht es uns denn auch? So als wären wir immer noch im Krieg. Man muß um den Lohn kämpfen, ums Essen, da findet man leicht Kameraden.«

»Meine Kollegen«, sagte ich, »umbringen möchte ich die, aber nicht mit ihnen reden.«

»Vielleicht ist das so, wenn man zu traurig ist«, sagte er, »Kameraden kann man da nicht haben.«

»Vielleicht«, sagte ich.

»Zwar«, sagte er, »Unglück gehört nun mal zum Leben. Aber das Zusätzliche jeden Tag, das Kameradschaft verhindert, nein, das ist zuviel.« Er fügte hinzu:

»Ohne Kameraden bin ich unglücklich, ich halte das nicht aus.«

Ich antwortete nicht. Er sah aus, als bedauerte er das Gesagte. Trotzdem erklärte er plötzlich behutsam:

»Ich glaube, du mußt deine Arbeit aufgeben.«

»Dazu kommt es bestimmt eines Tages«, sagte ich.

Er fand zweifellos, daß ich die Sache nicht so ernst nahm, wie er sie meinte.

»Wohlgemerkt«, sagte er, »es geht mich nichts an, aber ich sage dir, mir scheint, du mußt deine Arbeit aufgeben.«

Gleich darauf setzte er hinzu:

»So geht das nicht weiter mit dir.«

»Seit acht Jahren warte ich darauf, daß ich sie aufgebe«, sagte ich, »aber einmal werde ich's schaffen.«

»Ich meine, du mußt es bald tun«, sagte er.

»Vielleicht hast du recht«, sagte ich nach einer Weile.

Der Wind war von köstlicher Frische. Ihn erfreute dies weniger als mich.

»Warum sagst du mir das alles?« fragte ich.

»Aber du wartest doch nur darauf, daß man dir das sagt«, sagte er leise.

Er wiederholte:

»So geht das nicht weiter mit deinem Leben. Jeder an meiner Stelle würde das Gleiche sagen.«

Er zögerte, dann sagte er im Ton eines Menschen, der sich zu einem Entschluß überwindet: »Es ist wie mit deiner Frau. Was machst du mit dieser Frau?«

»Ich habe lange gezögert. Und nun sage ich mir, warum eigentlich nicht? Ihr liegt viel daran. Sie arbeitet im selben Büro wie ich, und da sehe ich dann, wie sie den ganzen Tag darauf wartet, du weißt, wie das ist.«

Er antwortete nicht.

»Man kommt soweit, nicht mehr aus der Scheiße rauskommen zu wollen, sich zu sagen, daß man in Ermangelung von anderem eine Scheißlaufbahn machen kann.«

Er lachte überhaupt nicht.

»Nein«, sagte er – meine Ironie hatte ihm mißfallen –, »das darf man nicht.«

»Viele würden es genau so machen«, sagte ich. »Ich hätte keine guten Gründe, sie nicht zu heiraten.«

»Wie ist sie denn, diese Frau?«

»Du siehst es ja«, sagte ich, »immer zufrieden. Heiter. Sie ist eine Optimistin.«

»Ich verstehe«, sagte er – er schnitt eine Grimasse –, »ich mag die immer zufriedenen Frauen nicht besonders leiden. Sie sind...« er suchte nach dem passenden Wort.

»Ermüdend«, sagte ich.

»Ja, ermüdend.«

Er wandte sich mir zu und lächelte.

»Ich frage mich«, sagte ich, »ob es der Mühe wert ist, Gründe zu haben, um zufrieden zu sein, gewichtige, die das ganze Leben betreffen. Wenn drei oder vier zusammenkommende geringfügige Umstände in jedem Fall...«

Wieder wandte er sich zu mir und lächelte.

»Die geringfügigen Umstände, die braucht man«, sagte er. »Aber nur zufrieden sein im Leben, das genügt nicht. Von Zeit zu Zeit braucht man ein bißchen mehr. Stimmt's?«

»Was denn?«

»Glück. Und die Liebe hilft dabei, ja oder nein?«

»Ich weiß es nicht«, sagte ich.

»O doch, du weißt es.«

Ich gab keine Antwort.

»Komm nach Rocca«, sagte er dann. »Wenn du Samstag kommst, bin ich dort. Wir wollen zusammen unter Wasser fischen.«

Dann redeten wir nicht mehr über uns. Wir kamen nach Lastra und verließen den Arno.

»Noch vierzehn Kilometer«, sagte er. Er ließ die Windschutzscheibe herunter, und der Wind fuhr uns mit aller Stärke direkt ins Gesicht.

»Wie gut das tut«, sagte ich.

»Hinter Lastra ist das immer so, warum, weiß ich nicht.«

Wegen der Winde hatten wir den Eindruck, viel schneller zu fahren. Wir sprachen kaum mehr miteinander, hätten sonst die Windschutzscheibe wieder schließen müssen, doch der Wind tat so wohl, daß wir nicht einmal daran dachten. Von Zeit zu Zeit verkündete er mir schreiend:

»Noch eine halbe Stunde, noch zwanzig Minuten, noch fünfzehn Minuten, dann wirst du sehen.«

Er meinte die Stadt. Doch er hätte ebenso gut von etwas anderem, von ich weiß nicht welchem Glück sprechen können. Ich fühlte mich so wohl, neben ihm, im Wind, daß ich gern noch eine Stunde sitzen geblieben wäre. Er aber war so begierig darauf, mir den Blick auf die Stadt zu zeigen, daß sein Wunsch rasch über meinen siegte. Bald war ich ebenso ungeduldig wie er, nach Florenz zu kommen.

»Noch sieben Kilometer«, schrie er. »Dann fahren wir über den Hügel, und du siehst sie unten liegen.«

Er war die Strecke von Pisa nach Florenz vielleicht schon hundertmal gefahren.

»Sieh doch!« schrie er, »wir sind gerade über ihr!«

Wie ein umgestülpter Himmel glänzte sie unter uns. Dann stiegen wir in vielen Windungen zu ihr hinab in die Tiefe.

Aber ich dachte an anderes. Ich fragte mich, ob das nicht eine Lösung wäre, so von Stadt zu Stadt zu reisen, sich mit Gelegenheitskameraden wie ihm zu begnügen. Und ob es nicht in manchen Fällen überflüssig sei, eine Frau zu haben.

Nach der Ankunft gingen alle zusammen in ein Lokal am Bahnhof, um einen Weißwein zu trinken. Jacqueline kam zerzaust unter der Plane hervor, hatte aber nur die ersten Annäherungsversuche über sich ergehen lassen müssen. Sicherlich konnte sie einem anderen als mir hübsch erscheinen. Ich fand, daß sie gesund aussah. Sie war in bester Stimmung.

Im Lokal sprach er wieder von Rocca. Ich betrachtete ihn, während er redete, genauer – im Wagen hatte ich ihn nur im Profil gesehen. Ich fand, daß alle anderen Arbeiter einander glichen, er jedoch keinem glich. Erschien es mir so, weil ich mit übergroßer Freude mit ihm gesprochen hatte? Plötzlich fühlte ich mich ihm gegenüber gehemmt. Ich müsse nach Rocca gehen, sagte er wieder, und wenn auch nur, um mich zu erholen. Die Hundstage ständen bevor. Acht Tage, was ist das schon? Wir werden zusammen in der Magra baden und, wenn wir genug Zeit haben, unter Wasser fischen, an einer Stelle, die er gut kennt, der Vetter hat eine Taucherbrille, die leiht er uns. Also abgemacht? Abgemacht, sagte ich. Jacqueline lächelte ungläubig. Sie forderte er nicht auf, nach Rocca zu kommen.

Die Tage in Florenz waren die heißesten des Jahres. Ich hatte schon meine Erfahrung mit der Hitze, ich war in den Tropen, in den Kolonien geboren und aufgewachsen und hatte einschlägige Literatur gelesen, aber erst in diesen endlosen Florenzer Tagen lernte ich, was Hitze sein kann. Die Hitze dort war ein wirkliches Ereignis. Außer ihr fand nichts statt. In ganz Italien war es nur noch heiß. Man sprach von siebenundvierzig Grad in Modena. Wie viele Grade waren es in Florenz? Ich weiß es nicht. Vier Tage lang war die Stadt Beute einer stillen Feuersbrunst ohne Flammen, ohne Schreie. Verängstigt wie durch Seuchen oder Kriege hatte die Bevölkerung vier Tage lang keinen anderen Gedanken mehr, als durchzuhalten. Es war nicht nur eine menschenunmögliche Temperatur, auch für die Tiere war sie unerträglich. Im Zoo starb ein Schimpanse an der Hitze. Und sogar die Fische erstickten daran. Sie verpesteten den Arno, die Zeitungen berichteten darüber. Die Makadamdecke der Straßen war klebrig geworden. Die Liebe, stelle ich mir vor, war aus der Stadt verbannt. Und gewiß wurde kein Kind in jenen Tagen gezeugt. Und gewiß wurde außer in den Zeitungen, deren Schlagzeilen nur davon handelten, keine Zeile zu Papier gebracht. Und die Hunde warteten gewiß mildere Temperaturen ab, um sich zu begatten. Und die Mörder schreckten gewiß vor dem Verbrechen zurück, und die Liebenden vernachlässigten einander. Der vernichtete Verstand fand keinen Ansatzpunkt. Die Persönlichkeit wurde zu einem sehr relativen Begriff, dessen Sinn sich entzog. Das war hier noch mehr der Fall als im Militärdienst. Und Gott selbst hatte damit denn doch nicht gerechnet. Der Wortschatz wurde gleichförmig und verringerte sich bis zum äußersten. Fünf Tage lang war er bei allen der gleiche. Ich habe Durst. Das kann nicht mehr so weitergehen. Es ging nicht so weiter, konnte nicht so weitergehen, es gab kein Beispiel dafür, daß solches je länger als ein paar Tage gedauert hätte. In der Nacht des vierten Tages gab es ein Gewitter. Es war hohe Zeit. Und sogleich nahm jeder in der Stadt wieder sein kleines Gewerbe auf. Ich nicht. Ich hatte noch Urlaub.

Für mich waren diese fünf Tage einander sehr ähnlich. Ich verbrachte sie ausschließlich in einer Cafeteria. Jacqueline hingegen besichtigte Florenz. Sie magerte stark ab, aber sie hielt durch bis zum Ende. Sie schaute sich alle Paläste, Museen, Denkmäler an, die man in acht Tagen sehen kann. Ich weiß nicht, woran sie denken mochte. Während ich in der Cafeteria Eiskaffees, Gelati und Menthe zu mir nahm, dachte ich jedenfalls an die Magra. Woran dachte sie unterdessen? Nicht an die Magra, an etwas ganz anderes, vielleicht das Gegenteil von der Magra. Ich jedoch den ganzen Tag; immer kühl, die Magra, selbst in der größten Hitze, immer kühl, wiederholte ich mir. Das Meer schien mir nicht mehr zu genügen, es mußte ein Fluß sein, Wasser im Schatten von Bäumen.

Am ersten Tag war ich vom Hotel zur Cafeteria gegangen. Nach einem Eiskaffee, glaubte ich, würde ich einen Stadtrundgang machen. Ich blieb den ganzen Vormittag in der Cafeteria. Jacqueline fand mich zur Mittagszeit vor dem sechsten Bier. Sie entrüstete sich. Was? Zum ersten Mal im Leben in Florenz und den ganzen Vormittag im Café! »Heute nachmittag«, sagte ich, »heute nachmittag werde ich es versuchen.« Wir hatten vereinbart, daß wir jeder für sich allein spazieren gehen und uns nur zu den Mahlzeiten treffen wollten. Nach dem Mittagessen verließ sie mich wieder. Ich kehrte in die nahe dem Restaurant gelegene Cafeteria zurück. Die Zeit verging rasch. Um sieben Uhr abends war ich immer noch dort. Diesmal fand mich Jacqueline vor einem Glas Menthe. Wieder entrüstete sie sich. »Wenn ich mich rühre, krepiere ich«, sagte ich. Davon war ich überzeugt, überzeugt aber auch, daß es morgen besser gehen würde.

Am nächsten Morgen ging es nicht besser. An diesem Tag aber machte ich die vereinbarte Anstrengung. Nach dem Mittagessen, eine Stunde nachdem Jacqueline gegangen war, verließ ich die Cafeteria, in die ich dennoch zurückgekehrt war und stürzte mich in die Via Turnabuoni. Wo war der Arno? Ein Tourist, den ich nach der einzuschlagenden Richtung fragte, wies sie mir sofort. Die Wahrheit zu sagen, wollte ich hauptsächlich die krepierten Fische sehen, die an der Oberfläche schwammen. Ich kam hin und sah sie von der Uferstraße aus. Die Zeitungen übertrieben. Es gab zwar welche, aber viel weniger, als sie behaupteten. Ich war enttäuscht. Und der Arno hatte auch nicht mehr viel gemeinsam mit dem von der Fahrt aus Pisa, mit dem Arno meiner Jugend sozusagen. Eine Schweinerei, sagte ich mir, ein Rinnsal und noch dazu voll krepierter Fische. Das ist also der Arno, sagte ich hämisch. Doch umsonst. Er machte nicht den geringsten

Eindruck auf mich. Ich ging wieder. Die Straßen waren überfüllt, hauptsächlich mit Touristen. Alles war fürchterlich heiß. Zwei oder drei Touristenströme strebten vom Arno fort. Um mir Mut zu machen, folgte ich einem und gelangte auf einen Platz. Er kam mir bekannt vor. Wo hatte ich ihn schon gesehen? Auf einer Ansichtskarte, überlegte ich. Die Piazza della Signoria natürlich. An seinem Rand blieb ich stehen. Das ist er also, sagte ich mir. Er glühte in der Sonne. Der Gedanke, ihn überqueren zu sollen, verschlug mir buchstäblich den Atem. Aber da ich bis hierher gekommen war, mußte ich ihn auch überqueren. Alle Touristen überquerten ihn, es mußte sein. Selbst Frauen und Kinder überquerten ihn. Waren sie denn so anders als ich? Vorwärts, sagte ich zu mir, doch zu meiner eigenen Überraschung setzte ich mich auf eine Stufe der Galleria. Ich wartete. Mein Hemd wurde langsam feucht und klebte mir am Oberkörper. Und meine Jacke wurde langsam feucht, und nun begann sie am Hemd zu kleben. Und ich im Innern von meiner Jacke und meinem Hemd dachte an diesen Vorgang, ich konnte an nichts anderes mehr denken. Die Luft, wenn sie diesen Namen verdiente, schillerte über dem Platz wie über einem Kochkessel. Vorwärts, sagte ich wieder zu mir. Aber da kam ein Arbeiter direkt zur Galleria gegangen. Er blieb wenige Meter vor mir stehen, entnahm seiner Werkzeugtasche einen großen Engländer und schraubte einen Hydranten auf, der sich vor meinen Füßen befand. Der Rinnstein füllte sich bis oben. Ich sah zu und wurde von Schwindel erfaßt. In glänzendem Strahl sprudelte das Wasser aus dem Hydranten. Den Mund darauf legen und sich vollaufen lassen wie der Rinnstein. Doch glücklicherweise tauchten die krepierten Fische in meiner Erinnerung auf. Das Wasser stammte vielleicht aus dem Arno. Ich trank nicht davon, aber dachte um so mehr an sie, die Magra. Seitdem ich angekommen war, machte jedes Ding sie mir, erschien sie mir mit jeder Stunde begehrenswerter. Ich spürte deutlich, daß nur noch wenig, sehr wenig fehlte, damit ich nach Rocca fuhr. Ganz gelinde wurde ich reif dazu. Aber das wenige, was noch fehlte, ereignete sich an jenem Tag noch nicht. Der Platz genügte noch nicht. Zudem ließ ich ihn seine Wirkung nicht entfalten. Nachdem ich das Wasser im Rinnstein gesehen hatte, verzichtete ich darauf, ihn zu überqueren. Ich stand auf und ging davon. Durch enge Straßen gelangte ich wieder zurück zur Cafeteria, in der ich den Vormittag verbracht hatte. Ohne daß ich den Mund aufmachte, verstand der Kellner bei meinem Anblick, was mit mir los war.

»Ein großes Glas eisgekühlte Menthe«, sagte er, »das braucht der Herr jetzt.«

Ich trank sie in einem Zug. Auf meinem Stuhl zusammengesunken, schwitzte ich sie sodann wieder aus, langsam, bis zur Stunde, da ich mich wieder mit Jacqueline traf.

Das blieb mein einziger Spaziergang in Florenz, will sagen, mein einziger touristischer Spaziergang. Danach rührte ich mich weitere zwei Tage lang nicht aus dem Café fort.

Ein einziger Mensch war mir angenehm, der Kellner in dem Café, daher kehrte ich auch immer wieder dorthin zurück. Von zehn bis zwölf Uhr und von drei bis sieben Uhr sah ich zu, wie er servierte. Danach kümmerte er sich um mich. Manchmal brachte er mir Zeitungen. Manchmal redete er mit mir. »Welche Hitze«, sagte er. Oder »ein Eiskaffee ist das beste in diesen Hundstagen. Das löscht den Durst und stärkt.« Ich hörte auf ihn. Ich trank alles, was er mir zu trinken empfahl. Er gefiel sich in der Rolle, die er für mich spielte.

Wenn ich stündlich einen halben Liter Flüssigkeit trank – in dem Café, bei dem Kellner –, erschien mir das Leben noch erträglich, ich meine, noch lebenswert. Das Geheimnis war Unbeweglichkeit. Mit den Touristen hatte ich nichts gemein. Sie hatten anscheinend kein so großes Trinkbedürfnis. Mein Nichtstun trug dazu bei, daß ich sie mir mit besonderen Geweben ausgestattet dachte, Schwammgeweben, die gewissermaßen an die Kakteen erinnerten – einer Besonderheit, die, selbstverständlich ohne ihr Wissen, ihre Neigungen vorherbestimmte.

Ich trank, las, schwitzte und wechselte ab und zu den Platz. Ich trat aus dem Café und ging auf die Terrasse. Und dann, nun ja, beobachtete ich die Straße. Der Strom der Touristen verringerte sich gegen Mittag. Gegen fünf Uhr nahm er wieder zu. Es waren ungeheuer viele da. Sie trotzten den Hundstagen. Trotz ihrer besonderen Gewebe waren sie Helden, die einzigen Helden der Stadt, die Helden des Tourismus. Ich dagegen war die Schande des Tourismus, ich betrug mich schimpflich. Einmal sagte ich es dem Kellner: »Von Florenz werde ich nichts gesehen haben. Ich benehme mich erbärmlich.« Er lächelte und sagte, das sei eine Frage der Veranlagung und nicht eine Frage des Wollens, manche könnten die Hitze ertragen und manche könnten es eben nicht. Er wisse, wovon er rede, er habe schon viele Hundstage erlebt. Mein Fall sei einer der typischsten, die er je gesehen habe, setzte er freundlich hinzu. Die Antwort befriedigte mich so sehr, daß ich sie Jacqueline am selben Abend Wort für Wort wiederholte.

Um vier Uhr nachmittags fuhr ein Sprengwagen vorbei. Hinter ihm dampfte der Makadam, und tausend Gerüche stiegen von der Straße auf. Ich atmete sie ein. Sie waren gut und beschwichtigten mein Gewissen. Ich sagte mir, daß ich auf diese Weise gewissermaßen doch in Florenz sei.

Jacqueline traf ich nur zu den Mahlzeiten. Ich hatte ihr nichts zu sagen. Sie mir hingegen um so mehr. Sie erzählte, was sie am Vormittag, am Nachmittag unternommen hatte. Sie verlangte nicht mehr von mir, ich solle mir einen Ruck geben, sondern lobte Florenz' Herrlichkeiten überschwenglich, da sie dieses Vorgehen für klüger hielt, um mich anzustacheln, daß ich sie besichtigte. Ohne Unterlaß schwärmte sie. Sie redete viel und stets von Dingen, die so schön waren, von derartiger Schönheit, daß ich sie ganz einfach besichtigen müßte, daß es um ich weiß nicht was, meine Ehre, meine Kultur, vielleicht sogar um noch mehr ging, ob ich sie besichtigte oder nicht. Ich hörte nicht hin. Ich ließ sie reden, soviel sie wollte. Ich konnte viel ertragen, von ihr sowohl wie auch vom Leben überhaupt. Genau das war ich, ein des Lebens überdrüssiger Mensch. Einer der Menschen, dessen Unglück darin besteht, nie einem dem ihren vergleichbaren Pessimismus begegnet zu sein. Solche Menschen lassen die anderen lange reden, aber man sollte dem Frieden nicht völlig trauen. Drei Tage ließ ich sie reden, zweimal am Tag, bei jeder Mahlzeit. Dann kam der dritte Tag.

Am dritten Tag blieb ich, statt mich, wie verabredet, mit ihr um sieben Uhr im Hotel zu treffen, in der Cafeteria sitzen. Ich sagte mir, daß sie mich dort abholen würde, wenn sie mich im Hotel nicht vorfand. Davor hatte ich, gutwillig oder widerwillig, unsere Verabredungen stets eingehalten. An diesem Tag schien mir dies nicht mehr notwendig. Wie vorauszusehen, trat sie um halb acht in die Cafeteria.

»Hör mal«, sagte sie freundlich, »du übertreibst.«

Sie schien zufrieden.

»Du findest, daß ich übertreibe?«

»Ein bißchen schon«, sagte sie freundlich.

Sie wünschte dieses Gespräch offenbar nicht fortzusetzen. Ich bemerkte, daß sie sich geschminkt und ein anderes Kleid angezogen hatte. Seit neun Uhr morgens hatte sie Florenz besichtigt.

»Bist du irgendwo gewesen?« fragte sie.

»Nein«, sagte ich, »nirgends.«

»Man kann sich an alles gewöhnen«, sagte sie, »auch an die Hitze, man muß sich nur einen kleinen Ruck geben...«

Seit drei Jahren schon verlangte sie täglich von mir, ich solle mir einen kleinen Ruck geben. Die Zeit war schnell vergangen.

»Du bist mager geworden«, sagte ich.

»Das macht nichts«, sagte sie lächelnd, »das hole ich rasch wieder auf.«

»Du solltest dich nicht so überanstrengen.«

»Ich kann's nun mal nicht lassen.«

»Das ist nicht wahr«, sagte ich.

Erstaunt sah sie mich an und errötete.

»Du bist schlechter Laune«, sagte sie.

»Ich bin im Unrecht. Wenn du schon mal in Florenz bist, das ist wahr, dann mußt du es auch ausnützen.«

»Und du? Warum sagst gerade du mir das?«

»Ich habe keine Lust dazu.«

»Du bist wirklich ein sonderbarer Mensch.«

»Ach was«, sagte ich, »ich habe nur eben keine Lust.«

»Du willst doch nicht etwa behaupten, die Stadt gefalle dir nicht?«

»Ich habe keine Meinung dazu.«

Sie schwieg eine Weile.

»Heute habe ich mir die Giottos angesehen«, sagte sie.

»Ist mir egal«, sagte ich.

Sie sah mich an, wunderte sich und beschloß, darüber hinwegzugehen.

»Wenn man bedenkt«, fing sie an, »daß dieser Mann um 1300 gelebt hat, noch bevor, zum Beispiel ...«

Sie redete über Giotto. Ich sah sie an. Mein Blick schien sie mit Zufriedenheit zu erfüllen, vielleicht glaubte sie, ich hörte ihr zu. Sie war dazu imstande. Seit Monaten vielleicht schon hatte ich sie nicht mehr angesehen.

Wir verließen die Cafeteria. Sie fuhr fort, über Giotto zu reden. Sie hängte sich bei mir ein. Wie gewöhnlich. Die Straße schloß sich um mich. Das kleine Café erschien mir plötzlich ozeanisch.

Zum ersten Mal seitdem ich mit dieser Frau zusammenlebte, empfand ich was? Scham, ja, Scham, ihren Arm an meinem zu fühlen.

Den Tropfen, der das Faß zum Überlaufen bringt, ihn gibt es wirklich. Auch daß man nicht weiß, welche unglaublich komplizierte, labyrinthische Wanderung diesen Wassertropfen in das Faß geführt und es zum Überlaufen gebracht hat, ist kein Grund, nicht daran zu glauben. Und nicht allein daran glauben sollte man, sondern, so denke ich wenigstens, man sollte sich auch mitunter überlaufen lassen. Während sie über Giotto redete, ließ ich mich überlaufen.

Obwohl bereits ausgemacht war, daß wir nicht zusammen

ausgingen, erklärte ich ihr am anderen Morgen, daß ich sie »auch heute nicht« in die Stadt begleiten würde. Sie wunderte sich, griff die Bemerkung aber nicht auf. Sie ließ mich im Hotel zurück. Ich stand später auf, nahm ein Bad und ging direkt in die Cafeteria. Mir war eingefallen, was ich tun wollte. Ich werde versuchen, den Fahrer des Lastwagens wiederzufinden. Mit dem Kellner im Café war nicht viel zu reden, und immer nur von den Hundstagen oder von den Getränken, mit denen man ihnen am besten standhalten konnte. Er selbst schien schließlich zu bemerken, daß das eintönig war. Auch hatte ich es allmählich satt, ihn herumflattern, unaufhörlich von einem Tisch zum anderen laufen zu sehen. Nachdem ich zwei Tage lang gehofft hatte, er werde einmal eine Viertelstunde Pause machen, um eine Menthe mit mir zu trinken, begriff ich, daß diese Erwartung utopisch war. Daraufhin dachte ich an den Fahrer des Lastwagens. Nachdem ich zwei Tassen Kaffee getrunken hatte, ging ich zum zweiten Mal in die Stadt, zum Bahnhof, um die Bar wiederzufinden, in der wir nach der Ankunft Weißwein getrunken hatten. Die Anstrengung, zu der ich, um die Stadt zu besichtigen, nicht bereit war, machte ich seinetwegen. Mir war so heiß, daß ich mehrmals glaubte, es werde mich das Leben kosten. Trotzdem hielt ich durch. Ich fand die Bar wieder. Ich erklärte mein Anliegen, man verstand mich auch und sagte mir, leider seien die Arbeiter von diesem Lastwagen alle wieder nach Pisa gefahren, heute sei Mittwoch und erst am Samstag kämen sie zurück. Im Grunde wurde mir gesagt, was ich bereits wußte. Hatte ich es also vergessen? Ich glaube, nein. Nein, ich hatte nur vorgetäuscht, es vergessen zu haben, ich hatte das Unmögliche erhoffen, dem ungerechten Schicksal trotzen wollen, von dem ich mir einredete, es habe es auf mich persönlich abgesehen. Mit Erfolg. Die Nachricht brachte mich zur Verzweiflung. So stand ich am Ausgang der Bar, überzeugt, daß es in ganz Florenz niemanden gab, mit dem ich bei einer Granita hätte plaudern können. Selbst er, der Fahrer, war nicht da. In ganz Florenz gab es nur Touristen und sie, Jacqueline. Zwar zweifelte ich nicht daran, daß es noch andere Menschen meiner Art gab, die Zeit zu verlieren hatten und denen es widerstrebte umherzurennen, doch wo waren sie? Und wollte ich sie wirklich finden? Nein. Nein, was ich wollte, war, in der ganzen Stadt mit ihr allein zu sein. Ich war es. Fünf Tage und fünf Nächte lang.

Ich verlor jegliche Freiheit. Sie beschäftigte alle meine Gedanken, belastete meine Tage, meine Nächte. Ein Dorn in meinem Herzen.

Ich war der Sohn eines Kolonialbeamten, der in Madagaskar eine Provinz von der Größe der Dordogne verwaltete und der jeden Morgen seine Angestellten antreten ließ und in Ermangelung von Gewehren ihre Ohren inspizierte. Den nicht minder als Frankreichs Größe die Hygiene begeisterte. Der verfügt hatte, daß auf dem ganzen Bereich seines Gebiets das Absingen der Marseillaise vor Schulbeginn obligatorisch sei. Den die Schutzimpfungsreisen in Ekstase versetzten, der aber, als sein Boy so schwer erkrankte, ihn zum Krepieren wegschickte. Der gelegentlich den Auftrag erhielt, für die großen Pflanzungen der Weißen fünfhundert Mann auszuheben, herrliche Ausflüge waren das. Der mit Mannschaften, mit Polizisten loszog, Dörfer umzingelte und die Eingeborenen mit Karabinerhieben jagte. Der, nachdem er sie in nach besagten, oft mehr als tausend Kilometer entfernten Pflanzungen fahrenden Viehwagen verladen hatte, zerschlagen, aber ruhmbedeckt heimkam und erklärte: »Das war hart. Es ist ein Fehler, sie in der Geschichte Frankreichs zu unterweisen, die Revolution fügt uns noch immer großen Schaden zu.« Der, ein Schwachkopf, ein Feldwebel, eine Provinz von neunzigtausend Seelen verwaltete, über die er mit nahezu diktatorischer Macht herrschte. Und der bis zu meinem sechzehnten Jahr mein einziger Erzieher gewesen war. Ich wußte also sehr wohl, was es heißt, jemanden unter unermüdlicher, jeder Sekunde, jedem Augenzwinkern geltenden Aufsicht zu halten. Ich wußte sehr wohl, was es heißt, täglich auf seinen Tod zu hoffen – die Vorstellung meines durch einen seiner

Eingeborenen-Rekruten auf der Stelle getöteten Vaters war, als ich fünfzehn Jahre zählte, mein köstlichster Wunschtraum, der einzige, der der Schöpfung ein wenig von ihrer ursprünglichen Frische zurückgab –, und ich kannte den eigentümlichen Rausch, in den der Anblick der Messer auf dem Familientisch versetzen kann und die Ohnmacht dessen, der im Gebüsch versteckt, den Vater die Ohren seiner Untergebenen inspizieren sieht. In Florenz während der Hundstage jedoch erinnerte ich mich an jene Kindereien überhaupt nicht.

Ich begann, den ganzen Tag lang, in der Cafeteria sitzend, nur an sie zu denken, an sie, mit der ich in der Stadt eingeschlossen war.

Stundenlang, wie ein wahnsinnig Verliebter, wartete ich auf sie.

Ihr bloßer Anblick erfüllte alle meine Wünsche, bestätigte alle meine Erwartungen. Sie war nicht nur der Grund meines Unglücks, sondern obendrein sein vollkommenes Abbild, seine Photographie. Ihr Lächeln, ihr Gang, ja was sage ich, allein schon ihr Kleid besiegten alle meine einstigen Zweifel. Jetzt sah ich klar, glaubte ich.

Sie hatte nie einen Karabiner angefaßt, nie irgend jemandes Ohren inspiziert, aber das war für mich natürlich von keinerlei Bedeutung. Sie aß ihr Frühstück, tauchte das Hörnchen in den Milchkaffee, und das genügte mir. Ich schrie, sie solle aufhören. Verblüfft hörte sie auf, ich bat sie um Entschuldigung, und sie sprach nicht weiter davon. Sie war klein und das genügte mir. Sie trug ein Kleid. Sie war eine Frau, das genügte mir. Ihre einfachsten Bewegungen, harmlosesten Bemerkungen erschütterten mich. Und wenn sie zu mir sagte, bitte reich mir das Salz, war ich von der schwindelerregenden Bedeutung dieser Worte wie geblendet. Nichts an ihr entging mir, nichts an ihr war in jenen fünf Tagen für mich verloren. Kurz, die Rechnung stimmte. In fünf Tagen holte meine Betrachtung drei Jahre nach.

Ich entdeckte so manches. Nicht nur, daß sie dies oder

jenes war, eine Frau oder lebhaft oder daß sie schlecht zu mir paßte, nein, daß es da noch etwas anderes gab, daß sie ein Wesen von besonderer Spielart war, der optimistischen Spielart. Ich dachte über diese Leute unablässig nach: das spezifische Merkmal der Optimisten ist, daß sie einen aufreiben. Sie erfreuen sich gewöhnlich ausgezeichneter Gesundheit. Sie verlieren nie den Mut, sie verfügen über beträchtliche Tatkraft. Sie sind lüstern nach dem Mann. Sie lieben ihn, finden ihn groß, er ist der Hauptgegenstand ihrer Beschäftigung. Man sagt, daß bestimmte rote Ameisen, in Mexiko, glaube ich, Leichen in kürzester Zeit bis auf die Knochen verzehren. Sie sieht reizend aus, sie hat Kinderzähne. Seit zwei Jahren ist sie meine Ameise, sie hat in dieser Zeit meine Wäsche besorgt und sehr pünktlich meine kleinen Angelegenheiten erledigt. Von der Ameise hat sie auch den zerbrechlichen Charme, man könnte sie zwischen den Fingern zerdrücken. Sie ist mir wirklich stets eine vorbildliche Ameise gewesen. Die allein einen dazu bringen könnte, sich vom Optimismus ein für allemal loszusagen, seinen Prunk für den trübseligsten, seine Werke für die allerverlogensten, seine Zwangsherrschaft für die widerwärtigste zu halten, die allein einen dazu bringen könnte, ihn in seinem Prunk und seinem Werk bis zum letzten Atemzug zu verleugnen. Seit zwei Jahren lebte ich mit ihr.

In Florenz also entdeckte ich, daß sie alle meine Erwartungen übertraf.

Die unversiegliche Quelle meiner – wie soll ich sagen? – neuen Leidenschaft für sie war offenbar die Hitze. Sie sagte: »Ich liebe die Hitze nun mal«, oder: »Mich interessiert alles so sehr, daß ich die Hitze darüber vergesse.« Ich entdeckte, daß sie nicht die Wahrheit sprach, daß ein menschliches Wesen diese Hitze unmöglich lieben konnte, daß dies seit jeher ihre Art war zu lügen, die Optimistenlüge, daß alles sie nur deshalb interessierte, weil sie beschlossen hatte, es interessant zu finden, und weil sie aus ihrem Leben jene Freiheiten verbannt hatte, die die Stimmungen gefährlich wechselhaft machen. Wenn sie bezweifelt hätte, daß die Hitze wirklich gut war, hätte sie eines Tages alles andere anzweifeln müssen, zum Beispiel, daß ihre Hoffnungen auf mich so begründet waren, wie sie es wünschte. Sie erlaubte sich nicht, irgend etwas auf der Welt anzuzweifeln, außer den Zweifel, den sie für »frevelhaft« hielt. So gering sie auch gewesen oder erschienen sein mochten, ich, der Meisterlügner, entdeckte endlich, daß ihre Lügen ganz anders als die meinen waren.

»Sogar die Fische krepieren daran«, sagte ich ihr, »an dieser Hitze.«

Sie lachte. Natürlich beharrte ich nicht auf solchen Behauptungen. Ich entdeckte auch, daß sie mir in all unserer gemeinsamen Zeit fremder geblieben war als beispielsweise die eindeutig krepierten Fische im Arno, die die Luft in der Stadt offen und ehrlich verpesteten. Sie wollte sie sich nicht ansehen. Sie behauptete, ihren prächtigen Hundstagegestank nicht zu riechen. Ich dagegen atmete ihn wie Rosenduft ein. Ich entdeckte, daß wir uns selbst über das Wetter nie hatten einigen können. Jede Witterung hat ihre Reize, sagte sie, gab keiner den Vorzug, und ich hatte vor bestimmten Wetterlagen immer einen unüberwindlichen Abscheu gehabt. Ich entdeckte auch, daß sie sogar in meiner Feindseligkeit stets einen Grund zur Hoffnung erblickt hatte und noch jetzt in Florenz erblickte. Wir sind noch nicht verheiratet, scherzte sie.

Noch einiges Weitere entdeckte ich, beispielsweise, daß sie für andere weder Nachsicht noch Neugier gezeigt und daß niemand sie je verwirrt hatte. Daß ich die einzige Vorliebe und die einzige Nachsicht in ihrem Leben war – die Menschheit ist gut, pflegte sie zu sagen –, daß sie ihr totales Vertrauen schenkte, daß sie ihr höchstes Glück zu erstreben behauptete, aber daß die Verzweiflung eines einzelnen Menschen sie nie gekümmert hatte. Daß ihr immer nur das Unglück der Menschheit wichtig gewesen war. Daß sie von ihm, wie ich mich erinnerte, stets genußvoll geredet, daß sie stets eine klare, unerschütterliche Vision davon gehabt hatte, wie ihm abzuhelfen sei. Daß sie den Verbrechen stets die Sportfeste vorgezogen hatte, daß sie sich der Liebe stets mit innigem

Vergnügen hingegeben und diese sie stets lächelnd, befriedigt, unerschütterlich wie die Verbrechen zurückgelassen hatte. Daß man sie im Ministerium gut leiden mochte, daß ihr Nachtigallennaturell ihr eine unaufhörlich wachsende Beliebtheit einbrachte, daß sie zu den Optimisten zählte, man kennt sie, die versteckten Optimisten, von denen es heißt, sie würden jedweden glücklich machen, sie hätten Herz, sie seien verständnisvoll und daß besonders seit ihrer Ankunft im Büro meine Verzweiflung ein solches Ausmaß erreicht hatte. Denn ich hatte entschieden nichts gemeinsam mit der Nachtigall, dem Bel Canto der Natur, und war der einzige, der wußte, daß sie niemanden jemals glücklich machen würde.

Ich langweilte mich nicht. Ich grub unermüdlich in dieser Frau und förderte aus ihrem keuchenden, schwachen Ameisenleben die Entdeckungen tonnenweise zutage. Gold für meine geblendeten Augen.

Einmal geschah es, daß ich, über so viele Reichtümer beschämt, kämpfte. Sie kam in die Cafeteria. Ich sagte mir, daß alles nicht so schlimm sei, daß ihr das Kleid gut stehe, daß sie mit ihrem kleinen Reiseführer, der Hitze trotzend, viele gerührt hätte, daß sie doch manchem zugesagt hätte und es keine wirklich schwerwiegenden Gründe gebe, warum sie nicht auch mir zusagen sollte. Doch da trat sie an den Tisch und wünschte mir guten Tag. Und von neuem platzte ihr Optimismus auf wie eine reife Frucht. Ich konnte mich diesem Anblick ebenso wenig entziehen wie dem Anblick der aus den Tiefen des Arno aufgestiegenen, vor Hitze geplatzten Fische.

Am ergiebigsten waren die Stunden der Nacht, wenn wir im Bett lagen. Ich konnte die Hitze der Stadt und Jacquelines Körperwärme nicht mehr voneinander unterscheiden. In ihrer Nähe war ich außer Stande, noch irgend etwas zu unterscheiden, oder mir zu sagen, daß in diesen Nächten jede andere im Bett zu haben genau so unerträglich gewesen wäre. Nein, ich war sicher, daß es Menschen gab, deren schlafender Körper eine erträgliche, brüderliche Wärme ausgestrahlt hätte. Die ihre verriet sie, zeigte auf offenkundige, obszöne Art ihren Optimismus an. Diese Nächte waren wunderbar an hinreißenden Phantasien. Sie zählen zu den schönsten meines Lebens. Ich schlief schlecht. Ständig fuhr ich auf, ich glaubte, ihre bloße Anwesenheit wecke mich, und im Halbdunkel beobachtete ich sie lange in ihrem nicht zu rechtfertigenden Schlummer. Wenn ich von diesem anbetungswürdigen Schauspiel erschöpft, nicht länger hinsehen konnte, streckte ich mich wieder aus. Und dann erschien mir jede Nacht ein und derselbe Fluß. Er war breit. Er war eiskalt, frei von jeder weiblichen Spur. Ich nannte ihn leise die Magra. Dieser Name allein erfrischte mein Herz. Wir beide waren allein, der Lastwagenfahrer und ich. In der Landschaft war niemand außer uns. Sie dagegen war völlig aus meinem Leben verschwunden. Wir gingen am Fluß entlang. Er hatte viel Zeit. Es war Samstag. Dann und wann sprangen wir mit unseren Taucherbrillen ins Wasser, nicht ins Meer, in diesen Fluß und schwammen Seite an Seite zwischen Pflanzen und Fischen in einem unbekannten Universum von grüner, dunkler Phosphoreszenz. Dann stiegen wir wieder an Land. Und dann tauchten wir wieder. Wir sprachen nicht, redeten nicht miteinander, wir fühlten kein Bedürfnis danach. Dieser Samstag zog sich über drei Nächte hin. Unendlich. Unerschöpflich. Mein Wunsch, bei ihm zu sein, an den Ufern des Flusses oder im Fluß, war so stark, daß er jeden anderen Wunsch auslöschte. Nicht ein einziges Mal dachte ich an eine Frau. Ich hätte mir nicht eine neben mir in jenem Fluß vorstellen können.

Doch wenn der Tag gekommen war, verschwand der Fluß aus meinem Leben. Ihre Gegenwart fuhr mir an die Kehle. Ich hatte keine Muße für irgendwelche eigenen Phantasien.

Das hörte bald wieder auf, noch ehe die Hundstage endeten. Gewaltsam, an einem gewissen Nachmittag.

Jacqueline hatte mich aufgefordert, sie in das Museo San Marco zu begleiten, was sie seit unserer Ankunft noch nie getan hatte – seit meiner neuartigen Leidenschaft für sie war ich freundlich. Ich stimmte zu. Sie beschäftigte mich so stark, daß ich fern von ihr gewissermaßen ohne Ziel war. Und ein Museum in Florenz schien mir neben den Sportplätzen einer der Orte zu sein, wo ich sie am besten belauern, ihren Optimismus auf frischer Tat ertappen könnte. Ich stimmte daher bereitwillig zu. Wir gingen hin. Es war der heißeste der Hundstage. Der Asphalt der Straßen kochte. Man watete darin wie im Sirup der Albträume. Die Schläfen hämmerten, die Lungen schmerzten. Viele Fische starben. An diesem Tag krepierte der Schimpanse im Zoo. Entzückt schritt sie – ein wenig vor mir – einher, als ob sie mich anführte und um mich in Schwung zu halten. Miststück, dachte ich. Sie glaubte gewonnen zu haben, drehte sich zu mir um von Zeit zu Zeit, um zu sehen, ob ich ihr immer noch folgte. Und ich glaubte, auf mein größtes Wagestück zuzugehen, war mir aber nicht klar darüber, worin es bestehen würde. Alles konnte geschehen. Jetzt endlich kann alles geschehen, sagte ich mir. Alles soll mir recht sein. Dazu war ich entschlossen. Und was weiter? Das wußte ich nicht. Ich war inspiriert, tausend Pläne von heiliger Unbestimmtheit bedrängten mich. So undeutlich, so zahlreich sie auch waren, sie erschienen mir darum nicht weniger groß, im Gegenteil, sie erschienen mir eben darum so groß, weil sie zahlreich und undeutlich waren. Miststück, Miststück du, wiederholte ich bei mir. Erhobenen Hauptes schritt sie auf das Museum zu. Und während ich, durch den rinnenden Schweiß in meiner Sicht gestört, beobachtete, wie sie so lieb vor mir her ging, empfand ich Lebenslust, Lust auf das bevorstehende Leben.

Wir gelangten zum Museum.

Mit den mir bisher bekannten hatte es keine Ähnlichkeit. Es war ein alter Sommersitz, einstöckig, von rosa-grauem Anstrich, und sah nicht auf die Stadt, sondern auf einen Innengarten, um den eine offene, mit rotem Bruchstein gepflasterte Galerie lief. Obwohl ich an jenem Tag von meiner Leidenschaft völlig besessen war, blieb ich doch, kaum eingetreten, wie gebannt stehen. Das Haus erschien mir sehr schön. Seine Form war einfach, Form eines quadratischen

Brunnens. Hatte ich je etwas so Schönes gesehen? Nein, so glaubte ich. Auf ganz eigenartige Weise war das Haus schön, nichts war getan worden, um diesen Eindruck zu erwecken, schön war es sozusagen von Natur aus und aus dem einzigen Grund, weil deutlich zu ahnen war, warum es so gebaut worden war. Warum? Weil man ein großes Einvernehmen und vielleicht sogar eine große Erfahrung mit dem Sommer hatte. Sicherlich würden manche Menschen hellere, ziervollere Häuser vorziehen, Häuser, die auf Berge blicken oder auf ein Meer, statt wie dieses, gleichsam nur auf sich selbst zu blicken. Aber sie hätten Unrecht. Denn den, der aus diesem Haus trat, ließ es die Stadt entdecken, als träte er aus dem Meer und entdeckte die heiße Luft im Glast des Lichts. Sein Schatten war so dicht, daß man vermuten konnte, unter ihm fließe ein Strom. Die Magra fließe unter seinem Garten. Als ich aus der grellen Sonne in diesen Schatten trat, machte er mich sprachlos.

»So komm doch«, sagte Jacqueline.

Ich folgte ihr. Sie fragte den Führer, wo die Verkündigung hänge. Im Alter von zwölf Jahren hatte ich während eines Urlaubs meines Vaters eine Reproduktion des Engels auf diesem Bild über meinem Bett hängen gehabt. Zwei Monate lang, in der Bretagne. Nun empfand ich eine leichte Neugier zu sehen, wie es sozusagen in Natura war. Man gab uns Auskunft. Das Bild befinde sich in einem Raum unweit der Eingangstür. Wir gingen sogleich hin. Es war das einzige Bild in diesem Raum. Ein Dutzend Touristen stand davor, betrachtete es schweigend. Obwohl ihm gegenüber drei Bänke aufgestellt waren, hatte sich keiner hingesetzt. Nach kurzem Zögern setzte ich mich. Jacqueline setzte sich neben mich. Ich erkannte den Engel. Selbstverständlich hatte ich seither noch weitere Reproduktionen gesehen, aber deutlich erinnerte ich mich nur an jene aus meiner Ferienzeit in der Bretagne. Ich erkannte den Engel so deutlich, als wäre ich nachts zuvor ihm zur Seite eingeschlafen.

»Wie schön«, sagte mir Jacqueline ins Ohr.

Wenngleich diese Bemerkung zu erwarten gewesen war,

machte sie mir nicht den vermuteten Eindruck. Sie machte mir sozusagen gar keinen Eindruck. Dem Bild gegenübersitzend, ruhte ich mich aus. Seit vier Nächten hatte ich an den Fluß gedacht und fast nicht geschlafen. Meine Müdigkeit wurde mir unversehens bewußt, eine überwältigende Müdigkeit. Meine auf den Knien liegenden Hände waren bleischwer. Durch die Tür drang ein grünes, gemaltes, vom Rasen des Gartens zurückgeworfenes Licht. Das Bild, die Touristen und ich selbst badeten in dieser Farbe. Das war sehr, sehr beruhigend.

»Vor allem der Engel«, sagte Jacqueline mir ins Ohr.

Die anderen Reproduktionen, die ich seither besessen oder gesehen hatte, gaben doch eine weniger genaue Vorstellung von ihm als jene aus meinen Ferien in der Bretagne, stellte ich fest. Auch die Frau erkannte ich wieder. Ihn hatte ich in so jungen Jahren gesehen, daß ich nicht mehr wissen konnte, ob er mir gefiel oder nicht, von ihr dagegen wußte ich, daß sie mir immer ein wenig mißfallen hatte. Sagte er ihr, daß man ihn ihr ermorden würde?

»Sehr schön, wirklich«, sagte Jacqueline wieder.

Ich erinnerte mich, daß ich mich während jener Ferien des öfteren gefragt hatte, vor wem er sich wohl so verneigen mochte.

»Sie aber auch, wohlgemerkt«, fügte Jacqueline hinzu.

Plötzlich fiel mir ein, ich könnte ihr sagen, daß ich den Halunken, den Engel sehr gut kannte. Daß ich ihn schon gekannt habe, als ich noch ein ganz kleiner Junge war. Es war eine unbedeutende Einzelheit aus meinem Leben, eine Sache, die ich jedem Beliebigen hätte sagen können, die ihr nichts über mich beigebracht und die mich ihr gegenüber in keiner Weise verpflichtet hätte. Das immerhin will ich ihr erzählen, dachte ich. Doch, war es die Müdigkeit? Ich konnte nicht. Nicht so sehr ich, meine Lippen vermochten es nicht. Sie öffneten sich, dann, sonderbarerweise wurden sie starr und schlossen sich wie ein Ventil. Kein Wort kam hervor. Da stimmt etwas nicht, dachte ich leicht beunruhigt.

»Vor allem aber der Engel«, sagte Jacqueline zum zweiten Mal.

Ich versuchte es von neuem, doch vergeblich, ich konnte mich nicht dazu bringen, ihr eine so einfache Sache zu sagen wie, dieser Engel ist mir so vertraut wie ein Spielkamerad aus der Kindheit. Nichts da. Der Grund war einfach. Ich war ein Mensch, der sich sein Leben so zurechtgemacht hatte, daß er nicht nur niemanden hatte, dem er eine solche Sache mitteilen konnte, sondern daß ihm die Mitteilung selbst zur unüberwindlichen Schwierigkeit geworden war. Dabei war es doch einfach zu sagen: als ich klein war, habe ich zwei Monate lang eine Reproduktion dieses Engels besessen. Oder: mir ist, als ob ich einen Freund wiedergefunden hätte, denn zwei Monate lang, in der Bretagne, hat er über meinem Bett gehangen. Das hätte nur für einen Hund oder einen Fisch ein Problem bilden sollen, aber ich war doch ein Mensch. Das war nicht normal. Auf hunderterlei Arten ließ es sich sagen, ihr gegenüber aber fand ich nicht eine. Ihm hätte ich sagen können: erinnerst du dich? Aber er erinnerte sich an nichts, es hätte mir nichts genützt, das zu sagen, man kann nicht ganz allein reden. Die Sonne traf jetzt das Bild. Es schien zu brennen. Aber schließlich, konnte die Welt nicht auch weiterhin ignorieren, daß ich ihn kannte? Mir schien, daß dies nicht möglich sei, oder vielmehr, daß für mich der Augenblick gekommen sei, es jemandem zu sagen.

Es war eine Sache, die ich gern mitgeteilt hätte, von sehr wenig Bedeutsamkeit, gewiß, über die mich nicht zu äußern ich aber plötzlich schwer fand. Ich entdeckte also, was diesmal aber nur mich betraf – man entdeckt, was man zu entdekken vermag, in dem Alter, in dem man es vermag und bei der Gelegenheit, bei der man es vermag –, daß es keine Gründe gab, warum die Welt noch länger ignorieren sollte, daß ich als Kind in der Bretagne den Engel gekannt hatte, und auch keine Gründe, dies weiterhin zu verschweigen. Die Sache mußte gesagt werden. Ihre Formulierung bebte in mir mit der Schamlosigkeit des Glücks. Ich war sehr erstaunt.

Ich blieb noch lange auf der Bank sitzen, länger zweifellos, als das Bild es verdiente, mehr als eine halbe Stunde. Der Engel hing ständig dort, selbstverständlich. Ich sah ihn unwillkürlich an, doch ohne ihn zu sehen, so sehr nahm mich die Erleichterung in Anspruch, die auf meine Entdeckung gefolgt war. Sie war groß. Meine Dummheit machte sich davon. Unbeweglich ließ ich sie sich davon machen. Nachdem ich sehr lange ein ungeheures Bedürfnis zu pissen zurückgehalten hatte, gelang es mir endlich zu pissen. Und wenn ein Mann *pißt,* ist er stets bemüht, es so gut wie möglich zu machen, bemüht bis zum letzten Tropfen. So auch ich. Ich pißte meine Dummheit bis zum letzten Tropfen heraus. Und damit war es getan. Ich war beruhigt. Die Frau neben mir umgab sich langsam wieder mit ihrem eigenen Mysterium. Ich wünschte ihr nicht das geringste Böse mehr. Kurz, in einer halben Stunde war ich mündig geworden. Das ist keine Redensart. Als Mündiger diesmal begann ich den Engel zu sehen.

Von der Seite. Er blieb Malerei. Zudem gleichgültig. Er sah die Frau an. Auch die Frau blieb Malerei, sie sah nur ihn an. Nach einer halben Stunde sagte mir Jacqueline, wiederum mit leiser Stimme:

»Wir sollten doch auch alles übrige ansehen. Die Museen schließen früh.«

Ich begriff endlich, sie sagte mir dies nur, weil sie nicht wußte, daß ich den Engel kennengelernt hatte und daß sie es nur deshalb nicht wußte, weil ich es ihr nicht gesagt hatte, aus keinem anderen Grund. Dennoch sagte ich es ihr nicht und rührte mich nicht von meiner Bank. Wahrscheinlich hätte ich dazu noch mehr Zeit gebraucht. Der Engel strahlte noch immer, von der Sonne in Brand gesetzt. Man hätte nicht sagen können, ob er Mann oder Frau war, nein, das wäre schwergefallen. Er war wohl das, was man in ihm sehen wollte. Auf seinem Rücken trug er tatsächlich die prächtigen schweren Flügel der Lüge. Ich hätte ihn gern genauer gesehen, hätte gewünscht, daß er beispielsweise ein wenig den Kopf wende und mich anblicke. Da ich ihn immerfort ansah, in das

Gemälde eintauchte, schien mir die Sache schließlich nicht ganz unmöglich. In einem Augenblick glaubte ich sogar, er blinzele mir zu. Gewiß rührte dies nur von einer Lichtbrechung her, denn es wiederholte sich nicht. Seitdem er in dem Gemälde eingefangen war, hatte er nie einen einzigen Touristen angeblickt, nur aufmerksam darauf bedacht, die ihm aufgetragene Sendung gut zu erfüllen. Von Ewigkeit an interessierte ihn nur die Frau. Im übrigen mußte ich mir ja eingestehen, daß die andere Seite seines Gesichts nicht existierte. Und wenn er den Kopf gedreht hätte, um mich anzusehen, hätte er mich aus einem hautdünnen, einäugigen Gesicht angesehen. Er war ein Kunstwerk. Ob schön oder nicht schön, darüber bildete ich mir keine Meinung. Vor allem ein Kunstwerk. In gewissen Fällen sollte man sie nicht zu lange betrachten. Hatte er seit vierhundert Jahren auch nur einem Menschen zugeblinzelt? Ich konnte ihn weder mitnehmen noch verbrennen, noch küssen, noch ihm die Augen ausstechen, noch ihn bumsen, noch ihm ins Gesicht spucken, noch mit ihm reden. Wozu nützte es mir, ihn noch länger zu betrachten? Ich sollte aufstehen und mein Leben weiterführen. Wozu hatte es mir genützt, den anderen zu betrachten, auch ihn von der Seite, der seinen Lastwagen so willkürlich lenkte und mich dabei ermahnte, an mein Glück zu denken? Von dem ich jede Nacht träumte und der jetzt in seiner Maurerarbeit in Pisa genau so eingefangen war wie dieser hier im Bild? Ein großer Schmerz überfiel meine Brust in Magenhöhe. Ich erkannte ihn wieder. Zweimal in meinem Leben schon hatte ich geweint, das eine Mal in Paris, das andere Mal in Vichy wegen des Standesamtsregisters. Er ist der Engel, sagte ich mir, dieser Fahrer, dieser Verräter. Aber warum weinen? Der Schmerz wuchs: Feuer in Brust und Kehle und ich wußte, daß er sich nur in Tränen lösen würde. Aber warum, fragte ich mich wieder, warum weinen? Wenn ich den Grund für das absonderliche Bedürfnis fände, so hoffte ich, würde ich es aufhalten, mit dem Schmerz fertig werden. Doch gleich darauf erfaßte das Feuer meinen Kopf, und ich konnte gar nichts mehr versuchen. Ich konnte mir nur noch sagen: wenn dein Bedürfnis so stark ist, dann mußt du eben weinen. Danach wirst du wissen, warum. Wenn du dich daran hinderst zu weinen, heißt das, daß du nicht ehrlich bist mit dir. Du bist nie ehrlich gewesen, du mußt sofort damit anfangen, ehrlich zu sein, verstanden?

Das Wort kam auf mich zu als hohe erschreckende Woge, es überflutete mich. Ich konnte mich ihm nicht entziehen.

Jeder hat seine eigene Art zu weinen. Der Raum erfüllte sich mit einem dumpfen Klagelaut, dem des Kalbs, das in den Stall zurückkehren will, das genug hat von der Weide und seine Mutterkuh wiedersehen will. Keine Träne drang aus meinen Augen. Aber das Blöken war dafür um so lauter. In der Stille, die unmittelbar folgte, vernahm ich, wie alle anderen, die Worte:

»Schluß mit dem Standesamtssregister.«

Wie man errät, war ich es, der gesprochen hatte. Dennoch fuhr ich zusammen. Die Touristen fuhren zusammen. Jacqueline faßte sich rasch wieder, rascher als die Touristen. Der Schmerz verschwand.

»Du bist wirklich ein sonderbarer Kerl«, sagte sie.

Obwohl ein solches Verhalten nicht gerade zu meinen Gepflogenheiten gehörte, stellte sie mir keine Fragen. Aber sie faßte mich am Arm und zog mich mit solcher Hast aus dem Raum, als ob die Verkündigung meinen Verstand bedrohte.

Ich folgte ihr mühelos. Ich konnte es nunmehr. Denn nun war es soweit, dessen war ich sicher, ich würde nie mehr ins Amt zurückkehren. Sie, ja, würde dorthin zurückkehren. Alles war nun klar. Da ich ehrlich geworden war, unversehens oder nicht, man wird ja auch unversehens verrückt, und es unehrlich war, im Amt und bei ihr zu bleiben – ich trennte die beiden Dinge nicht voneinander –, konnte ich weder beim Standesamt noch bei ihr mehr bleiben. Nein, so gemein würde ich niemanden, wirklich niemanden, nicht einmal sie behandeln. Aufgrund welcher Verblendung also hätte ich mich selbst so schlecht behandeln sollen?

Die Bilder zogen vorüber. Ich ging vorsichtig weiter, wie ein Automat, in der Befürchtung, die ruhige Sicherheit zu stören, die mich seit meinem Geblöke und meiner Ankündigung umgab. Es war ganz einfach, mir war nicht einmal mehr heiß. Zum ersten Mal wieder seit langer Zeit, seitdem ich den Deutschen entkommen war, glaube ich, empfand ich mir selbst gegenüber eine gewisse Achtung. Zunächst einmal hatte ich gelitten und weit mehr als ich geglaubt hatte, unzweifelhaft, da ich sogar geweint hatte. Sodann hatte ich gesprochen, nicht nur absichtslos, sondern sogar fast ohne es zu bemerken. Da ich wußte, daß ich nicht irrsinnig war und daß die Verkündigungen so häufig nicht sind, machten diese seltsamen Erscheinungen an mir ein wenig Eindruck auf mich. Wer in mir hatte sich ohne mein Wissen so gut in meine persönlichen Angelegenheiten einmischen können? Ich sage so gut, denn es mag zwar ganz leicht aussehen, eine feste Anstellung, selbst die letzte, die eines Redakteurs zweiter Klasse im Kolonialministerium aufzugeben, nun, ich wußte – erst recht nach acht Jahren –, daß, um das zu tun, Heroismus erforderlich war, nicht mehr und nicht weniger. Hundertmal hatte ich es versucht, ohne daß es je gelungen wäre. Doch wem in mir, lieber Gott, war es gelungen? Da ich es nicht herausfand, sagte ich mir, es sei besser, ich versuchte, seine ausdrücklichen Befehle genau zu befolgen, als ihn zu erkennen und damit Zeit zu verlieren. Seine Befehle waren mir genehm, und wie sehr, es war doch der mir Bestbekannte in mir, der nicht ins Amt zurückkehren würde.

Jacqueline, glaube ich, bemerkte nicht, daß ich keine der Fresken betrachtete. Sie ging mir voran, und ich folgte ihr stets. Vor jeder Freske blieb sie stehen. »Schau«, sagte sie und drehte sich zu mir um, »schau, wie schön das ist.« Von jeder Freske sagte sie, sie sei schön oder sehr schön oder außerordentlich oder enorm. Ich schaute die Fresken an. Und manchmal sie, Jacqueline. Sie so reden zu hören, hätte mich tags zuvor noch aus dem Museum vertrieben. Ich beobachtete sie neugierig, denn noch vor einer Stunde hätte ich sie gern umgebracht. Danach hatte ich nun gar kein Verlangen mehr. So etwas tat man nicht. Sie erschien mir unschuldsvoll, weil sie von meinen bösen Absichten nichts gewußt hatte. Was ich tun mußte, war, sie den anderen zurückgeben, seien sie Optimisten oder nicht, wie einen Fisch dem Meer.

An den folgenden Tagen begann ich, auf anständige Weise an sie zu denken. Ich wünschte ihr Gutes. Doch ein sehr eigenartiges Gutes, das ich ihr unmöglich vorenthalten durfte. Da ich sie verlassen und sie zumindest einige Zeit an sich zweifeln würde, zweifeln, ob das menschliche Glück so einfach zu erreichen sei, wie sie bisher geglaubt hatte, bliebe ihr vielleicht ein restliches Zweifeln für später. Das war alles, was ich für sie tun konnte.

Am Morgen nach dem Museumserlebnis sagte ich ihr:

»Seit wir hier sind, haben wir die Stadt noch nie auf die gleiche Weise besichtigt. Du wanderst umher, und ich sitze da. Für einmal wollen wir dasselbe unternehmen. Wir wollen in eine Cafeteria gehen.«

Ich schleppte sie mit in meine Cafeteria, dann redete ich ein wenig mir ihr. Man müsse auch mitunter einige Zeit vertrödeln, erklärte ich ihr, um nicht die Zeit, die man gewonnen habe, völlig zu verlieren. Das sei schwer zu erklären, aber darum doch wahr. Ich, zugegeben, vertrödele zu viel Zeit, sie dagegen nicht genug. Ich sagte ihr, ich hätte sie in die Cafeteria geschleppt, um ihr diese Dinge zu sagen, die ich, fügte ich hinzu, für sehr wichtig hielte. Da sie in einer Woche zwangsläufig mit Weinen Zeit verlöre, dachte ich mir, würde es ihr vielleicht Trost bedeuten, sich an meine schöne Rede zu erinnern. An ihrem plötzlich verschüchterten Blick erkannte ich, daß sie mir kein Wort glaubte und sich fragte, was los sei. Aber das war mir egal, ich tat, was ich tun zu müssen glaubte, auf anständige Weise.

Tags darauf schleppte ich sie zum zweiten Mal in die Cafeteria.

Diesmal sprach ich von Rocca. Ich sagte ihr, daß ich die Hitze in Florenz kaum mehr ertrüge, daß mir der Lastwagenfahrer viel von Rocca erzählt und daß ich beschlossen hätte, hinzufahren. Falls sie nicht mitkommen wolle, könne sie ja in Florenz bleiben. Sie möge tun, was sie wolle. Für mich stünde die Sache fest, ich führe nach Rocca. Sie zeigte den gleichen fragenden und vielleicht sogar ein wenig verängstigten Blick wie am Tag zuvor. Seit einem Jahr hatte ich nicht mehr in so freundlichem Ton und so lange mit ihr gesprochen. Trotz ihrer Besorgnis versuchte sie mich von meinem Plan abzubringen. Uns blieben nur noch vier Urlaubstage, lohnte es sich da, Florenz zu verlassen und eine zusätzliche Reise zu unternehmen? Ja, sagte ich ihr, ich fände, es lohne sich. Ist das Meer nicht überall gleich? In Frankreich sehen wir es doch wieder. Ich sagte ihr, dieser Ansicht sei ich nicht, das Meer sei nicht überall gleich; sie, wie gesagt, könne, sofern sie es wolle, in Florenz bleiben, ich würde ans dortige Meer fahren. Sie antwortete nicht. Ich hörte auf zu reden, und unser altgewohntes Schweigen beruhigte sie ein wenig. Erst abends im Zimmer verkündete sie mir, daß sie ebenfalls nach Rocca führe. Nicht des Meeres wegen führe sie hin, sagte sie, sondern um mit mir zusammen zu sein. Diesmal gab ich ihr keine Antwort. In Rocca wird sie mich nicht stören, überlegte ich mir. Vielmehr glaubte ich, daß es mir, wären wir erst dort, leichter fallen würde, ihr mein Vorhaben mitzuteilen. Sie würde im Meer baden, das tut man ja gewöhnlich, wenn ein Meer da ist, ich würde in der Magra baden. Wenn nötig würde ich drei Tage, und wenn nötig drei Nächte in der Magra bleiben, bis sie in den Zug gestiegen wäre. Es schien mir ratsamer, in einem Fluß zu warten, statt in einem Hotelzimmer, wegen der Hitze gewiß. Und schließlich hat jeder seine eigenen Vorstellungen von der wirksamsten und schonendsten Art und Weise, sich von einem anderen Menschen zu trennen. Ich sah mich in der Magra auf den Zug warten. Wie hinter der sichersten Panzerung sah ich mich bereits in ihrem Süßwasser versteckt. Nur dort glaubte ich, mutig sein zu können. Nicht in einem Hotelzimmer.

In unserer letzten Nacht in Florenz, der fünften der Hundstage, kam es zum Gewitter. Von neun Uhr abends bis Mitternacht wehte ein glühend heißer Wind über der Stadt, der Himmel wurde von Blitzen zerrissen. Der Donner war betäubend. Die Straßen leerten sich. Die Cafeterias schlossen früher als gewöhnlich. Es dauerte lange, bis der Regen kam. Manche verloren die Hoffnung, glaubten, es werde erst am nächsten Tag regnen. Doch gegen Mitternacht stürzte er los mit der rasenden Geschwindigkeit eines Rennpferds. Ich schlief nicht, ich wartete auf ihn. Als er eingesetzt hatte, stand ich auf und ging zum Fenster, um ihn zu sehen. Über die ganze Toscana mitsamt den vor Hitze verendeten Fischen gingen Wolkenbrüche nieder. Auf der anderen Straßenseite und dann allerorts in der Stadt erhellten sich die Fenster. Die Menschen standen auf, um den Regen zu sehen. Auch Jacqueline stand auf. Sie trat neben mich ans Fenster. Aber sie sprach nicht von ihm, dem Regen.

»Jetzt wird die Hitze nachlassen«, sagte sie leise, »warum also nicht in Florenz bleiben?«

Daraufhin sagte ich ihr, was ich ihr in der Cafeteria nicht gesagt hatte.

»Ich muß nach Rocca.«

»Ich verstehe nicht«, sagte sie nach einer Weile.

»Ich weiß noch nicht genau warum«, sagte ich, »aber wenn wir dort sind, werde ich es wissen und dir sagen.«

»Bist du denn sicher, daß du es besser wissen wirst, wenn wir dort sind?«

»Ganz sicher«, sagte ich.

»Du hast immer so komische Einfälle« – sie versuchte zu lächeln –, »und ich, ich folge dir überall hin.«

»Du bist lieb«, sagte ich.

Sie erwiderte nichts, ließ davon ab. Eine kleine Weile noch blieb sie am Fenster stehen, dann plötzlich, als ob sie das Schauspiel nicht länger ertragen könnte, lief sie zum Bett. Ich rührte mich nicht. Sie forderte mich auf, zu ihr zu kommen.

»Leg dich doch hin«, sagte sie.

Ich antwortete nicht, ich tat so, als hätte ich nichts gehört.

Seit vielen Tagen hatte ich sie nicht mehr berührt. Vor allem, weil ich es nicht mehr gekonnt hätte, aber auch, weil ich mich seit dem Museum nur sehr begrenzt stark wußte, und beschlossen hatte, alle meine Kraft für die kommenden Tage aufzusparen.

»Aber so leg dich doch hin«, sagte sie.

»Ich schaue dem Regen zu.«

»Wirst du ihm noch lange zuschauen?«

»Ich habe Lust, ihm noch weiter zuzuschauen.«

Sie fragte mich nichts mehr. Sie hatte angefangen zu leiden. Eine vergessene Frische stieg auf aus den Tiefen der Nacht, und die Menschen, die nicht mehr auf sie gehofft hatten, staunten, sich an ihr noch erfreuen zu können.

Lange blieb ich am Fenster stehen. Ich begann an sie zu denken, dann aber dachte ich wieder an Rocca. Wieder an den Fluß und wieder an ihn, ihn am Fluß oder im Fluß mit mir. Fischbänke stoben wie Lichtbahnen vor uns davon. Das Wetter war immer trüb. Heute war Donnerstag. Am Samstag träfe er in Rocca ein, in zwei Tagen also. Es war noch lange bis dahin. Wäre er hier in Florenz gewesen, so wären wir durch den Regen gelaufen. In der Bahnhofsgegend gab es Cafeterias, die die ganze Nacht offen hatten. Der Kellner der Cafeteria, in der ich meine Tage hinbrachte, hatte es mir gesagt. Ich hatte ihn danach gefragt. Wir hätten getrunken, hätten miteinander geschwatzt. Aber er war nicht da, ich mußte bis Samstag warten. Ich mußte mich gedulden. Lange blieb ich am Fenster stehen, länger als je zuvor an einem Fenster, rauchte, dachte an den Fluß und ihn, und zum ersten Mal dachte ich darüber nach, was ich wohl anfangen könnte, wenn ich die Standesamtsabteilung verlassen hatte.

Es war nicht leicht, nach Rocca zu kommen. Zunächst mußte man nach Sarzana fahren, dort dann den Autobus nehmen. Die erste Strecke der Reise war beschwerlich. Die Hundstage waren vorbei, in den Zügen aber herrschte noch eine erstikkende Hitze. Eine Stunde nach unserer Abfahrt fand Jacqueline einen Sitzplatz. Ich blieb während der ganzen Fahrt am Wagenfenster stehen. Sie kam nicht ein einziges Mal zu mir. Ich glaube sogar, daß sie nur selten die Landschaft betrachtete.

Um fünf Uhr nachmittags trafen wir in Sarzana ein. Der Bus fuhr erst um sieben Uhr. Ich wanderte durch die Stadt, und Jacqueline begleitete mich schweigend. Auf den Straßen waren fast nur Frauen zu sehen. Alle Männer arbeiteten in den Werften von La Spezia und waren zur Stunde unserer Ankunft noch nicht wieder heimgekehrt. Es war eine kleine Stadt mit engen, baumlosen Straßen, ärmlichen, weit offen stehenden Häusern, die sich wie eine einzige Wohnung zusammenschlossen und gegenseitig Schatten spendeten. Das Leben dort war schwer. Aber das Meer war nah, nur wenige Kilometer entfernt –, man spürte es in der Luft als einen unausschöpflichen Glücksvorrat. Wir beendeten den Rundgang in einer halben Stunde. Daraufhin schlug ich Jacqueline vor, etwas zu trinken bis der Autobus kam. Sie war einverstanden. Ich wählte ein Lokal am Hauptplatz, in der Nähe der Bus- und Tramhaltestelle.

Eine Stunde saßen wir dort, tranken Kaffee und Bier und schwiegen. Der Platz war sonnenüberflutet, voller Kinder.

Gegen halb sieben kamen die mit Männern besetzten Straßenbahnen aus La Spezia. Es waren uralte, von der Meeresluft rostige Wagen. Die Kinder hörten auf zu spielen, und die Frauen traten aus den Häusern, um sie vorüberfahren zu sehen. Während einer halben Stunde war der Platz von Rufen, Grußworten, Lachen und dem ungeheuren Lärm der Straßenbahnen erfüllt.

»Uns bleiben noch vier Urlaubstage«, sagte da Jacqueline.

Sie beschwerte sich über den Lärm der Bahnen. Sie hatte Kopfweh und nahm ein Aspirin.

Der Autobus traf gleichzeitig mit der letzten Straßenbahn ein, auch er unglaublich alt. Als einzige stiegen wir an der Station ein. Einige Kilometer folgte er der Straße nach La Spezia, dann auf der Höhe eines Flusses, es war die Magra, bog er zum Meer hinab. Die Straße wurde schlecht, ungenügend beschottert. Aber das war unwichtig, sie führte am Fluß entlang. Er war breit und floß ruhig dahin; auf seinem rechten Ufer erhob sich eine ganze Kette von Hügeln, die von befestigten Dörfern gekrönt waren, und zu seiner Linken erstreckte sich das weite, mit Ölbäumen bestandene Tal von Rocca.

Die Fahrt dauerte sehr lange. Etwa eine halbe Stunde, nachdem wir die Richtung zum Meer eingeschlagen hatten, ging die Sonne unter, und als wir ankamen, war es ganz dunkel. Der Autobus hielt vor der Trattoria, die, wie ich bereits wußte, am Fluß lag. Ich blieb lange in der Dunkelheit stehen und blickte auf ihn. Seit sechs Tagen und sechs Nächten hatte ich viel an ihn gedacht, wirklich viel, mehr als an irgend etwas, vielleicht sogar mehr als an irgend jemanden je zuvor in meinem Leben. Und außerdem war dies der Termin, den ich mir gegeben hatte, um mit Jacqueline zu sprechen, um die Abfahrt ihres Zuges abzuwarten, um mein Leben zu ändern. Im Grund wartete ich seit zehn Jahren darauf, am Ufer dieses Flusses anzukommen. Ihn zu sehen machte mich so müde, als hätte ich Titanenarbeit leisten müssen, um bei ihm anzukommen.

Ein alter Mann empfing uns. Er nannte uns seinen Namen: Eolo. Wie der Wind? fragte ich ihn. Wie der Wind, sagte er. Er sprach französisch. Ich sagte ihm, daß ich auf Empfehlung eines jungen Mannes hierher gekommen sei, dessen Namen ich nicht kenne, eines Maurers, der in Pisa arbeite, der einen grünen Lastwagen besitze und der alle vierzehn Tage übers Wochenende zu seinem Onkel nach Rocca fahre... Er dachte ein wenig nach und wußte dann genau, um wen es sich handelte. In der Laube setzte er uns Schinken und Teigwaren vor und entschuldigte sich, weil nichts anderes da sei. Alle Gäste hätten schon zu Abend gegessen, sagte er, und jetzt gingen sie gerade zum Meer oder am Flußufer spazieren. Fast alle warteten auf den Beginn des Balls. Wir gaben ihm keine Antwort. Er verstummte. Trotzdem blieb er während des ganzen Abendessens da und schaute uns zu, gewiß ein wenig verwirrt wegen unseres erschöpften Aussehens und unseres Schweigens. Sofort nach dem Essen bestellte ich ein Zimmer und eine Flasche Bier. Ich sei so müde, sagte ich ihm, daß ich sie lieber im Bett trinken wolle. Er faßte es so auf, als wünschten wir ein Zimmer zu zweit, und ich beließ es dabei. Wir folgten ihm. Das Zimmer war eng und hatte kein fließendes Wasser. Das Bett hatte ein Moskitonetz. Als er wieder gegangen war, sagte Jacqueline:

»Vielleicht hätten wir doch besser daran getan, in Florenz zu bleiben.«

War das ihr Ernst, oder wollte sie mich dazu veranlassen, ihr zu sagen, was ich in diesem verlorenen Dorf am Meer suchte? Ich weiß es nicht, ich wollte es nicht wissen. Ich sagte ihr, ich fände, wir hätten gut daran getan, hierher zu kommen. Sie sah, daß ich sehr müde war, daß zu sprechen mir schwerfiel, mir sogar lästig wurde, und ließ mich in Ruhe. Ich trank mein Bier. Ich legte mich hin, ohne auch nur den Mut aufzubringen, mich zu waschen, und schlief fast sofort ein.

Zwei Stunden später vielleicht wachte ich wieder auf. Seit der Hitzewelle ging es mir fast jede Nacht so. Ich fuhr mehrmals aus dem Schlaf auf, stets mit dem Gefühl, schon lange, sogar schon zu lange geschlafen zu haben, und sonderbar ausgeruht. Ein Wiedereinschlafen fiel schwer, war manchmal unmöglich. In der Flasche war noch ein Rest Bier. Ich trank ihn, dann stand ich auf und ging ans Fenster, wie ich es mir schon zur Gewohnheit gemacht hatte. Am anderen Flußufer war die Tanzerei in vollem Gange. Die Musik vom Plattenspieler drang bis ins Zimmer herüber. Ich fühlte mich überhaupt nicht mehr müde. Den Mond sah man nicht, aber er mußte hinter dem Berg stehen, die Nacht war heller als zur Zeit unserer Ankunft. Ein Fenster des Zimmers ging auf den Fluß, das andere aufs Meer. Vom ersten Stockwerk aus ließ sich die Umgegend besser überblicken, die Flußmündung vor allem. Etwas links von der Mündung zeichnete sich die weiße Form eines Schiffs ab. Das Zwischendeck war schwach erleuchtet. Das war die Jacht der Amerikanerin. Das Meer war ruhig, doch erschien seine Oberfläche rauh im Vergleich zu der vollkommen glatten des Flusses. Ein glänzender Schaumstreifen kündigte ihre Begegnung an. Ich hatte Landschaften solcher Art, sozusagen geographische Landschaften, immer gern gesehen, Kaps, Deltas, Zusammenflüsse und vor allem Mündungen, die Begegnung von Flüssen und Meeren. In allen Dörfern am Ufer brannten Lichter. Ich sah auf die Uhr. Es war gerade erst elf.

Ich legte mich wieder hin. Unter dem Moskitonetz war es viel wärmer als am Fenster. Zugleich mit mir war eine Mücke ins Bett gelangt. Er hatte mir nicht gesagt, daß es hier Mücken gab. Seit den Kolonien hatte ich nicht mehr unter einem Moskitonetz geschlafen. Hier mußte es viele Mücken geben. Der Fluß. Seine Böschungen mußten voll davon sein. Mir war es egal. Jacqueline lag mir zugewandt in tiefem Schlaf. Schlafend schien sie sehr klein, noch kleiner als sonst zu sein. Ihr Atem strich regelmäßig über meinen Arm. Ich schloß die Augen und versuchte wieder einzuschlafen. Die Mücke meldete sich. Zu allem übrigen auch noch eine Mücke: nun war ich sicher, keinen Schlaf zu finden. Und Licht machen, um sie totzuschlagen, konnte ich nicht ohne Gefahr, daß Jacqueline aufwachte. Der Gedanke, mit ihr mitten in der Nacht im selben Bett zusammen wach zu liegen, hätte mich in die Flucht gejagt vor Scham, vielleicht sogar vor Angst. Das Paar, das sie und ich zwei Jahre lang gewesen waren, machte mir angst.

Es war einfach, ich hatte die Wahl zu glauben, daß entweder sie oder die Mücke oder der Ball mich am Einschlafen hinderte. Ich wählte den Ball. Von weitem, von einem Zimmer aus, wo man wach lag, allein im Dunkeln, konnte man glauben, daß es ein großer Ball sei, auf dem man sich amüsierte, mit jeder Menge Frauen. Bald hörte ich weder die Mücke noch Jacquelines Atem mehr, nur noch den Plattenspieler. Ich rührte mich nicht. Ich versuchte mit aller Macht wieder einzuschlafen, nicht auf den Plattenspieler zu hören, nur an Unverfängliches zu denken, nicht an ihn, vor allem nicht an ihn, nicht an den Fluß. Eine Stunde lang bemühte ich mich. Und dabei, im Bemühen, an nichts, an Unverfängliches zu denken, mich an das heutige Datum zu erinnern, begann die Hölle. Man fängt damit an, Schäfchen auf der grünen Weide zu zählen, doch das führt mitunter weit. Für arithmetische Rechnungen hatte ich schon immer eine besondere Neigung gezeigt. Einmal in Fahrt fing ich an, anderes als Schäfchen zu zählen. Wie viele Tage blieben mir bis zum Ende des Urlaubs, Jacquelines Abreise? Wieviel Geld hatte ich noch? Wie viele Monate, Wochen, Tage konnte ich von diesem Geld leben? Wie viele Jahre hatte ich eigentlich zusammen mit Jacqueline verbracht? Und im Ministerium? In dem Scheißbüro? Acht Jahre, drei Monate und sechs Tage. Mit Jacqueline zwei Jahre, drei Monate und zwei Tage. Sie hatten eine Samba aufgelegt, dieselbe wie vorhin, als ich aufgestanden war. Wie viele Jahre hätte ich noch weitermachen müssen, um das Anrecht auf meine Pension zu haben? Zwölf. Etwas mehr, als ich bereits für mich verbuchen konnte, anderthalb mal mehr. Meine Stirn bedeckte sich mit Schweiß. Auf welche Summe belief sich das entsprechende Ruhegehalt, auf das ich schon jetzt Anrecht hatte? Ich wußte es nicht genau, wahrscheinlich auf etwas weniger als die Hälfte meines regulären Ruhegehalts. Sollte ich es beantragen oder es verlieren? Mußte ich in meinem Alter solche Überlegungen anstellen? Wie alt war ich? Plötzlich fiel mir ein, daß ich vor drei Tagen, in Florenz, mitten in der Hundstagshitze, zweiunddreißig Jahre alt geworden war. Unverhofft sah ich mich meinem Geburtstag gegenüber. Eine Zahl erschien mir in Flammenzeichen und traf mich wie der Blitz. Ein weiteres Mal ertönte dieselbe Samba. Nein, beschloß ich, ich würde die meinen Dienstjahren entsprechende Pension nicht beantragen. Ich würde meinen Geburtstag feiern, indem ich es verschmähte, von der Kolonialverwaltung was auch immer zu verlangen. Und indem ich diese Art Überlegungen, diese Berechnungen einstellte, in deren Licht es selbstverständlich zu spät zu sein schien, um irgend etwas zu unternehmen, und sei es auch nur Paris, Jacqueline und die Standesamtsabteilung zu verlassen. Die Musik verstummte. Ich hörte Beifallklatschen. Dann setzte sie wieder ein. Wieder wurde ich die Beute höllischer Berechnungen. Mein Verstand verfing sich in unlösbaren Operationen. Durfte man in Anbetracht der durchschnittlichen menschlichen Lebensdauer auf eine dem Zehntel dieser Spanne entsprechende Pension verzichten? Mit anderen Worten, durfte man es sich erlauben, acht Jahre für nichts gearbeitet oder eigentlich für nichts gelebt zu haben? Besonders, wenn man die Dreißig erreicht hatte? Der Schweiß brach mir aus, aber ich fand zu keinem Entschluß. Wer auch hätte mich von diesen Berechnungen befreien können? Welches Ruhegehalt würde die acht Jahre aufwiegen, die ich im Ministerium ertragen hatte? Keines natürlich. Aber war das Grund genug, um den Versuch aufzugeben, sie ein klein wenig nachzuholen? Um auf Aperitifs, Zigaretten zu verzichten?

Das dauerte lange an, fast die ganze Zeit meiner Schlaflosigkeit. Dann fand ich die Lösung: Ich stand leise auf, um Jacqueline nicht zu wecken, zog mich im Dunkeln an und ging hinunter. Es war kühl. Vor der Trattoria breitete sich der Fluß in Höhe der Olivenfelder aus. Die beleuchtete Tanzfläche am anderen Ufer war deutlich zu erkennen. Da und dort in der Ebene sah man weitere ebenfalls beleuchtete Flächen. Überall wurde getanzt. Am Meer gingen die Leute im Sommer spät schlafen. Sie taten Recht daran. Ich blieb am Ufer stehen und betrachtete die Tanzerei. Meine Berechnungen hatte ich vergessen, ich dachte nur noch an den Ball. Von dort drüben strahlte es wie ein Feuer. Wenn der Mensch inmitten von Musik und Lichtern allein ist, hat er Lust, einem zu begegnen, der ebenso allein ist wie er. Und das ist schwer zu ertragen. Ich merkte, daß ich einen Steifen kriegte. Das wunderte mich. Nein, sonderliche Lust auf eine Frau hatte ich nicht. War es die Wirkung der Tanzmusik? Die Nachwirkung meines Geburtstags? Die Genugtuung über das proportionelle Ruhegehalt? Aber ich kümmerte mich doch weder um meinen Geburtstag, noch um dieses proportionelle Gehalt. Meine früheren Geburtstage hatten bei mir zudem nie diese Reaktion bewirkt und mein proportionelles Ruhegehalt, das, sagte ich mir grinsend, hätte eher das Gegenteil bewirken müssen. Was dann? War es das Bedürfnis, jemandem zu begegnen? Mit jemandem zu sprechen? Die Verzweiflung, niemandem zu begegnen? Bei dieser Erklärung blieb ich. Im übrigen war mir die Sache nicht so wichtig. In der gleichen Verfassung, die Augen auf die Tanzerei gerichtet, ging ich vielleicht eine Viertelstunde spazieren. Dann, als ich bereits sicher war, mich auch an diesem Abend gedulden zu müssen, fand ich mich plötzlich dem alten Eolo gegenüber.

»Guten Abend, Monsieur«, sagte er.

Er schlenderte am Ufer entlang und rauchte. Ich freute mich über die Begegnung. Zwar konnte ich alte Leute nicht leiden, ihre Gespräche machten mich ungeduldig, an diesem Abend aber hätte ich mit einem Hundertjährigen, was sage ich, mit einem Irren reden können.

»Heiß ist es«, sagte er, »Ihnen ist unter dem Moskitonetz zu heiß geworden, wie?«

»So ist es«, sagte ich, »man schläft schlecht, wenn es so heiß ist.«

»Die Moskitonetze sind es, die einem heiß machen. Ich schlafe ohne, meine Haut ist alt, auf die sind die Mücken nicht mehr scharf.«

Im Licht, das der Fluß zurückwarf, konnte ich sein Gesicht gut erkennen. Es war ein Paket sehr feiner Runzeln. Wenn er lachte, wölbten sich seine Backen, leuchteten seine Augen auf, er sah dann wie ein altes, ein wenig verdorbenes Kind aus.

»Ich weiß nicht, worauf sie warten, um DDT zu streuen, dort drüben, am Fuß der Berge. Seit drei Jahren sagen sie, wir kommen, wir kommen.«

Er mochte reden, was er wollte. Ich sah ihn gewiß so an, als ob mir das, was er sagte, von entscheidender Bedeutung sei. Immerhin schien er ein wenig verwundert.

»Es sind nicht nur die Mücken«, sagte ich, »es ist auch die Musik, die am Schlafen hindert.«

»Das versteh ich. An einem Tag gewöhnt man sich nicht daran«, sagte er, »aber morgen werden Sie sich schon daran gewöhnt haben.«

»Bestimmt«, sagte ich.

»Und schließlich kann man das Tanzen auch nicht verhindern, was?«

»O nein«, sagte ich, »das kann man nicht.«

»Aber Sie werden sehen«, sagte er, »an die Musik gewöhnt man sich schneller als an die Mücken.«

»Sicher«, sagte ich.

»Im Vergleich mit den Kolonien«, fing ich nach einer Pause wieder an, »sind die Mücken hier gar nichts.«

»Sie kommen aus den Kolonien?«

»Ich bin dort geboren und aufgewachsen.«

»Der Bruder meiner Frau, der war in Tunesien, er war Bäcker in Tunis.«

Eine Zeitlang redeten wir über die Kolonien. Dann kam er auf die Mücken zurück. Er regte sich ein wenig auf.

»Eine Mücke, eine einzige«, sagte ich, »kann einem die Nacht verderben.«

»Glauben Sie, die wüßten das nicht auch in Sarzana? Und ob die das wissen. Aber in Sarzana gibt es keine Mücken, und da vergessen sie es.«

»Dabei wäre es so einfach. Einmal DDT gestreut und der Fall ist erledigt.«

»Die Stadtverwaltung in Sarzana, die taugt nichts.«

»Über Sarzana sind wir hierher gekommen. Eine schöne kleine Stadt.«

»Ob sie schön ist, weiß ich nicht«, sagte er gereizt, »was ich aber weiß, ist, daß sie sich in Sarzana um sich selber kümmern.«

»Trotzdem, ich fand, daß das eine schöne kleine Stadt ist.«

Er beruhigte sich wieder.

»Sie finden sie schön? Sonderbar, denn für gewöhnlich

findet das keiner. Was die dort haben, ist eine gute Lebensmittelversorgung. Jede Woche fahren wir auf der Magra mit dem Boot hin.«

Die Schiffahrt war ein wichtiges Thema. Wenn ich es geschickt anstellte, konnte ich ihn damit noch eine gute Weile festhalten.

»Es gibt wohl viel Güterverkehr auf der Magra?« begann ich.

»Es gibt noch genug«, sagte er. »Alle Pfirsiche aus der Ebene kommen hier vorbei. In den Schiffen verderben sie nicht so rasch wie im Zug oder in den Lastwagen.«

»Und wohin gehen sie, diese Pfirsiche?«

Er wies mit dem Finger auf einen fernen glänzenden Punkt am Ufer.

»Dahin. Nach Viareggia. Und auch dahin« – er zeigte auf einen Punkt des gegenüberliegenden Ufers –, »das ist La Spezia. Die schönsten Früchte reisen über den Fluß. Die anderen, die eingemacht werden, werden mit dem Lastwagen transportiert.«

Wir redeten über Pfirsiche. Dann über Früchte.

»Man hat mir gesagt, die Früchte aus der hiesigen Gegend seien sehr schön«, sagte ich.

»Sie sind auch sehr schön. Aber die Pfirsiche aus dem Piemont sind noch schöner als unsere. Was bei uns das Schönste ist, das ist der Marmor, das ja.«

»Der junge Mann, von dem ich Ihnen erzählte, hat es mir gesagt. Sein Vater wohnt hier in der Nähe, wo, weiß ich nicht.«

»In Marina di Carrara«, sagte er, »Sie gehen drei Kilometer über den Strand und sind da, in Marina di Carrara. Dort eben ist der Marmorhafen. Da legen unzählige Schiffe ab.«

»Er hat mir gesagt, daß sein Vetter auch hier wohnt«, sagte ich, »daß er Unterwasserfischerei betreibt.«

»Sein Vetter, der wohnt hier«, sagte er, »aber auf der anderen Seite, nicht am Meer, am Fluß. Er ist Obsthändler. Aber sein Dorf, das ist nicht besonders schön. Marina di Carrara, das ist sehr schön.«

»Am Samstag will er kommen«, sagte ich, »wir wollen zusammen im Fluß unter Wasser fischen.«

»Ich versteh nicht, was die dies Jahr mit der Unterwasserfischerei haben«, sagte er, »alle wollen sie unter Wasser fischen.«

»Man kann sich nicht vorstellen, wie das ist, solange man es nie gemacht hat«, sagte ich. »Es ist wunderschön, die Farben sind außerordentlich. Die Fische schwimmen einem unter dem Bauch vorbei, und dann ist da eine unvorstellbare Ruhe.«

»Ah, ich sehe schon, Sie machen das also auch.«

»Ich habe es noch nie gemacht«, sagte ich, »am Samstag werde ich es zusammen mit ihm machen, aber daß es so schön sein muß, ist bekannt.«

Wir wußten uns nicht mehr viel zu sagen. Er fing wieder an, vom Marmor zu reden.

»In Marina di Carrara werden Sie ihn sehen, all den Marmor, der verschifft werden soll.«

»Vom Marmor hat er mir nichts erzählt«, sagte ich unwillkürlich. »Carraramarmor ist teuer.«

»Der Transport macht ihn teuer, Marmor ist schwer und zerbrechlich. Aber hier ist er natürlich nicht teuer. Hier in der Ebene werden alle in Marmor begraben, sogar die Armen« – er lächelte – ich lächelte ihm ebenfalls zu, wir dachten an das Gleiche. »Hier sind sogar die Spülbecken der Küchen aus Marmor«, redete er weiter.

Von diesem Marmor aus, der in die ganze Welt verschickt wurde, gelang es mir dann, ihn von seinen Reisen berichten zu lassen. Er war nie bis nach Rom gekommen, sondern nur bis nach Mailand, damals hatte er die Pfirsiche aus Piemont gesehen. Seine Frau jedoch, die kannte Rom. Sie war einmal dorthin gefahren. »Um dem Duce ihren Ehering zu bringen, wie alle Frauen Italiens. Gemessen an dem, was uns das eingebracht hat, hätte sie ihn besser behalten.«

Er liebe die Franzosen. 1917 habe er welche kennengelernt. Er glaube, daß die Franzosen die Italiener verachten.

»Was wird den Leuten in Kriegszeiten nicht alles weisgemacht«, sagte ich.

Aber er finde, sie hätten Recht.

»Ja doch«, sagte er, »sie haben uns gezwungen, unsere jüngere romanische Schwester zu bombardieren. Wer könnte das je auslöschen?«

Er litt sicherlich noch unter diesen Erinnerungen. Ich wechselte das Thema. Übrigens, was tue er eigentlich noch so spät hier auf dem Weg?

»Der Ball hindert mich am Schlafen«, sagte er. »Darum gehe ich in den Ballnächten spazieren. Und außerdem überwache ich die Kleine, die jüngste meiner Töchter, die Carla. Wir haben sie erst sehr spät bekommen, sie ist sechzehn Jahre alt. Wenn ich mich schlafen legte, würde sie hinrennen.«

Diese Carla liebte er offenbar sehr. Er lächelte, als er von ihr sprach.

»Sie ist erst sechzehn Jahre alt. Ich muß sie noch überwachen, es könnte ihr sonst etwas zustoßen.«

»Immerhin«, sagte ich, »dann und wann sollte sie doch einmal hingehen dürfen. Wie wollen Sie sie verheiraten, wenn Sie sie nicht zum Tanzen gehen lassen?«

»Was das betrifft, sieht man sie am Tag zur Genüge. Sie geht zehnmal zum Brunnen statt, wie sie müßte, fünfmal, und ich lasse sie gehen. Und sehen Sie, meine anderen Töchter gehen nun schon seit drei Jahren zum Tanzen, und das hat nichts genützt, sie sind noch nicht verheiratet.«

Er frage sich, ob er sie, besonders die Älteste, jemals verheiraten könne. Ganz unerwartet kriegte ich, als er mir von seinen Töchtern sprach, wieder einen Steifen. Eine leichte Sorge durchfuhr mich. Werde ich je klar wissen, was ich will? Was ich brauche?

»Von Zeit zu Zeit gibt es zwar Anwärter«, sagte er, »aber die sind arm und scheuen sich davor zu heiraten. Man verdient zu wenig in Italien. Und außerdem«, setzte er hinzu, »wollen alle die Carla und nicht die anderen.«

Ich hörte ihm nicht mehr genau zu, ich beobachtete den

Ball. Vielleicht war es letzten Endes das, was ich tun sollte: hingehen.

»Ich glaube«, fuhr Eolo fort, »es ist deshalb, weil sie, die Carla, nicht ans Heiraten denkt, sondern nur ans Tanzen. Die anderen dagegen, die denken ans Heiraten. Und so etwas merken die Männer immer.«

»Immer«, sagte ich, »o ja, immer.«

»Es sind aber nicht nur die Männer«, sagte er, »alle ziehen die Carla vor.«

Er erzählte mir von der Amerikanerin, die ebenfalls Carla seinen anderen Töchtern vorziehe.

»Von dieser Amerikanerin hat mir schon der Fahrer des Lastwagens erzählt«, sagte ich. »Kennen Sie sie auch?«

Aber sicher. Sie nehme doch ihre Mahlzeiten in der Trattoria ein. Sie schätze die Küche seiner Frau – diese Küche sei, wie man zugeben müsse, aber auch die beste der Gegend. Morgen würde ich die Amerikanerin in der Trattoria sehen. Er sagte mir nicht, daß sie schön sei, wahrscheinlich weil ihn das nicht mehr interessierte und weil sein nachlassendes Augenlicht ihm vielleicht kein Urteil mehr erlaubte. Er sagte mir aber, daß sie sehr freundlich sei. Und auch, daß sie sehr reich sei. Und allein. Sie sei hierher gekommen, um sich auszuruhen. Er sagte mir, sie habe eine Jacht am Strand vor Anker liegen. Ja, die hätte ich gesehen. Eine schöne Jacht mit sieben Mann Besatzung. Sie reise nicht zum Vergnügen. Es heiße, sie versuchte jemanden wiederzufinden, einen Mann, den sie früher gekannt hatte. Einen sonderbaren Mann. Eine sonderbare Geschichte. Aber was man nicht alles so rede..., jedenfalls sei sie sehr freundlich.

»So einfach wie die Carla. Die beiden verstehen sich gut. Manchmal begleitet sie sie zum Brunnen.«

Ab und zu esse sie zusammen mit Matrosen von ihrer Jacht zu Abend. So etwas habe man noch nie erlebt. Die duzten sie, sie nannten sie beim Vornamen.

»Und sie ist ganz allein?« sagte ich, »ohne einen Mann, der sie begleitet? Sind Sie sicher? Man sagt, sie sei schön.«

»Da sie diesen Mann da sucht, kann sie doch wohl keinen anderen bei sich haben, oder?«

»Ich meine«, sagte ich, »unterdessen, bis sie den Gesuchten findet, wenn sie ihr Leben damit verbringt, ihn zu suchen ...«

Das Reden über solche Dinge schien ihn ein wenig in Verlegenheit zu bringen.

»Sie hat keinen Mann bei sich, damit meine ich, nicht immer denselben, das ist nun mal sicher. Aber meine Frau, Sie wissen ja, wie Frauen sind, die sagt, ohne Männer lebt sie nicht, nicht ohne von Zeit zu Zeit Männer zu haben.«

»Frauen haben gute Augen für solche Dinge.«

»Sie sagt, man sieht es doch gleich, das ist eine Frau, die nicht ohne Männer leben kann. Sie meint das nicht böse, im Gegenteil, sie mag diese Amerikanerin sehr gut leiden, ebenso gut wie wenn sie arm wäre.«

»Im allgemeinen sieht man es den Menschen an«, sagte ich. »Alles in allem ist das wohl eine Frau, die leicht zu haben ist.«

»Nun ja«, sagte er und warf einen Blick zur Seite, »man kann es so nennen, eine Frau, die leicht zu haben ist. Meine Frau sagt, auf offener See genügen ihr die Matrosen.«

»Ich verstehe«, sagte ich. »Eine sonderbare Geschichte ist das.«

Wir fanden nichts mehr miteinander zu reden. Er riet mir, auf den Ball zu gehen. Wenn ich wolle, könne er mich im Boot hinfahren. Ich nahm sein Angebot an. Er redete wieder über den Fluß. Dann, kurz bevor wir ankamen, redete er noch einmal über den Ball und seine Töchter. Ich würde sie dort sehen, seine Töchter, sagte er mir mit einem Lächeln, das ich für eine freundliche Warnung hielt. Schließlich, wenn sie keine Ehemänner fänden auf den Bällen, setzte er hinzu, so amüsierten sie sich doch, das wenigstens hätten sie davon, das Leben sei nicht so rosig. Und überhaupt, sagte er aufgebracht, warum sollten nicht auch sie Männer finden, wie die anderen. Wer veranstaltet die Bälle? fragte ich. Die Gemeinde Sarzana, das sei die einzige gute Initiative dieser schlechten Gemeinde. Die Arbeiter aus La Spezia besuchten die Tanzereien, und mit ihnen verheirateten sich die Mädchen der Gegend denn auch zumeist. Er setzte mich am Ufer ab. Ich bot ihm eine Zigarette an. Er fuhr zurück, um seine Carla zu bewachen.

Der Ball fand in Ufernähe auf einem auf Pfählen errichteten Tanzboden statt. Eine Schranke aus Schilfrohr, an der Lampions hingen, zäunte ihn ein. Die Menschen tanzten auch außerhalb davon auf einem kleinen Wall gegenüber dem Eingang. Ich zögerte, stieg dann aber hinauf, weil draußen keine Stühle waren. Ich blickte den Anwesenden in die Gesichter, um zu sehen, ob ich in einem ihn wiedererkennen würde, man konnte ja nie wissen, vielleicht war er diese Woche früher aus Pisa gekommen. Doch nein, er war nicht früher gekommen. Von neuem übermannte mich die Müdigkeit. Ich setzte mich an einen Tisch, auf dem vier Gläser Limonade standen und wartete das Ende des Tanzes ab, um dann ein Mädchen anzusprechen. Es waren viele Mädchen da, genug für zwanzig einsame Männer in meiner Verfassung. Ich mußte unbedingt bald wieder jemanden finden, mit dem ich weiterreden konnte. Der Tanz, eine Samba, glaube ich, ging zu Ende, aber an ihn schloß sich sofort der nächste an. Niemand setzte sich. Ich schwor mir, nach diesem Tanz ein Mädchen anzusprechen. Das mußte sein. Ein Mädchen. Ich hatte zwar eins am anderen Flußufer, das allein in einem Zimmer des Gasthofs lag, aber es konnte mir nicht mehr dienlich sein. Ein Mädchen, eine Frau, die nicht so verschieden war von der, die ich ansprechen würde, außer in dem einen, daß sie mir rätselhafterweise nicht mehr dienlich sein konnte. In Vichy war sie eingestellt worden, und dort hatte ich sie kennengelernt. Ich hatte sie drei Tage lang heimlich beobachtet. Dann war mir ein Einfall gekommen, einer jener Einfälle, wie ich sie damals hatte. Ich hatte mir gesagt: da ich seit sechs Jahren darauf warte, aus diesem Saustall auszubrechen, und zu feige bin, es von mir aus zu tun, werde ich diese Redakteurin vergewaltigen, sie wird schreien, man wird sie hören und mich hinauswerfen. An einem Samstagnachmittag, als wir beide Bereitschaftsdienst hatten und allein waren, hatte ich es dann gemacht. Ich hatte es schlecht gemacht. Sie mußte dringend auf einen Mann gewartet haben. Als Samstagnachmittagsgewohnheit hatte das angefangen, und so waren zwei Jahre hingegangen. Ich hatte nicht mehr das geringste Verlangen nach ihr. Ich hatte es nie so machen können, daß sie mir gefallen hätte. Dabei spüre ich aber genau, daß ich wie alle anderen beschaffen bin, fähig, die ganze Welt zu lieben. Trotzdem habe ich es nie erreichen können, daß sie zu dieser Welt gehört und ich sie liebe. Gewiß muß man solche Ungerechtigkeiten hinnehmen. Morgen würde ich sie leiden machen. Sie würde weinen. Das war eine ebenso unabwendbare Aussicht, wie daß es morgen tagen würde. Ich war ebenso ohnmächtig, sie daran zu hindern, wie sie zu lieben. Ihre Tränen würden ihr einen neuen Reiz verleihen, den einzigen vielleicht, den sie je für mich gehabt hätte. Davor mußte ich mich in acht nehmen. Schon erinnerten mich die tanzenden Frauen an sie mit neuer Macht. Sie war allein im Zimmer, schlief oder war vielleicht aufgewacht und fragte sich, wo ich sei. Ich hatte sie nach Rocca mitkommen lassen und hatte ihr noch nichts gesagt, seit vier Tagen noch nichts von meinem Entschluß gesagt. Zweifelte ich also daran? Nein, mir schien es nicht so. Morgen würde sie weinen und zwar ganz gleich, auf welche Weise ich es ihr beibrachte. Ihre Zurückweisung wäre total. Tränenüberströmt würde sie abreisen, und ich bliebe hier. Bis zum letzten Augenblick würden wir als Paar illusorisch sein. Ein zweifellos törichtes Bedauern kam mich an, sie nicht zum Ball mitgenommen zu haben. Beim Tanzen, wer weiß, kann man vielleicht besser reden, sich besser verstehen. Ich hätte sie fest in die Arme geschlossen: »Ich bleibe in Rocca, ich kann nicht mehr. Die Trennung ist notwendig, das weißt du ebenso gut wie ich. Wir waren kein gutes Paar, mitten im Reichtum der Welt sind wir Hungers gestorben. Warum haben wir uns so schlecht behandelt? Weine nicht. Schau doch, wie fest ich dich in den Armen halte. Fast könnte ich dich lieben. Die Trennung vollbringt dieses Wunder. Versuch zu verstehen, daß sie notwendig ist. Dann werden wir einander endlich verstehen – wie jeder Beliebige jeden Beliebigen stets verstehen kann.«

Diese schönen Reden hielt ich mir mit solcher Heftigkeit, daß ich die tanzenden Mädchen nicht mehr sah. Dabei wußte ich, daß ich sie vor ihr, vor ihren tränenblinden Augen nicht halten würde. Es war im Grunde so, als wäre die Sache für mich abgemacht und als kämen sie mir in den Sinn, wie manche Vorstellungen angesichts der nicht reduzierbaren Ungerechtigkeit des Lebens: angesichts des Todes.

Die Samba war zu Ende.

Vier junge Mädchen kehrten zum Tisch zurück, an dem ich saß. Ich wählte rasch eine, die mich ansah. Die Musik setzte wieder ein, ein schlecht gespielter Blues diesmal. Ich forderte sie zum Tanz auf. Da war jedoch eine Frage, die ich ihr stellen mußte.

»Sie sind doch nicht die Tochter von Eolo, der den Gasthof am anderen Flußufer hat?«

Sie war nicht seine Tochter.

»Ich bin froh, Sie gefunden zu haben«, sagte ich, »ich bin ganz allein.«

Sie schien geschmeichelt. Ich war der einzige Franzose auf dem Ball.

»Als Sie hereingekommen sind, habe ich gleich gesehen, daß Sie ein junges Mädchen suchen, mit dem Sie den Abend verbringen können«, sagte sie.

Ich widersprach ihr nicht.

»Ich bin allein. Heute angekommen.«

»Ich verstehe. Ganz allein in Italien?«

»Ja«, sagte ich.

In noch höherem Maß allein, als wenn sie nicht auf der anderen Seite des Flusses, auch sie allein, im Zimmer gewesen wäre. In höherem Maße allein als sie. Gewiß einsamer, als wenn ich sie geliebt hätte. Eine Trennung von welchem Menschen auch immer ist nie natürlich. Ich hatte entsetzliche Tage mit ihr verlebt. Ich wußte, daß ich Jacqueline nie ersetzen würde. Und daß unsere schwer verständliche öde Partnerschaft, unser Irrtum im Grunde, trotz allem künftig wahr wäre.

»Ich«, sagte das Mädchen, »ich halte nichts davon, allein zu sein.«

»Das heißt, im üblichen Sinn bin ich es nicht. Ich habe eine Frau bei mir. Zur Zeit schläft sie im Gasthof. Wir werden uns trennen.«

Der Tanz ging zu Ende. Wir setzten uns nebeneinander an die Bar. Sie war ernst geworden.

»So was bereitet immer Kummer«, sagte sie.

Sie brannte darauf, mir Fragen zu stellen, wartete aber taktvoll, ob ich sprechen würde. Sie mußte ein Mädchen sein, das solche Geschichten leidenschaftlich interessierten.

»Sie ist lieb«, gab ich zur Auskunft, »sie ist hübsch. Ich kann ihr wirklich ernsthaft nichts vorwerfen. Wir sind nicht füreinander geschaffen, das ist alles. Dergleichen kommt alle Tage vor.«

Wenn er wieder nach Pisa zurückfährt, überlegte ich, bleibe ich in Rocca beim alten Eolo. Ich werde nach Sarzana gehen und die Trambahnen vorbeifahren sehen. Das würde ich zunächst einige Tage lang tun. Weiter wollte ich nicht denken. Der Sommer war auf dem Höhepunkt, ich würde ihm nicht den Rücken kehren. Nach Frankreich würde ich erst, wenn er endete, zurückkehren. Nicht eher. Gegenwärtig brauchte ich eine glühende Hitze, die mich an Ort und Stelle festhielt und meine letzten Zweifel überwand. Den Zweifel beispielsweise, ob ich nicht doch wegen meines proportionellen Ruhegehalts an das Kolonialministerium schreiben solle. Den Brief abzufassen war schwierig, und hier würden mir Sonne, Sommer, Fluß die Lust nehmen, es zu tun. Anderswo wäre ich nicht sicher gewesen, eines schönen Abends es nicht doch zu tun. In zwei Tagen würden wir unter Wasser fischen. Zwei Tage lang. Dann würde ich bis zum übernächsten Samstag auf ihn warten. In Rocca kannte ich den alten Eolo. Ich mußte dort bleiben, wo ich jemanden kannte. Ich durfte nicht mehr allein bleiben, nie mehr, nie mehr auf eine solche Abscheulichkeit mich einlassen, sonst konnte alles passieren. Ich kannte mich zur Genüge, ich war schwach, zu jeder Feigheit fähig.

»Sie reden nicht viel«, sagte das Mädchen.

»Nun ja, die Geschichte macht mir ein wenig zu schaffen«, sagte ich.

»Ich verstehe. Weiß sie, daß Sie sie verlassen wollen?«

»Einmal habe ich es ihr gesagt. Aber sicher hat sie es nicht geglaubt.«

In Rocca, mit Hilfe des Sommers. Er würde mir sehr hilfreich sein. Ich nahm mich vor mir selbst in acht wie vor der Pest. Endlich nützte es mir zu etwas, seit Jahren den Ruf zu haben, unheilbar tatenlos zu sein.

»Das ist immer so«, sagte das Mädchen, »man will es nicht glauben. Vielleicht haben Sie es ihr oft gesagt, ohne den Mut zu finden, es zu tun.«

Es schien mir ganz natürlich, ihr davon zu erzählen. Jeder durfte über das, was mir passierte, über meine so schwierige Lage urteilen. Zudem hatte ich niemandem, nicht einmal einer Frau, etwas anderes mitzuteilen als meine Geschichte.

»Nein«, sagte ich, »seit zwei Jahren, seitdem ich sie kenne, nehme ich es mir vor, aber es war das erste Mal, daß ich es ihr gesagt habe.«

»In dem Fall sollte sie es Ihnen glauben.«

»Sie glaubt es aber nicht.«

Sie dachte nach. Liebesgeschichten waren für sie das Wichtigste im Leben.

»Was kann sie denn sonst glauben?«

»Sie glaubt, es sei nicht so gemeint.«

Sie überlegte von neuem.

»Vielleicht werden Sie es auch nicht tun, trotz allem«, sagte sie. »Immerhin muß sie Sie gut kennen.«

»Was?«

»Na ja, sie verlassen.«

»Bis zur letzten Minute kann man es allerdings nicht sicher wissen, aber ich glaube, ich werde es tun.«

Wieder schwieg sie lange und sah mich aufmerksam an.

»Es ist sonderbar«, sagte sie endlich. »Weil Sie dessen nicht ganz so sicher sind, wie Sie gesagt haben, glaube ich jetzt, daß Sie es vielleicht tun werden.«

»Ich glaube es auch, warum, weiß ich nicht so recht, aber ich glaube es. Dabei habe ich nie im Leben ähnliche Entscheidungen getroffen, ernste Entscheidungen, ich habe das noch nie zustande gebracht.«

»Erstens«, sagte sie, ihren Gedanken fortführend, »wissen Sie, daß man nie sicher sein kann, eine Sache auszuführen, die man sich vorgenommen hat. Und zweitens scheinen Sie sehr ruhig zu sein, Sie werden sehen, Sie tun es.«

»Ich glaube, ja. Im Grunde ist es ganz einfach. Zunächst wird sie ihre Koffer packen, und ich werde ihr zusehen, dann wird sie den Zug nehmen, und ich werde den Zug abfahren sehen. Dazu muß ich nicht einmal den kleinen Finger rühren. Ich muß mir nur immerfort sagen, rühr dich nicht, rühr dich nicht. Das ist alles.«

Sie sah alles vor sich. Sie sah mich im Zimmer, sie sah die Koffer, den Zug, alles. Und schließlich sagte sie:

»Sie dürfen nicht im Zimmer bleiben, während sie die Koffer packt, das dürfen Sie nicht, Sie müssen hinausgehen.«

»Das ist wahr«, sagte ich, »Koffer sind etwas Entsetzliches, und außerdem packt man sie immer sehr früh, besonders dann, wenn man wütend ist.«

»Ja«, sagte sie, »und außerdem packt man sie manchmal nicht, um fortzugehen, sondern um dem anderen Angst zu machen. Frauen, alle Frauen haben einmal im Leben ihre Koffer umsonst gepackt. Gepackt, um dabehalten zu werden.«

»Sie ist eine mutige Frau, sie wird den Koffer im Ernst packen.«

»Ich stelle mir vor, wie sie sein muß«, sagte sie nach einer Weile.

»In das Zimmer werde ich nicht gehen«, sagte ich, »Sie haben ganz recht. Ich hatte gedacht, in der Magra schwimmen zu gehen, dort zu bleiben und den toten Mann zu machen – wenn nötig drei Tage lang, falls sie beispielsweise drei Tage lang hoffen sollte, ich führe mit ihr zurück.«

Das Mädchen lächelte.

»Klar«, sagte sie, »Sie müssen sie verlassen.«

Zweifellos hätte sie das Gespräch weitergeführt, aber sie sah, daß es mir plötzlich nicht mehr so leicht fiel, darüber zu reden.

»Wollen wir tanzen?« sagte sie.

Sie stand auf, und ich folgte ihr. Sie tanzte gut. Wir tanzten eine Weile, ohne zu sprechen. Dann fing sie wieder an.

»Merkwürdig«, sagte sie, »bei solchen Geschichten bin ich immer für die Männer und gegen die Frauen, warum weiß ich nicht. Vielleicht weil die Frauen alles festhalten wollen, gute wie schlechte Männer. Sie haben keinen Sinn für Veränderung.«

»Ich habe ihr das Leben schwergemacht«, sagte ich, »ich erweise ihr auch nicht die geringste Freundlichkeit.«

»Und sie ist sicher gewissenhaft«, fuhr sie fort, »und sie betrügt Sie nicht. Solche, das sind die schlimmsten von allen, die gewissenhaften Frauen. Das sind keine wirklichen Frauen.«

Sie sagte mir, daß sie Durst habe und daß wir ein wenig trinken sollten. Wir hörten auf zu tanzen. Der Chianti, den wir an der Bar erhielten, war lauwarm, aber das schien sie nicht zu bemerken. Sie trank gern.

Zum erstenmal betrachtete ich sie. Sie hatte ein eher alltägliches Gesicht mit verschwommenen Zügen, einen kräftigen Körper, sehr schöne Brüste. Sie mochte etwa fünfundzwanzig sein. Nachdem wir den Chianti getrunken hatten, tanzten wir wieder.

»Und Sie?« fragte ich.

»Ich bin Verkäuferin in Sarzana«, sagte sie. »Ich komme abends zum Tanzen hierher. Ich bin mit einem Seemann verheiratet. Seit langem ist alles zwischen uns zu Ende, aber in Italien kann man sich ja nicht scheiden lassen. Das ist sehr teuer, man muß dazu in die Schweiz fahren. Drei Jahre habe ich versucht, dafür zu sparen, dann habe ich es aufgegeben. Ich bräuchte fünfzehn Jahre, um genügend zusammenzubekommen. So nehme ich eben das Leben, wie es kommt.«

Unser Tisch war besetzt. Wir blieben mit anderen in der Nähe des Plattenspielers stehen. Es wurde wieder die bewußte Samba gespielt. Ob ihr diese Melodie gefalle? Sie gefiel ihr. Sie sei dieses Jahr in ganz Norditalien in Mode, und jeder sang sie. Das Mädchen gefiel mir. Ich fragte sie nach ihrem Namen.

»Candida«, sagte sie, »als ob das ein passender Name für mich wäre.« Sie lachte.

»Hast du viele Liebhaber?«

»Zur Genüge. Ich werde mein Lebtag Verkäuferin sein und verheiratet mit diesem Seemann, da... Was ich allerdings vermisse, das sind Kinder, weiter nichts.«

»Wenn einer dabei ist, der dir besser gefällt als die anderen, behältst du ihn dann?«

»Ich tue alles, um ihn zu behalten.«

»Bittest du? Weinst du?«

»Ich bitte und weine«, sagte sie lachend. »Es kommt aber auch vor, daß es der andere ist, der bittet.«

»Davon bin ich überzeugt«, sagte ich.

Wir tanzten und plauderten noch eine Stunde, dann, mitten im Tanz, zog ich sie mit mir hinaus.

Als ich sie losließ, war der Mond untergegangen, und es war völlig dunkel. Sie schlief halbwegs am Uferrand.

»Ich gehe spät zu Bett«, sagte sie, »und morgens stehe ich früh auf, und ich arbeite den ganzen Tag. Das macht mich dann müde.«

»Ich gehe jetzt«, sagte ich, »und du darfst nicht einschlafen.«

Sie sagte, sie habe ihr Fahrrad in der Nähe abgestellt und fahre jetzt nach Hause. Ich sagte ihr, ich wolle versuchen, sie wiederzusehen. Sie war einverstanden, sie gab mir ihre Adresse in Sarzana.

Ich kehrte mit dem Fährmann zurück. Eolo wanderte immer noch auf und ab. Er hätte gern mit mir geschwatzt, aber ich war müde. Ich bat ihn um ein Einzelzimmer für mich allein. Es verwunderte ihn nicht übermäßig. Im Hinaufgehen kam ich an Jacquelines Zimmer vorbei: kein Lichtstreif drang unter der Tür hervor. Sie schlief.

Am nächsten Tag wachte ich spät auf. Jacqueline erwartete mich in der Laube. Was ist los mit dir? Sie wußte von Eolo, daß ich nachts das Zimmer gewechselt hatte. Ich gab ihr eine kurze Erklärung. Die Hitze, sagte ich, zu zweit war es erstikkend im Zimmer, ich konnte nicht schlafen. Sie schien sich mit meiner Erklärung zufrieden zu geben. Wir frühstückten zusammen. Sie war verändert, fast gut gelaunt. Im Grunde war es gar keine schlechte Idee, hierher zu fahren, wir werden uns ausruhen. Ich ging auf die Ironie dieser Feststellung nicht ein. Ich sagte ihr, daß ich in der Magra baden wolle. Was für ein Einfall, wenn man das Meer nebenan hat, sagte sie. Ich lud sie nicht ein, mich zu begleiten. Sie machte sich zum Strand auf und ließ sich versprechen, daß ich nach meinem Bad in der Magra zu ihr kommen würde. Ich versprach es.

Es war beinahe ebenso heiß wie in Florenz. Aber hier war das ohne Bedeutung. Ich badete lange. Eolo hatte mir einen Kahn geliehen, von Zeit zu Zeit stieg ich aus dem Wasser, legte mich hinein und sonnte mich. Dann sprang ich wieder ins Wasser. Oder ich ruderte. Aber das war anstrengend, die Strömung war stark. Trotzdem gelang es mir einmal, ans andere Ufer zu rudern, ohne daß ich allzusehr zur Mündung hin abtrieb. Ich erkannte den jetzt menschenleeren Platz, an dem der Ball stattgefunden hatte, und in geringer Entfernung davon die Stelle, wo ich mich mit Candida aufgehalten hatte. Am Fluß lagen nur wenige Häuser, vornehmlich Obstgärten. Vor jedem ein privater kleiner Landungssteg und Kähne, die die Bauern mit Früchten beluden. Im Lauf des Vormittags wurde der Verkehr dichter. Die meisten Lastkähne fuhren zum Meer. Ihre Ladungen waren mit Planen gegen die Sonne geschützt. Die Magra war so herrlich, wie er mir gesagt hatte. Ihr Wasser klar und so lau, daß man darin hätte schlafen können. Aber nach einer unter höllischer Sonne über den Häusern von Pisa verbrachten Woche mußte man sie gewiß noch besser zu schätzen wissen als ich. Ich brauchte von nichts anderem auszuruhen, als von einer üblen Vergangenheit, von Lügen und Irrungen. Es genügte, daß ich für eine Weile aus dem Wasser stieg, und schon wurde mir in Gedanken daran wieder übel, schon mißtraute ich wieder der Zukunft. Im Wasser dagegen vergaß ich sie, alles erschien mir leichter, ich konnte mir erträgliche, sogar glückliche zukünftige Zeiten vorstellen. Daß ich zum Ball gegangen war, hatte mir gut getan. So sollte ich weitermachen. Weitere Kumpel finden, weitere Mädchen. Das Erlebnis mit Candida hatte mich aufgewühlt, sie war darüber verwundert gewesen und hatte mir gesagt, aber du mußt sie unbedingt verlassen, du mußt sie abreisen lassen. Es mußte sein. Ich mußte mir unermüdlich wiederholen, daß ich so, wie ich bisher gelebt hatte, nicht weiterleben könne und dürfe. Ich mußte mich an diesen einfachen, praktischen Vorsatz, dieses Verfahren halten, durfte es zugunsten keinerlei Überlegung anfechten. Früher oder später im Leben mußte man so weit kommen. In Italien gewiß leichter noch als anderswo, fänden sich Leute dazu bereit, mit dir zu reden, mit dir die Zeit zu verbringen, die Zeit zu vertun. Beim Schwimmen sagte ich mir immer von neuem dieses Credo auf, wiederholte es unaufhörlich und gab mir ernstlich das Versprechen, mich umzubringen, falls es mir nicht gelang, mein Leben zu ändern. Das fiel nicht schwer, ich wählte zwischen zwei Bildern: mich in den Zug einsteigen oder mich tot zu sehen. Ich zog es vor, mich tot zu sehen. Die Augen des in den Zug Einsteigenden machten mir mehr angst, als die geschlossenen Augen des Toten. Nachdem ich mir dieses Versprechen gegeben hatte, wurde der Fluß zu einem der köstlichsten Dinge des Lebens, wie Schlaf, Wein, wie seine Freundschaft.

Es wurde Zeit, daß ich mich zu Jacqueline an den Strand begab. Vielleicht hätte ich es wieder einmal versäumt, zu ihr zu gehen, wenn mir nicht plötzlich die Amerikanerin eingefallen wäre. Ich hatte Lust, sie zu sehen, ein leichtes Verlangen, das ich vor zehn Tagen noch zu unterdrücken versucht hätte, nun aber nicht mehr unterdrücken wollte. Natürlich konnte nicht die Rede davon sein, daß ich sie kennenlernte, ich wollte sie nur sehen. Mich reizte nicht so sehr, was man mir über ihre Schönheit als das Wenige, was man mir über ihre Lebensweise gesagt hatte. Und dann hatte ich auch immer Schiffe geliebt. Wenn nicht sie, würde ich doch ihre Jacht zu sehen bekommen. Um diese Stunde mußten alle Leute am Strand sein. Wiederum wollte ich vergessen, daß ich mit Jacqueline zu reden hatte.

Ich brachte Eolo den Kahn zurück und ging zum Strand.

Sogleich begriff ich, daß sie nicht dort war. Da mir alle außer Eolo gesagt hatten, daß sie sehr schön sei, war leicht auszumachen, daß keine der Frauen am Strand die Amerikanerin sein konnte. Die meisten der wenigen waren Hotelgäste, die ich schon morgens beim Frühstück gesehen hatte. Aber ihre Jacht ankerte dort, zweihundert Meter von der Mündung entfernt, dem Badestrand direkt gegenüber. Als Jacqueline mich kommen sah, lief sie mir entgegen.

»Wie geht's? Hast du ausgiebig gebadet?«

»Es geht so.«

Sie lächelte mir zu und wiederholte fast wörtlich, was sie mir am Morgen gesagt hatte, daß sie mich im ganzen Hotel gesucht habe, daß ich eine Stunde nach ihr aufgestanden sei, daß der alte Eolo ihr gesagt habe, ich sei mitten in der Nacht zu ihm gegangen und habe ihn um ein anderes Zimmer gebeten (er hatte ihr nicht gesagt, daß ich tanzen gegangen war), daß sie mich nicht habe wecken wollen und so weiter. Seit drei Tagen hatte sie nicht so viel gesprochen. Das macht das Baden, dachte ich. Ich bedauerte, sie nach Rocca mitgenommen zu haben. In bezug auf das Zimmer sagte ich ihr, was ich ihr am Morgen nicht gesagt hatte, daß der Gedanke an meinen Geburstag mich schlaflos gemacht und daß man am Abend seines Geburtstags manchmal das Bedürfnis habe, allein zu sein. »Mein armer Liebling«, rief sie, »und ich habe nicht einmal an deinen Geburtstag gedacht!« Das Baden, das Baden. Heute noch mußte ich mit ihr reden. Sie trug den ein wenig verschossenen, ein wenig ausgeleierten blauen Badeanzug, den ich schon kannte, weil ich ihn im Vorjahr in La Baule an ihr gesehen hatte. Waren es die Hundstage, denen sie in Florenz getrotzt hatte? Trotz ihrer ausgezeichneten Laune fand ich sie abgemagert und abgespannt.

»Komm ins Wasser«, sagte sie.

Ich war auf einem schattenlosen Weg zum Meer gegangen, aber das lange Baden in der Magra hatte mich so erfrischt, daß ich die Sonne am Strand noch ertragen konnte. Nein, ich wollte nicht sofort ins Wasser. Sie ging und setzte das Ballspiel fort, das sie, als ich kam, unterbrochen hatte. Sie spielte mit einem jungen Mann, sie schrie, sie lachte und gab sich große Mühe, mich glauben zu machen, sie amüsiere sich. Sie spielte schlecht und schaute ständig zu mir herüber. Ich sah mit halbgeschlossenen Augen ins Weite, gewahrte sie aber dennoch. Nur wenn sie mir den Rücken zukehrte, wagte ich die Jacht anzuschauen. Sie war von blendendem Weiß. Sie lange anzusehen, war nicht möglich, sie traf die Augen wie eine Peitsche. Trotzdem starrte ich hin, bis meine Augen nichts mehr sahen. Dann erst schloß ich sie und nahm die Jacht mit in meine Dunkelheit. Sie erfüllte mich mit vernichtender Betäubung. Sie war ein sechsunddreißig Meter langes Schiff mit zwei Decks. Ihre Verbindungsbrücken waren grün gestrichen. Sie hatte eine Takelung für ruhige See. Wirklich schmerzte das Hinsehen so sehr, daß mir war, als tränten meine Augen. Doch zweifellos hatte ich mir bisher den Blick, das Leben schon zur Genüge vergiftet und liebte daher solcher Art Verbrennungen. Dann und wann gingen Männer über Deck. Sie gingen zwischen den Laufbrücken und dem Vorderschiff hin und her. Der Flaggenmast war leer. Es kommt selten vor, daß man ihn nicht beflaggt. War es Nachlässigkeit? Auf der Seite stand in roten Lettern der Name: *Gibraltar*. Jacqueline rannte zwischen dem Schiff und mir vorüber, aber bald störte sie mich nicht mehr. Wie unbarmherzig weiß dieses Schiff aber auch war. Unbewegt, im blauen Meer verankert, zeigte es die Ruhe und den Hochmut eines einsamen Felsens. Sie lebe ständig an Bord, hatte man mir gesagt, das ganze Jahr über. Aber ich sah zwischen den Matrosen noch immer nicht die Gestalt einer Frau.

Die Jacht warf keinen Schatten mehr aufs Meer. Die Hitze war gewaltig. Es mußte fast Mittag sein. Jacqueline hörte mit dem Ballspiel auf, rief, sie könne nicht mehr und ging ins Meer. Ich mahnte mich an das, was ich mir im Fluß versprochen hatte, doch zum letzten Mal im Leben. Gleich darauf – war es die Einwirkung der Sonne? – dachte ich nicht mehr daran, mit Jacqueline zu reden, nur noch daran, zurückzukehren und einen Aperitif zu trinken. Ich werde mir einen genehmigen, dachte ich, zusammen mit dem alten Eolo. Dies schien mir sogleich der beste Einfall zu sein, den ich seit langem gehabt hatte. Eine Weile überlegte ich, auf welchen Aperitif ich Lust hätte und ließ sie alle Revue passieren. Das nahm mich stark, zutiefst, in Anspruch. Schließlich zögerte ich zwischen einem Pastis und einem Weinbrand mit Soda. Ein Pastis war das Getränk schlechthin, was man sich unter solcher Sonne hinter die Binde goß, Weinbrand mit Soda war vergleichsweise, nun ja, abendlich. Und wie ein Pastis sich trübte, schillerte, milchig wurde, das konnte man nur im Sonnenlicht gut sehen. Ein Weinbrand mit Soda war vorzüglich, doch angesichts des zugesetzten Wassers tat es einem stets um den Weinbrand ein wenig leid. Wohingegen es einem um den Pastis nicht leid tun konnte, den man ja nie ohne Wasser trank. Ich wollte einen zu mir nehmen, auf mein eigenes Wohl. Doch noch während ich daran dachte, an den Pastis, kam mir eine seltsame Idee. Das Messing. Warum sollte ich nicht das Messing auf dem Schiff blankputzen? Ich verdrängte sie und dachte wieder an den Pastis. Wer nach einem Bad im Mittelmeer noch nie Lust auf einen Pastis gehabt hat, weiß nicht, was ein vormittägliches Bad im Mittelmeer ist. Und das Messing, weißt du, wie man es poliert? Wer wüßte das nicht? Nein, wer nie unter der Sonne nach dem Baden die Stärke dieses Verlangens nach Pastis gespürt hat, hat nie die Unsterblichkeit der Sterblichkeit seines Leibes empfunden. Doch plötzlich wurde ich unruhig. Ich hatte Pastis noch nie gemocht. Zwei- oder dreimal hatte ich einen getrunken, doch ohne großen Genuß. Weinbrand mit Soda hatte ich immer vorgezogen. Was war in mich gefahren, daß ich Lust nach einem Pastis verspürte, ohne seither wieder einen gekostet zu haben? Was war los mit mir? Ich habe einen Sonnenstich, sagte ich mir, um mir sowohl die neue Neigung als auch das unverhältnismäßige Vergnügen, was ich mir davon versprach, zu erklären. Ich bewegte den Kopf nach allen Seiten, um ihn abzukühlen und mich selbst zu verstehen. Woran erkennt man, daß man im Begriff ist, durch einen Sonnenstich überzuschnappen? Außer diesem Gelüst – und dem, Messing zu polieren – hatte ich nichts Anomales, ich fühlte mich vollkommen wohl. Du mußt dich beruhigen, sagte ich zu mir. Ich legte mich wieder in den Sand. Aber Jacqueline, die, von meinem absonderlichen Verhalten alarmiert, das Wasser verließ, kam zu mir.

»Was ist denn jetzt schon wieder mit dir los?« fragte auch sie mich.

»Nichts«, sagte ich, »die Sonne stört mich ein bißchen. Ich glaube, ich werde einen Pastis trinken.«

»Einen Pastis? Du hast Pastis doch nie gemocht.« Sie wurde ausfällig. »Jetzt fängst du wieder mit deinen Aperitifs an.«

»Der erste Mensch der Neuzeit«, sagte ich, »war derjenige, der als erster Lust nach so etwas wie einem Aperitif verspürte.«

Sie blickte mich aufmerksam an.

»Was ist los mit dir?« wiederholte sie.

»Derjenige, der eines Morgens voller Kraft und Saft von der Jagd heimkam zu seiner kleinen Familie und der im

Augenblick, da er in seine Hütte und dort zu seinem Glück zurückkehrte, begann, die grünleuchtende Luft der Wälder und Bäche einzuatmen und sich zu fragen, was ihm wohl fehlen könne, da er doch Frau und Kind und alles Notwendige besitze und der von einem Aperitif träumte, noch ehe ein solcher erfunden war, er ist der wahre geniale Adam, der erste wahre Verräter an Gott und unser aller Bruder.«

Ich schwieg erschöpft.

»Und um mir das zu sagen, hast du mich nach Rocca kommen lassen?« Sie nahm sich zusammen. »Glaub mir, du solltest nicht in der Sonne bleiben.«

»Es war nicht der Apfel am Baum, auf den die Schlange hinwies, es war der faule Apfel, der auf die Erde gefallen war. Unser aller Adam hat sich über den faulen Apfel gebeugt, hat seinen Geruch eingeatmet und daran Gefallen gefunden. Im faulen Apfel, in der blasigen, wurmigen scharfen Gärung des Calvados-Apfels entdeckte er was? – den Alkohol. Er hatte ihn nötig, denn er war intelligent.«

»Glaub mir«, bat Jacqueline, »du solltest ein kurzes Bad nehmen.«

»Meinst du wirklich?« fragte ich.

Ich lief zum Meer, ging hinein und kehrte gleich wieder um. Der Wunsch nach einem Pastis blieb. Ich sagte Jacqueline nichts davon.

»Geht es dir jetzt besser?«

»Mir geht es gut«, sagte ich. »Ich habe Spaß gemacht, das war alles.«

»So etwas kommt bei dir nicht oft vor«, sagte sie, »ich habe mir Sorgen gemacht. Alle sagen, daß die Sonne hier fürchterlich ist.«

Und nach einer Weile setzte sie in abbittendem Ton hinzu:

»Zu alledem hatte ich dich sogar auffordern wollen, mit mir hinter dem Schilf ein Sonnenbad zu nehmen.«

Ich war einverstanden. Noch naß stand ich wieder auf, und wir kletterten an den Dünen entlang zur Stelle, wo das Schilf stand. Es war dürr und schwarz und so dicht, daß es sogar das

Geräusch des Meers dämpfte. Jacqueline breitete ihr Badetuch über eine unbewachsene Fläche und zog den Badeanzug aus. Ich legte mich in einiger Entfernung von ihr hin. Ich dachte weiterhin an den Pastis, um nicht an das Messing denken zu müssen. Wenigstens war es das, woran zu denken ich glaubte, vermeiden zu wollen.

»Was hast du nur seit einigen Tagen?« fragte Jacqueline. »Bist du mir böse?«

»Das nicht«, sagte ich. »Ich glaube nur, daß wir uns trennen müssen.«

Über uns, zu unserer Linken, schimmerten die schneebedeckten Flanken der Berge von Carrara. Die Dörfer auf den Hügeln der anderen Seite wirkten im Gegensatz zu ihnen sehr dunkel, vergraben zwischen ihren Mauern, ihren Weingärten und ihren Feigenbäumen.

Sie antwortete immer noch nicht. Ich sagte mir, daß der Staub in den Straßen von Sarzana, der mir so weiß erschienen war, vielleicht Marmorstaub gewesen sei.

»Ich verstehe nicht«, sagte sie endlich.

Auch ich wartete einen Augenblick, ehe ich antwortete.

»Doch, du verstehst.«

Wenn sie erst fort ist, sagte ich mir, werde ich in den Marmorgruben von Carrara umherwandern.

»Aber warum, warum sagst du plötzlich so etwas?«

»Nicht plötzlich, ich habe es dir schon in Florenz, im Museum gesagt.«

»Reden wir besser nicht vom Museum«, sagte sie boshaft. »Übrigens hast du vom Standesamt gesprochen.«

»Es ist wahr«, sagte ich, »aber das läuft auf das gleiche hinaus. Ich bleibe in Italien.«

»Aber warum denn nur?« fragte sie angstvoll.

Vielleicht ginge er mit zu den Marmorgruben.

»Ich liebe dich nicht. Du weißt es.«

Ich hörte ein Schluchzen. Ein einziges Aufschluchzen. Sie antwortete nicht.

»Du liebst mich auch nicht«, sagte ich, so sanft ich konnte.

»Es ist nicht möglich«, sagte sie endlich, »was habe ich dir nur getan?«

»Nichts. Ich weiß nicht.«

»Es ist nicht möglich«, schrie sie. »Das mußt du mir erklären.«

»Wir lieben einander nicht«, sagte ich. »Das kann man nicht erklären.«

Die Hitze begann, erstickend zu werden.

»Und was nun?« schrie sie.

»Ich bleibe in Italien«, sagte ich.

Sie wartete eine Weile und sagte dann in bestimmtem Ton:

»Du bist verrückt.«

In anderem, zynischem Ton fuhr sie fort:

»Und darf man erfahren, was du in Italien zu tun gedenkst?«

»Egal was. Vorerst bleibe ich hier. Was dann, weiß ich noch nicht.«

»Und ich?«

»Du fährst nach Hause«, sagte ich.

Sie faßte sich wieder, wurde ausfallend.

»Ich glaube dir kein Wort.«

»Du mußt es aber glauben.«

Sie fing jäh an zu weinen, ohne Zorn und so, als ob sie die Dinge seit langem erwartet hätte.

Kein Windhauch ging, das Schilf hielt ihn ab. Der Schweiß brach mir aus allen Poren, aus den Falten der Augenlider, aus der Dichte des Haars.

»Einem Lügner glaubt man nicht«, sagte sie unter Weinen, »ich kann dir nicht glauben.«

»Ich lüge weit weniger«, sagte ich. »Und warum sollte ich dich in diesem Augenblick belügen?«

Sie hörte mir nicht zu.

»Ein Lügner, ein Lügner bist du.«

»Ich weiß«, sagte ich. »Aber warum sollte ich dich in diesem Augenblick belügen?«

Sie hörte mir wieder nicht zu. Sie weinte. Sie sagte schluchzend:

»Du bist zu einem Lügner geworden. Für einen Lügner habe ich mein Leben vertan.«

Darauf gab es nichts zu sagen. Ich mußte warten. Seit wir im Schilf lagen, konnte ich die Jacht nicht mehr sehen. Ich wollte sie gern sehen. Ihr Anblick schenkte mir Kraft und Hoffnung. Mir war, als ob sie jeden Augenblick ablegen könnte.

»Bei einem Lügner«, fuhr Jacqueline fort, nach einem Zögern setzte sie hinzu – »und einem Feigling – hat man nie Beweise«, ihre Stimme klang boshaft, »das ist das Gute daran.«

Ich richtete mich auf, richtete mich sachte, unmerklich, höher auf, und da erschien es wieder vor mir, das Schiff, strahlend, weiß, auf dem Meer. Zwischen ihm und mir, zehn Meter von uns entfernt, lag ausgestreckt eine Frau. Sie nahm ein Sonnenbad. Ich wußte sofort, das war sie, die Amerikanerin.

»Du magst sagen, was du willst«, sagte Jacqueline, »ich weiß doch, daß du nach Paris zurückfahren wirst. Du bist zu feige, ich kenne dich, ich kenne dich ...«

Ich antwortete nicht. ich wäre dazu nicht fähig gewesen. Ich sah die Frau an. Sie hatte uns nicht bemerkt. Sie lag ausgestreckt da, die Hand unter dem Kopf. Die andere Hand ruhte zwischen ihren Brüsten. Die Beine leicht angewinkelt lag sie da, hingegeben wie im Schlaf. Man hätte meinen können, sie litte nicht im geringsten unter der Hitze.

»Was hast du jetzt wieder?« fragte Jacqueline.

»Nichts«, sagte ich schließlich. »Wenn du willst, können wir in den Gasthof gehen und einen Pastis trinken.«

Wahrscheinlich sah ich geistesabwesend aus. Sie wurde böse.

»Du kannst Pastis nicht ausstehen«, sagte sie, »hör endlich auf zu lügen.«

Sie schlug die Augen auf und sah in unsere Richtung,

gewahrte uns aber nicht. Ich fürchtete, daß sie uns hören könnte und sprach leise.

»Ich habe wirklich Lust darauf«, sagte ich, »es wundert mich selbst.«

Ihr Zorn legte sich wieder.

»Ich habe Zitronen dabei«, sagte sie mit einer gewissen Sanftheit, »leg dich wieder hin. Du kannst mich nicht einfach so verlassen, ohne mit mir zu reden. Wir müssen darüber reden.«

»Ich glaube nicht, daß wir weiter darüber reden sollten«, sagte ich. »Wir wollen nachher zusammen einen Aperitif trinken, das ist besser als reden.«

»So leg dich doch hin«, sagte sie, »was tust du denn nur?«

Merkte sie, daß sich mein Blick nicht genau zum Meer richtete?

»Aber so leg dich doch hin«, rief sie, »ich sage dir doch, ich habe Zitronen dabei, ich schneide dir eine auf.«

Ihr Gesicht war von dem gelösten Haar umflossen, aus ein wenig weiterer Entfernung hätte man sie wirklich für eine Schlafende halten können. Aber ihre Hand hob sich von der Brust und legte sich auf die geschlossenen Augen. War sie schön? Ich konnte sie nicht deutlich sehen. Sie lag dem Meer zugewandt. Ja, sie war schön.

»Hörst du mir überhaupt zu?« sagte Jacqueline.

Da ich mich nicht rührte, stand sie auf, um zu sehen, was ich so aufmerksam betrachtete. In der Hand hielt sie ihre Badehaube, in der zwei Zitronenhälften lagen. Sie gewahrte die Frau. Die Badehaube entglitt ihr, und die Zitronenstücke rollten in den Sand. Sie sagte kein Wort. Sie hob nicht einmal die Zitronen auf. Sie legte sich wieder hin. Ich hatte ihr nichts mehr zu sagen, die Dinge waren von selbst geschehen, ohne daß ich etwas anderes tun mußte, als sie geschehen zu lassen. Ich nahm die Zitronenhälfte, die neben mir hingefallen war, und preßte sie über dem Mund aus. Wir redeten nichts. Über unseren Köpfen, über dem furchtbaren Leben glänzte die Sonne weiter, brannte weiter.

»Sie hast du angeschaut?« fragte Jacqueline endlich. Ihre Stimme war verändert, langsam.

»Ja, sie«, sagte ich.

»Während ich mit dir sprach, hast du sie betrachtet?«

»Du hast nicht mit mir geredet, du hast vor dich hingeredet.«

Sie nahm ihr Badetuch und bedeckte sich.

»Mir ist zu heiß«, stöhnte sie.

Sie sagte nicht die Wahrheit, aber was konnte sie anderes tun? Ich empfand fast freundschaftlich für sie, weil sie das getan hatte. Sie schien zu frieren. Ich wagte nicht, sie anzusehen, merkte aber wohl, daß sie zitterte. Ich suchte nach etwas, was ich ihr sagen könnte, fand es aber noch nicht. Die Luft war schwer, vergiftet durch die Gegenwart der Frau, ich dachte nur noch an sie – und Jacqueline wußte es, sie wußte sicherlich, daß ich nur darunter litt, nicht aufstehen und sie sehen zu können. Während sie litt, hatte ich diese Frau betrachtet. Nun wußte sie, daß ich nicht gelogen hatte. Auch ich wußte es, sicherer denn je. Allein diese Gewißheit verband uns noch. Jetzt versank sie im Schmerz wie ein torpediertes Schiff im Meer, wir nahmen zusammen an dem Vorgang teil, ohne ihn verhindern zu können. Und wenigstens einige Minuten lang beschien die Sonne unbarmherzig die Wahrheit unseres Lebens. Sie glänzte, brannte so heftig, daß es wirklichen Schmerz bereitete, sie zu ertragen. Nackt unter ihrem Badetuch, zitterte Jacqueline stärker. Da war nichts zu machen, ich litt nicht. Ich litt nur darunter, nicht aufstehen zu können. Alles, was ich für sie tun konnte, war, das Brennen der Sonne immer noch weiter zu ertragen.

»Hier also willst du bleiben?« fragte sie endlich.

»Ich glaube, ja«, sagte ich.

Sie wurde plötzlich zornig, doch hatte ihr Zorn jetzt nicht mehr die gleiche Bedeutung wie vorher.

»Wo auch sonst?« höhnte sie.

»Beruhige dich«, sagte ich, »versuch ruhig zu sein und mich zu verstehen.«

»Mein armer Liebling«, höhnte sie wieder, »mein armer Liebling.«

»Ich hatte dir, wie mir scheint, schon gesagt, daß ich hier zu bleiben gedenke.«

Wieder hörte sie mir nicht zu; sie wiederholte nur, was sie mir bereits gesagt hatte.

»Es hat sein Gutes, daß du feige bist. Ich glaube dir nicht, was du redest. Wenn du auch sicher zu sein meinst, ich weiß doch, daß du nicht dazu fähig sein wirst.«

»Ich glaube, daß ich es tun werde.«

Ich sagte dies wohl mit Überzeugung. Ihr Zorn wich augenblicklich.

»Wenn es das Standesamt ist«, bettelte sie mit einemmal, »ich kann auch von dort weggehen, wir fangen etwas anderes an.«

»Nein«, sagte ich. »Du nicht, du wirst nicht von dort fortgehen.«

»Und wenn ich es doch täte?«

»So bliebe ich doch hier. Was du auch sagst, was du auch tust. Ich kann nicht mehr.«

Sie fing wieder an zu weinen.

Die Frau stand auf. Sie trug einen grünen Badeanzug. Ihr langer Körper zeichnete sich über unseren Köpfen vom Himmel ab. Sie ging zum Meer.

Als Jacqueline sie sah, hörte sie auf zu weinen und zu reden. Das Brennen der Sonne wurde mir unerträglich. Nun begriff ich, daß ich es auch deshalb so lange ertragen hatte, um sie aufstehen und in Bewegung zu sehen.

»Gehen wir baden«, sagte ich.

Sie bettelte noch mit versagender Stimme:

»Willst du nicht, daß wir weiterreden?«

»Nein, es lohnt sich nicht.«

Ich zog die Badehose wieder an.

»Komm mit mir baden«, sagte ich ihr abermals und so sanft ich konnte. »Das ist das Beste, was wir beide tun können.«

War es der Ton meiner Stimme? Sie begann von neuem zu weinen, doch diesmal ohne Zorn. Ich faßte sie um die Schultern.

»Du wirst sehen, in acht Tagen beginnst du dir zu sagen, daß ich vielleicht recht gehabt habe. Und dann allmählich wirst du erst wirklich glücklich werden. Mit mir warst du es nicht.«

»Du widerst mich an«, sagte sie. – Sie wich mir aus. – »Laß mich.«

»Du warst nicht glücklich. Begreife wenigstens das, du warst nicht glücklich.«

Wir traten aus dem Schilf. Ich erinnere mich genau an alles. Am Strand spielten ein paar Hotelgäste immer noch Ball. Sie schrien in verschiedenen Tönen, je nachdem, ob einer von ihnen den Ball fing oder verfehlte. Schon als wir hinter dem Schilf lagen, hatte ich sie schreien hören. Sie schrien auch, weil der Sand ihnen an den Sohlen brannte und sie nicht stehenbleiben konnten. Zwei junge Frauen, die unter einem Zelt lagen, applaudierten dem Spiel oder buhten es nieder. Wir rannten zum Meer, weil auch uns die Fußsohlen brannten. Im Vorbeilaufen fing ich den Ball im Flug auf und warf ihn den Spielern zurück. Nach der Sonne schien das Meer eisigkalt, es nahm uns den Atem. Es war fast ebenso ruhig wie die Magra, dennoch klatschten kleine Wellen regelmäßig gegen den Strand. Nachdem wir vorbeigelaufen waren, hörten die Spieler fast sogleich auf und gingen ebenfalls zum Meer. Am Strand war niemand mehr. Ich machte den toten Mann. Neben mir versuchte Jacqueline zu kraulen. Ich entsinne mich, daß ich mir sagte, lange wird sie nicht leiden, da sie jetzt schon wieder zu kraulen versucht. Wütend schlug sie mit den Beinen und störte den Schlaf des Meeres. Alle anderen Schwimmer machten den toten Mann. Die Jacht war da, verankert zwischen dem Horizont und uns. Und zwischen ihr und uns schwamm die Frau. Ich dachte wieder an das Messing, das heißt, an die Zukunft. Ich hatte keine Angst mehr, ich blieb in Rocca. Mein Entschluß stand fest. Soeben hatte ich ihn gefaßt. Alle früheren Entschlüsse erschienen mir unernst.

In die Trattoria zurückgekehrt, bestellte ich den Pastis. Eolo erklärte mir, in Italien gäbe es zwar keinen, doch habe er ein paar Flaschen, die er für seine französischen Gäste aufspare. Ich forderte ihn auf, einen mit mir zu trinken. Wir setzten uns auf die Terrasse. Jacqueline, die sonst nur Obstsäfte trank, bestellte einen Cinzano. Kurz nachdem wir uns zu Tisch gesetzt hatten, ich aber schon mit meinem Pastis fertig war, trat die Frau ein.

»Die Americana«, sagte Eolo leise zu mir.

Ich flüsterte ihm ins Ohr, daß ich sie schon beim Sonnenbaden am Strand gesehen hätte. »Ei, ei«, sagte er und kniff die alten Augenlider zusammen. Jacqueline hörte nicht, was wir sagten. Mit geweiteten Augen starrte sie auf die Frau, und es war deutlich, daß sie nicht von ihr ablassen konnte. Ich trank meinen zweiten Pastis. Sie hatte sich ans andere Ende der Terrasse gesetzt, sie rauchte und trank ein Glas Wein, das Carla ihr gebracht hatte. Jetzt sah ich sie genau, von rechts. Sie war nicht wiederzuerkennen. Nein, ich erkannte sie nicht wieder. Ich hatte nie gewußt, hätte nie geahnt, daß sie existieren könnte. Jetzt erfuhr ich es. Nach meinem zweiten Pastis war ich ein bißchen betrunken.

»Ich möchte noch einen Pastis«, sagte ich zu Eolo.

Sie wandte leicht den Kopf, als sie französisch reden hörte, wandte sich dann wieder ab.

»Das ist stark, so ein Pastis, wissen Sie«, sagte Eolo.

Daß ich existierte, hatte sie noch nicht bemerkt.

»Ich weiß«, sagte ich.

Ich hatte wohl in den letzten Tagen einen zu großen Ernst gezeigt. Dieser Ernst wurde jetzt einfach hinweggefegt.

»Trotzdem«, sagte Eolo, »ein dritter...«

»Sie können das nicht verstehen«, sagte ich.

Er lachte, verständnislos in der Tat. Jacqueline sah mich entsetzt an.

»Daß man Pastis nicht mag?« fragte Eolo spaßend.

»Nein«, sagte ich.

Er blickte mich an, immer noch lachend. Sie auch, so schien es mir, doch in dem Augenblick sah ich sie nicht an. Jacqueline schrie auf. Ganz schwach.

»Was?« sagte Eolo, »was nicht verstehen?«

Jacqueline wandte sich ab, und ihre Augen füllten sich mit Tränen. Alle mußten ihren Schrei gehört haben, alle außer Eolo.

»Was ein Aperitif ist«, sagte ich.

Er trug Carla auf, mir einen weiteren Pastis zu servieren. Sie brachte ihn mir. Sodann mußte über irgend etwas gesprochen werden.

»Sie haben da Trauben genug für die ganze Saison«, sagte ich.

Eolo hob den Blick zur Laube. Sie auch, unwillkürlich.

»Genug schon«, sagte Eolo.

Die Weintrauben waren riesig, sie hingen dicht übereinander. Und das auf die Laube fallende Sonnenlicht wurde von einer Masse grüner Beeren gefiltert. Sie badete im Licht der Trauben. Sie trug einen schwarzen Baumwollpullover und eine bis zu den Knien aufgekrempelte schwarze Hose.

»So viele habe ich noch nie gesehen«, sagte ich.

Jacqueline starrte noch immer verstört auf die Frau. Sie schien es nicht zu gewahren. Sie war sich selbst merkwürdigerweise völlig genug.

»Auch wenn sie reif sind, bleiben die grün«, sagte Eolo. »Man muß sie kosten, um zu wissen, ob sie reif sind.«

»Komisch«, sagte ich. Ich spürte, daß ich anfing, wirklich betrunken zu werden. Eolo merkte es noch nicht. Jacqueline bemerkte es. Sie interessierte das wohl kaum.

»Es ist so wie mit den Menschen«, sagte ich.

»Was?« sagte Eolo.

»Manche bleiben ihr Leben lang grün.«

»Jung«, sagte Eolo.

»Nein«, sagte ich, »Trottel.«

»Was bedeutet Trottel auf italienisch?« fragte Eolo.

»Dumm«, sagte ich.

Komm zu dir, sagte ich mir. Aber das war sehr schwer. Es gibt solche Augenblicke im Leben. Ich hätte am liebsten gelacht.

»Nur ich esse welche«, sagte Eolo. »Meine Töchter mögen sie nicht. Darum habe ich viel zu viele für mich allein. Auch die Gäste finden sie nie reif genug.«

»Dabei sind sie doch so schön«, sagte ich.

Carla lehnte sich mit dem Rücken an die Eingangstür und hörte ihrem Vater zu. Sie sah ihn mit zärtlicher Ungeduld an. Auch das bemerkte ich. Ich versuchte, sie weniger oft anzuschauen.

»Selbst Carla mag diese Trauben nicht«, fuhr Eolo fort – zu sich allein – »sie sagt, von den Trauben wird ihr ganz kalt.«

Es nützte nichts. Ich mußte sie einfach anschauen. Diesen Zwang hatte ich mir selbst zuzuschreiben. Ich hatte viel Zeit damit verloren, von ihrer Existenz nichts zu wissen.

»Ist das wahr, daß du diese Trauben nicht magst?« fragte sie Carla.

Ihre Stimme war so sanft wie ihre Augen. Sie war keine Amerikanerin. Selbst im Italienischen hatte sie einen französischen Akzent.

»Ich esse welche, um ihm Freude zu machen«, sagte Carla. »Aber es ist wahr, ich mag sie nicht.«

Niemand außer mir bemerkte, daß ich ihr nicht schlechter gefiel, als irgendein anderer. Niemand außer vielleicht Jacqueline.

»Meine Frau, die ißt sie gern«, fuhr Eolo fort. »Wir haben sie gepflanzt, als wir heirateten. Dreißig Jahre ist das her.«

Die Gäste kehrten zurück. Zwei Jäger traten ein. Sie bestellten zwei Gläser Chianti bei Eolo. Er hieß Carla, sie zu bedienen.

»Jedes Jahr«, sagte Carla, während sie bediente, »ist es das gleiche mit diesen Trauben. Seit wir Kinder waren, zwingt er uns, welche zu essen.«

»Du bist auch nie zufrieden«, sagte sie zu Carla.

»Das ist es nicht«, sagte Carla, »aber warum uns dazu zwingen?«

Sie gab Carla keine Antwort. Man hätte annehmen können, daß die Unterhaltung nun versiegen würde. Doch nein. Zwar interessierten Eolo nur noch Dinge wie diese Weintrauben, doch dafür interessierten sie ihn gründlich.

»Ein Nachbar«, sagte er, »hat mir den Weinstock gegeben. Er hatte sich in der Sorte geirrt. Als ich es nach sieben Jahren gemerkt habe, war es zu spät, ich hatte nicht das Herz, den Stock wieder auszureißen.«

»Wenn man einmal etwas gepflanzt hat«, sagte ich.

»So ist es«, sagte Eolo, »was man selbst gepflanzt hat, erscheint einem immer gut.«

Jedesmal, wenn ich meine Stimme hörte, bekam ich Lust zu lachen. Diesmal beherrschte ich mich. Jacqueline litt weiter.

»Und die Trauben, die du am Samstag in Sarzana einkaufst, magst du die?« fragte sie Carla.

»Da ich sie aussuche, mag ich sie auch«, sagte Carla.

Carla errötete. Sie vertraute ihr wohl Geheimnisse an.

»Ich tränke gern noch einen«, sagte ich.

»Nein«, sagte Jacqueline ganz leise.

»Nein«, sagte ich.

»Keine andere Rebsorte klettert so wie diese«, fuhr Eolo, ganz in seine Erklärungen vertieft, fort. »Meine Terrasse, die ist in der ganzen Gegend berühmt.«

Nur Carla hörte ihm wirklich zu.

»Wenn die Trauben da sind, muß man sie auch essen«, sagte ich.

»Ich bin die einzige, die welche ißt«, sagte Carla.

»Du bist aber auch nie zufrieden«, sagte sie noch einmal, »nie.«

»Immer sagen Sie mir das«, sagte Carla.

»Wenn ich bedenke«, sagte Eolo, »daß der arme Weinstock seit dreißig Jahren Jahr für Jahr seine Trauben trägt und daß man sie wegwirft. Ich esse davon, soviel ich kann, aber alle kann ich nicht essen.«

Carla hatte die Aperitifs serviert. Sie lehnte sich wieder mit dem Rücken an die Tür und wartete darauf, daß ihre Mutter sie rief, um das Mittagessen aufzutragen. Sie stand in der Nähe ihres Tischs. Eolo mußte ein wenig betrunken sein.

»Alle«, sagte er, »das kann ich nicht.«

»Jetzt fängt das schon wieder an«, sagte Carla. »Jedes Jahr fängt das wieder von vorne an.«

Ihr war es nicht unlieb, wenn man sich mit ihr befaßte. Auch das bemerkte ich wieder. Und auch, daß sie beim Reden immer errötete. Außerdem sah ich, daß ich ihr nicht schlechter gefiel als irgendein anderer.

»Es gibt Dinge, an die kann man sich nicht gewöhnen«, sagte ich.

»Ich esse so viele«, sagte Eolo, »daß ich jedes Jahr vierzehn Tage lang Magenkrämpfe habe, jedes Jahr.«

»Jetzt spricht er auch noch von Magenkrämpfen, vor dem Essen«, sagte Carla.

»Aber ich glaube«, sagte Eolo, »daß diese Magenkrämpfe gesund sind.«

»So ist er«, sagte Carla, »vor allen Gästen.«

»Über irgend etwas muß man schließlich reden«, sagte ich.

Ich lachte. Sie lachte auch. Es fiel immer schwerer, sie nicht anzuschauen. Jacqueline hörte nicht mehr zu. Sie sah uns abwechselnd an, sie, dann mich. Sie war sehr bleich.

»Jedes Jahr«, sagte Carla, »stirbt er fast an diesen Trauben. In vierzehn Tagen verliert er drei Kilo. Bald ist es wieder soweit.«

»Diese Magenkrämpfe halten mich am Leben«, sagte Eolo, »sie senken meinen Blutdruck. Und außerdem kann ich die doch nicht alle verderben lassen, diese Trauben, das kann ich nicht.«

»Ganz richtig«, sagte ich.

»Wenn man ihn machen ließe«, sagte Carla, »stürbe er noch daran. Sogar heimlich ißt er welche.«

»Man muß ihn machen lassen«, sagte ich.

»Selbst wenn er sein Leben riskiert?« sagte Carla.

»Ja«, sagte ich.

Eolo sah mich überrascht an. Ich war jetzt beinahe total betrunken. Jacqueline richtete einen sehr bösen Blick auf mich, glaube ich. Eine Weile sprach keiner mehr. Eolo schaute auf meine leeren Pastisgläser. Dann hörte ich sie im Tonfall desjenigen, der die Unterhaltung zu ändern wünscht, Carla fragen:

»Warst du gestern abend auf dem Ball?«

»Wo denken Sie hin«, sagte Carla, »die ganze Nacht ist er vor dem Haus auf und ab gegangen.«

»Heute abend findet wieder einer statt«, sagte sie.

Sie sah mich an, so flüchtig aber, daß nur ich es bemerkte.

»Das weiß ich doch«, sagte Carla.

Eolo hörte mit einiger Aufmerksamkeit zu. Die Lachlust war mir vergangen.

»Und wenn ich dich mitnehme, läßt er dich dann gehen?« fragte sie.

»Ich glaube nicht«, sagte Carla und sah ihren Vater an.

Eolo lachte.

»Nein«, sagte er, »ich habe es Ihnen schon gesagt, nicht mit Ihnen.«

Ich wurde jäh sehr besonnen. Mein Herz schlug heftig.

»Ich wäre doch dazu geeignet, sie auszuführen«, sagte ich.

Jacqueline war vor Wut entstellt, aber sie litt dadurch wohl weniger. Ich konnte nichts mehr daran ändern. Carla sah mich höchst verwundert an. Sie hingegen, so schien mir, ohne große Verwunderung.

»Wie?« sagte Eolo, »einfach so?«

»Es wäre mir ein Vergnügen«, sagte ich.

Jacqueline stöhnte wieder ganz leise.

»Ich weiß nicht«, sagte Eolo, »heute abend werde ich Ihnen Bescheid geben.«

»Nie bekomme ich etwas«, schrie Carla, »meine Schwestern haben alles, was sie wollen.«

Sie mußte bereits wissen, wie reizend sie in ihrer Grobheit war, denn sie übertrieb ein wenig. Sie blickte ihren Vater böse an.

»Du wirst sehen«, sagte sie sanft zu Carla, »du wirst sehen, er läßt dich hingehen.«

Sie strich ihr über das Haar. Carla rührte sich nicht. Unverwandt blickte sie ihren Vater böse an.

»Und heute abend«, murmelte sie, »sagt er dann, er will es nicht haben.«

»Nur für eine Stunde«, sagte ich. »Und sie wird nur mit mir tanzen.«

»Ich weiß nicht«, sagte Eolo, »heute abend gebe ich Ihnen Bescheid.«

»Da sehen Sie, wie gräßlich er ist«, schrie Carla.

Die Mutter rief nach ihr. Das Mittagessen war bereit. Carla stand auf, stieß ihren Stuhl zurück und verschwand im Gasthof. Während sie fort war, fand keiner dem anderen mehr etwas zu sagen. Dann kam sie wieder, gefolgt von ihren Schwestern und trug große dampfende Schüsseln auf. Ein Duft von mit Safran gewürztem Fisch verbreitete sich über die Terrasse. Das Mittagessen begann.

Es dauerte lang, dieses Mittagessen. Carla bediente. Eolo war in die Küche zurückgekehrt, um seiner Frau zu helfen. Ich hatte niemanden mehr, mit dem ich reden konnte. Und ich hatte eine quälende Lust zu reden. Zu reden? Nein. Zu schreien. Und eine ganz bestimmte Sache hinauszuschreien: den Wunsch, den ich empfand, auf einem Schiff davonzufahren. Es war eine fixe Idee, die mir zu Beginn der Mahlzeit gekommen war – meine Art, an jenem Tag betrunken zu sein. Dreimal stand ich auf und wollte weglaufen, weil ich die Lust zu schreien nicht mehr zurückhalten konnte. Dreimal zwang mich Jacquelines Blick, mich wieder hinzusetzen. Ich glaube, daß sie uns beide oft betrachtete. Ich betrachtete sie nicht, ich war mir noch undeutlich bewußt, daß es in meinem Fall gefährlich gewesen wäre. Und ich war viel zu sehr damit beschäftigt, nicht loszuschreien. Ich aß wenig und trank viel

Wein. Ein Glas nach dem anderen, wie Wasser. Ich war betrunken. Hätte ich geschrien, so hätte ich wahrscheinlich nichts anderes als unartikulierte Laute hervorgebracht, »Jacht«, beispielsweise, was, aus dem Zusammenhang gerissen, niemanden über meine Pläne aufgeklärt und mich um die winzige Chance, sie auszuführen, gebracht hätte.

Die Mahlzeit war die letzte, die ich mit Jacqueline einnahm. Sie brachte sie damit zu, mich mit unüberwindlichem Abscheu anzusehen. Wenn ich mich recht erinnere, aß auch sie nicht viel. Ich verdarb ihr wohl den Appetit. Wir sprachen nicht miteinander, sie sah mich an, und ich trank. Doch da sie der Terrasse den Rücken kehrte, lachte sie bei jedem Glas Wein, das ich trank, ganz leise hämisch. Dies geschah noch ziemlich oft. Aber ich war mittlerweile so betrunken, daß ich es gut aufnahm und sogar eher für ein Zeichen des Einverständnisses als der Feindseligkeit hielt. Zudem sah ich die Dinge ganz allgemein günstiger, je mehr ich trank. Und beim Käse, bei meinem zehnten Glas Wein angelangt, zweifelte ich nicht mehr daran, daß ich auf der Jacht davonfahren würde, es schien mir ein Leichtes, ich brauchte, sobald ich wieder nüchtern war, lediglich den Wunsch zu äußern. Jeder, so glaubte ich auch, könnte meinen Wunsch verstehen, auf einem Schiff zu reisen. Ich dachte nur noch an das Schiff, nur noch an die Fahrt auf ihm. Auf ihm mußte ich fort. Das war etwas, worauf ich nicht mehr verzichten konnte. Ich sah es wieder vor mir, weiß, auf dem Meer. Das Standesamt war aus meinem Leben verschwunden. Ich war nicht nur trunken vom Wein, sondern auch von Vorsicht. Und dies war mir in gewissem Grade bewußt: Du wirst sie fragen, wenn du nüchtern bist, nüchtern, nicht jetzt, wiederholte ich mir innerlich und Wort für Wort. Als wäre ihr meine kleine Strategie bekannt, lachte Jacqueline hämisch leise vor sich hin. Und ich lächelte ihr freundschaftlich und zweifellos auch verständnisvoll zu. Aber ich übertrieb wohl: Denn gegen Ende der Mahlzeit nahm sie ein Glas und warf es nach mir. Es fiel zu Boden. Zuvorkommend las ich die Scherben zusammen. ich mußte mich gewaltig anstrengen, um nicht hinzufallen dabei. Es dauerte lang. Als ich mich wieder aufrichtete, drehte sich mir alles vor den Augen, und ich wußte überhaupt nicht mehr, was tun, entweder sogleich meine Geschichte hinausschreien, alle auf der Terrasse zu Zeugen aufrufen dafür, daß sie mich an Bord ihrer Jacht nehmen müsse, oder aber ins Zimmer hinaufgehen. Ich dachte so heftig nach, wie ich es noch vermochte. »Schläfst du deinen Rausch aus?« fragte Jacqueline, die vielleicht dachte, ich sei dabei einzudösen. »Nein«, sagte ich, »mein Leben schlafe ich aus«, und von dieser Formulierung befriedigt, begann ich zu grinsen. Da aber blickten mich ihre Augen so schreckenerregend an, daß ich mich sofort entschloß, in mein Zimmer hinaufzugehen. Ich stand auf, visierte den Gang an und stürmte los. In tiefem Ernst durchquerte ich die Laube. Ihr Tisch befand sich am anderen Ende, neben der Eingangstür zum Hotel. Benimm dich nicht wie ein Trottel, benimm dich nicht wie ein Trottel, sagte ich mir, als ich an ihr vorüberkam, verscherze dir nicht deine winzige Chance, sei kein Trottel. Und es gelang mir, dieses gefährliche Kap zu umschiffen, ohne sie anzusehen – hätte ich sie angesehen und wäre ihrem auffordernden Blick begegnet, ich hätte so laut gebrüllt, daß ich gewiß alle auf der Terrasse in die Flucht gejagt hätte.

Auf der Hoteltreppe dann war ich sehr mit mir zufrieden.

Ich war wohl erst kurze Zeit, zehn Minuten vielleicht, im Zimmer, als Jacqueline eintrat. Ich glaube jedoch, daß ich in diesen zehn Minuten, vom Pastis und vom Wein hingemäht, geschlafen haben muß, denn mir scheint, sie weckte mich auf. Sie trat, ohne anzuklopfen, ein, schloß die Tür hinter sich, sachte, ohne sich umzudrehen. Und vornübergebeugt – wie die Frauen im Film, die, eine Kugel im Leib und ein Geheimnis im Herzen, ihre letzten Schritte zum Polizeiposten tun, um dort ihr Gewissen zu erleichtern – ging sie zum Kamin und stützte sich auf.

»Dreckskerl«, sagte sie mit leiser Stimme.

Nachdem sie es gesagt hatte, wurde ich sofort wieder schläfrig.

»Dreckskerl.«

»Dreckskerl, Dreckskerl.«

Die Bezeichnung schien mir gerechtfertigt. Sie entlud sich wie eine Flinte. Sie tat den Mund auf, und die Wörter schossen heraus, gleichförmig wie Kugeln. Das tat ihr übrigens beträchtlich wohl.

»Dreckskerl, Dreckskerl.«

Nachdem sie es so oft wie nötig gesagt hatte, beruhigte sie sich plötzlich. Ihre Augen verschleierten sich und sie sagte:

»Als ob deine Geschichte mit den Weintrauben jemanden hätte täuschen können. Armer Kerl.«

»Beruhige dich«, sagte ich, um irgend etwas zu sagen.

»Als ob nicht alle gemerkt hätten, daß du bei ihr Eindruck schinden wolltest. Armer Trottel.«

So hatte ich sie noch nie gesehen. Das war eine andere Frau. Und diesmal erhoffte sie nichts mehr.

»Und das vor mir«, schrie sie, »vor mir.«

»Beruhige dich«, wiederholte ich.

»Und die Leute, die sich über dich lustig machten.«

Fast lachend setzte sie hinzu:

»Und sie, die sich über dich lustig machte.«

Das ernüchterte mich. Interessiert hörte ich ihr zu. Sie merkte es.

»Was erhoffst du dir davon, armer Trottel?«

Sie zauderte, dann, weil man schließlich den Todesstoß versetzen muß, sagte sie:

»Nein, schau dich doch bloß mal an.«

Mich durchfuhr Lust, aufzustehen und es zu tun, mich im Kaminspiegel zu betrachten. Aber ich war noch zu schlafbefangen und begnügte mich damit, mein Gesicht mit den Händen zu befühlen. Ich hatte den Eindruck, einigermaßen bestehen zu können.

»Darum handelt es sich doch nicht«, sagte ich, immerhin etwas betroffen.

»Um was sonst? Armer Trottel«, sagte sie.

Ich antwortete ihr träge, und mein Ton reizte sie noch mehr als meine Antworten.

»Auf ihrer Jacht will ich mich einschiffen«, sagte ich.

»Auf ihrer Jacht willst du dich einschiffen? Und was willst du dort tun?«

»Das weiß ich nicht. Egal was.«

»Du, der nicht einmal imstande war, ein Register zu führen, was kannst du schon auf einer Jacht tun?« schrie sie.

»Das weiß ich nicht«, sagte ich. »Irgendwas.«

»Und warum sollte sie dich nehmen? Warum nimmt diese Frau Männer mit, wenn nicht, um sie sich von Zeit zu Zeit zu genehmigen?«

»Du übertreibst«, sagte ich, »es ist nicht allein deshalb.«

»Glaubst du, eine andere als ich würde sich einen solchen Trottel wie dich aufbürden? Hast du dich mal angeschaut, wie? Dein Trottelgesicht einmal angeschaut?«

Sie hatte es erreicht: ich richtete mich auf, um mein Trottelgesicht im Spiegel zu betrachten. Und um es besser beurteilen zu können, setzte ich wohl – ohne mein Wissen – einen vorteilhaften Ausdruck auf. Sie brüllte:

»Dreckskerl.«

Man mußte es im ganzen Hotel vernehmen.

»Ich bin ein wenig betrunken«, sagte ich, »entschuldige.«

Ich war nun nicht mehr so schläfrig. Die Wut verklärte sie, und ihr Gesicht erschien mir fast schwesterlich.

»Du fährst mit mir zurück«, brüllte sie wieder, »du fährst zurück.«

Fing sie wieder an zu glauben, daß dies möglich wäre? Ich hatte den unbändigen Wunsch, mich zu zerstreuen. Ich unterbrach sie jedoch:

»Nein«, sagte ich. »Ich bleibe, du kannst sagen, was du willst, tun, was du willst.«

Ihre Wut legte sich. Sie sah mich mit erloschenem, fernem Blick an, sie hatte dies erwartet. Dann sagte sie, aber sie sprach für sich allein und nach einer Pause:

»Seit zwei Jahren schleppe ich dich mit mir herum. Bringe ich dich dazu, ins Ministerium zu gehen. Bringe ich dich dazu, zu essen. Wasche ich deine Wäsche. Deine Hemden waren schmutzig, und du hast es nicht einmal gemerkt.«

Ich setzte mich auf und hörte ihr zu, aber sie wurde sich dessen nicht gewahr.

»Ich hätte nicht gegessen?«

»Mir verdankst du es, daß du nicht die Schwindsucht bekommen hast.«

»Und meine Hemden, ist das wahr?«

»Alle haben es gemerkt außer dir. Und samstags, statt ins Kino zu gehen ...«

Sie konnte nicht weitersprechen, schluchzte in die Hände.

»... habe ich sie dir gewaschen.«

Das quälte nun auch mich.

»Du hättest es nicht tun sollen«, sagte ich.

»Und was dann? Hätte ich dich vielleicht schwindsüchtig werden lassen sollen?«

»Ich glaube«, sagte ich, »ich glaube, das wäre besser gewesen. Und meine Hemden hättest du in die Wäscherei geben sollen. Deswegen glaubtest du, du liebtest mich.«

Sie hörte nicht zu. »Zwei Jahre«, sagte sie wieder, »zwei Jahre verloren mit einem Dreckskerl.«

»Du hast sie nicht verloren«, sagte ich, »man sagt das zwar immer, aber es ist falsch.«

»Und was sonst? Habe ich sie vielleicht gewonnen?«

»Man verliert immer viel Zeit im Leben«, sagte ich, »wenn man damit anfinge, solche Dinge zu bereuen, würde alle Welt sich umbringen.«

Sie wurde nachdenklich, ihr Gesicht war traurig. Nicht nur hoffte sie nichts mehr, sie war auch nicht mehr zornig. Ich konnte dieses Schweigen nicht mehr ertragen und redete wieder auf sie ein.

»In jedem Urlaub«, sagte ich, »habe ich gehofft, es werde ein Wunder geschehen und ich fände die Kraft, nicht mehr ins Ministerium zurückzukehren. Das weißt du doch.«

Sie hob den Kopf, fragte ehrlich:

»Ist das wahr? Das Amt und ich waren dasselbe für dich?«

»Nein«, sagte ich. »Das Amt und mein Leben waren ein und dasselbe. Bei dir war es so, daß du unter dem Amt nicht gelitten hast. Du kannst nicht ermessen, was es bedeutete.«

»Man kann sich für alles interessieren«, sagte sie, »selbst für das Standesamt. Ich habe es doch auch fertiggebracht, mich für dich, den typischen armen Kerl, den Obertrottel des ganzen Ministeriums zwei Jahre lang zu interessieren.«

Sie sagte dies mit tiefer Überzeugung, ohne viel Bosheit.

»Ich war also der größte Trottel im Ministerium?«

»So hieß es.«

»Ich frage mich abermals, wie du das ausgehalten hast«, sagte ich.

Ich war ebenso aufrichtig wie sie, und sie begriff dies. Sie antwortete nicht.

»Setz dich auf den Bettrand«, sagte ich sanft, »und sag mir, wie du es ausgehalten hast.«

Sie rührte sich nicht vom Kamin fort.

»Ich weiß es nicht«, sagte sie endlich in vollkommen natürlichem Ton.

»Daran habe ich nie gedacht. Du bist sehr stark.«

Sie warf mir einen mißtrauischen Blick zu und sah, daß ich ihr wohlwollte.

»Ach nein«, sagte sie – sie zögerte –, »ich war an dich gewöhnt, das ist alles, und dann hoffte ich...«

»Was?«

»Daß du dich ändern würdest.«

Sie wartete eine Weile und fragte dann im gleichen natürlichen Ton:

»Das Wunder, von dem du sprichst, ist also diese Frau?«

»Nein, sondern daß ich mich habe dazu entschließen können, das Ministerium zu verlassen. In Florenz habe ich es beschlossen, da wußte ich noch nichts von dieser Frau.«

»Aber als du sie dann gesehen hast, bist du dir deiner Sache sicherer geworden?«

»Ich weiß nicht, ob ich mir ihrer noch sicherer werden konnte, vielleicht, das ist schwer zu entscheiden. Sie ist da mit ihrem Schiff, und da sage ich mir, ich habe eine kleine Chance, daß sie mich anheuert.«

»Die Männer, die von den Frauen erwarten, daß sie sie aus der Klemme befreien, sind Scheißkerle.«

»Manche denken so«, sagte ich, »ich habe das immer ein bißchen dumm gefunden. Warum behauptet man das eigentlich?«

»Scheißkerle und Feiglinge«, fuhr sie fort, ohne mir zuzuhören. »Es sind keine richtigen Männer.«

»Möglich«, sagte ich nach einem Schweigen, »aber das ist mir egal.«

»Jeder richtige Mann würde das verstehen.«

»Als ich beschlossen habe, hierzubleiben, und das war in Florenz, kannte ich sie nicht.«

»Und was nun, willst du die Decks schrubben?«

»Ich habe nicht mehr den gleichen Ehrgeiz wie früher.«

Erschöpft ließ sie sich auf das Bett fallen. Dann sagte sie, jedes Wort deutlich artikulierend, langsam:

»Nie hätte ich gedacht, daß du eines Tages so tief sinken würdest.«

Ich konnte nicht mehr. Ich legte mich wieder hin.

»Der größte Dreckskerl war ich, als ich im Ministerium war«, sagte ich endlich, »auch dir gegenüber, da hast du recht, war ich ein Dreckskerl. Ich war unglücklich.«

»Und ich, glaubst du, daß ich glücklich war?«

»Du warst weniger unglücklich als ich. Wenn du sehr unglücklich gewesen wärst, hättest du nicht einmal meine Hemden waschen können.«

»Und du, glaubst du, das Glück zu finden, indem du die Decks schrubbst?«

»Ich weiß nicht. Ein Schiff ist ein Ort ohne Papierkram, ohne Register.«

»Armer Trottel«, sagte sie, »glaubt ans Glück und, wie mit allem übrigen, hat nichts davon begriffen.«

»Du redest oft vom Glück der Menschheit«, wagte ich zu entgegnen.

»Ich glaube an das Glück«, sagte sie.

»Ja«, sagte ich, »aber an ein Glück in Arbeit und Würden.«

Sie stand auf, selbstsicher, unerschütterlich wie stets. Ich hatte keine Lust mehr, ihr zu antworten, ihr auch nur das Geringste zu sagen. Sie machte Miene, zu gehen, hielt dann wieder inne und sagte mit matter Stimme:

»Sind es die Kohlen dieser Schlampe, was dir solchen Eindruck macht?«

»Möglich«, sagte ich, »das wird's wohl sein.«

Sie wandte sich wieder zur Tür, blieb dann abermals stehen. Ihr Gesicht war ausdruckslos, von den Tränen ausgelöscht.

»Ist es also wirklich aus?«

»Du wirst glücklich werden«, sagte ich.

Doch ich war entmutigt. Ich glaubte nicht mehr daran, daß sie es jemals eines Tages würde, und außerdem war es mir gleichgültig, ob sie es wurde oder nicht.

»In dem Fall nehme ich heute den Abendzug«, sagte sie.

Ich antwortete nicht. Sie zögerte, fragte dann:

»Die Geschichte mit der Jacht, ist die wirklich wahr? Du hast die Absicht mitzufahren?«

»Die Chance steht eins zu tausend.«

»Und wenn sie nichts von dir wissen will?«

»Ist mir egal.«

Ihre Hand lag auf dem Türgriff. Ich sah nur noch diese unbewegliche Hand, die sich nicht entschließen konnte.

»Bringst du mich zur Bahn?«

»Nein«, schrie ich, »nein, ich fleh dich an, hau ab.«

Sie sah mich mit erloschenem Blick an.

»Du tust mir leid«, sagte sie.

Sie verließ das Zimmer.

Ich wartete ein wenig, so lange, bis in der Stille des Hotels eine Tür schlug. Sie schlug heftig. Dann stand ich auf, zog die Schuhe aus und stieg die Treppe hinunter. Am rückwärtigen

Eingang angelangt, zog ich die Schuhe wieder an und trat ins Freie. Es mußte etwa zwei Uhr sein. Alle hielten Mittagsruhe. Das Land lag verlassen da, es war die heißeste Stunde des Tages. Ich nahm den Weg am Fluß entlang und ging in Gegenrichtung zum Meer, auf die Gärten und Olivenplantagen zu. Ich war noch sehr betrunken, hatte übrigens während der ganzen Zeit, als wir sprachen, nicht aufgehört es zu sein. Im verdunkelten Gehirn blieb ein einziger klarer Gedanke bestehen: ich muß mich vom Gasthof entfernen. Meine Niederlage war so total gewesen, daß ich ihr Ausmaß kaum noch überblickte. Ich war ein freier Mann, ohne Frau, der keine andere Verpflichtung mehr hatte, als sich glücklich zu machen. Doch wenn man diesen Mann gefragt hätte, warum er beschlossen hatte, seine Stelle zu verlassen, wäre er außerstande gewesen, es zu sagen. Ich hatte mit der Welt des Glücks in Arbeit und Würden gebrochen, weil es mir nicht gelungen war, sie von meinem Unglück zu überzeugen. Im Grunde hing mein Schicksal von niemand anderem mehr als von mir selbst ab, und meine Sache ging künftig nur noch mich an. Mit der Hitze stieg mir der Wein wieder zu Kopf, und ich spürte, wie ich wieder berauscht wurde. Einmal blieb ich stehen und versuchte redlich, mich zu übergeben. Aber es gelang mir nicht, ich hatte mich nie übergeben oder meine Gelüste mäßigen können, das war etwas, was meiner Erziehung immer gefehlt und mir häufig geschadet hatte. Ich versuchte es nochmals. Es gelang nicht. Darum begab ich mich ein wenig weiter. Ich ging mit Mühe, sehr langsam, der freie Mann war schwer wie ein Toter. Der Wein kreiste mit dem Blut vermischt in meinem ganzen Körper, und ich mußte ihn mit mir herumtragen, weiter und weiter, bis er aus mir herauslief, ich ihn ausharnte. Warten mußte ich. Warten, bis ich ihn ausharnte, warten, bis der Zug abfuhr, warten, bis ich diese Freiheit ertrug. Denn vom Wein der Freiheit war ich betrunken. Ich hörte, wie mein Herz dieses Zeugs bis in meine vom Laufen brennenden Füße pumpte.

Lange ging ich so, ich weiß nicht, eine Stunde vielleicht, immerzu durch die Olivenplantagen, um mich besser zu verstecken. Erst als ich mich umgedreht und den Gasthof nicht mehr gesehen hatte, blieb ich stehen. Wenige Meter vom Fluß entfernt, stand eine Platane. Ich legte mich in ihren Schatten. ich war schwer wie ein Toter, für die Welt des Glücks in Arbeit und Würden ein Toter. Aber der Schatten der Platane war für die Toten meiner Art wie geschaffen. Ich schlief ein.

Als ich wieder aufwachte, hatte sogar der Schatten der Platane mich verlassen und hielt sich feindselig einige Meter von mir entfernt auf, ganz seiner unerschütterlichen Bewegung hingegeben. Während einer der zwei Stunden, die ich geschlafen hatte, hatte ich in der Sonne geschlafen. Ich war nicht mehr betrunken. Ich fragte mich, wieviel Uhr es sein könnte und ob ihr Zug abgefahren sei. Die Frau, die Jacht, die Freiheit hatte ich vergessen. Ich dachte nur noch an sie, die abgereist war oder abreisen würde. Der Gedanke war ganz und gar grauenvoll. Ich versuchte, mich all der guten Gründe zu erinnern, die mich noch heute morgen bewogen hatten, mich von ihr zu trennen, doch obgleich sie mir in ebenso klarer Formulierung wieder einfielen, nützten sie mir angesichts meines Grauens vor dieser Abreise gar nichts mehr.

Ich bin sicher, dieses Grauen in allen seinen Aspekten erlebt zu haben.

Ich hatte keine Uhr bei mir. Ich wartete noch immer. Immer noch schien es mir zu früh zu sein für ihre Abreise. Darum wartete ich immer noch weiter. Die Sonne sank, und ich wartete noch. Da, als ich schon die Hoffnung aufgab, ihn jemals zu hören, hörte ich ihn: den Pfiff aus einem Dorfbahnhof, schrill und traurig. Ein einziger Zug fuhr abends von Sarzana nach Florenz. Ich konnte mich nicht irren, er war es, ihr Zug. Ich stand auf und ging zurück zum Hotel.

Eolo fing mich im Gang ab.

»Die Signora ist abgereist«, sagte er.

»Es war ausgemacht, daß wir uns trennen«, sagte ich. »Aber ich bin lieber nicht an die Bahn gegangen.«

»Ich verstehe«, sagte Eolo nach einer Pause. »Ihr Anblick tat einem in der Seele weh.«

»Hat sie mir nichts ausrichten lassen?«

»Sie hat gesagt, man möchte Ihnen ausrichten, daß sie den Abendzug genommen hat, das ist alles.«

Ich ging schnell hinauf in mein Zimmer. Ich glaube, ich weinte schon, bevor ich das Bett erreichte. Endlich weinte ich alle Tränen, die ich aus Mangel an Freiheit nicht hatte weinen können. Die Tränen von zehn Jahren.

Als Eolo an meine Tür klopfte, war es sehr spät. Er öffnete sie einen Spalt und streckte seinen Kopf ins Zimmer. Er lächelte. Ich lag im Bett. Ich bat ihn einzutreten.

»Alle sind bei Tisch«, sagte er, »es ist sehr spät.«

»Ich habe keinen großen Hunger«, sagte ich. »Es täte mir gut, das Abendessen zu übergehen.«

Er kam näher, lächelte mir zu und setzte sich schließlich auf das Fußende des Betts.

»Das Leben ist schwer«, sagte er.

Ich bot ihm eine Zigarette an und nahm mir selber eine. Mir wurde bewußt, daß ich seit dem Mittag nicht mehr geraucht hatte.

»In den Zügen muß es sehr heiß sein«, sagte ich.

»In Italien sind Eisenbahnfahrten nicht traurig«, sagte er. »Alle reden miteinander, und die Zeit vergeht im Nu.«

Er wußte mir nichts weiter zu sagen. Er wartete.

»Ich weiß nicht mehr genau, warum ich es getan habe«, sagte ich, »es ist fast so, als hätte ich sie getötet, wegen nichts.«

»Sie ist jung«, sagte er, »Sie haben sie nicht getötet. Es sah nicht so aus, als ob Sie miteinander auskämen.«

»Wir verstanden uns nicht«, sagte ich, »daran lag es, keiner verstand den anderen, aber das ist kein Grund.«

»Gestern abend, als Sie das Zimmer verlassen haben, habe ich es bemerkt. Und vielleicht schon, als Sie angekommen sind.«

Mir war speiübel. Nicht mehr reden, schlafen.

»Kommen Sie zum Essen«, sagte Eolo.

»Ich bin müde.«

Er dachte nach, kam auf eine Idee, lächelte breit.

»Ich gebe Ihnen die Carla, um auf den Ball zu gehen«, sagte er. »Kommen Sie.«

Ich lächelte ihm zu. Jeder hätte ihm zugelächelt.

»Das hatte ich völlig vergessen«, sagte ich.

»Ich habe es ihr gesagt, sie wartet darauf.«

»Ich bin aber doch müde«, sagte ich.

Langsam redete er auf mich ein.

»Sie ist jung, die Kleine«, sagte er, »das ist das Allerwichtigste, und sie ist gesund, sie hat alles, was man braucht. Sie müssen auf den Ball gehen. Wenn der Ball zu Ende ist, wird der Zug in Frankreich angekommen sein.«

»Ich komme gleich«, sagte ich.

Er stand eilig auf und ging hinunter. Ich ließ ihm Zeit, Carla zu benachrichtigen. Ich kämmte mich, wusch mir das Gesicht und ging nach unten.

Die Terrasse war voll besetzt, voller als am Mittag, mit Leuten, die wahrscheinlich auf den Ball gehen und den Abend mit einem guten Essen beginnen wollten. Sie war da. Sie sah, daß ich allein war, mich zudem stark verspätet hatte, schien sich aber kaum darüber zu wundern. Kurz nach meinem Eintreffen kam Carla vom Gang herein. Sie schenkte mir ein strahlendes, errötendes Lächeln, mit einiger Anstrengung brachte ich es fertig, ihr komplizenhaft zuzuzwinkern. Auf dem Tisch waren noch zwei Gedecke. Carla war nicht verständigt worden.

»Und die Signora, kommt sie herunter?« fragte Carla.

»Nein«, sagte ich, »sie ist abgereist.«

Sie hörte es. Und nun sah sie mich an in einer Art, daß ich verstand: Wenn ich wollte, würde ich auf der Jacht mitfahren. Eins zu tausend hatte meine Chance gestanden. Ich hatte sie.

Zweiter Teil

Ich trank schnell hintereinander zwei Gläser Chianti und wartete dann, ich weiß nicht worauf, daß Carla mir zu essen brachte oder vielleicht, daß der Chianti seine Wirkung tat. Sie schaute mir beim Trinken zu, und auch sie wartete darauf, daß der Chianti seine Wirkung tat. Er tat seine Wirkung. Ich spürte, wie er sich in meinen Armen, meinem Kopf ausbreitete und ließ es mir gefallen. Sie hatte sich geschminkt, sie trug ein schwarzes Kleid, hatte es, um auf den Ball zu gehen, eigens angezogen. Sie war unendlich schön und begehrenswert. Die Neueingetroffenen, die sie noch nicht kannten, sahen sie häufig an und redeten leise über sie. Sie jedoch sah mich an. Um mich zu vergewissern, ob es wirklich so war und sie nicht einen anderen, hinter mir Sitzenden, den ich nicht bemerkt hatte, meinte, drehte ich mich einmal um. Doch nein, an dem Ende der Terrasse war außer mir niemand, nicht einmal eine Katze auf der Mauer. Ich trank noch ein Glas Chianti. Eolo, der neben der Eingangstür saß, schaute mir ebenfalls zu, mit Sympathie und Besorgnis. Mit leiser Stimme sagte er etwas zu Carla, und sie brachte mir flugs einen Teller Pasta.

»Mein Vater«, sagte sie errötend ganz leise, »mein Vater, der sagt, Sie sollen etwas essen und nicht zu viel Chianti trinken.«

Verlegen lief sie eilig wieder weg. Die Frau hielt sie auf.

»Ich gehe mit dir auf den Ball«, sagte sie.

Ich aß ein paar Bissen, dann trank ich noch ein Glas Chianti. Ein Zug fuhr unaufhörlich im Dunkel meines Hirns, und ich trank, um mich gegen dieses Bild zu wehren, es zu vergessen. Der Körper tat mir weh, mein Gesicht brannte, weil ich auf der Erde in der Sonne geschlafen hatte. Der Wein war gut. Ihr Blick ließ selten von mir ab. Unsere Tische standen ziemlich nahe beieinander. Plötzlich war da eine dringende Notwendigkeit, etwas zu sagen, wegen der Nähe der Tische und weil wir einander ansahen.

»Ich mag diesen Wein«, sagte ich.

»Er ist gut«, sagte sie leise. »Ich mag ihn auch.«

Nach einer kleinen Weile setzte sie hinzu:

»Sie gehen auch zum Ball?«

»Aber sicher«, sagte ich, »mit Ihnen allein würde er Carla ja nicht hingehen lassen.«

Sie lächelte. Bis Carla mit Servieren fertig war, mußten wir warten. Sie hatte bereits gegessen, trank Wein und rauchte. Begriff sie, daß ich ihr, nachdem wir ein paar Worte gewechselt hatten, nun nichts weiter zu sagen hatte? Sie nahm eine Zeitung und las. Ich bemühte mich, nicht zu viel zu trinken.

Dann war es soweit. Eolo sagte Carla, sie solle sich umziehen. Carla verschwand in der Trattoria und kam fünf Minuten später in einem roten Kleid wieder. Eolo stand auf.

»Gehen wir?«

Wir folgten ihm alle drei. Er setzte uns ans andere Ufer über. Ein wenig brummte er, doch in freundlichem Ton.

»Sie bringen Sie mir doch nach einer Stunde wieder?« fragte er mich.

Ich versprach es ihm. Wenn er auch brummte, war er doch gut aufgelegt und bedauerte nichts. Sobald wir angelangt waren, fuhr er zu seiner Trattoria zurück, um Carlas Dienst bei Tisch zu Ende zu bringen, wie gewöhnlich, behauptete er. Carla lachte und sagte, es komme keine zwei Mal im Jahr bei ihm vor.

Sie gab Carla den Arm, und ich ging neben ihr. Ich bemerkte, daß sie ein wenig größer war als Carla, aber nicht sehr viel größer, weniger groß als ich. Unsinnigerweise beruhigte mich das.

Wir setzten uns an einen kleinen Tisch, den einzigen, der in einer Ecke, ziemlich weit vom Orchester entfernt, noch unbesetzt war. Carla wurde fast sogleich zum Tanzen aufgefordert. Sie und ich blieben allein. Unwillkürlich schaute ich an diesem Abend noch einmal reihum die Gesichter an, um zu sehen, ob er da war. Am nächsten Tag hatte ich vergessen, daß er existierte, und als ich ihn am Strand sah, erkannte ich ihn kaum wieder. Er war nicht da. Candida entdeckte ich, die tanzte und mich nicht bemerkte hatte.

»Suchen Sie jemanden?«

»Ja und nein«, sagte ich.

Carla tanzte lachend an uns vorüber. Eolo hatte recht, ihr Tänzer war ihr noch nicht wichtig, sie tanzte wie ein Kind und so gut, mit so viel Anmut, daß wir uns zulächelten.

»Es wäre schade gewesen, sie nicht mitzunehmen«, sagte sie.

Ich überlegte, was ich ihr sagen könnte, fand aber nichts. Ich hatte ihr nichts zu sagen. Candida gewahrte mich mit ihr, auch sie tanzte dicht an uns vorüber. Bekümmerte es sie? Ich glaube nicht, es verwunderte sie wohl eher. Auf der Höhe unseres Tisches angekommen, nötigte sie ihren Tänzer sekundenlang, stehenzubleiben und beugte sich zu mir hinunter.

»Sie ist abgereist«, sagte ich ihr.

Sie tanzte weiter, obgleich sie nicht aufhörte, meine Begleiterin anzustarren, im Versuch zu ergründen, was wir da miteinander taten, so schien mir.

»War es sie, die Sie suchten?« fragte sie mich.

»Nicht eigentlich«, sagte ich, »ich suchte einen jungen Mann.«

Sie wurde neugierig, zeigte auf Candida.

»Und sie?«

»Gestern abend war ich auf dem Ball«, sagte ich.

Ich bat sie um einen Tanz. Wir standen auf. Sobald ich sie im Arm hielt, ihre Hand in der meinen, begriff ich, daß ich außerstande war zu tanzen. Ich wußte nicht, was gespielt wurde, der Rhythmus entging mir völlig, ich vermochte nicht, mich ihm anzupassen, vermochte nicht einmal, ihn aufzunehmen. Ich machte einen Versuch. Aber länger als zehn Sekunden konnte ich nicht hinhören. Ich blieb stehen.

»Es geht nicht«, sagte ich, »ich kann nicht tanzen.«

»Was macht das schon?« sagte sie.

Ihre Stimme war von großer Freundlichkeit. Noch niemand hatte je in solchem Ton mit mir gesprochen. Doch so sehr ich mich auch bemühte, es gelang mir immer noch nicht zu tanzen. Man stieß uns an. Sie lachte. Es war nicht, weil ich sie begehrt hätte, o nein, ich verstand nicht mehr, eine Frau zu begehren, nein, es war, weil sie einen Irrtum beging und weil ich sie nicht davor zu bewahren wußte. Sie konnte nicht wissen, was sie tat, und von Minute zu Minute schien mir sicherer, daß sie mich entdecken und den Ball verlassen würde. Meine Hände zitterten, ihr Körper in meinen Armen brachte mich der Ohnmacht nahe. Ich fürchtete mich wie vor manchen, vom Zufall bedingten Entscheidungen, dem Tod, dem Glück. Darum sprach ich endlich mit ihr, um sie wenigstens durch meine Stimme zu warnen, um mich wie zufällig zu erkennen zu geben. Tausend Dinge hätte ich ihr gern gesagt, aber ich konnte nur über ihre Jacht, die *Gibraltar*, reden.

»Warum dieser Name?« fragte ich. »Warum *Gibraltar?*«

Selbst meine Stimme zitterte. Nachdem die Frage gestellt war, hatte ich das Gefühl, einer ungeheuren Verantwortung ledig zu sein.

»Ach«, sagte sie, »es würde zu weit führen, Ihnen das zu erklären.«

Ohne sie anzusehen, merkte ich, daß sie lächelte.

»Ich habe viel Zeit«, sagte ich.

»Ich weiß, ich hörte, was Sie zu Carla sagten.«

»Ich verfüge über alle meine Zeit«, sagte ich.

»Wollen Sie wirklich sagen, alle Ihre Zeit?«

»Mein ganzes Leben«, sagte ich.

»Das wußte ich nicht«, sagte sie, »ich glaubte, sie sei lediglich vor Ihnen abgereist.«

»Sie ist für immer fort«, sagte ich.

»Sind Sie lange zusammen gewesen?«

»Zwei Jahre.«

Die Dinge wurden einfacher. Ich tanzte besser und zitterte nicht mehr so sehr. Vor allem war mir der Wein, den ich getrunken hatte, wieder eine große Hilfe.

»Sie war lieb«, setzte ich hinzu, »aber wir verstanden uns nicht.«

»Heute mittag bei Tisch habe ich tatsächlich bemerkt, daß es mit Ihnen beiden nicht gut ging.«

»Wir sind sehr verschieden«, sagte ich. »Sie war lieb.«

Sie lächelte. Zum ersten Mal sahen wir einander schnell an.

»Und Sie? Sie sind das wohl nicht?«

»Ich weiß nicht«, sagte ich. »Ich bin sehr müde.«

Ich tanzte immer besser. Meine Hände zitterten nicht mehr.

»Warum *Gibraltar*?« fragte ich abermals.

»Darum«, sagte sie. »Kennen Sie Gibraltar?«

Das Reden fiel uns plötzlich leicht.

»O nein«, sagte ich.

Darauf erwiderte sie nicht gleich etwas.

»Ich bin froh«, sagte sie endlich, »Ihnen begegnet zu sein.«

Wieder lächelten wir einander zu.

»Gibraltar ist sehr schön«, sagte sie. »Man spricht immer nur davon als von einem der bedeutendsten strategischen Punkte der Welt, aber erwähnt nicht, wie schön es ist. Auf der einen Seite das Mittelmeer, auf der anderen der Atlantik. Zwei ganz verschiedene Dinge.«

»Ich verstehe. Wirklich so ganz und gar verschieden?«

»Sehr verschieden. Da ist einmal die afrikanische Küste, sie ist sehr schön, ein jäh zum Meer abfallendes Plateau.«

»Sind Sie oft an Gibraltar vorbeigekommen?«

»Oft.«

»Wie oft?«

»Ich glaube, sechzehnmal. Die spanische Küste auf der anderen Seite ist sanfter.«

»Aber nicht, weil es dort schön ist, sind Sie...«

»Nicht allein deshalb«, sagte sie.

Zweifellos dachte sie, unsere Begegnung lohne nicht die Mühe, mir zu sagen, weshalb.

»Haben Sie ihretwegen beim Mittagessen so viel getrunken?«

»Ihretwegen, ja und – ich weiß nicht – wegen des Lebens überhaupt.«

Der Tanz war zu Ende. Alle drei fanden wir uns am Tisch wieder ein.

»Bist du nun zufrieden?« fragte sie Carla, »du tanzt sehr gut.«

»Dabei hab ich doch keine Übung«, sagte Carla.

Sie sah Carla an.

»Es kommt mich schwer an abzufahren«, sagte sie.

»Sie werden wiederkommen«, sagte Carla.

Sie zündete sich eine Zigarette an, sah zerstreut ins Leere.

»Vielleicht«, sagte sie. »Falls ich wiederkomme, dann um dich zu sehen, um zu sehen, ob du glücklich bist, ob du verheiratet bist.«

»Ach, ich bin noch jung«, sagte Carla. »Und Sie sollen auch nicht nur deshalb wiederkommen.«

»Sie wollen abreisen?« fragte ich.

»Morgen abend«, sagte sie.

Ich erinnerte mich an das, was Eolo gesagt hatte: »Das ist eine Frau, die nicht schwer zu haben ist.«

»Können Sie die Abreise nicht um einen Tag verschieben?«

Sie senkte die Augen und sagte in einem um Entschuldigung bittenden Ton:

»Das ist schwierig. Und Sie, bleiben Sie lange in Rocca?«

»Ich weiß noch nicht, wahrscheinlich ziemlich lange.«

Ein neuer Tanz begann. Carla war wieder dabei.

»Bis dahin können wir immerhin noch tanzen«, sagte ich.

»Bis dahin?«

»Bis Sie abfahren.«

Sie antwortete nicht.

»Erzählen Sie mir von Ihrem Schiff«, sagte ich, »von der *Gibraltar*.«

»Das ist keine Schiffsgeschichte.«

»Man hat mir gesagt, es sei die eines Mannes. Stammt er aus Gibraltar, dieser Mann?«

»Nein. Er stammt eigentlich von nirgendwo her. Vielleicht«, setzte sie hinzu, »könnte ich doch erst übermorgen abfahren.«

Was hatte ich mir denn auch eingebildet? Auf offener See, hatte Eolo mir gesagt, werden ihr die Matrosen genügen müssen. Meine Hand zitterte nicht mehr, und ihr Körper in meinen Armen brachte mich keiner Ohnmacht mehr nahe.

»Und Sie leben nicht mehr mit diesem Mann zusammen?«

»Nein.«

»Sie haben ihn verlassen?«

»Nein, er mich.« – Leiser setzte sie hinzu: »Übermorgen, das wird gehen.«

»Von wem hängt das ab?«

»Von mir.«

»Sie haben demnach ganz feste Zeitpläne?«

»Das ist unerläßlich«, sagte sie – sie lächelte –, »und wäre es auch nur wegen der Gezeiten.«

»Begreiflich«, sagte ich, »besonders im Mittelmeer.«

Sie lachte.

»Ja«, sagte sie, »besonders im Mittelmeer.«

Ich dachte an den Mann, der diese Frau verlassen hatte. Ich verstand es einfach nicht, redete nichts mehr.

»Und Sie, warum haben Sie diese Frau verlassen?« fragte sie sehr sanft.

»Wie ich schon sagte, ohne eigentlichen Grund.«

»Aber bei solchen Dingen weiß man trotzdem immer ein wenig warum.«

»Ich liebte sie nicht. Ich habe sie nie geliebt.«

Wieder war ein Tanz zu Ende. Carla kam und setzte sich. Sie war sehr erhitzt.

»Es tut mir wirklich leid, daß Sie abreisen«, sagte sie.

Sie mußte gewiß viel daran denken, vergaß es selbst über dem Tanzen nicht.

»Ich mag dich sehr gern«, sagte sie zu Carla.

Sie sah mich flüchtig an, wandte sich dann wieder Carla zu. Ich aber dachte ständig an den Mann, der diese Frau verlassen hatte.

»Du mußt heiraten«, sagte sie zu Carla, »mach es nicht wie deine Schwestern. Verheirate dich bald, und so gut wie möglich, danach wirst du weitersehen. Du sollst nicht einfach so dahinleben und alt werden.«

Carla wurde nachdenklich und errötete.

»Mein Vater sagt, sich zu verheiraten, sei schwierig«, sagte sie, »zu wählen muß dann noch schwieriger sein.«

Auch sie errötete jetzt, ganz schwach, so daß nur ich es gewahrte und sagte mit leiser Stimme:

»Paß auf, wichtig ist, daß du selbst die Wahl triffst. Danach brauchst du nur zu wollen.«

»Ach«, sagte Carla, »das werde ich nicht fertigbringen.«

»Du wirst es fertigbringen«, sagte sie.

»Ich habe Durst«, sagte ich, »ich hole etwas zu trinken.«

Ich ging zur Bar und brachte drei Gläser Chianti zurück. Carla war wieder tanzen gegangen. Ich trank ihren Chianti.

»Wir wollen wieder tanzen«, sagte ich.

»Tanzen Sie so gern?« fragte sie.

»Nein«, sagte ich, »aber wir wollen trotzdem tanzen.«

Sie stand widerstrebend auf. Sie hätte nun Lust gehabt zu reden, glaube ich.

»Warum machen Sie sich lustig über mich?« fragte ich.

»Ich mache mich nicht lustig über Sie«, sagte sie.

Sie war erstaunt. Wenigstens eine Nacht, dachte ich. Und zum ersten Mal, der Chianti trug dazu bei, drückte ich sie etwas fester an mich.

»Seien Sie mir nicht böse«, sagte sie.

Der Zug raste nicht mehr durch die Nacht meines Gehirns. Ich begehrte sie. Aus weiter Ferne, aus vergessenen Regionen meines Körpers und meines Gedächtnisses kehrte das Begehren zurück.

»Ich möchte, daß Sie mir von ihm erzählen.«

Sie war eine Frau, die mit dem Mann eine Nacht verbrachte und am Tag darauf wieder fortging. Ich begehrte sie einfach so wie sie war.

»Er war ein Matrose, wenn man so will«, sagte sie. »Er saß

in einem kleinen Boot vor der Küste von Gibraltar, als wir ihn von der Jacht aus bemerkten. Er gab Notsignale, wir haben ihn an Bord genommen. So hat es begonnen.«

»Ist es lange her?«

»Ein paar Jahre«, sagte sie.

»Und warum gab er Notsignale?«

Sie berichtete ein wenig so, als sagte sie etwas her:

»Er war drei Tage zuvor aus der Fremdenlegion geflohen«, sagte sie. »Drei Jahre hatte er dort gedient, er hatte keine Geduld mehr gehabt, die restlichen zwei Jahre abzuwarten, darum war er auf einem Boot geflüchtet – einem Boot, das er gestohlen hatte.«

Ihre Stimme war von unerschöpflicher Sanftheit. In der Seele dieser Frau mußte eine unerschöpfliche Sanftheit sein.

»Warum war er in die Fremdenlegion eingetreten?«

»Er wurde wegen Mordes gesucht«, sagte sie.

Ich wunderte mich nicht übermäßig. Sie sagte es mit großer Einfachheit und vielleicht auch mit ein wenig Überdruß.

»Sie mögen Menschen, die Notsignale geben, wie?«

Sie rückte von mir ab, sah mich prüfend an. Ich hielt ihrem Blick stand. Selbst an ihre Schönheit gewöhnte ich mich nun.

»O nein«, sagte sie, vielleicht ein wenig verlegen, »nicht nur solche.«

»Ich habe noch nie einen umgebracht«, sagte ich.

»Das ist nicht leicht«, sagte sie lächelnd, »die Gelegenheit muß sich bieten...«

»Mir hat sich nie die Spur einer solchen Gelegenheit geboten«, sagte ich. »Als ich acht Jahre war, soll ich mit einer Büchse eine Taube getötet haben, das ist alles.«

Sie lachte herzlich. Wie schön sie war.

»Wie schön Sie sind«, sagte ich.

Sie lächelte, ohne zu antworten.

»Und Sie haben ihn also an Bord genommen?« fuhr ich fort, »Sie haben ihm zu essen gegeben? Bestimmt hatte er seit zwei Tagen nichts getrunken, war's so?«

»Jeder kann töten«, sagte sie, »es ist nicht das Privileg von Wenigen.«

»Im Grunde war es die ideale Notsituation«, sagte ich.

»Wenn man so will«, sagte sie, »ich glaube auch, daß es, wie Sie es nennen, die ideale Notsituation war.« Nach einer Pause setzte sie hinzu: »Darf man fragen, was Sie machen?«

»Kolonialministerium. Standesamt. Ich habe Abschriften von Gebursurkunden, Heiratsurkunden, Sterbeurkunden gemacht. Nach jedem Totenschein wusch ich mir die Hände. Im Winter bekam ich Frostbeulen davon.«

Sie lachte ein wenig, dicht an meinem Gesicht.

»Ende des Jahres werden Statistiken über die Zahl der angeforderten Geburtsurkunden aufgestellt, vergleichende Statistiken. Die Ergebnisse waren sehr interessant. Kaum zu glauben, aber je nach Jahr werden mehr oder weniger angefordert.«

Falls sie lacht, dachte ich, bleibt sie einen Tag länger. Sie lachte.

»Diese Statistiken wurden im Amt angeschlagen. Man kann nie wissen, vielleicht gab es ja Leute, die das interessierte.«

»Und man forderte also, je nach Jahr, mehr oder weniger davon an?« sagte sie immer noch lachend.

»Ja. Niemand hat dieses Rätsel lösen können. Alles, was ich feststellen konnte, war, daß in Schaltjahren die meisten Geburtsurkunden angefordert wurden. Ich habe einen Bericht darüber geschrieben, aber der ist nicht gedruckt worden.«

Ich umfaßte sie noch ein wenig enger, das Sprechen fiel mir schwer.

»Warum sprechen Sie davon in der Vergangenheit? Sie sind doch im Urlaub?«

»Mehr als das.«

Der Ball war auf dem Höhepunkt angekommen. In dem Gedränge ließ sich nur schwer tanzen, aber wir beklagten uns nicht mehr. Das Orchester spielte sehr schlecht.

»Wie? Haben Sie Ihre Arbeit aufgegeben?«

Ich hatte geglaubt, sie habe verstanden, sie hatte nicht verstanden, auch sie nicht, sie verstand nicht alles sofort.

»Versetzen Sie sich an meine Stelle«, sagte ich. »Ich konnte nicht mehr, immer nur Abschriften machen, ich konnte nicht mehr. Ich habe nicht einmal mehr eine eigene Handschrift.«

»Wann haben Sie Ihre Stelle aufgegeben?«

»Heute vormittag sozusagen, genau beim Mittagessen. Als wir beim Käse ankamen, war es geschehen.«

Sie lachte nicht. Ich drückte sie fest an mich.

»Ah«, sagte sie, »das wußte ich nicht.«

»Sie haben doch eine Vorliebe für Leute in Notsituationen, nicht wahr?«

»Warum auch nicht?« sagte sie endlich.

Der Tanz ging zu Ende. Er war mehrmals verlangt worden, und wir hatten lange getanzt.

»Ich unterhalte mich gut«, sagte Carla. »Aber ich habe Durst. Ich hätte gern Limonade.«

»Dann müssen wir dir welche besorgen«, sagte sie.

»Ich geh sie holen«, sagte ich, »und zwei Cognacs für uns.«

»Wenn Sie wollen. Es ist schon spät.«

Das Gedränge war so groß, daß ich Mühe hatte, die Bar zu erreichen. Ich trank an Ort und Stelle einen Cognac und brachte zwei und ein Glas Limonade an unseren Tisch zurück. Carla trank die Limonade in einem Zug und ging wieder tanzen. Wir tranken unsere Cognacs und begaben uns auch wieder auf die Tanzfläche.

»Wirklich«, sagte sie, »Sie scheinen gern zu tanzen.«

»Ich werde keinen einzigen auslassen.«

»Eolo sprach von einer Stunde«, sagte sie mit leiserer Stimme. »Wir sind schon mehr als eine Stunde hier.«

»Nein, es ist noch nicht einmal eine ganze Stunde.«

»Das Schnellboot sollte mich nach einer Stunde abholen.«

»Sehen Sie, da müssen Sie noch ein wenig warten. Wir können weitertanzen.« Meine Stimme zitterte, doch nicht mehr vor Angst. Ich küßte sie aufs Haar.

»Erzählen Sie mir von dem Matrosen von Gibraltar«, sagte ich.

»Später«, sagte sie. »Das ist eine fixe Idee.«

»Ich bin ein bißchen betrunken.«

Sie lachte gezwungen. Das Ganze ging ihr auf die Nerven. Wir tanzten schlecht.

»Ich finde Italien sehr schön«, sagte ich.

Wir schwiegen. Der Gedanke an Jacqueline kehrte zurück, und ich befand mich wieder in dem Zug, dem glühend heißen, der durch die Nacht raste. Schon mehrmals war der Gedanke zurückgekehrt, doch diesmal gelang es nicht, ihn zu vertreiben. Ich umfaßte sie weniger eng. Sie sah mich an.

»Sie dürfen nicht an sie denken«, sagte sie.

»Zur Zeit ist es sehr heiß in den Zügen, vor allem darum.«

Sehr sanft sagte sie:

»Heute beim Mittagessen war sie sehr wütend.«

»Ich habe ihr bestimmt sehr weh getan beim Mittagessen.«

»Hat sie verstanden, warum Sie sie verlassen?« fragte sie nach einer Pause.

»Nein. Wahrscheinlich habe ich es ihr schlecht erklärt.«

»Denken Sie nicht mehr daran.« Sie setzte hinzu: »Ich meine wirklich, Sie sollten nicht mehr daran denken.«

»Aber sie hat nichts begriffen«, sagte ich.

»Wer hat so etwas nicht schon durchgemacht?«

Sie redete ein wenig im Ton der Zurechtweisung, blieb dabei aber sehr freundlich, sanft wie nie eine Frau zu mir gewesen war.

»Und was werden Sie jetzt anfangen?«

»Muß man immer etwas mit sich anfangen? Gibt es nicht Fälle, in denen sich das vermeiden läßt?«

»Ich habe versucht, nichts mit mir anzufangen. Es geht nicht. Zuletzt muß man immer etwas mit sich anfangen.«

»Und er? Was fängt er mit sich an?«

»Für die Mörder ist das leichter«, sagte sie lächelnd. »Es sind die anderen, die statt ihrer entscheiden. Haben Sie gar keine Pläne?«

»Keinen einzigen. Es ist erst ein paar Stunden her, daß ich das Ministerium verlassen habe.«

»Das ist wahr. Sie können es noch nicht wissen.«

»Obwohl«, sagte ich.

Sie wartete.

»Was?«

»Ich wäre gern im Freien.«

Sie wunderte sich, dann brach sie in ein kleines Gelächter aus.

»Es gibt nicht viele Berufe in freier Luft.«

Die Tänze folgten so kurz aufeinander, daß wir uns nicht mehr hinsetzten. Wir warteten stehend, bis sie wieder anfingen. Wenn sie endeten, und das war gerade eben geschehen, hörten wir auf zu sprechen. Der Tanz begann von neuem.

»Es gibt die Marine«, sagte ich und lachte ebenfalls.

»Das stimmt«, sagte sie lachend, »aber auch das ist ein Beruf.«

Ich nahm einen Anlauf und sagte es ihr:

»Nicht immer. Das Messing, zum Beispiel, kann jeder putzen.«

Gewiß bemerkte sie meine Erregung. Sie antwortete nicht. Ich wagte nicht mehr sie anzuschauen. Ich sagte noch:

»Gibt es auf einem Schiff nicht genug Türknöpfe, um einen einzelnen Mann zu beschäftigen?«

»Ich weiß nicht.«

Nach einer Pause setzte sie hinzu:

»Darüber habe ich nie nachgedacht.«

»Wissen Sie, ich habe das auch nur zum Spaß gesagt.«

Sie antwortete nicht. Ich konnte nicht weiter tanzen.

»Ich möchte einen Cognac trinken«, sagte ich.

Wir hörten auf zu tanzen, drängten uns vor bis zur Bar. Und ohne zu sprechen, tranken wir den Cognac. Das war gar nicht gut. Ich sah sie nicht mehr an. Wir gingen wieder tanzen.

»War es so schlimm im Ministerium?«

»Man übertreibt immer.«

»Von Zeit zu Zeit muß man Ferien nehmen«, sagte sie, »ganz gleich, was man tut.«

»Nein«, sagte ich, »ich habe regelmäßig ordentliche Ferien genommen. An die Ferien glauben ist, wie an den lieben Gott glauben.« Ich setzte hinzu: »Vergessen Sie, was ich gesagt habe, ich flehe Sie an.«

Der Tanz ging zu Ende. Carla kam schweißtriefend zu uns. Der Plattenspieler hörte minutenlang zu spielen auf. Diese Minuten nahmen keine Ende. Ich hoffte, daß sie das Messing vergaß.

»Du hast wieder Durst«, sagte sie zu Carla, »geh noch eine Limonade trinken.«

»Ich hole sie«, sagte ich wieder.

»Nein«, sagte Carla. »Ich bin das gewöhnt, und hier macht es mir Spaß. Ich kann das schneller als Sie. Soll ich auch zwei Cognacs bringen?«

Carla verschwand. Sie sah ihr nach.

»In ihrem Alter habe ich auch Limonade serviert.«

»Sie müssen morgen abreisen. Und das Messing, das war nur, weil ich ein wenig getrunken habe. Sie müssen vergessen, was ich gesagt habe.«

Sie sah mich an, antwortete immer noch nicht.

»Selbst wenn man es mir anböte, dieses Messing zu putzen, nähme ich doch nicht an. Ich trinke zu viel, und dann sage ich solche Sachen.«

»Ich habe es schon vergessen«, sagte sie.

Dann, in einem anderen Ton:

»In Carlas Alter habe ich Messing geputzt und Limonade serviert.«

Sie schwieg, dann:

»Waren Sie lange im Ministerium?«

»Acht Jahre.«

Sie schwieg wieder lange.

»Sie sagen, Sie hätten in Carlas Alter Limonade serviert?«

»Ja. Mein Vater hatte in den Pyrenäen ein Café mit Tabakladen. Mit neunzehn Jahren habe ich auf dieser Jacht eine

Stellung als, ich weiß nicht, Bardame angenommen. Eine Jungmädchenidee. Carla wäre imstande, ähnliche Ideen zu haben.«

Zum erstenmal sprachen wir im Sitzen miteinander. Ich glaubte, daß sie das Messing vergessen habe.

»Auf eben dieser Jacht?« fragte ich.

»Auf eben dieser Jacht«, sagte sie. – Sie machte eine kleine abbittende Handbewegung. – »Da sehen Sie, wohin das einen führen kann.«

Mit sechzehn Jahren mußte sie das gleiche belustigte Lächeln gehabt haben.

»Und warum sind Sie acht Jahre dort geblieben, wenn es so schlimm war?«

»Was für eine Frage. Aus Feigheit.«

»Sind Sie ganz sicher, daß Sie nicht dorthin zurückkehren werden?«

»Ganz sicher.«

»Kann man nach acht Jahren einer solchen Sache noch sicher sein?«

»Es kommt selten vor, aber es ist möglich. Haben Sie ihn auch auf dieser Jacht kennengelernt?«

»Ja. Da man nicht recht wußte, was anfangen mit ihm, ist er als Matrose angeheuert worden.«

Die Tanzmusik setzte wieder ein.

»Noch einen Tanz«, sagte sie, »und dann bringen wir sie zurück.«

Ich gab keine Antwort. Sie fügte, ganz leise, hinzu:

»Wenn Sie wollen, können wir auf dem Schiff noch etwas trinken. Das Schnellboot wartet an der kleinen Anlegestelle am Strand.«

»Nein, wir wollen noch ein wenig tanzen«, sagte ich.

Sie lachte.

»Nein?«

Am liebsten hätte ich sie gleich entführt und Carla dagelassen. Eine Weile verging.

»Finden Sie mich denn derart ratlos?«

»Nicht so sehr, und übrigens ist mir das egal. Nein, heute mittag beim Aperitif, da, ich weiß nicht wieso...«

»Ich bin sicher, daß Sie ratlose Meschen lieben.«

»Vielleicht«, sagte sie – aber mit einer solchen jugendlichen Verwirrung, daß ich sie wieder am liebsten gleich entführt hätte – »vielleicht habe ich eine Schwäche für Ratlose.«

»Ich habe sie verlassen«, sagte ich, »weil nichts sie ratlos machen konnte. Wir sind uns ähnlich.«

»Wer weiß? Vielleicht sind wir uns ähnlich.«

Während des Tanzens sagten wir nichts zueinander. Ich erinnerte mich nicht, je eine Frau so heftig begehrt zu haben.

»Darf man Sie auch fragen, was Sie machen?« fragte ich.

Sie dachte ein wenig nach.

»Ich suche jemanden«, sagte sie. »Ich reise.«

»Ihn?«

»Ja.«

»Sie tun nichts als das?«

»Nichts als das. Das ist eine gewaltige Arbeit.«

»Und hier? Was machen Sie hier, suchen Sie ihn hier?«

»Von Zeit zu Zeit nehme auch ich mir Urlaub.«

»Ich verstehe«, sagte ich.

Jetzt küßte ich sie immerzu aufs Haar. Candida beobachtete uns. Carla bemerkte es. Das war mir gleichgültig. Auch ihr schien das gleichgültig zu sein.

»Das ist sonderbar«, sagte ich, »das ist aber sonderbar.«

»Stimmt«, sagte sie. »Warum gehen wir nicht?«

»Immerhin«, wiederholte ich, »das ist sonderbar. Das ist eine ulkige Geschichte.«

»Nicht so sehr.«

»Gehen wir«, sagte ich.

Wir hörten auf zu tanzen. Sie ging Carla holen.

»Dein Vater wird warten«, sagte sie, »wir müssen gehen.«

Carla blickte uns beide verwundert und vielleicht ein wenig vorwurfsvoll an, weil sie gesehen hatte, wie ich sie küßte. Sie mußte es bemerkt haben.

»Was hast du?« fragte sie.

»Nichts«, sagte Carla.

»Ach«, sagte sie, »sei nicht dumm, sei nicht so.«

»Ich bin müde«, sagte Carla in verlegenem Ton.

»Vor allem«, sagte sie, »sollte man nicht so sein.«

In einem Boot, das ich mietete, brachten wir Carla zurück. Während der Überfahrt blieb sie, von mir entfernt, hingestreckt vorn im Boot, ein wenig verstimmt wegen Carlas Benehmen. Carla bemerkte es.

»Verzeihen Sie«, sagte sie.

Sie küßte Carla, ohne zu antworten.

Eolo erwartete uns vor dem Gasthof.

»Ich habe mich verspätet«, sagte ich, »entschuldigen Sie.«

Er sagte uns, das sei ohne Bedeutung. Er dankte uns. Ich sagte ihm, ich wolle sie bis zum Schnellboot begleiten. Vielleicht glaubte er es.

Wir schlugen den Weg zum Strand ein.

Die Musik des Balls entfernte sich. Bald hörten wir sie nicht mehr. Die Jacht tauchte auf. Das erleuchtete Deck war leer. Ich wußte, was sie von mir erwartete. Trotzdem zog ich es sehr schnell vor, sie machen zu lassen und ihr zu folgen. Sehr schnell empörte sich nichts mehr in mir. Als wir am Strand ankamen, hielt ich sie an, drehte sie zu mir und küßte sie ausgiebig.

»Du liebst ihn«, sagte ich.

»Ich habe ihn seit drei Jahren nicht gesehen.«

»Und?«

»Ich glaube, er wird mir immer gefallen, und wenn ich ihn wiederfinde . . .«

»Hast du große Lust, ihn wiederzufinden?«

»Das kommt darauf an«, sagte sie langsam, »aber eine Zeitlang kann ich ihn vergessen.«

Sie zögerte, dann sagte sie:

»Selbst dann, wenn ich ihn vergesse, vergesse ich nicht, daß ich ihn suche.«

Sie sah mich ein wenig verstört an, so als forderte sie mich auf, dieses Geheimnis zu bedenken, und erwartete von mir, daß ich es meinerseits klärte.

»Also so ist das, ganz allein auf dem Meer lebst du eine große Liebe?« Von diesem Augenblick an schwor ich mir, ihr nichts zu erklären, falls – man kann nie wissen – der Tag kommen sollte, an dem ich in dieser merkwürdigen Geschichte klarer sah als sie.

»Sie oder anderes«, sagte sie.

Um das zu sagen, war sie näher gekommen und hatte das Gesicht verborgen. Ich hob ihren Kopf und betrachtete sie.

»Frauen der Matrosen von Gibraltar war ich noch nie begegnet«, sagte ich.

»Und?«

»Ich glaube, das sind die Richtigen für mich.«

Jedesmal, wenn meine Lippen die ihren berührten, verging ich vor Glück.

»Ich bin froh, daß du gekommen bist«, sagte sie.

Ich fing an zu lachen.

»Gibt es viele, die nicht mitkommen? Hat es welche gegeben?«

Sie lachte auch, von Herzen, doch ohne zu antworten. Wir gingen weiter zum kleinen Anlegeplatz, wo das Schnellboot wartete. Schon sahen wir seine Positionslaterne leuchten. Ich faßte sie um die Taille, trug sie nahezu, um ihr besser folgen zu können.

»Bist du es manchmal leid, ihn zu suchen, ist es das?« sagte ich.

»Das ist es«, sagte sie – sie zauderte –, »ich fühle mich manchmal ein bißchen allein.«

Schüchtern fügte sie hinzu:

»Es dauert schon so lange.«

Ich blieb stehen.

»Das verstehe ich«, sagte ich.

Sie lachte. Wir lachten beide. Gingen dann wieder weiter.

In ihrem Boot war ein Matrose, er schlief. Sie weckte ihn.

»Ich habe dich warten lassen«, sagte sie sehr freundlich. Das mache nichts, sagte er und fragte sie, ob sie sich gut amüsiert habe.

»Was sein muß, muß sein«, sagte ich und wies auf mich, »wir sind zwei Stunden statt einer geblieben.«

Ich war betrunken. Der Matrose lachte, und sie lachte auch. Im Grunde war ich an diesem Tag überhaupt nicht nüchtern geworden. Ich streckte mich ohne weiteres am Heck des Schnellbootes aus. Ich beschloß endlich, den anderen die Verantwortung für ihre beruhigend unbefangene Moral zu überlassen.

Während der Überfahrt hörte ich sie zu ihrem Matrosen von einem Abreiseaufschub sprechen, der, wie ich noch glaubte, mich nicht betraf.

Vor ihr hatte ich noch keine Frau besessen. In jener Nacht wurde Jacqueline zu einer uralten Erinnerung, die mich nie mehr quälte.

Gegen Mittag verließen wir die Kabine. Wir hatten wenig geschlafen und waren müde. Aber das Wetter war so schön, daß sie baden wollte. Wir nahmen das kleine Schnellboot, um zum Strand überzusetzen. Es war nicht weit, kaum zweihundert Meter weit. Noch bevor wir anlegten, sprang sie ins Meer.

Wir blieben lange im Wasser, schwammen aber nur wenig. Wir tauchten, legten uns auf den Rücken und gingen an den Strand zurück, um uns zu sonnen. Wenn die Hitze unerträglich wurde, gingen wir wieder ins Meer. Es war Mittagessenszeit, und außer uns war niemand am Strand.

Als wir wieder einmal aus dem Wasser stiegen und ich mich neben sie legen wollte, sah ich einen Mann herankommen, nicht aus der Richtung von Rocca, sondern von Marina di Carrara her. Ich erkannte ihn erst, als er nur noch fünfzig Meter entfernt war. Ich hatte ihn völlig vergessen gehabt. Er erkannte mich, erkannte dann auch sie. Er erkannte die Frau, die schöne, einsame, von der er mir erzählt hatte. Verblüfft blieb er stehen. Er sah uns lange an und bog ab, um uns zu umgehen. Ich richtete mich auf.

»Guten Tag«, rief ich.

Er antwortete nicht. Sie öffnete die Augen und sah ihn. Ich stand auf und ging ihm entgegen. Ich wußte nicht, was ich ihm sagen sollte.

»Guten Tag«, wiederholte ich.

»Und deine Frau?« fragte er. Er sagte mir nicht guten Tag.

»Sie ist abgereist«, sagte ich. »Es ist aus.«

Er sah sie wieder an. Sie lag ein paar Meter von uns entfernt in der Sonne. Sie konnte hören, was wir sprachen. Es schien sie nicht zu interessieren.

»Ich verstehe das nicht recht«, sagte er.

Ich sah gewiß glücklich aus, konnte, als ich mit ihm redete, das Lachen nicht unterdrücken.

»Da gibt es nichts zu verstehen«, sagte ich.

»Und deine Arbeit?«

»Auch damit ist es aus.«

»Du hast dich einfach so entschieden, in ein paar Tagen?«

»Es mußte sein, du selbst hattest mir gesagt, es sei möglich, und ich hatte nicht daran geglaubt. Jetzt, nachdem es geschehen ist, sehe ich, daß es durchaus möglich war.«

Er schüttelte den Kopf. Er begriff es nicht. Er sah sie wieder an, doch ohne zu sprechen, fragte mich mit dem Blick.

»Sie reist heute abend ab«, sagte ich. »Ich bin ihr zufällig begegnet.«

Eine geraume Weile standen wir uns gegenüber. Er schüttelte den Kopf zum Zeichen der Ablehnung, sonderbar feindlich.

»Glaube mir«, sagte ich endlich.

Ich hätte ihm nicht sagen können, was er mir glauben sollte.

»Einfach so, in ein paar Tagen«, wiederholte er langsam.

»Das kommt vor«, sagte ich, »ich hatte es nicht für möglich gehalten, aber das kommt vor.«

»Dann ist es ja gut«, sagte er endlich.
»Du hast es mir vorausgesagt.«
Er schien peinlich berührt. Wir wußten uns nichts mehr zu sagen.
»Auf Wiedersehen.«
»Ich bleibe in Rocca«, sagte ich. »Auf bald also.«
Er ging. Aber statt weiterzugehen, ging er den Weg, den er gekommen war, wieder zurück. Ich sah ihm nach, wie er sich entfernte. Dann begriff ich plötzlich, daß er mich schon gesehen hatte, als er eigens in die Trattoria des alten Eolo gekommen war, um mich abzuholen, daß er seit dem Vorabend hier sein und auch bei seinem Vetter schon um die Taucherbrille gebeten haben mußte, daß er daran gedacht hatte, den Ort auszusuchen, wo wir baden wollten. Und was er mir wahrscheinlich auch vorwarf, war, daß ich unsere Verabredung, den Tag zusammen zu verbringen, vergessen hatte. Einen Augenblick lang hatte ich Lust, ihn zurückzurufen. Ich tat es nicht. Ich legte mich neben ihr hin.
»Hast du hier Bekannte?« fragte sie.
»Das ist der Fahrer des Lastwagens, der uns von Pisa nach Florenz gebracht hat«, sagte ich. »Wir wollten heute zusammen unter Wasser fischen. Er hat nicht gewagt, mich daran zu erinnern, und ich hatte es vergessen.«
Sie richtete sich auf und sah ihm nach.
»Aber du mußt ihn doch zurückrufen.«
»Nein«, sagte ich, »das lohnt sich nicht.«
Sie zögerte.
»Es lohnt sich nicht«, wiederholte ich, »ich werde ihn ja wiedersehen. Acht Tage lang habe ich täglich daran gedacht, und heute habe ich es vergessen.«
Wir lachten.
»Du hast ihm gesagt, ich führe heute abend ab«, sagte sie, »ich fahre erst morgen abend.«
»Die Zeit wird uns lang werden«, sagte ich, immer noch lachend.
Zum Mittagessen kehrten wir an Bord zurück. Dann gin-

gen wir wieder in ihre Kabine. Wir blieben dort lange. Sie schlief ein, und ich hatte Muße, sie im schon milderen Licht des Meeres schlafen zu sehen. Dann schlief ich auch ein. Die Sonne ging unter, als wir aufwachten. Wir gingen auf das Oberdeck. Der Himmel stand in Flammen, und die Marmorbrüche von Carrara glänzten weiß. Schon stieg der Rauch aus allen Schornsteinen in Monte Marcello. Der Strand vor uns beschrieb eine lange, sanfte Kurve. Es waren Leute da, die badeten, Gäste Eolos und die Matrosen der *Gibraltar*. Wir waren allein an Bord.

»Du bist traurig«, sagte sie.

»Wenn man nachmittags schläft, ist man beim Aufwachen immer traurig«, sagte ich und lächelte ihr zu. »Und vom Schiff aus gesehen sind die Dinge ganz anders.«

»Ganz anders, aber auf die Dauer hat man Lust, sie auch von der anderen Seite aus zu sehen.«

»Wahrscheinlich.«

Die Badenden spielten Ball. Ihre Schreie und ihr Lachen drangen bis zu uns.

»Es ist schon spät«, sagte ich.

»Was macht das schon aus?«

Von einem leichten Schatten vertrieben, sanken die Feuer des Himmels jäh zusammen.

»Es ist schon spät«, wiederholte ich. »In zwanzig Minuten wird es dunkel. Ich mag diese Tageszeit nicht.«

»Wenn du willst«, sagte sie sanft, »können wir in die Bar gehen und etwas trinken.«

Ich antwortete nicht. Ich hatte sie lange beim Schlafen beobachtet. Ich hatte ein wenig Angst.

»Ich gehe jetzt zurück«, sagte ich.

»Ich esse mit dir zu Abend«, sagte sie gelassen.

Ich gab keine Antwort.

»Vielleicht wird sich Eolo verwundern. Willst du es trotzdem?«

»Ich weiß nicht.«

»Änderst du so oft deine Launen?«

»Oft«, sagte ich. »Aber heute habe ich nicht meine Laune geändert.«

»Was sonst?«

»Ich kann es nicht genau sagen. Vielleicht habe ich zuviel erlebt in zwei Tagen. Wie wär's, wenn wir etwas trinken gingen?«

»Das ist leicht zu machen. In der Bar gibt es alles, was man will.«

Wir gingen hinunter und tranken zwei Whiskeys. Ich war Whiskey nicht gewohnt. Der erste schmeckte mir nicht besonders gut, aber der zweite schien mir gut. Mehr als das, notwendig. Sie war Whiskey gewohnt und trank mit großem Behagen, ohne zu sprechen.

»Whiskey ist sehr teuer«, sagte ich. »So etwas kann man nur selten trinken.«

»Sehr teuer.«

»Trinkst du ihn oft?«

»Ziemlich oft, ja. Ich trinke nichts anderes, keinen anderen Alkohol.«

»Dreitausend Francs die Flasche? Schämst du dich nicht?«

»Nein.«

Wir zwangen uns zum Reden, fühlten uns wieder sehr allein an Bord.

»Gut ist er ja, der Whiskey«, sagte ich.

»Siehst du.«

»Stimmt, er ist gut. Wieso sich schämen? Mochte er Whiskey?«

»Ich glaube schon. Wir tranken aber nur sehr wenig.«

Sie sah durch die Tür der Bar auf den sich verdunkelnden Strand.

»Wir sind allein an Bord«, sagte sie.

»Du übertreibst«, sagte ich lachend. »Manche Leute machen einem Lust zu trinken und andere nicht. Du machst mir Lust auf noch einen Whiskey.«

»Wovon hängt das ab?«

»Wer weiß? Vielleicht von ihrem Lebensernst.«

»Ich bin also nicht ernst?«

»Im Gegenteil. Aber es gibt Ernst und Ernst.«

»Das verstehe ich nicht.«

»Ich auch nicht«, sagte ich, »das muß schon vom Whiskey kommen, das macht nichts.«

Sie lächelte, stand auf, goß mir ein und trat noch näher zu mir. »Wenn man sich einmal daran gewöhnt hat, fällt es schwer, darauf zu verzichten«, sagte sie.

»Sehr schwer.«

Sie setzte sich wieder. Wir hatten den Wunsch zu vergessen, daß wir allein an Bord waren.

»Woher weißt du das?«

»Ich ahne es.«

Sie senkte die Augen.

»Wenn ich erst reich bin«, sagte ich, »werde ich immer welchen trinken.«

Sie schaute mich an. Ich schaute auf den Strand.

»Merkwürdig«, sagte sie, »wie froh ich bin, dir begegnet zu sein.«

»Das ist allerdings merkwürdig«, sagte ich.

»Ja.«

»Es ist eben die große Liebe«, sagte ich.

Wir lachten. Dann hörten wir auf zu lachen, ich erhob mich und stieg wieder an Deck.

»Ich habe Hunger«, sagte ich. »Gehen wir zu Eolo?«

»Wir müssen auf die Matrosen warten«, sagte sie. »Sie haben das Schnellboot. Es sei denn, wir schwimmen hinüber ...«

Wir blieben an der Reling stehen. Sie gab den Matrosen ein Zeichen. Einer löste sich aus der Gruppe und kam mit dem Boot, um uns abzuholen. Bevor wir zu Eolo gingen, machten wir am Strand einen kleinen Spaziergang, aber nicht dort, wo die Badenden waren.

»Wenn du noch genug Zeit hast, mußt du mir diese Geschichte erzählen«, sagte ich ihr.

»Die ist lang, das kann lange dauern.«

»Trotzdem würde ich sie gern hören, auch abgekürzt.«

»Wir werden sehen, ob uns die Zeit bleibt«, sagte sie.

Eolo sah uns ankommen, verwundert, und doch auch wieder nicht, uns zusammen zu sehen. Ich war seit dem Ball nicht zurückgekehrt, und er wußte genau, daß ich bei ihr war. Carla wurde sehr rot, als sie uns erblickte. Ich hielt es nicht für angebracht, irgendwelche Erklärungen abzugeben. Sie sprach mit Carla wie am Abend zuvor, vielleicht aber weniger bereitwillig. Ich hatte keine Lust, mit jemandem zu sprechen, außer mit ihr, und redete deshalb überhaupt nicht. Die gewohnten Gäste der Trattoria waren da und zwei Touristen. Sie war müde, aber ich fand sie noch schöner als am Abend zuvor, wahrscheinlich weil ich zu ihrer Müdigkeit beigetragen hatte. Zerstreut sprach sie einmal mit Eolo, dann wieder mit Carla, sie fühlte meinen Blick auf sich. Wir aßen viel und tranken nicht wenig Wein. Sobald wir fertig waren, forderte sie mich ganz leise auf, mit ihr an Bord zurückzukehren. Der Ball hatte schon begonnen. Dieselben Sambas wie am gestrigen Abend tönten über den Fluß. Sobald wir auf dem Strandweg allein waren, konnte ich nicht mehr warten und küßte sie. Kurz bevor wir die kleine Anlegestelle erreichten, war sie es, die zum erstenmal wieder davon sprach, was ich in den nächsten Tagen anfangen würde. Sie fragte mich lachend, in scherzhaftem Ton, aber mit vielleicht etwas zu viel Nachdruck.

»Und das Messing, willst du das immer noch putzen?«

»Ich weiß nicht mehr.«

»Die Frauen der Matrosen von Gibraltar gefallen dir wohl nicht mehr«, sagte sie lächelnd.

»Ich habe wohl etwas voreilig von ihnen gesprochen, ohne sie zu kennen«, sagte ich.

»Sie sind wie die anderen.«

»Nicht ganz. Zunächst sind sie schön. Und dann sind sie nie zufrieden.«

»Und dann?«

»Und dann, weil man glauben könnte, daß sie jedem gehören, sie aber niemandem gehören, muß es schwer sein, sich daran zu gewöhnen.«

»Mir scheint, das gleiche ließe sich über viele Frauen sagen.«

»Wahrscheinlich«, sagte ich, »aber bei ihnen kann man sich hierin nicht eine Sekunde lang täuschen.«

»Ich hatte zu verstehen geglaubt, daß dir an dieser, wie soll ich sagen... an dieser Sicherheit nicht viel liegt.«

»Mir liegt auch nichts daran, aber ist es nicht so wie mit allem Übrigen? Wenn man nur zu gut weiß, daß man diese Sicherheiten nicht haben wird, kommt einem da nicht der Wunsch an, sie zu haben?«

Sie lächelte, lächelte nur vor sich hin.

»Gewiß«, sagte sie. »Aber diese Art von Befürchtung sollte nicht daran hindern, das zu tun, was man tun möchte.«

Ich antwortete nicht. Darauf sagte sie, abermals mit vielleicht etwas zu viel Nachdruck in der Stimme:

»Wenn du wirklich so frei bist, wie du behauptest, warum kommst du dann nicht mit?«

»Ich weiß es nicht mehr«, sagte ich, »aber warum eigentlich nicht?«

Sie wandte den Kopf ab und sagte ein wenig beschämt:

»Du mußt nicht glauben, daß du der erste warst.«

»So etwas habe ich nie geglaubt.«

Sie schwieg. Dann fuhr sie fort:

»Ich sage dir das, damit du nicht denkst, du würdest etwas Außergewöhnliches tun. Damit du mitkommst.«

»Hat es viele gegeben?«

»Einige«, sagte sie... »Es sind jetzt drei Jahre, daß ich ihn suche...«

»Was machst du, wenn du von ihnen genug hast?«

»Dann werfe ich sie ins Meer.«

Wir lachten, aber nicht wirklich von Herzen.

»Wenn es dir recht ist, warten wir bis morgen, um uns zu entscheiden«, sagte ich.

Wir kehrten wieder in die Kabine zurück.

Wieder wachten wir spät auf. Die Sonne stand hoch am Himmel, als wir an Deck stiegen. Alles war wie am Tag zuvor, genau wie am Tag zuvor und gleichzeitig völlig neu, auch deshalb, weil diese Abreise in der Luft lag. Zum Mittagessen aßen wir in der Bar, was gerade greifbar war, Käse, Sardellen, tranken Kaffee und Wein. Ein weiteres Mal waren wir allein an Bord, und auch während wir aßen, blieb uns das beständig bewußt. Sie sah beim Essen mehrmals auf ihre Armbanduhr, ein wenig beunruhigt, weil sie deutlich sah, daß ich selbst nicht wußte, was ich wollte, und weil sie den Eindruck hatte, an meiner Stelle die Entscheidung über meine Abreise treffen zu können. Wieder sprach sie davon.

»Was wirst du tun, wenn du nicht mitkommst?«

»Man findet immer etwas, womit man sich beschäftigen kann. Ich habe zu viele Entscheidungen getroffen« – ich lachte –, »um noch eine weitere treffen zu können.«

»Im Gegenteil: eine mehr, was macht das schon aus?«

»Wer ist dieser Matrose von Gibraltar?« fragte ich.

»Das habe ich dir bereits gesagt«, sagte sie, »ein Mörder, zwanzig Jahre alt.«

»Und was sonst?«

»Nichts sonst. Wenn man ein Mörder ist, ist man nur das, besonders mit zwanzig Jahren.«

»Ich möchte, daß du mir seine Geschichte erzählst.«

»Er hat keine Geschichte«, sagte sie. »Wenn man mit zwanzig zum Mörder wird, hat man keine Geschichte mehr. Man kann nicht mehr vor noch zurück, weder irgendwas erreichen, noch irgendwas verpfuschen.«

»Trotzdem möchte ich, daß du mir seine Geschichte erzählst. Wenn auch nur ganz kurz.«

»Ich bin müde«, sagte sie, »und er hat keine Geschichte.«

Sie legte den Kopf auf den Sessel. Sie war müde. Ich holte ihr ein Glas Wein.

»In Italien wirst du nichts zu tun finden«, sagte sie, »du wirst nach Frankreich zurückkehren und wirst wieder Akten abschreiben in deinem Standesamt.«

»Nein. Das nicht.«

Ich fragte sie nichts mehr. Die Sonne hatte schon den Fußboden der Bar erreicht. Sie war es, die wieder zu reden anfing.

»Verstehe bitte«, sagte sie, »er war ein doppelt vom Tod bedrohter Mann. Und für solche Menschen empfindet man zusätzlich zur Liebe, wie soll ich sagen, eine besondere Treue.«

»Ich verstehe«, sagte ich.

»Du wirst nach Paris zurückkehren«, sagte sie, »wirst sie wiederfinden, zum Standesamt zurückkehren, und alles fängt wieder von vorne an.«

»Und wenn auch nur die allerkürzeste von deinen Geschichten«, sagte ich.

»Ich habe nicht mehr viel Zeit«, sagte sie.

Sie fügte hinzu:

»Ich glaube, das Beste, was du tun kannst, ist immer noch, auf diesem Schiff mitzufahren. In deinem Fall, meine ich.«

»Das wird sich zeigen. Erzähl.«

»Ich habe keine Geschichte außer ihm.«

»Ich fleh dich an«, sagte ich.

»Wie ich dir schon sagte, habe ich meine Kindheit in einem Dorf an der spanischen Grenze verlebt. Mein Vater hatte ein Café mit Tabakverkauf. Wir waren fünf Kinder, ich war die Älteste. Die Gäste waren immer die gleichen, Zöllner, Schmuggler, im Sommer auch ein paar Touristen. Eines Nachts, als ich neunzehn war, bin ich im Wagen eines Gastes nach Paris auf und davon. Dort bin ich ein Jahr geblieben. Kennengelernt habe ich, was man dort gewöhnlich kennenlernt, den Beruf einer Verkäuferin in der Samaritaine, Hunger, magere Essen, Festessen, den Preis, den man für sie bezahlen muß, den Preis des Brotes, Freiheit, Gleichheit, Brüderlichkeit. Man glaubt, das sei viel, aber es ist nichts im Vergleich zu dem, was ein einziger Mensch uns lehren kann. Nach einem Jahr hatte ich genug von Paris und bin nach Marseille gefahren. Ich war zwanzig, in dem Alter ist man dumm, ich wollte auf einer Jacht arbeiten. Meine Vorstellung vom Meer und von Reisen war mit dem Weiß der Jachten verbunden. Beim Verein des Jachtclubs war nur eine einzige Stelle zu haben, als Bardame. Ich habe sie angenommen. Die Jacht sollte auf eine einjährige Weltreise gehen. Drei Tage nachdem ich mich hatte anstellen lassen, hat das Schiff Marseille verlassen. Es war an einem Septembermorgen. Wir haben Kurs genommen auf den Atlantischen Ozean. Wenige Stunden nach unserer Abfahrt, tags darauf gegen zehn Uhr, hat ein Matrose einen ungewöhnlichen Fleck auf dem Meer ausgemacht. Der Besitzer der Jacht hat das Fernglas genommen und einen Mann im Bug eines Boots erkannt. Er kam auf uns zu. Wir haben die Maschine abgestellt und die Brücke herabgelassen. Ein Matrose hat ihn an Deck gehißt. Er hat gesagt, er habe Durst, er sei müde. Ich höre noch seine Worte. Wenn ich mich an seine Stimme zu erinnern versuche, sind es immer diese Worte, an die ich mich erinnere. Worte eigentlich, die man jeden Tag spricht, die aber, je nach den Umständen, mehr oder weniger wichtig sind. Er hat sie ausgesprochen, dann ist er ohnmächtig geworden. Man hat ihn mit Ohrfeigen, mit Essig, mit Alkohol wieder zu sich gebracht. Er hat getrunken, dann ist er eingeschlafen, hier an Deck. Er hat acht Stunden geschlafen. Ich bin oft an ihm vorbeigekommen, oft, er lag neben der Bar. Ich habe ihn mir lange angesehen. Die Haut seines Gesichts war verbrannt von der Sonne und vom Salz, seine Hände waren vom Rudern aufgerissen. Wahrscheinlich hatte er mehrere Tage nach einem Boot Ausschau gehalten, das er stehlen konnte und vielleicht dann noch mehrere Tage nach einem Schiff. Er trug eine khakifarbene Hose, weißt du, eine Hose von der Farbe des Verbrechens, des Krieges. Er war jung, zwanzig Jahre alt, und hatte doch schon genug Zeit gehabt, ein Verbrecher zu werden. Ich hatte nur Zeit gefunden, ins Kino zu gehen. Man tut, was man kann. Und ich glaube, noch ehe er aufgewacht war, liebte ich ihn schon. Abends, nachdem man ihm zu essen gegeben hatte, bin ich zu ihm in die Kabine gegangen. Ich habe Licht gemacht. Er schlief. Er war so sehr vom Entsetzen beherrscht worden, er konnte sich nicht nur nicht vorstellen, daß eine Frau Lust haben könnte, mit ihm an diesem Abend zusammenzusein, er wünschte es nicht einmal. Aber ich glaube, ja, ich bin sicher, daß ich das auch so wollte. Er hat mich wiedererkannt, ist aufgestanden und hat mich gefragt, ob ich käme, damit er die Kabine verlasse. Nein, habe ich ihm gesagt. So hat es angefangen. Es hat sechs Monate lang gedauert. Der Besitzer der Jacht hat ihn angeheuert. Wochen vergingen. Von seiner Geschichte hat er niemandem erzählt, nicht einmal mir. Ich weiß noch immer nicht seinen Namen. Nach sechs Monaten ist er eines Abends in Shanghai an Land gegangen, um Poker zu spielen und nicht wieder an Bord gekommen.«

»Und du weißt immer noch nicht, wen er umgebracht hat?«

»Eines Nachts hatte er in Montmartre einen Amerikaner erwürgt. Wen, habe ich erst sehr viel später erfahren. Er hatte ihm sein Geld abgenommen, hatte damit Poker gespielt und hatte es verspielt. Er hatte den Amerikaner nicht erwürgt, um ihm sein Geld abzunehmen, und nicht Geldnot hatte ihn dazu verleitet. Nein, mit zwanzig Jahren tut man das ohne bestimmten Grund, er hatte es getan, fast ohne es zu wollen. Es handelte sich um den Kugellager-König, einen gewissen Nelson Nelson.«

Ich fing laut an zu lachen. Sie lachte auch.

»Aber selbst wenn es der Kugellager-König ist, den man umgebracht hat, wird man zum Mörder«, sagte sie. »Und wenn man ein Mörder geworden ist, ist man nur noch das, nichts anderes mehr.«

»Ich habe immer gedacht«, sagte ich, »daß eine solche Lage auch ihre gute, ihre praktische Seite haben müsse.«

»Eine Lage, die einen von vielen Pflichten entbindet«, sagte sie, »von nahezu allen Pflichten außer der, sich nicht vor Hunger krepieren zu lassen.«

»Aber die Liebe«, sagte ich.

»Nein«, sagte sie, »er liebte mich nicht. Er brauchte weder mich, noch sonst irgend jemanden. Man sagt: wenn ein einziger Mensch uns fehlt, ist die Welt entvölkert, aber das ist nicht wahr. Wenn die Welt uns fehlt, kann in der Tat niemand sie uns wieder bevölkern. Ich habe ihm nie die Welt wiederbevölkern können, nie. Er war wie die anderen, wie du, er brauchte Yokohama, die großen Boulevards, Kino, Wahlen, Arbeit, alles. Was war da ich, eine Frau, schon daneben?«

»Also eigentlich ein Mann, der niemandem etwas zu sagen hatte«, sagte ich.

»Ja, so ist es. Jemand, von dem man, so gut man kann, berichtet, der selbst aber niemandem etwas zu sagen hat. An manchen Tagen frage ich mich, ob ich ihn nicht gänzlich erfunden habe, von ihm ausgehend jemanden erfunden habe. Sein Schweigen war ungewöhnlich, es war etwas, was ich niemals beschreiben könnte. Und seine Freundlichkeit nicht weniger ungewöhnlich. Er fand sein Los nicht entsetzlich. Über diese Geschehnisse hatte er überhaupt keine Meinung. Er machte sich über alles lustig. Er schlief wie ein Kind. Niemand auf dem Schiff hat je gewagt, ihn zu verurteilen.«

Sie zögerte und sagte dann:

»Weißt du, wenn man die Unschuld gekannt hat, wenn man sie neben sich schlafen gesehen hat, kann man sie nie mehr völlig vergessen.«

»Das muß vieles in uns verändern«, sagte ich.

»Vieles« – sie lächelte –, »und ich glaube, für immer.«

»Ich habe immer gedacht«, sagte ich, »man hat eher dann nicht vergebens gelebt, wenn man jemanden dazu gebracht hat, an der Stichhaltigkeit seiner Moral zu zweifeln.«

»Ja«, sagte sie. »Auch wenn er nichts sagte, es ist doch so: weil manche wie er nicht zögern, sich großen Schaden zuzufügen, werden andere dazu bewogen, viele Vorurteile in Frage zu stellen.«

»Und das Pokerspiel?« fragte ich.

»Irgend etwas muß man eben spielen«, sagte sie, »was man eben spielen kann. An einem Sonntagabend bekam er plötzlich Lust zu einer Pokerpartie. Er hat mit ein paar Kameraden der Besatzung gespielt. Wahrscheinlich war er schon in frühester Jugend ein begeisterter Pokerspieler gewesen. Sei dem Verbrechen hatte er nicht mehr gespielt. An jenem Abend hat er zum ersten Man wieder damit angefangen. Zuerst gewann er. Mitten in der Nacht dann begann er zu verlieren. Ich habe ihn während der ganzen Dauer der Partie beobachtet. Er war verwandelt, er spielte mit hohem Einsatz, man hätte meinen können, das Geld brenne ihm in den Händen. Als er zu verlieren begann, schien ihm das nichts auszumachen, er verlor viel mehr, als er gewonnen hatte, fast den ganzen Monatslohn. Er warf das Geld mit einer Art Freude auf den Tisch, als ob er immerhin dazu noch imstande wäre, man immerhin das noch von ihm hätte. Das einzige, was er noch mit anderen Menschen gemeinsam hatte, war das nicht das Geld? Und die Liebe? Nicht für eine Frau, sondern für die Frauen? Denn in der ganzen Zeit bin ich für ihn irgendeine geblieben. An dem Sonntagabend an Bord hat es angefangen, ich meine, da begriff ich, daß ich ihn sehr bald verlieren würde. Wir waren schon über den Atlantik gefahren, an den Inseln, San Domingo vorüber. Wir hatten den Panamakanal passiert, wir waren schon im Pazifik gewesen, hatten Hawaii, Neukaledonien, die Sunda-Inseln, Borneo, die Straße von Malakka hinter uns gebracht. Dann, statt weiterzufahren, machten wir kehrt und fuhren wieder auf den Pazifik zu. Wir waren bisher kaum je an Land gegangen. Einmal in Tahiti, einmal in Noumea. Und außer kurzen Ausflügen um einzukaufen, Rasierseife und dergleichen, war das alles gewesen. Bis Manila, das heißt zwei Tage vor der Pokerpartie, war das alles gewesen. In Manila hat er Lust bekommen, die Stadt zu besichtigen. Er hatte Geld, das war der Grund, er hatte das Gefühl, die Taschen voller Geld zu haben. Einen Monatslohn hatte er verspielt, aber ihm blieben viele andere, alle anderen, die er gespart hatte. Wir gingen so selten an Land, hatten so selten Gelegenheit, Geld auszugeben, daß er, als wir in Shanghai ankamen, nicht wenig in der Brieftasche hatte.

Dort hat er zu mir gesagt, er wolle eine Partie Poker spielen und bald wiederkommen. Ich habe die ganze Nacht auf ihn gewartet. Und dann den ganzen Tag. Dann, tags darauf, habe ich ihn überall in der Stadt gesucht. Shanghai ist eine Stadt, die ich gut kenne, die einzige, und das aus gutem Grund. Ich habe ihn nicht gefunden. Daraufhin bin ich wieder an Bord gegangen, weil ich mir sagte, er sei inzwischen vielleicht zurückgekehrt. Aber an Bord war er auch nicht. Ich hatte so angestrengt nach ihm gesucht, daß ich nicht mehr die Kraft hatte, an Land zu gehen, nur noch die Kraft, an Bord auf ihn zu warten. Ich bin in meine Kabine gegangen und habe mich hingelegt. Durch die Luke konnte ich die Laufbrücke sehen. Ich schaute unverwandt hin, und über dem ständigen Hinschauen bin ich eingeschlafen. Auch ich war erst zwanzig Jahre alt und hatte einen tiefen Schlaf. Als ich im Morgengrauen wieder aufgewacht bin, waren wir weit von der Küste Shanghais entfernt. Ich hatte ein gut Teil der Nacht geschlafen. Er war nicht an Bord zurückgekehrt.

In der folgenden Zeit habe ich mich oft gefragt, ob der Besitzer der Jacht nicht den Befehl gegeben hatte, während ich schlief, weiterzufahren. Ich habe ihn später danach gefragt. Er hat es verneint. Ich kann es immer noch nicht glauben. Aber was macht es schon für einen Unterschied? Wenn nicht in Shanghai, so wäre er ein wenig später fortgegangen.«

»Und da wolltest du sterben. Du hast geglaubt, es sei einfach, die Kabinentür aufzumachen und sich ins Meer zu stürzen.«

»Ich habe es nicht getan. Ich habe den Besitzer der Jacht geheiratet.«

Sie schwieg.

»Ich möchte gern ein Glas Wein.«

Ich holte es ihr. Sie fuhr fort:

»Verstehst du, wir hatten uns nie gesagt, daß wir uns liebten. Außer am ersten Abend, als ich zu ihm in die Kabine gegangen bin, da hat er es gesagt. Aber natürlich nur in der

Überraschung, in der Lust, und er hätte es genauso gut zu einer Hure gesagt. Wenn du so willst, hat er es zum Leben gesagt. Danach hatte er keinen Grund mehr, es zu sagen. Ich aber, die doch allen Grund hatte, es ihm zu sagen, habe es ihm nie gesagt. Dieses Schweigen hat so lange gedauert wie unser Zusammensein, sechs Monate. Das Schweigen, das auf den Aufenthalt in Shanghai folgte, wurde daraufhin noch größer. Ich war bis zum Überlaufen angefüllt mit allen Liebesworten und konnte kein einziges mehr loswerden.«

Während einer Weile sagte sie nichts mehr zu mir. Ich stand auf und ging an die Reling. Sie rief mich.

»Was du tun willst, ist sehr schwer, dein Leben ändern, wie man so sagt. Du mußt sehr vorsichtig sein.«

»Und danach?«

»Wonach?«

»Nach Shanghai?«

»Wie ich dir gesagt habe. Der Besitzer der Jacht hat sich in den Vereinigten Staaten scheiden lassen. Seine Frau hat eingewilligt gegen eine fette Entschädigung. Sofort nach der Scheidung haben wir geheiratet. Er hat der Jacht meinen Namen gegeben. Ich bin eine reiche Frau geworden. Ich bin in die Gesellschaft aufgenommen worden. Ich habe sogar Grammatikstunden genommen.«

»Dachtest du damals noch nicht daran, nach ihm zu suchen?«

»Auf die Idee bin ich erst viel später gekommen. Ich hatte nie daran gedacht, die Ehe deshalb einzugehen, das nicht. Aber als mir dann diese Idee gekommen ist, fand ich, daß ich gut daran getan hatte. Es ist ein sehr kostspieliger Luxus, auf solche Weise nach jemandem zu suchen.«

»Und während dieser Ehe hast du die Gewohnheit angenommen, mit jedem x-beliebigen zu schlafen?«

Sie schwieg, ein wenig bestürzt, und sagte dann im Ton der Entschuldigung:

»Ich habe einige Male versucht, ihm treu zu sein, aber es ist mir nie gelungen.«

»Du hättest es nicht einmal versuchen sollen«, sagte ich lachend.

»Ich war jung«, sagte sie. »Wir hatten ein lustiges Leben auf der Jacht. Jeden Abend gab es einen Ball, um mich vergessen zu lassen ...«

»Das Meer«, sagte ich, »die Rudergäste.«

»Ja« – sie lächelte –, «aber um die zu vergessen, genügen Bälle nicht.«

»Gewiß nicht.«

»Je mehr Gäste ich sah, desto mehr dachte ich an die Männer unten im Schiffsraum und daß sie die Feste hörten, die veranstaltet wurden, um mich einen von ihnen vergessen zu machen. Ich lief davon und nach unten, und manchmal betrog ich ihn. Eines Tages ...«

Sie brach ab, sah auf die Uhr.

»Ich habe keine Zeit mehr«, sagte sie.

»Du hast sie, wenn du nur willst. Nichts ist wirklich eilig.«

Sie lächelte wieder.

»Eines Tages hat er zu einer entehrenden Vorsichtsmaßnahme gegriffen. Er hat zwischen das Oberdeck und die übrige Jacht ein Trenngitter anbringen lassen. Die Gäste wurden an Land gesetzt, weil sie schlecht von mir redeten.«

»Was sagten sie denn?«

»Sie sagten, glaube ich: Die Katze läßt das Mausen nicht.«

Solange wir lachten, hörte sie auf zu erzählen, dann fuhr sie fort:

»Wir beide sind allein auf dem Oberdeck geblieben, einander gegenüber. Ich habe ihm versprochen, nicht hinter das Gitter zu gehen. Und ich meinte es ernst, denn angesichts solch extremer Maßnahmen fürchtete ich um seinen Verstand. Und das hätte die Dinge ja nun nicht wieder in Ordnung gebracht. Wochen vergingen, Monate. Meine Zeit verbrachte ich im Liegestuhl in der Sonne mit Lesen. Diese Periode erscheint mir wie ein langer Schlaf. Doch in dieser Schlafenszeit habe ich Kraft geschöpft für den Rest meines Lebens. Um ihm Freude zu machen, erkundigte ich mich manchmal nach den nächsten Anlegehäfen oder den Breitengraden oder den Meerestiefen. Dann nahm ich meine Lektüre wieder auf. Ich war guten Glaubens. Ich glaubte, auf seine Art sei das ein richtiges Leben. Auch mein Mann schien das zu glauben, und sein Mißtrauen legte sich.

Und dann, eines Tages, mußten wir ausgerechnet in Shanghai anlegen. Es war wegen des Heizöls, du kannst dir denken, daß wir dort nur anlegten, weil es nicht zu vermeiden war. Und da bin ich sozusagen aufgewacht, für immer.

Frühmorgens sind wir angekommen. Wir waren schon auf und lasen vor unserem Gitter. Ich hörte zu lesen auf und sah auf die Stadt, in der ich so lange nach ihm gesucht hatte. Von acht Uhr bis zum Mittag habe ich auf die Stadt gesehen. Und mein Mann saß neben mir und sah mir zu, wie ich auf sie sah. Auch er hatte zu lesen aufgehört. Mittags habe ich ihn um die Erlaubnis gebeten, ein wenig an Land zu gehen. Er hat gesagt: »Nein, du würdest nicht wiederkommen.« Ich habe gesagt, daß er doch nicht mehr in Shanghai sei, daß nichts zu befürchten sei und daß ich nur eine Stunde spazieren gehen wolle, nicht mehr als eine Stunde. Er hat gesagt: »Nein, auch wenn er nicht da ist, kämst du nicht wieder.« Ich habe ihn aufgefordert, mich zur größeren Sicherheit von einem Mann der Besatzung begleiten zu lassen. Er hat gesagt: »Nein, ich vertraue niemandem.« Ich habe ihn gefragt, ob er glaube, das Recht zu haben, mich daran zu hindern, an Land zu gehen, ob er glaube, ein Mann, wer er auch sei, besitze das Recht, eine Frau, gleichgültig in welchem Verhältnis sie zu ihm stehe, einem solchen Zwang zu unterwerfen. Er hat gesagt, ja, er verhindere nur, und zwar ›zu meinem Besten‹, daß ich eine Dummheit begehe. Ich habe ihn nichts mehr gefragt. Er schien zu leiden, aber ich sah wohl, daß er nie nachgeben würde. Mittags aßen wir nichts. Jeder auf seinem Liegestuhl warteten wir auf die Abfahrt. Er sah genau, daß ich ihn am liebsten getötet hätte, wie das nur verständlich war, aber das war ihm egal. Der Nachmittag verging. Der Abend kam über die Stadt. Wir warteten immer noch auf die Abfahrt. Er belauerte mich, und ich hätte ihn töten mögen. In der Stadt gingen die Lichter an und färbten sie rot. Ihr Lichtermeer ist bis aufs Deck gedrungen, wo wir sie von unserem Gitter aus betrachteten. Ich erinnerte mich noch an das Gesicht meines Mannes in dieser Beleuchtung. Da habe ich ihn noch einmal gefragt, ob ich denn nicht mit ihm, wenn er wolle, an Land gehen dürfe. Er hat gesagt: »Nein, bring mich um, aber ich kann es nicht zulassen.« Gegen elf Uhr ist das Schiff weitergefahren. Es hat sehr lange gedauert, bis die Stadt in der Dunkelheit verschwand. Ich weiß nicht, warum ich dir das erzähle. Wahrscheinlich, weil ich von dem Tag an wieder eine gewisse Hoffnung geschöpft habe, ich will sagen, weil ich zu glauben begonnen hatte, ich könnte meinen Mann verlassen, ich könnte vielleicht eines Tages ein anderes als das jetzige Leben führen. Was für ein Leben? Solche Sachen weiß man nie sehr genau, ein, wie soll ich sagen, unterhaltsameres Leben vielleicht. Und danach, nach diesem schrecklichen Tag, dieser verdammten Dämmerung, die ich über Shanghai hatte fallen sehen, wurde mir das Leben mit meinem Mann allmählich erträglicher. Mir schien, ich könnte ihn mühelos verlassen, so daß mir die Zeit kurz vorkam. Und trotzdem habe ich noch drei Jahre gebraucht, bis ich ihn verließ. Feigheit, wie du sagst. Aber wenn man auch sehr lange warten kann, bis man ausführt, was man zu tun beschlossen hat, heißt das doch nicht, daß man dazu unfähig wäre. Ich habe es ausgeführt, aber erst nach drei Jahren.

Ein Jahr brachten wir in Paris zu. Wenn er von der Zukunft sprach, lächelte ich ihm zu, wie ich gewiß nicht hätte lächeln können, wenn ich an diese Zukunft geglaubt hätte. Ich war lieb zu ihm. Ob er wohl manchmal geglaubt haben kann, ich hätte den Matrosen von Gibraltar vergessen? Vielleicht. Aber lange hat er es nicht geglaubt, kaum ein Jahr.«

»Und dann?«

»Dann habe ich ihn wiedergesehen. Zwei Mal. Ein erstes Mal und vier Jahre später ein zweites Mal. Und dieses zweite Mal habe ich sogar mit ihm zusammengelebt.«

»Du hast wirklich keine Zeit mehr...«

»Nein«, sagte sie, »ich habe keine Zeit mehr.«

Sie schwieg. Die Zeit erschien uns lang, wie stets, wenn man sie vergessen hatte und sich ihrer wieder bewußt wird. Die Sonne sank. Ich rauchte eine Zigarette. Sie schaute plötzlich auf ihre Uhr, ging dann an die Bar und holte etwas zu trinken. Sie reichte mir ein Glas Wein.

»Es ist soweit«, sagte sie.

»Eine eigenartige Geschichte ist das«, sagte ich.

»O nein, es ist eine Geschichte wie jede andere auch.«

»Ich spreche nicht nur von deiner Geschichte«, sagte ich.

Sie erschrak, beruhigte sich aber gleich wieder.

»Wenn du das sagst, heißt das, du kommst mit...«, sagte sie.

»Ich fürchte mich davor«, sagte ich.

»Das brauchst du nicht«, sagte sie.

»Immer ist man mehr oder weniger auf der Suche nach etwas«, sagte ich, »nach etwas, was vom Gewohnten abweicht und auf uns zukommt.«

»Da er dir weiter hilft, ist es doch gleichgültig, ob er es ist oder sonst etwas«, sagte sie.

»Das stimmt. Er oder sonst etwas. Und auch er, das wäre im Grunde ganz in Ordnung. Und außerdem kommt es nicht alle Tage vor, daß...«

Sie schnitt mir das Wort ab.

»Man kann nie wissen...« begann sie.

»Sei nur ruhig«, sagte ich, »ganz, ganz ruhig.«

»Ich wollte auch nur sagen«, sie redete langsam, »man kann nie wissen, was alles noch geschieht.«

»Nein«, sagte ich, »aber was auch geschieht, sei ganz ruhig.«

Sie sah mich zweifelnd, zögernd an.

»Wovon hängt das ab?« fragte sie, »wovon?«

»Das übrige?«

»Ja«, sagte sie, »das übrige, wie du es nennst.«

»Von der Aufrichtigkeit, meine ich.«

»Ja«, sagte sie, »von der Aufrichtigkeit. Wenn man nur will, so ist man es, oder nicht?«

Sie entspannte sich, stand lachend auf.

»Es genügt zu wollen«, sagte ich.

»Du kommst also mit?«

Man hörte bereits den Motor brummen. Die Matrosen setzten die Segel.

»Ich komme mit«, sagte ich.

Sie war plötzlich ganz anders als am Abend zuvor. Ein wenig so, als ob wir zwar vielen gemeinsamen Vergnügen entgegensähen, aber nichts anderem. Sie verließ die Bar, ging, um mit ihren Matrosen zu sprechen. Ich hörte, wie sie freundlich zur Abfahrt drängte. Dann kam sie zurück.

»Man wird jemand zu Eolo schicken, um zu zahlen und deine Sachen zu holen«, sagte sie.

»Für einmal würde ich alle gern im Stich lassen«, sagte ich lachend. »Das ist ein bißchen töricht.«

»Ich weiß. Wenn du willst, kann man Eolo auch bitten, meinen Koffer aufzubewahren.«

Sie ging wieder hinaus.

Es war sieben Uhr. Bis zur Abfahrt des Schiffs blieb ich in der Bar allein. Eine halbe Stunde. Als es dämmerte, wurde der Anker gelichtet. Ich trat aus der Bar und stützte mich auf die Reling. Dort blieb ich lange. Kurz nachdem wir abgelegt hatten, kam Carla an den Strand gelaufen. Ich sah ihre kleine dunkle Gestalt ein Taschentuch schwenken. Wir entfernten uns geschwind, sie war nicht mehr gut zu erkennen. Dann gar nicht mehr. Die Mündung der Magra schnitt den Strand in zwei Teile. Die blendende Masse der Marmorberge beherrschte noch lange die Landschaft.

Sie ging oft hinter mir vorbei. Doch kein einziges Mal stellte sie sich zu mir an die Reling. Jedesmal, wenn sie vorbeigekommen war, sagte ich mir, daß ich mich hätte umwenden und ihr etwas sagen sollen. Trotzdem konnte ich mich nicht dazu entschließen. Einmal sprach sie ganz nahe bei mir mit zwei Matrosen. Über eine gewisse Fahrtroute.

Das Meer war ruhig, warm, das Schiff durchfuhr es wie die Messerklinge eine reife Frucht. Es war dunkler als der Himmel.

Ja, vielleicht hätte sie gewünscht, daß ich nach unserem Reiseziel fragte oder allenfalls etwas über die Abfahrt sagte oder über die Dämmerung oder das Meer oder die Fahrt ihres Schiffs oder vielleicht sogar über die Gefühle, die kamen, wenn man sich plötzlich auf diesem Schiff befand, nachdem man acht Jahre lang beim Standesamtsregister zugebracht hatte, ohne zu ahnen, daß es existierte, daß sie existierte, daß es, während man Geburtsurkunden abschrieb, Frauen wie sie gab, die ihr Dasein der Suche nach Matrosen von Gibraltar widmeten. Als ich sie hinter mir kommen und gehen hörte, hätte ich glauben können, daß sie meine Meinung über die für mich so neuen Dinge hören möchte. Aber ich glaubte es eigentlich doch nicht. Ich glaubte eher das Gegenteil, daß sie kam und ging, um zu erfahren, ob ich über die für mich so neuen Dinge eine Meinung hatte, daß sie mich sozusagen überwachte, ohne sich dessen aber bewußt zu sein. Aber wie konnte ich eine Meinung haben und wäre es auch nur über die Dämmerung, über das Meer? Da man auf diesem Schiff mitfuhr und nichts bestimmte, konnte man keinerlei Meinung mehr haben, nicht einmal über die untergehende Sonne.

Einige Matrosen stützten sich auf die Reling und beobachteten wie ich, wie sich die italienische Küste entfernte. Es waren vier. Von Zeit zu Zeit schauten sie verstohlen auch mich an. Sie schienen begierig darauf, doch in Maßen und ohne Gehässigkeit, denjenigen, den sie diesmal mitgenommen hatte, genauer zu sehen. Einer von ihnen, ein kleiner Brauner, lächelte mir zu. Und da er kaum zwei Meter von mir entfernt stand, fing er schließlich an, mit mir zu reden.

»Ein Meer wie das hier ist ein Vergnügen«, sagte er mit italienischem Akzent.

Ich sagte ihm, wirklich, das sei ein Vergnügen. Das Schiff machte immer schnellere Fahrt. Die Flußmündung war gar nicht mehr zu sehen, nur noch die verschwimmende Form der

Berge. Überall an der Küste gingen die Lichter an. Unwillkürlich zählte ich die Matrosen. Hier an Deck waren es vier. Mit denen im Maschinenraum, dem Rudergänger und dem Steuermannsgehilfen mußten es sieben sein, plus einem oder zwei für die Küche. Die normale Besatzung zählte also wohl neun Personen. Ich kam zur normalen Besatzung hinzu, stand zwischen ihr und ihnen. Ich glaubte zu verstehen, daß es zwischen ihr und ihnen immer nur einen einzigen Mann, nie mehrere, gegeben hatte.

Die Jacht entfernte sich immer weiter. Es wurde völlig dunkel. Man sah nicht einmal mehr die verschwommene Form der Berge; der Dunst hüllte sie ein. Die Küste wurde zu einem ununterbrochenen Lichtstreifen, am Rand des Horizonts zu einem Himmel und Meer trennenden Feuerstreifen. Erst als auch dieser Feuerstreifen verblaßte, trat sie zu mir. Auch sie schaute mich an, doch mit einer anderen Neugier als der ihrer Matrosen. Zuerst lächelten wir uns zu, ohne zu sprechen. Sie trug dieselbe schwarze Hose, denselben schwarzen Baumwollpullover wie in Rocca, dazu aber hatte sie eine Mütze aufgesetzt. Seit zwei Tagen kannte ich sie. Es war alles sehr schnell gegangen. Ich kannte schon, was die Kleider von ihrem Körper verbargen, und hatte schon Zeit gehabt, sie schlafen zu sehen. Aber die Dinge waren auch wieder anders. Als sie sich mir näherte, fing ich wieder an zu zittern, wie beim ersten Mal auf dem Ball. Vielleicht fing es wieder von vorne an, und ich würde mich an ihre Nähe, an ihren Anblick nicht gewöhnen können.

Immer noch sah sie mich an. Sie ist eine Frau, die keinen freimütigen Blick hat. Und an jenem Abend war er es noch weniger als sonst. Wahrscheinlich weil sie sich fragte, was ich immer noch an der Reling machte, obwohl es nichts mehr zu sehen gab und obwohl ich schon eine Stunde dort stand. Sie stellte mir jedoch keine Frage danach. Ich war es, der sie ansprach.

»Du hast eine Mütze aufgesetzt«, sagte ich.

»Es ist wegen des Windes.«

»Es geht kein Wind.«

Sie lächelte.

»Was macht das schon? Es ist eben eine Gewohnheit.« Das Gesicht zum Meer gewandt fügte sie hinzu: »Manchmal vergesse ich sie abzunehmen, wenn ich zu Bett gehe, und schlafe mit der Mütze.«

»Das macht nichts. Sie steht dir gut«, sagte ich.

»Manchmal schlafe ich auch ganz angezogen, und manchmal kämme ich mich nicht einmal«, sagte sie, immer im gleichen Ton. »Ich wasche mich nicht einmal.«

»Das sind Gewohnheiten wie andere auch«, sagte ich.

Auf dem dunklen ruhigen Wasser tanzten die Lichter des Zwischendecks. Ihr Arm berührte meinen, aber ihr Gesicht blieb dem Meer zugewandt.

»Aber du ißt doch?« fragte ich.

»Ich esse.« Sie lachte. »Ich habe einen guten Appetit.«

»Immer?«

»Es braucht einiges dazu, um mich vom Essen abzuhalten. Aber dazu, daß ich mich zu waschen vergesse, braucht es nicht viel.«

Endlich sahen wir einander an. Wir empfanden die gleiche, ein wenig nervöse Lust zu lachen, ich sah es ihren Augen an, aber wir lachten nicht. Ich sagte deshalb etwas Belangloses.

»Nun bin ich also auf See.«

Nun lächelte sie wirklich und sagte sehr sanft:

»Oh, das ist keine so große Sache.«

Wir schwiegen eine Weile. Immer noch sah sie mich an.

»Ist dir komisch zumute?«

Ihre Stimme klang ein wenig unsicher.

»Ich glaube schon, daß mir etwas eigenartig zumute ist.«

»Und du?« fragte sie nach einer Weile, »hast du Hunger?«

»Habe ich«, sagte ich. »Und ich fragte mich bereits...«

»Komm mit mir essen«, sagte sie fröhlich.

Sie lachte ebenso kindlich wie in dem Augenblick, als ich gesagt hatte, daß ich mitführe. Ich folgte ihr in den Speiseraum, die Bar. Diese »Bar« kannte ich ja bereits. Von dem

Speisesaal der *Cypris* war wohl nichts außer den Lüstern, den Teppichen und der Bibliothek übriggeblieben. Man sah sofort, daß auf diesem Schiff schon lange keine Gäste mehr empfangen wurden. Der Raum glich eher einer Wachstube als einer Bar, er war zur größtmöglichen Bequemlichkeit aller hergerichtet worden, ohne besonderen Geschmack, so schlecht vielmehr, daß man sich fragte, ob dabei Absicht vorgelegen habe. Die einstige Mannschaftsmesse neben den Laderäumen war aufgegeben worden, und die Matrosen aßen jetzt gemeinsam mit ihr. Auf diesem Schiff ißt man, wann man Lust hat, zwischen sieben Uhr morgens und zehn Uhr abends. Die Gerichte, zwei je Mahlzeit, werden ständig auf elektrischen Platten warmgehalten. Jeder bedient sich selbst. Auf einem Regal über der Bar stehen immer Käse, Obst, Gläser mit Sardellen, Oliven und so weiter, fertige Dinge zur Auswahl. Dazu gibt es Wein, Bier, Alkohol soviel man mag. Als wir eintraten, lief gedämpft ein Radioapparat. Erst jetzt bemerkte ich in einer Ecke ein Klavier und eine darüber an der Wand hängende Violine.

Sie setzte sich an einen Tisch in einen Sessel. Ich setzte mich ihr gegenüber. An einem anderen Tisch, nicht weit von uns, aßen drei Matrosen. Sie beobachteten mein Hereinkommen, ohne das Schwatzen zu unterbrechen. Ich erkannte den kleinen Braunen wieder, der mich an Deck angesprochen hatte. Auch diesmal lächelte er mir verhalten zu. Sie stand auf, ging mit zwei Tellern zur Heizplatte, kam zurück und setzte sich wieder mir gegenüber. Um die mir geltenden Blicke der Matrosen kümmerte sie sich überhaupt nicht. Im Vorübergehen sagte sie:

»Wie geht's?«

»Es geht gut«, sagte der kleine Braune.

Auf dem Teller lagen zwei gegrillte Fische, denen Fenchel im Maul steckte. Auch sie sahen mich neugierig an.

»Magst du das?« fragte sie. »Wenn nicht, ist noch etwas anderes da.«

Ich mochte das. Mit einem Gabelhieb trennte ich die Köpfe

der beiden Fische ab und schob sie auf den Tellerrand. Dann legte ich die Gabel wieder hin. Sie sah mir zu. Ich fühlte die Blicke der Matrosen, sie störten mich ein wenig. Nicht als ob sie übelwollend gewesen wären, eher im Gegenteil, aber ich war es nicht gewohnt, der Gegenstand irgendwelcher Neugier zu sein, und es verdarb mir den Appetit. Ich glaubte, sie tat so, als bemerkte sie es nicht. Nachdem ich meine Gabel hingelegt hatte, ließ sie eine Minute verstreichen und sagte dann:

»Du magst das nicht.«

»Wohin fahren wir?« fragte ich daraufhin.

Sie lächelte freundlich und drehte sich zu den drei Matrosen um. Sie lächelten auch, ohne Gehässigkeit immer noch und sogar ein wenig freundschaftlich.

»Nach Sète«, sagte sie zu ihnen. »Ich will sagen, zunächst nach Sète.«

»Das dachten wir uns bereits«, sagte einer der Matrosen.

»Du magst diese Fische nicht«, sagte sie, »ich bringe dir etwas vom anderen Gericht.«

Ich aß diese Fische zwar besonders gern, aber ich ließ sie gewähren. Sie kam mit, ich weiß nicht was, zurück, das auf dem Teller dampfte.

»Warum nach Sète?«

Sie gab mir keine Antwort. Und die Matrosen antworteten nicht an ihrer Stelle. Ich stand auf und machte es, wie ich es bei einem der Matrosen gesehen hatte, ging zur Bar und holte mir ein Glas Wein. Ich trank es aus und wiederholte die Frage:

»Warum nach Sète?« fragte ich alle Anwesenden.

Aber die Matrosen antworteten wieder nicht. Sie fanden, daß es ihr zustehe, mir zu antworten.

»Warum nicht?« sagte sie, zu den Matrosen gewandt.

Aber sie waren nicht einverstanden, pflichteten ihr offensichtlich nicht bei. Ich wartete weiter. Da wandte sie sich zu mir und sagte ganz leise: »Vorgestern habe ich eine Nachricht aus Sète erhalten.«

Sobald sie es gesagt hatte, gingen die Matrosen fort. Wir blieben allein. Aber nur kurze Zeit. Ein anderer Matrose kam, räumte die Tische ab und spülte die Gläser. Auch er sah mich unter der Arbeit neugierig an. Ich aß kaum. Sie beobachtete mich, wie zwei Tage zuvor in der Trattoria.

»Du hast keinen Hunger«, sagte sie.

»Es ist wahr«, sagte ich, »heute abend habe ich keinen großen Hunger.«

»Vielleicht sind wir zu müde. Sonst habe ich immer Hunger, heute abend aber nicht.«

»Wir müssen müde sein, das wird es sein.«

»Wenn es wegen Sète ist, hast du keinen Grund, nicht zu essen«, sagte sie.

»Wann hast du die Nachricht erhalten?«

»Kurz bevor ich zum Ball ging.«

»Nach dem Mittagessen?«

»Ja, eine Stunde nachdem du auf dein Zimmer gegangen warst.« – Sie lächelte, mied meinen Blick. – »Seit zwei Monaten hatte ich keine mehr erhalten, es ist fast so, als wäre es mit Absicht geschehen.«

»Von wem kommt sie?«

»Von einem griechischen Matrosen. Epaminondas. Er hat viel Phantasie. Es ist die dritte Nachricht, die er mir innerhalb von zwei Jahren geschickt hat. Ich muß darauf reagieren, sonst kränke ich ihn.«

Nun hatte ich überhaupt keine Lust mehr zu essen. Sie sagte heuchlerisch: »Du wirst sehen, es gibt keinen zweiten wie Epaminondas.« Sanft setzte sie hinzu: »Ich möchte, daß du ein bißchen ißt.«

Ich versuchte zu essen.

»Suchst du immer nur in den Häfen?« fragte ich ziemlich mühsam.

»In den Hafenstädten hat man mehr Aussicht als in den Binnenstädten. Nicht in der Sahara. Und nicht in den kleinen Häfen. In den großen. Du weißt ja, denen an Flußmündungen.«

»Sprich weiter«, sagte ich.

»Ihre Tonnage ist beträchtlich. Sie sind sowohl der Reichtum der Kontinente wie auch die Rettung der Flüchtenden.«

Lächelnd fügte sie hinzu:

»Iß, während ich rede.«

»Mach weiter.«

»Ich habe viel darüber nachgedacht«, sagte sie. »Zwangsläufig, seit Jahren habe ich ja nur das eine im Kopf. Einzig in einer Hafenstadt wird er sich ertragen können, verstehst du, so wie man hofft, sich ohne Unterschied von den anderen ertragen zu können. Es ist altbekannt, daß man in den Häfen die größte Anzahl Geheimnisse findet.«

Ihre Stimme klang schüchtern und gleichermaßen unerschrocken, so als warne sie mich vor, ich weiß nicht, welchem Irrtum.

»Das habe ich im Film gesehen«, sagte ich. »Daß die beste Methode, sich zu verstecken, darin besteht, sich unter seine Verfolger zu mischen.«

»So ist es« – sie lächelte – »in der Sahara, verstehst du, gibt es zwar keine Polizei, aber auch nicht einen Löwenzahn. Und da ...« Sie trank ihr Glas aus und fuhr schnell fort: »Man erträgt es schwer, einziger Zeuge der Spur seiner Schritte im Saharasand zu sein. Diese Art Spuren sind ganz anders als die, die man im allgemeinen, wie man so sagt, von seinem Dasein auf Erden zu hinterlassen wünscht. Die Wüste, Kalabrien, Wälder sind schlechte Verstecke.«

»Es gibt vielerlei Saharas auf der Welt«, sagte ich.

»Gewiß, aber die, von der ich spreche, wählt man sich nicht.«

»Ich verstehe.« – Unwillkürlich fügte ich hinzu: »Vielleicht bist du doch ein bißchen verrückt.«

»Nein«, sagte sie in sicherem Ton, »ich bin es weniger als die Leute im allgemeinen.« Und sie fuhr fort: »Die Städte bieten unvergleichliche Sicherheit. Erst auf dem Asphalt können die müden Füße der Matrosen von Gibraltar endlich zur Ruhe kommen.«

Sie brach ab.

»Ich hole dir ein Glas Wein«, sagte sie.

Jedesmal wenn sie eine Bewegung machte, aß, das Glas zum Mund führte, sich erhob, merkte ich auf, und das von Mal zu Mal stärker.

»Die Deckung durch zehntausend Passanten in der Canebière schenkt den Matrosen von Gibraltar ihre einzige Atempause«, fuhr sie fort. Leise setzte sie hinzu: »Das ist ein italienischer Wein.«

Ich trank. Er war gut. Es schien sie zu freuen, ihn mich so gern trinken zu sehen.

»Was für ein Abenteuer«, sagte ich lachend.

»Muß ich noch lange weiterreden?«

»Solange du kannst«, sagte ich.

»Nur dort«, sagte sie, »fühlt sich der Mensch, der sich verstecken will, den hundert Möglichkeiten des Daseins wiedergegeben. Er kann die Métro nehmen, ins Kino gehen, im Bordell oder auf den Bänken der Plätze schlafen, pinkeln, spazierengehen in verhältnismäßiger Seelenruhe, wie er sie nirgendwo sonst fände.«

»Hast du nie im Leben etwas anderes getan, als den Matrosen von Gibraltar gesucht?«

Ohne zu antworten stand sie auf und holte mir noch ein Glas Wein.

Andere Matrosen waren hereingekommen und fingen an, nach dem neuen Fahrgast zu schielen. Ich trank meinen Wein. Mir war heiß. Der Wein war kühl und gut. Es machte mir nichts aus, angestarrt zu werden. Sie sah mich unverwandt mit sanftem, spöttischem Blick an.

»Ich habe ihn allerdings schon ziemlich lange gesucht«, sagte sie schließlich.

Und ganz leise, deutlich nur für meine Ohren bestimmt, fragte sie lachend:

»Wirst du mich noch oft so reden lassen?«

»Es fällt mir schwer, dir zu sagen, du möchtest aufhören«, sagte ich.

Sie stand wieder auf, ging zur Bar und kam mit einem dritten Glas Wein zurück.

»Du tätest besser daran, gleich eine Flasche zu nehmen«, sagte ich.

»Daran habe ich nicht gedacht, aber es stimmt«, sagte sie lachend.

Mit ihrer Mütze sah sie ein wenig wie ein Matrose aus. Wie ein sehr schöner Matrose. Ihr Haar hing ihr in den Nacken, sie achtete nicht darauf. Als ich mein Glas wieder ausgetrunken hatte, sagte sie ganz leise:

»Du liebst den Wein.«

Ich antwortete nicht.

»Ich meine«, sagte sie, »bist du immer zufrieden, wenn du Wein trinkst?«

»Immer«, sagte ich. »Rede weiter.«

Es war ihr vielleicht lästig, aber sie zeigte es kaum.

»Nur in diesen Hafenstädten«, sagte sie, »hinterlassen die Schritte, die Handlungen nicht den verhängnisvollen Abdruck, auf den die Polizei aus ist. In einer Stadt gibt es so viele und so verschiedenartige davon, redliche wie unredliche, daß sie umsonst versucht, nicht in die Irre zu gehen...«

Ich hörte kaum, was sie sprach. Ich sah sie sprechen, was etwas ganz anderes ist. Und was in meinen Augen zu lesen stand, sah sie sehr gut.

»In den Häfen«, fuhr sie fort, »weißt du, ist die Polizei den Dingen weniger gewachsen als anderswo, auch wenn sie dort in großer Zahl eingesetzt wird und schärfer durchgreift. Sie begnügt sich damit, die Ausgänge zu bewachen, alles übrige beobachtet sie von weitem, da ist sie zu faul, etwas zu tun.«

Ein wenig verwundert hörten ihr die Matrosen zu. Aber sie stimmten so ziemlich mit ihr überein.

»Das ist wahr«, sagte einer, »in Toulon lassen sie einen eher in Ruhe als in Paris.«

»Und außerdem«, sagte sie, »fühlt man sich denn nicht besser, wenn man das Meer zur Seite hat? In gewissen Fällen, meine ich.«

Sie wollte mich zum Reden verleiten.

»Wenn man keine Familie hat«, fuhr sie fort, »keine Garderobe, keine Papiere, keine Wohnung, weil man mit diesen von den anständigen Leuten so geschätzten Sicherheiten nichts anfangen könnte, ganz im Gegenteil, und weil es schon schwer ist, auch nur die eigene Person zu transportieren, fühlt man sich da nicht am Ufer des Meers am wohlsten? Oder auf dem Meer?«

»Und das sogar in jedem Fall«, sagte ich.

Und ich lachte. Sie lachte auch. Darauf lachten auch die Matrosen.

»Selbst in dem Fall«, fügte ich ganz leise hinzu, »daß man mit seinem vielen Geld nichts anzufangen weiß.«

Sie lachte wieder.

»Selbst in diesem Fall«, sagte sie.

»Und außerdem«, sagte ein Matrose, »wenn du in Marseille bist, bist du auch ein bißchen in Diego.«

»Brauchst dich nur auf dem erstbesten Frachter als Kohlentrimmer anheuern zu lassen.«

»Heißt es nicht immer, daß diese jähen Abreisen viel zum bekannten Reiz der Häfen beitragen?« sagte sie. »Im Sommer schauen sich viele Touristen die Häfen an. Aber was sehen sie schon davon? Höchstens die Reeden.«

»Und du«, fragte ich lachend, »du mit deiner großen Erfahrung im Verbrechen, was schaust du dir an?«

»Was man für gewöhnlich nicht anschaut«, sagte sie, »die zur Flucht geeigneten engen Gassen, die Seitenwege. Aber« – sie zögerte – »ich bin dort zu oft trügerischen Schatten begegnet...«

»Und?«

»Ich gehe nicht mehr von Bord. Die Jacht ist dieselbe, nur ihr Name hat sich geändert. Wozu an Land gehen? Das sieht man doch, so eine Jacht, oder? Und besser als mich.«

»Man sieht sie enorm«, sagte ich.

Ein Matrose stellte das Radio an. Schlechter Jazz.

»Nimmst du keinen Käse?«

Ich stand auf und holte mir welchen. Auch sie stand auf.

»Ich will nicht mehr weiterreden«, sagte sie.

»Du mußt mir meine Kabine zeigen«, sagte ich.

Sie hörte zu essen auf und sah mich an. Ich aß weiter.

»Aber sicher«, sagte sie leise, »werde ich sie dir zeigen.«

»Ich habe noch Hunger«, sagte ich, »ich nehme mir Obst.«

Sie nahm keines. Sie holte zwei Gläser Wein.

»Sag mal ...«

Sie beugte sich wieder zu mir herüber. Ihre Mütze fiel herab. Es war spät geworden. Zeit, zu Bett zu gehen. Ihr Haar löste sich.

»Was?«

»Du liebst das Meer, ja? Ich will sagen ... dir gefällt es hier nicht schlechter als anderswo?«

»Ich kenne es nicht«, sagte ich, unwillkürlich lachend, »aber ich glaube, daß ich es lieben werde.«

Sie lachte.

»Komm«, sagte sie, »ich zeige dir deine Kabine.«

Wir stiegen zum Zwischendeck hinunter. Die sechs Kabinen lagen zur Schanze hin. Vier waren jetzt von den Matrosen bewohnt. Sie trat in die sechste, backbords gelegene. Diese stand leer und offensichtlich schon ziemlich lange. Sie hatte nur ein Bett und grenzte an ihre. Der Spiegel war blind. Das Waschbecken war mit feinem Kohlenstaub bedeckt. Das Bett war nicht gemacht.

»Sie ist ziemlich oft noch unbesetzt«, sagte ich.

Sie lehnte sich an die Tür.

»Fast immer«, sagte sie.

Ich trat ans Bullauge. Es blickte aufs Meer, nicht auf das Zwischendeck, wie ich vermutet hatte. Ich ging zurück zum Waschbecken und drehte den Wasserhahn auf. Er ließ sich nur schwer bewegen. Das Wasser kam erst rostig, dann lief es klar. Ich wusch mir das Gesicht. Es tat mir noch weh. Während ich in der Erwartung der Abfahrt von Jacquelines Zug unter der Platane eingeschlafen war, hatte ich mir den

Sonnenbrand geholt. Sie folgte meinen Bewegungen mit den Augen.

»Du hast dir einen ordentlichen Sonnenbrand geholt«, sagte sie.

»Das war, als ich auf den Zug wartete. Es hat sehr lange gedauert.«

»Vorgestern beim Mittagessen warst du ziemlich betrunken. Unablässig standst du auf und setztest dich wieder hin. Du sahst glücklich aus. Ich konnte mich nicht erinnern, je einen so glücklich aussehenden Menschen gesehen zu haben.«

»Ich war wahnsinnig glücklich.«

»Nach dem Mittagessen habe ich dich lange im Umkreis der Trattoria gesucht. Ich wollte dich sofort wieder sehen. Es war deutlich, daß du nicht gewohnt warst, glücklich zu sein. Du hast es sehr gut aufgenommen.«

»Das kam vom Wein. Ich hatte viel getrunken. Immerhin habe ich den verdammten Sonnenbrand abgekriegt.«

»Du solltest dich nicht waschen, sondern Hautcreme nehmen.«

Das Wasser erfrischte mich, ließ mich aber, wenn ich mich dann abtrocknete, die Verbrennung stärker spüren. Darum wusch ich mich immer weiter. Es war ein wenig so, als hätte ich das Gesicht voller Kratzwunden. Seit zwei Tagen tat es mir unaufhörlich weh.

»Ich hole dir Hautcreme«, sagte sie.

Sie ging. Einige Minuten lang war es still in der Kabine. Ich hörte auf, mir das Gesicht naß zu machen und wartete auf sie. Nun vernahm ich das Vibrieren der Schiffsschraube und das Klatschen des Meers an die Bordwand. Ich versuchte angestrengt, mich zu wundern, aber es gelang nicht. Ich wunderte mich nur darüber, daß sie nicht mehr da war, in der Kabine. Sehr bald kehrte sie zurück. Ich fettete mir das Gesicht mit der Hautcreme ein. Dann war ich fertig mit Waschen und Eincremen. Sie hatte sich aufs Bett gelegt und die Hände unter den Kopf geschoben. Ich wandte mich ihr zu.

»Was für ein Abenteuer«, sagte ich lachend.

»Dergleichen hat es noch nie gegeben«, sagte sie, ebenfalls lachend. Weiter wußten wir nichts zu reden.

»Redselig bist du nicht«, sagte sie.

»Er hat doch auch nicht viel mit dir gesprochen, wie?«

»In Paris hat er ein bißchen mit mir gesprochen. Aber das ist kein Grund für dich.«

»Nein. Ich bin kein Mörder«, sagte ich. »Eines Tages werde ich dir viel erzählen. Jetzt aber muß ich meine Koffer auspacken.«

»Es war doch dumm, alles zurückzulassen.«

Plötzlich lachte sie in Erinnerung an etwas.

»Da war einmal einer«, begann sie.

Sie hielt inne und wurde rot.

»Was für einer?«

»Entschuldige«, sagte sie.

»Was für einer?«

»Ich begehe viele Irrtümer«, sagte sie.

Sie senkte die Augen, lachte nicht mehr.

»Was für einer? Ich laß dich nicht mehr los.«

»Einer«, sagte sie und fing wieder an zu lachen, »einer, der mit einem sehr großen Koffer an Bord gestiegen ist. Einem wirklich sehr großen. Ich habe mir gesagt, vielleicht besitzt er keinen kleineren. Am zweiten Tag ist er in einer weißen Hose an Deck angetanzt. Am dritten Tag trug er außerdem eine Schirmmütze. Die Matrosen haben ihn den Herrn Stationsvorsteher genannt. Daraufhin wollte er sich schleunigst umkleiden gehen und hat die Mütze abgenommen, aber es war zu spät.«

»Siehst du«, sagte ich, »ich habe den richtigen Riecher gehabt.«

Ich lachte. Sie lachte auch, auf dem Bett ausgestreckt.

»Und die anderen?« fragte ich, »was haben die mitgebracht?«

Sie hörte auf zu lachen.

»Nein«, sagte sie.

Manchmal wünscht man sich nicht das, was man am meisten ersehnt, sondern das Gegenteil, den Entzug dessen, was man am meisten ersehnt. Sie aber konnte solche Widersprüche nicht ertragen. Ihre eigenen Widersprüche waren anderer Art. Und ich war nicht hier auf diesem Schiff, um ihr zu helfen, damit fertigzuwerden.

Trotzdem kehrte sie sehr spät in der Nacht in ihre Kabine zurück, später vielleicht, als es nötig gewesen wäre, später als es die Rolle erforderte, die ich auf diesem Schiff bei ihr zu spielen hatte.

Den Rest der Nacht schlief ich schlecht. Gegen zehn Uhr wachte ich auf. Ich ging in den Speiseraum, um Kaffee zu trinken. Dort waren zwei Matrosen. Wir wünschten uns guten Tag. Ich hatte sie am Tag zuvor beim Abendessen gesehen, sie schienen sich an meine Anwesenheit schon gewöhnt zu haben. Als ich meinen Kaffee getrunken hatte, ging ich hinaus. Die Sonne stand hoch. Im goldenen Wind wehte eine außerordentliche Freude. Als ich ins Freie trat, mußte ich mich an die Bartür lehnen, geblendet sicherlich von der Bläue des Meers.

Ich machte die Runde über das Zwischendeck. Sie war nicht dort, war noch nicht aufgestanden. Ich ging nach vorn und fand dort den kleinen braunen Matrosen, der mir am Abend zuvor zugelächelt hatte. Er flickte Seile und sang.

»Schönes Wetter heute«, sagte ich.

»Bei uns in Sizilien ist das Meer immer so«, sagte er.

Ich machte es mir neben ihm bequem. Er wartete nur darauf, schwatzen zu können. Er sagte mir, daß sie ihn vor zwei Monaten in Sizilien angeheuert habe als Ersatz für einen Matrosen, der in Syrakus geblieben sei. Vorher sei er Schiffsjunge auf einem Frachter gewesen, der zwischen Syrakus und Marseille Orangen transportiert habe.

»Das ist etwas anderes auf einer Jacht«, sagte er. »Man hat so wenig zu tun, daß ich mir manchmal Arbeit erfinde.«

Er zeigte auf die Seile.

Das Schiff fuhr ziemlich nahe der Küste entlang, einer schmalen, bewohnten Ebene mit Bergen im Hintergrund.

»Ist das Korsika?« fragte ich.

»Ach wo, immer noch Italien.«

Er zeigte mit dem Finger auf einen Punkt der Küste: eine Stadt, groß, mit Kaminen.

»Livorno«, sagte er lachend.

»Aber Sète?«

»Sète liegt in der Gegenrichtung«, sagte er, immer noch lachend. »Aber das Meer ist so schön, wahrscheinlich will sie das Vergnügen länger auskosten.«

»Nach Piombino werden wir wohl wenden«, sagte ich.

»Oder aber erst auf der Höhe von Neapel«, sagte er und lachte noch immer.

Ich nahm ein kleines Seil und wand es mir mechanisch um die Hand.

»Vorgestern habe ich Sie auf dem Ball gesehen«, sagte er plötzlich.

Ich hatte den Eindruck, daß dieser da noch keine Gelegenheit gehabt habe, viele meiner Art zu sehen. Er war erst seit zwei Monaten da.

»Es sind drei Tage, daß ich sie kenne«, sagte ich.

Er warf mir einen etwas verlegenen Blick zu und erwiderte nichts.

»Ich bin einfach da, einstweilen«, erklärte ich.

»Ich verstehe«, sagte er.

Er war mitteilsam. Er sagte mir, daß auch er die Geschichte des Matrosen von Gibraltar kenne. Die anderen Matrosen hatten sie ihm erzählt. Er bewunderte ihn, aber er verstand nicht, »warum er den Amerikaner getötet« hatte, noch, warum sie auf diese Weise nach ihm suchte.

»Sie sagt, sie suche nach ihm, als ob man auf diese Weise nach jemanden suchen könnte, auf der ganzen Erde. Meiner Meinung nach ist das nur so eine Redensart.«

»Wie soll man sich dann aber ihr Umherreisen erklären?« fragte ich.

»Sicher, das ist schwierig, aber vielleicht will sie einfach spazierenfahren.«

»War es ein Amerikaner, den er getötet hat?«

»Manche sagen, es war ein Amerikaner. Andere sagen, es war kein Amerikaner. Es wird viel geredet.«

»Im übrigen, ob es ein Amerikaner war, oder, was weiß ich, ein Engländer...«

»Das stimmt«, sagte Bruno lächend. »Für mich, wissen Sie ist das eine Frau, die sich langweilt.«

»Langweilt man sich auf einem Schiff, wo man ganz allein ist, nicht mehr als anderswo?«

Er schien verlegen und gleichzeitig belustigt.

»Ganz allein«, sagte er, »ist sie nicht immer. Aber sie muß doch etwas vermissen und nicht nur ihn, das ist doch anders nicht möglich.«

Ich widersprach ihm nicht. Das ermutigte ihn.

»Aber eines Tages wird sie damit aufhören müssen, sie kann ja nicht ewig so weitermachen. Niemand hält es lange auf diesem Schiff aus. Derjenige, den ich ersetzt habe, hatte es mir vorausgesagt, ich hatte es ihm nicht geglaubt, aber jetzt weiß ich es.«

Er erklärte mir, daß sie ihre Matrosen sehr gut bezahle, das Dreifache des üblichen Lohns gebe, daß sie nicht im geringsten anspruchsvoll sei – mit allem zufrieden –, daß die Mannschaft, insbesondere die jungen Leute, sie nach zwei, drei Monaten verließen. Übrigens immer im besten Einvernehmen mit ihr, darum gehe es hier nicht.

»Aber man kann nicht ständig nach ihm suchen, ohne ihn ihr je zu finden, das ist unmöglich« – mit einiger Verlegenheit setzte er hinzu: »Sie werden selber sehen, wie das ist. Man hat kein Ziel, man tut fast nichts für die gute Bezahlung. Wenn wir irgendwo anlegen, ist es immer zufällig, es sei denn, man erhält eine Nachricht, aber das kommt selten vor. Einmal angekommen, wird der Anker geworfen und gewartet. Worauf? Angeblich darauf, daß er das Schiff erkennt und an Bord kommt.«

Er sagte, er sei in einem solchen Grad untätig geworden, daß er in Viareggio, beim bloßen Anblick von Männern, die eine Ladung Käse löschten, wirklich arbeiteten, ihr fast gekündigt hätte.

»Aber für sie ist es nicht das gleiche«, sagte ich. »Was sollte sie denn anfangen, wenn sie das Schiff verließe?«

»Man findet immer etwas«, sagte Bruno, »das ist bloß Gerede.«

»Das stimmt.«

»Eines Tages hält sie es nicht mehr aus, so herumzureisen, Sie werden sehen.«

»Und Sie, was glauben Sie, hat sie eine kleine Chance?«

»Wozu?«

»Ihn wiederzufinden.«

»Fragen Sie sie doch selber«, sagte er in leicht verdrossenem Ton, »wenn Sie das so sehr interessiert.«

»Ach nein«, sagte ich, »ich frage das nur so, ganz mechanisch.«

Wir kamen auf den Matrosen von Gibraltar zurück.

»Ich für mein Teil glaube kein Wort davon«, sagte Bruno. »Das ist eine ganz unglaubwürdige Geschichte. Man erzählt sich so viel davon, daß es einen Roman hergeben würde. Und mit den Nachrichten ist es genauso. Manche Leute sehen ihn überall. Wenn man Nachrichten erhält, ist es darum doch so, als führe man ziellos umher.«

»Besser als nichts«, sagte ich.

»Das heißt, es ist praktischer. So braucht man sich nicht zu überlegen, wohin man fahren könnte.«

»Und außerdem kann man nie wissen, oder?«

Er warf mir einen ermunternden Blick zu.

»Sicher«, sagte er, »man kann nie wissen. Aber es gibt so viele Menschen auf der Welt, Milliarden.«

»Immerhin«, sagte ich noch, »gibt es nicht wenige, die wissen, daß sie ihn sucht, es ist nicht so, als suchte sie ganz allein nach ihm. Ihre Chancen sind womöglich größer, als man denkt.«

»Ich glaube«, sagte er, »man weiß in allen großen Häfen, daß sie ihn sucht. Aber inwiefern bringt sie das weiter, solange er es nicht weiß? Vielleicht lebt er mitten in einem Land, tut etwas, das ihm Geld einbringt, und will nichts von ihr hören. Das Merkwürdige ist, sie denkt nicht daran, daß ihm vielleicht gar nicht so viel daran liegt, sie wiederzufinden. Ist sie nicht die einzige, die ihn wiedererkennen könnte?«

»Ich glaube, daß sie daran gedacht haben muß«, sagte ich.

Sein persönliches Schicksal beunruhigte ihn jedoch mehr als das ihre. Er wollte bereits das Schiff verlassen.

»Nach Sète«, sagte er, »werde ich sehen, was ich tun kann. Sie sagen zwar auch, ich käme wieder zurück, man gehe fort, aber komme immer wieder auf das Schiff zurück. Es scheint, daß sie im Verlauf ihrer Reisen alle ihre Matrosen wiedergefunden hat. Alle gehen weg und, eigenartig, danach wollen sie alle wieder zurückkehren. Das geht so einen Monat, zwei Monate, und dann gehen sie wieder. Beim Steuermann ist es jetzt zum dritten Mal, daß er zurückgekommen ist. Und Epaminondas, der, den wir in Sète treffen werden, kehrt auch zum dritten Mal zurück.«

Und sie? Ob sie verstehe, daß sie weggingen?

»Ach«, sagte er, »was verstände die nicht!«

»Sie mögen sie nicht besonders«, sagte ich.

Er machte ein erstauntes Gesicht.

»So ist es nicht«, sagte er. »Aber wirklich, ich glaube, sie macht sich über die Leute lustig.«

»Den Eindruck habe ich nicht«, sagte ich.

»Ich schon«, sagte Bruno, »ich werde den Eindruck nicht los. Böse bin ich ihr deshalb nicht, nein. Aber vielleicht werde ich in Sète aussteigen.«

Während ich ihm zuhörte, hielt ich ständig nach ihr Ausschau.

»Man soll immer das tun, was man tun möchte«, sagte ich.

»Manchmal, da, ich weiß nicht, schäme ich mich sogar ein bißchen, auf diesem Schiff zu sein«, fügte er hinzu.

»Man muß die Wahl haben können, sich nicht zu schämen«, sagte ich.

Ich verließ ihn, ging auf dem Zwischendeck davon zu ihrer Kabine und wartete auf sie. Ich hatte auf nichts anderes Lust, als auf sie zu warten. Der Gedanke, Messing zu putzen, kam mir wie eine vergangene Kinderei vor. Ich hätte nichts tun können. Lange genug, Jahre lang, hatte ich im Dunkel gearbeitet, um mir zu erlauben, nichts anderes mehr zu tun, als zu warten, daß eine Frau hinaus in die Sonne trat. Mancher Mann hätte es ebenso gemacht, das glaubte ich zur Genüge, um mich dank dieser Gewißheit weniger allein zu fühlen als während der Jahre meiner würdigen Fron.

Sie trat aus ihrer Kabine. Sie kam zu mir. Ich mußte die Augen schließen, wie am Morgen, als ich das Meer gesehen hatte. Sie war froh. Sie ist immer auf eine etwas kindliche Weise froh.

»Wir nähern uns Livorno«, sagte sie, »wir fahren schnell.«

Später erfuhr ich, daß es immer so war, daß die Entfernungen von Hafen zu Hafen sie jeweils in Staunen versetzten und daß man sie ihr immer wieder nennen mußte. Wahrscheinlich erschienen sie ihr von Mal zu Mal kürzer: sie reiste ja schon seit Jahren.

»Aber Sète?« fragte ich.

Sie sah auf das Meer und lächelte.

»Wir haben Zeit«, sagte sie.

Auch ich sah auf das Meer und Livorno in der Ferne.

»Aber erwartet man dich nicht in Sète?« sagte ich wieder.

»Ich habe Epaminondas benachrichtigt.«

»Wann?«

»Gestern abend, bevor wir abgelegt haben.«

»Du meinst das doch nicht im Ernst?« sagte ich und versuchte zu lachen.

»Doch«, sagte sie, »im Ernst. Aber was macht das schon für einmal?«

Wir redeten nicht weiter darüber. Sie hielt ihren Atlas in den Händen, und ich bat sie, ihn mir zu zeigen. Es war ein

Faltatlas aus Kunststoff, den sie in Südamerika hatte herstellen lassen. Er gab von den Kontinenten nur die bewohnten Küsten an, dies aber sehr genau – sie zeigte mir Rocca, einen winzigen Punkt, verloren zwischen tausend anderen Punkten der italienischen Küste. Er gab auch Meerestiefen und -strömungen an, wodurch die Kontinente, weiß und leer, ebenso nackt erschienen wie sonst die Meere. Es war der Atlas eines umgekehrten Universums, eines Negativs der Erde. Sie behauptete, ihn auswendig zu kennen.

»Ich glaube ihn so gut zu kennen wie eine Wohnung«, sagte sie.

Wir streckten uns gegenüber der Bar auf Liegestühlen aus. Alle Männer arbeiteten mehr oder weniger. Als einziger tat ich nichts. Das kam mir von Zeit zu Zeit zu Bewußtsein.

»Wenn du willst, werden wir bei der nächsten Zwischenstation zusammen an Land gehen«, sagte sie.

Sie hatte eine Sonnenbrille aufgesetzt, rauchte und sah auf das Meer. Das ist etwas, was ihr liegt, sich angesichts des Meeres hinsetzen und rauchen oder lesen oder nicht lesen, nichts tun.

»Erzähl mir von den anderen«, sagte ich.

»Willst du mich wieder zum Reden bringen?«

»Abends«, sagte ich zögernd, »wirst du ja doch nie sprechen wollen.«

»Was kümmern dich schon die anderen?«

»Welche Frage. Ist es dir unangenehm, von ihnen zu sprechen?«

»Nein«, sagte sie, »aber ich möchte, daß du mir sagst, warum ich dir davon erzählen soll, du selbst sagst nie etwas.«

»Weil ich neugierig bin und vielleicht auch, um nicht in Versuchung zu geraten zu glauben, daß ich einzigartig bin.« Wir lachten.

»Es war so ziemlich jeder Beliebige darunter. Ich begehe oft Irrtümer.«

»Ich wüßte gern, welche du begangen hast.«

»Die gröbsten«, sagte sie, »die lächerlichsten. Aber manchmal frage ich mich, ob es überhaupt Irrtümer sind, ob nicht ich …«

»Weil du nie jemanden siehst?«

»Wahrscheinlich. Und dann hat es eine Zeit gegeben, da hätte ich jeden x-beliebigen, wie du sagst, mitgenommen.«

»Ich sage das so, aber es gibt keine x-beliebigen.«

»Ich meine, Menschen, die schlecht zu mir paßten.«

»Es gibt also welche, die besser zu dir passen als andere?«

Sie lachte nicht.

»Wer weiß?« sagte sie.

»Fang an«, sagte ich. »Einmal war da einer, der …«

»Einmal war da einer, der sich gleich am ersten Tag eingerichtet hat. Als ich wenige Stunden nach der Abfahrt in seine Kabine zurückgekommen bin, war er schon fertig eingerichtet. Auf ein Regal hatte er Bücher gestellt. Balzac. Sämtliche Werke. Über dem Waschtisch hatte er seine Toilettensachen angeordnet. Darunter waren unglücklicherweise mehrere Flaschen Yardley Lavendelwasser. Als er sah, daß ich sie anschaute und erstaunt war, erklärte er mir, daß er nicht ohne Yardley Lavendelwasser sein könne, daß man auf Reisen nie wisse, was man anträfe und was nicht, und daß er sich vorsichtshalber einen Vorrat angelegt habe.«

Sie fing an zu lachen.

»Da hast du meine Irrtümer«, sagte sie.

»Und die anderen?«

»Ah, wenn ich von allen erzählen soll, muß ich etwas zu trinken haben.«

»Warte.«

Ich lief in die Bar und kam mit zwei Whiskeys zurück. Sie trank ihren sofort.

»Gewöhnlich«, sagte sie ein wenig beschämt, »bat ich sie, ihn suchen zu helfen. Sie erklärten sich damit einverstanden. Im Anfang sind sie immer einverstanden. Man ließ sie drei Tage in Ruhe, damit sie sich mit dem Gedanken befreunden konnten. Und dann, nach drei Tagen, merkte man, daß sie nichts verstanden hatten.«

Ich trank meinen Whiskey.

»Dabei muß man das verstehen können, selbst wenn man nicht drei Tage lang in Ruhe gelassen wird.«

Wir lachten. Sie lachte lauter als ich.

»Sie haben gefragt: Was ist zu tun? Sagen Sie es nur, um Ihnen zu helfen, bin ich zu allem bereit. Aber wenn man ihnen dann sagte, die Schuhe der Mannschaft müßten neu besohlt werden, weigerten sie sich. Sie haben gesagt: Das ist nicht von mir verlangt worden. Was hat das mit dem zu tun, was von mir verlangt wurde?«

»Wir wollen noch einen Whiskey trinken«, sagte ich.

Ich ging in die Bar und kam wieder mit zwei Whiskeys zurück.

»Weiter.«

»Da war ein anderer, der, sobald er an Bord gegangen war, einen kleinen Stundenplan aufgestellt hat. Die Gesundheit, sagte er, beruht auf der Regelmäßigkeit des Lebenswandels. Jeden Morgen machte er Freiübungen auf dem Achterdeck.«

Ich trank meinen Whiskey.

»Eines Tages«, sagte ich, »werde ich einen amerikanischen Roman über dich schreiben.«

»Warum amerikanisch?«

»Wegen des Whiskeys. Der Whiskey ist ein amerikanisches Getränk. Weiter.«

»Einen gab es, der ist drei Wochen geblieben. Er ist am längsten geblieben. Er war jung, arm und schön. Er besaß sehr wenig, keine weiße Hose, kein Eau de Cologne. Aber er sah nie auf das Meer, er kam fast nie aus seiner Kabine heraus. Er las Hegel. Ich fragte ihn eines Tages, ob das interessant sei, er sagte mir, das sei Philosophie, das sei lebenswichtig. Und er setzte hinzu, wenn ich das hätte lesen können, hätte mir das weitgehend Aufschluß gegeben über meinen eigenen Fall. Das erschien mir, ich weiß nicht, wie eine Taktlosigkeit. Er las die ganze Zeit, weil er, so sagte er, nie wieder im Leben eine solche Gelegenheit finden würde, weil er sie nützen müsse, weil er nie mehr so viel freie Zeit hätte. Ich habe ihm viel Geld gegeben, genug, um ein Jahr lang, ohne zu arbeiten, Hegel lesen zu können.«

Sie fügte hinzu:

»Den da hätte ich eigentlich genausogut behalten können.«

Sie trank ihren Whiskey.

»Wir werden uns betrinken«, sagte sie.

»Ein bißchen mehr oder ein bißchen weniger, was macht das schon aus?« sagte ich.

»So etwas«, sagte sie, »ich habe nie einen einzigen Trinker an Bord genommen.«

»Nie?«

»Das heißt«, sagte sie, lachend, »diesen einen Irrtum hatte ich bisher noch nicht begangen.«

»Damit wirst du sie jetzt alle begangen haben«, sagte ich lachend.

»Man kann aus Irrtümern eine Karriere aufbauen.«

»Erzähl weiter.«

»Es sind viele gewesen. Ich erzähle dir nur von den komischen Irrtümern. Da war einer, der mir am ersten Abend gesagt hat: ›Also, jetzt sag schon, jetzt kannst du mir ja gestehen, was diese verrückte Geschichte bedeutet.‹ ›Welche Geschichte?‹ habe ich gefragt. Und da sagte er: ›Na, die vom Matrosen von Gibraltar.‹ Wir hatten den Hafen noch nicht verlassen, wo wir uns kennengelernt hatten.«

Sie weinte vor Lachen. Sie nahm ihre Sonnenbrille ab und wischte sich die Augen.

»Noch ein anderer«, sagte sie – sie konnte nun nicht mehr einhalten – »hat am dritten Tag einen Fotoapparat gezückt. Das ist eine Leica, hat er mir gesagt, aber ich habe noch eine Rolleiflex und eine kleine Zeiss-Ikon, die zwar nicht mehr das neueste Modell, aber mir immer noch am liebsten ist. Er ging an Deck spazieren, entweder mit der Rolleiflex oder mit der Leica oder mit der Zeiss-Ikon, auf der Lauer, sagte er, nach Meeresstimmungen. Er wollte einen Bildband über das Meer, das unbekannte Wesen, machen.«

Ich schwieg nach Möglichkeit, um sie nicht am Reden zu hindern.

»Der Fürchterlichste«, sagte sie, »war der, der an Gott glaubte. Es kann vorkommen, daß diese Dinge an Land nicht sichtbar werden und selbst auf See nur schwer festzustellen sind. Ich habe etwas geahnt, weil er unter den Matrosen keinen Kumpel fand und sie ständig über ihr Privatleben ausfragte. Laurent aber hatte, glaube ich, schon vor mir etwas bemerkt. Eines Abends habe ich ihn betrunken gemacht. Er hat angefangen zu reden und zu reden, ich habe ihn weiter angestachelt, und schließlich hat er mir erklärt, der Matrose von Gibraltar habe gemordet, er sei ein Unseliger, flöße Mitleid ein, und durch Gebete könne man ihm nützlich sein.«

»Was hast du daraufhin getan?«

»Ist nicht so wichtig. Ich war damals bissig.«

»Und du meinst wirklich, daß solche Dinge nicht bereits an Land erkennbar werden?«

»Nicht immer« – sie zögerte –, »ich glaubte, es sei meine Pflicht, ohne große Umstände zu wählen.«

Ich trank meinen zweiten Whiskey aus. Mein Herz schlug heftig, doch sicherlich auch wegen des Whiskeys und weil wir in der prallen Sonne lagen. Plötzlich lachte sie hellauf. Etwas mußte ihr sehr deutlich in Erinnerung gekommen sein.

»Da war einer«, sagte sie, »der hat mir gleich am ersten Tag gesagt: ›Laß uns fortgehen, Liebling, vergiß diesen Mann. Du bist im Begriff, dich ins Unglück zu stürzen.‹«

Unter ständigem Lachen fuhr sie fort:

»Ein anderer, der guten Appetit hatte. Schon an Land hatte er den bewiesen, an Bord aber wurde es phänomenal. Er fand, daß es auf dem Schiff nicht genug zu essen gab, und zwischen den Mahlzeiten lief er in die Kombüse und hat Bananen verschlungen. Ihn belastete eine geradezu phantastische Gesundheit. Er liebte das Wohlleben und hätte es gern an Bord fortgesetzt.«

»Du hattest zehn an jedem Finger«, sagte ich.

»Ein anderer, einer, der auch nett war, hat, kaum daß wir abgelegt hatten, gesagt: ›Sieh an, uns folgen Fischschwärme.‹ In der Tat folgten uns Heringsschwärme. Wir haben ihm erklärt, daß das immer so sei und daß uns manchmal Haifischschwärme acht Tage ununterbrochen folgten. Er aber hat nur noch an die Heringe gedacht. Vom Meer hat er nie mehr als die Heringsschwärme gesehen. Wenn es nach ihm gegangen wäre, hätten wir angehalten und ein paar geangelt.«

Sie hörte auf zu reden.

»Weiter«, sagte ich.

»Nein. Ich weiß keine komischen mehr.«

»Nicht einmal sehr komische?« sagte ich lachend so, daß sie verstand.

»Ach ja«, sagte sie, »einen habe ich vergessen. Was der sich sein Leben lang ersehnt hatte, war, die Türklinken auf einem Schiff zu polieren, in freier Luft zu sein und Messing zu putzen. Sein ganzes Leben hatte er darauf gewartet ...«

Sie nahm ihre Sonnenbrille ab und sah mich aufmerksam an.

»Worauf?« fragte ich.

»Ich weiß nicht, worauf du gewartest hast.«

»Ich auch nicht. Worauf wartet jeder Mensch?«

»Auf den Matrosen von Gibraltar«, sagte sie lachend.

»Richtig«, sagte ich, »von allein wäre ich nie darauf gekommen.«

Wir verstummten. Dann plötzlich dachte ich an den, der zu ihr gesagt hatte: »Laß uns fortgehen, Liebling, vergiß diesen Mann«, und ich brach in Gelächter aus.

»Woran denkst du?« fragte sie.

»An den, der dir sagte, laß uns fortgehn, Liebling.«

»Und an den, der nur an die Heringe dachte?«

»Was hätten sie tun sollen? Die Zeit damit verbringen, mit dem Fernglas den Horizont abzusuchen?«

Wieder nahm sie die Sonnenbrille ab und sah auf das Meer. Dann sagte sie im Ton völligen Ernstes:

»Aber ich weiß es doch nicht.«

»Sie meinten es nicht aufrichtig«, sagte ich.

»Ah«, sagte sie lächelnd, »das ist ein schönes Wort. Und du sagst es sehr gut.«

»Das sieht man doch sofort«, sagte ich.

»Was?«

»Daß man auf dieses Schiff keine Fotoapparate mitbringen kann, kein Eau de Cologne, kein Gesamtwerk von Balzac oder Hegel. Und auch anderes nicht, keine Briefmarkensammlung, keine Siegelringe, keinen noch so primitiven eisernen Schuhlöffel, keinen Appetit, keine Vorliebe für Hammelbraten, keine Sorge um die an Land gebliebene kleine Familie, keine Sorge um die eigene Zukunft, keine Erinnerungen an die so trostlose Vergangenheit, keine Leidenschaft für den Heringsfang, keinen Stundenplan, keinen angefangenen Roman, keinen Essay, keine Seekrankheit, kein zu großes Redebedürfnis, kein zu großes Schweigebedürfnis, kein zu großes Schlafbedürfnis.«

Sie hörte mir mit kindlichem Blick zu.

»Und das ist alles?«

»Sicher vergesse ich vieles«, sagte ich. »Und auch wenn man in Kenntnis all dieser Unmöglichkeiten, von denen ich nur einen ganz kleinen Teil nenne, nicht weiß, daß man trotzdem auf diesem Schiff nicht bleiben kann, dann kann man eben wirklich nicht dort bleiben.«

»Sehr klar ist das nicht, was du da sagst«, sagte sie lachend. »Wenn du solche Sachen in deinem amerikanischen Roman erzählst, wird kein Mensch das geringste verstehen.«

»Sofern nur die Leute auf diesem Schiff etwas davon verstehen«, sagte ich, »das wäre schon genug. Man kann nicht allen alles verständlich machen.«

»Ich habe nie gedacht«, sagte sie, »daß die Leute auf diesem Schiff besonders scharfsinnig seien.«

»Sie besitzen einen ganz besonderen Scharfsinn«, sagte ich.

Ich hatte zwei Whiskeys getrunken und war das nicht gewöhnt.

»Im Grunde«, sagte ich, »bist du eine schöne Nutte.«

Sie entrüstete sich in keiner Weise.

»Wenn man so will«, sagte sie. »Das also ist eine Nutte?«

»Das, ja, glaube ich.«

»Mir soll's recht sein«, sagte sie.

Sie lächelte.

»Kannst du wirklich nicht ohne diese.. Irrtümer sein?«

Sie wurde verlegen, senkte die Augen, antwortete nicht.

»Und... war er es, der dir ein unabdingbares Bedürfnis nach diesen Irrtümern hinterlassen hat?«

»Ich glaube, ja«, sagte sie.

»Und dabei ist man trotzdem noch wählerisch«, sagte ich lachend.

»Aber wenn man nie Irrtümer beginge, wäre es höllisch«, sagte sie.

»Du redest wie ein Buch«, sagte ich.

An diesem Nachmittag blieb ich, benommen vom Whiskey, den wir getrunken hatten, lange auf dem Bett in meiner Kabine liegen. Ich hätte gern geschlafen, aber kaum hatte ich mich ausgestreckt, als meine Schläfrigkeit verflog. Ich versuchte zu lesen. Aber das gelang mir ebensowenig, wahrscheinlich hätte ich nur *eine* Geschichte lesen können, die aber war noch nicht geschrieben. Darum warf ich das Buch auf den Boden. Dann sah ich es an und fing an zu lachen. Der Whiskey tat ein übriges, und so fand ich es komisch. Die Hälfte der Seiten war umgeschlagen, und es gemahnte gewissermaßen an die Pose eines Menschen, der auf die Schnauze gefallen ist. Sie mußte gut schlafen. Sie war eine Frau, die nach zwei Whiskeys schlief, alles vergaß. Derjenige, der Heringe angeln wollte, und derjenige, der gesagt hatte, laß uns fortgehen, Liebling, und vielleicht sogar derjenige, der Hegel las, hatten soviel Ungezwungenheit nicht ertragen können. Ich lachte still vor mich hin, das tat ich manchmal. Dann verging die Zeit, der Whiskey verflog und mit ihm die Lachlust. Und dann, natürlich, stellte ich mir wieder einmal die Frage nach meiner

Zukunft. Was sollte aus mir werden auf kürzere oder längere Sicht? Wie jeder Mensch war ich es gewohnt, mir Gedanken über meine Zukunft zu machen. Aber es war das letzte Mal, das heißt, seitdem ich mit ihr reise – und sehr bald langweilte es mich. Und sehr bald beschäftigte mich der Bruder, der mit der fixen Idee, einen Hering zu fangen, mehr. Ich hätte ihn gern kennengelernt, ich mochte diese Art Menschen. Konnte man sich davor fürchten, allein zu sein mit einer Frau und dem Horizont, nur manchmal einem Albatros auf den Wanten? Wahrscheinlich konnte man mitten im Pazifik, acht Tage von der nächsten Zwischenstation entfernt, unüberlegte Befürchtungen hegen. Trotzdem fürchtete ich mich kaum. Ich blieb lange liegen, tat nichts, dachte über ihre Geschichte nach. Dann hörte ich ihre Schritte im Gang. Sie klopfte an und trat ein. Im Grunde hatte ich sie unaufhörlich erwartet. Sie sah sofort das Buch auf dem Boden liegen.

»Ich habe geschlafen«, sagte sie.

Sie deutete auf das Buch.

»Hast du dein Buch weggeworfen?«

Ich gab keine Antwort. Sie fügte besorgt hinzu:

»Vielleicht wirst du dich ein wenig langweilen.«

»O nein, deshalb brauchst du dir keine Sorgen zu machen.«

»Wenn du nicht gern liest«, sagte sie, »wirst du dich ganz sicher langweilen.«

»Vielleicht könnte ich Hegel lesen.«

Sie lachte nicht, schwieg, fing dann wieder an.

»Langweilst du dich auch ganz bestimmt nicht?«

»Ganz bestimmt nicht. Geh nur wieder in deine Kabine zurück.«

Sie war nicht sehr erstaunt. Doch sie ging nicht sogleich.

Ich sah sie an, ohne ein Wort, ohne eine Geste des Entgegenkommens, lange Zeit. Worte und Gesten hätten nichts genützt. Darum bat ich sie ein zweites Mal zu gehen.

»Geh nur.«

Diesmal ging sie. Auch ich ging. Unmittelbar nach ihr. Ich

ging direkt zu Bruno, der immer noch Taue flickte. Ich war erschöpft. Ich streckte mich auf Deck neben ihn hin. Er war nicht allein. Bei ihm war ein anderer Matrose, der die Seilwinde strich. Ich nahm mir vor, meine Nächte hier auf dem Deck zu schlafen, denn davon hatte ich oft geträumt, auf dem Deck eines Schiffs zu schlafen. Und auch um allein zu sein. Um nicht mehr auf sie zu warten.

»Sie sind müde«, sagte Bruno.

Ich lachte, aber Bruno lächelte nicht.

»Es ist eine anstrengende Frau«, sagte ich.

Der andere Matrose lächelte auch nicht.

»Und dann habe ich immer im Leben gearbeitet«, sagte ich. »Zum ersten Mal tue ich nichts. Das ist anstrengend.«

»Ich habe es Ihnen ja gesagt«, sagte Bruno, »daß sie eine anstrengende Frau ist.«

»Jeder Mensch ist anstrengend«, sagte der andere Matrose.

Ich erkannte ihn wieder, hatte ihn mittags und am Abend zuvor im Speiseraum gesehen. Einen Mann von fünfunddreißig Jahren, braun wie ein Zigeuner. Er war mir als der am wenigsten Gesprächige erschienen. Sie hatte mir gesagt, daß er seit mehr als einem Jahr auf dem Schiff sei und es anscheinend noch nicht zu verlassen gedenke. Bruno ging fort, und ich blieb mit ihm allein zurück. Die Sonne sank. Er strich die Seilwinde an. Es war der, den sie Laurent nannte. Ich erinnerte mich, daß er gestern abend im Speiseraum derjenige gewesen war, der mir mehr Sympathie als Neugier gezeigt hatte.

»Sie sind müde«, sagte er.

Sein Ton war anders als der Brunos. Er fragte nicht. Ich bestätigte es ihm.

»Die Neuartigkeit ist ermüdend«, sagte er, »daran liegt es.«

Eine Weile verging. Er strich immer noch die Seilwinde. Die Dämmerung setzte ein, schön, endlos.

»Ich bin gern auf diesem Schiff«, sagte ich.

»Was hast du vorher getan?«

»Kolonialministerium. Standesamt. Ich war acht Jahre dort.«

»Worin bestand die Arbeit?«

»Im Abschreiben von Geburtsurkunden, Sterbeurkunden, den ganzen Tag.«

»Schrecklich«, sagte er.

»Du kannst dir nicht vorstellen, wie fürchterlich.«

»Das ist hier was anderes«, sagte er.

»Eben darum.«

Ich lachte.

»Und du?« fragte ich.

»Dieses und jenes, nie etwas wirklich Festes.«

»Was eben sein muß.«

»Ja. Ich bin auch gern auf diesem Schiff.«

Er hatte sehr schöne, lustige Augen.

»Es ist zum Totlachen«, sagte ich, »wenn man diese Geschichte in einem Buch erzählte, würde kein Mensch sie glauben.«

»Ihre Geschichte?«

»Ja, ihre Geschichte.«

»Sie ist eben eine romantische Frau.«

Auch er lachte.

»Jawohl«, sagte ich, »romantisch.«

Und auch ich lachte. Wir verstanden uns.

Die Dämmerung nahm zu. Wir fuhren sehr nahe an der italienischen Küste entlang. Ich zeigte ihm einen leuchtenden Dunst auf dem Meer. Eine Stadt. Ziemlich groß.

»Livorno?«

»Nein. Ich weiß nicht, was es ist. Livorno ist vorbei«, sagte er. – Und in scherzhaftem Ton setzte er hinzu: »So fährt man nach Sète.«

»Ja, das ist die Route«, sagte ich lachend und fügte hinzu: »Sie ist eben reich.«

Er hörte auf zu lächeln und antwortete nicht.

»Nun ja«, sagte ich nochmals, »sie ist eben reich.«

Er hielt mit dem Pinseln inne und sagte ein wenig barsch:

»Was soll sie deiner Ansicht nach denn machen, alles den kleinen Chinesen schenken?«

»Nein, natürlich nicht. Immerhin aber, diese Jacht, ich weiß nicht ...«

Er fiel mir ins Wort.

»Ich glaube, es war das Beste, was sie tun konnte. Warum auch nicht?«

Und in fast belehrendem Ton fuhr er fort:

»Sie besitzt eines der letzten Vermögen dieser Welt. Es ist vielleicht das letzte Mal, daß jemand, was sie tut, sich zu tun erlauben kann.«

»Ja was«, sagte ich lachend, »also ein historischer Augenblick.«

»Wenn du es so nennen willst, ja, ein historischer Augenblick.«

Am Horizont wurde die Sonne riesig. Auf einen Schlag färbte sie sich purpurrot. Ein kleiner Wind kam auf. Wir fanden uns nichts mehr zu sagen. Er stellte den Pinsel in einen Topf mit Terpentinöl, machte den Deckel zu und zündete sich eine Zigarette an. Wir betrachteten die vorbeiziehende Küste, sie erleuchtete sich mehr und mehr.

»Gewöhnlich«, sagte er, »macht sie keinen Umweg, wenn sie eine Nachricht erhält.«

Er sah mich an.

»Es ist nur ein kleiner Umweg«, sagte ich.

»Aber«, sagte er, »ich bin mit den Umwegen ganz einverstanden.«

Ich wechselte das Thema.

»Livorno ist doch nicht weit von Pisa?« fragte ich.

»Zwanzig Kilometer. Kennst du die Stadt?«

»Pisa, ja. Ich war vor acht Tagen dort. Es ist ziemlich zerstört. Aber der Platz ist glücklicherweise nicht getroffen worden. Es war sehr heiß.«

»In Rocca warst du mit einer Frau zusammen«, sagte er. »Ich habe dich bei Eolo gesehen.«

»Ja«, sagte ich. »Sie ist nach Paris zurückgekehrt.«

»Du hast gut daran getan zu kommen«, sagte er.

»Nach Livorno, was kommt dann?«

»Piombino. Dort werden wir bestimmt anlegen.«

»Ich muß doch einmal die Karte ansehen«, sagte ich.

Er betrachtete mich unverwandt.

»Komisch«, sagte er, »ich glaube, du wirst auf dem Schiff bleiben.«

»Das glaube ich auch«, sagte ich.

Wir lachten, wie über einen guten Witz.

Dann ging auch er. Es dämmerte immer stärker. Seit vier Tagen und drei Nächten kannte ich sie nun. Ich schlief nicht sofort ein. Ich sah noch mehrere kleine Häfen an uns vorbeiziehen, sah die Nacht kommen. Schatten breitete sich aus über das Deck, über das Meer, auch über mich, nagte mir am Herzen. Der Himmel blieb noch ziemlich lange hell. Kurz bevor auch er schwarz wurde muß ich eingeschlafen sein. Vielleicht eine Stunde später wachte ich wieder auf. Ich hatte Hunger. Ich ging in den Speiseraum. Sie war dort. Sie lächelte mir entgegen, ich setzte mich ihr gegenüber. Auch Laurent war da und winkte mir freundschaftlich zu.

»Du siehst sonderbar aus«, sagte sie.

»Ich habe an Deck geschlafen, geschlafen wie nie zuvor.«

»Hast du alles vergessen?«

»Alles«, sagte ich. »Als ich aufwachte, verstand ich nichts mehr.«

»Nichts mehr?«

»Nichts mehr.«

»Und jetzt?«

»Jetzt habe ich Hunger.«

Sie nahm meinen Teller und stand auf. Ich folgte ihr an die Bartheke. Es gab noch gegrillten Fisch und Lammragoût. Ich wählte Lammragoût.

»Wenn man sich auf einem Schiff befindet, so ist das noch lange kein Grund, alle Tage Fisch zu essen«, sagte ich.

Sie lachte. Sie sah mir mit Aufmerksamkeit beim Essen zu, aber nur verstohlen.

»Die frische Luft macht hungrig«, sagte ich.

Sie lachte wieder, sie war bester Laune. Wir redeten mit

den Matrosen über dies und das. Wir machten Späße. Die einen wären gern bis Sizilien weitergefahren und dann erst nach Sète umgekehrt. Die anderen sagten, dort würden wir es noch sehr heiß finden, und es wäre besser, vorher zu wenden, auf der Höhe von Piombino. Keiner sprach davon, was man nach Sète anfangen würde. Nach dem Abendessen ging ich an Deck und sah die italienische Küste vorbeigleiten. Sie kam mir nach.

»Wenn man sie so vor der Nase vorbeiziehen sieht, kann man immer wieder Lust bekommen, an Land zu gehen«, sagte ich.

»Ich habe dich gesucht«, sagte sie, »und habe dich neben der Seilwinde gefunden. Ich habe dich schlafen lassen.«

Ich zeigte ihr einen leuchtenden Punkt an der Küste.

»Quercianella«, sagte sie.

»Wir wollen uns Liegestühle nehmen. Ich hole dir einen Whiskey.«

»Ich habe keine große Lust zu reden«, sagte sie in leicht bittendem Ton.

»Denk dir aus, was du willst«, sagte ich, »aber sprechen mußt du mit mir.«

Ich zog zwei Liegestühle heran. Sie legte sich wider Willen hin. Ich ging ihr einen Whiskey holen.

»Es hat also sechs Monate gedauert?«

»Das läßt sich nicht erzählen«, sagte sie.

»Du hast den Besitzer der Jacht geheiratet, du bist reich geworden, und Jahre sind vergangen.«

»Drei Jahre«, sagte sie.

»Dann bist du ihm begegnet.«

»Ich bin ihm begegnet. Es ist immer dasselbe. Ich bin ihm in dem Augenblick begegnet, als ich endlich hätte glauben können, nicht, daß ich ihn vergessen würde, aber daß ich eines Tages vielleicht von etwas anderem als der Erinnerung an ihn leben könnte.«

Sie wandte mir jäh den Kopf zu und schwieg.

»Was besagt, man soll nie verzweifeln«, sagte ich.

Sie trank ihren Whiskey. Dann blickte sie auf die italienische Küste, lange, ohne ein Wort zu sagen. Ich wartete darauf, daß sie wieder zu sprechen begänne, sie wußte es, und ich fand es überflüssig, sie daran zu erinnern. Sie wandte sich mir zu und sagte mit sanfter Ironie:

»Wenn du in deinem amerikanischen Roman auf diese Begegnung zu sprechen kommst, mußt du sagen, daß sie für mich sehr wichtig war. Daß sie mir erlaubt hat, zu erfassen, ein wenig ... zu begreifen, was diese Geschichte bedeutete, das heißt, die Bedeutung, die er haben konnte jedenfalls, und sogar die Bedeutung, die er für mich gehabt hatte, und daß ich seither an die Möglichkeit glaube, ihm wieder zu begegnen, irgend jemandem irgendwann zu begegnen. Und daß ich außerdem glaube, zu dieser Suche verpflichtet zu sein, wie andere ...«

»Wozu verpflichtet sind?«

»Ich weiß es nicht«, sagte sie. »Das weiß ich nicht.«

»Ich werde es sagen«, sagte ich.

»Das ist keine Literatur«, fügte sie nach einer Weile hinzu. »Oder aber wenn es Literatur ist, so kommt man manchmal eben nicht darum herum, um von bestimmten Dingen zu berichten.«

»Ich werde auch das sagen«, sagte ich.

»Wenn es Literatur ist«, sagte sie wieder, »dann bin ich von da an eben zur Literatur gelangt.«

Sie lächelte.

»Das ist durchaus möglich. Ich werde auch das sagen.«

»Es war im Winter, in Marseille. Wir waren an die Côte d'Azur gefahren, um uns zu amüsieren, und hatten in Marseille Station gemacht. Es war Nacht, es mußte etwa fünf Uhr morgens sein. Die Nächte waren lang und dunkel. In einer ähnlichen Nacht wie dieser mußte er sechs Jahre zuvor das Verbrechen begangen haben. Zu der Zeit wußte ich noch nicht, welcher Art es gewesen war, außer dem, was ich dir gesagt habe, daß er einen Amerikaner getötet hatte.

Wir waren zu viert. Mein Mann, Freunde von ihm und ich.

Die Nacht hatten wir in einer Kneipe verbracht, die sich in einer kleinen Straße in der Nähe der Canebière befindet. Diese Straße mündet direkt in die Canebière. Unsere Begegnung ist nur deshalb möglich gewesen, weil wir unsere Wagen nicht in der kleinen Straße, sondern in der Canebière geparkt hatten. Wegen Platzmangel hatten wir sie nicht in der kleinen Straße parken können. Auf dem Weg zurück zu unseren Wagen sind wir ihm begegnet.

Zu viert also haben wir die Kneipe verlassen. Es war fünf Uhr morgens. Ich erinnere mich, wie lang und tief die Nacht war. Ich könnte mir hundertmal die Umstände ins Gedächtnis rufen.

Die Kneipe wurde hinter uns geschlossen. Wir waren die letzten Gäste gewesen. Überall waren wir die letzten Gäste. Die müßigsten zweifellos auch. Ich war zu jemandem geworden, der jeden Tag bis Mittag schlief.

Marseille war ausgestorben. Wir gingen durch die enge Straße zu unseren Autos.

Unsere Freunde gingen uns voraus, sie froren und beeilten sich. Wir waren keine fünfzig Meter weit gegangen, als jemand aus der Canebière eingebogen und uns entgegengekommen ist.

Es war ein Mann. Er ging schnell. Er trug einen ganz kleinen Koffer, der sehr leicht zu sein schien. Im Gehen schwenkte er ihn hin und her. Er hatte keinen Mantel an.

Ich bin stehengeblieben. Allein an seinem Gang hatte ich ihn erkannt, fast sofort, nachdem er aus der Canebière eingebogen war. Mein Mann hat sich gewundert. Er hat mich gefragt: ›Was ist denn?‹ Ich habe ihm nicht antworten können. Wie festgenagelt stand ich da und sah ihn näherkommen. Ich weiß noch, mein Mann hat sich umgedreht und hat ihn ebenfalls gesehen. Er hat einen Mann gesehen, der auf uns zukam. Er hat ihn nicht erkannt. Dabei hatte dieser Mensch auch in seinem Leben eine gewisse Bedeutung gehabt. Aber wahrscheinlich hatte er ihn nie aufmerksam genug betrachtet, um ihn aus dieser Entfernung wiederzuerkennen. Er glaubte, es sei etwas anderes, was seine Frau, wie er sagte, daran hinderte, weiterzugehen und ihm zu antworten. Er wußte nicht was. Er wunderte sich sehr. Unsere Freunde gingen immer weiter uns voraus. Sie hatten nicht bemerkt, daß wir ihnen nicht mehr folgten.

Er ist kurz auf seiner Trottoirseite stehengeblieben. Er hat den Kopf gehoben, hat sich umgesehen und ist dann plötzlich schnellen Schrittes quer über die Straße zu unseren Freunden herangetreten. Er ist vor ihnen stehengeblieben. Überrascht sind auch sie stehengeblieben. Er hat sie angesprochen. Er war nicht weit von mir entfernt, zehn Meter vielleicht. Ich habe nicht alles, was er ihnen sagte, verstanden, nur das erste Wort: »English?« sagte er mit lauter Stimme in fragendem Ton. Das übrige hat er mit leiser Stimme gesagt. In einer Hand hielt er den Koffer, in der anderen einen kleinen Gegenstand, der wie ein Briefumschlag aussah. Sein erhobenes Gesicht war unbewegt. Zwei Sekunden verstrichen, bis unsere Freunde begriffen, um was es sich handelte. Dann tönte ein Ausruf der Empörung durch die menschenleere Straße: »Machen Sie, daß Sie fortkommen und zwar schleunigst«, rief unser Freund. Mein Mann hatte es auch gehört, er hat sich umgedreht und ihn nun seinerseits erkannt. Er dagegen hat freundlich gelächelt. Er hat es unterlassen, eine Antwort zu geben, und hat seinen Weg fortgesetzt, direkt auf uns zu. Und mit einem Mal hat er mich erkannt. Er ist stehengeblieben.

Drei Jahre waren vergangen, seitdem wir uns nicht mehr gesehen hatten. Ich war im Abendkleid. Ich sah, daß er es betrachtete. Ich trug einen teuren, schönen Pelzmantel. Er hat seine Augen auf den Mann gerichtet, der bei mir war. Und dann hat er auch ihn erkannt. Er schien überrascht zu sein, aber das hat nicht lange gedauert. Lächelnd hat er sich mir wieder zugewandt. Ich konnte ihm noch nicht zulächeln. Ich hatte zu viel damit zu tun, ihn anzusehen. Er trug einen Sommeranzug, der ihm nicht paßte und der abgetragen war. Wie in früheren Zeiten war er ohne Mantel. Trotzdem schien er in der winterlichen Morgenfrühe nicht zu frieren. Es war so, als ob er den Sommer mit sich brächte. Ich habe mich daran erinnert, wie schön er gewesen war. Und da war er, wieder so schön wie am ersten Tag, als er auf Deck der Jacht eingeschlafen war. Seit Shanghai hatte ich manchmal daran gezweifelt, daß er wirklich so schön war, wie ich mir eingebildet hatte. Doch nein, ich hatte zu Unrecht gezweifelt. Sein Blick war noch immer derselbe, brennend, von Hintergedanken bewegt. Alle anderen Blicke hatten mich seither angeödet. Er war seit langem nicht zum Friseur gegangen. Genau wie früher war sein Haar schlecht geschnitten, zu lang. Er konnte nicht zum Friseur gehen, ohne sein Leben zu riskieren. Das einzige Neue, er war wieder fast so mager geworden wie damals, als wir ihn an Bord genommen hatten. Aber ihm war der Hunger so natürlich wie den nächtlich streunenden, herrenlosen Katzen. Ich habe ihn trotz seiner Magerkeit erkannt, allein an seinen Augen hätte ich ihn wiedererkannt. Und als er mir zugelächelt hat mit einem Lächeln, das, wie ich wohl verstand, flüchtig um Entschuldigung bat, weil er an einem gewissen Abend in Shanghai nicht wieder an Bord gekommen war, hätte ich schreien mögen, so sehr erkannte ich ihn darin wieder. In diesem Lächeln lag keine Beschämung, nicht die geringste, keine Bitterkeit, nur eine unbezähmbare Frische. Er hatte seinen Koffer und dessen Inhalt vergessen, und warum er zu dieser Nachtstunde auf der Straße war, hatte Kälte und Hunger vergessen. Er war froh, mich zu sehen.

Weder er noch ich, sondern mein Mann sprach als erster. Nur er fand das anhaltende Schweigen der ersten Augenblicke unerträglich und wollte es brechen. Er hat sich sehr ungeschickt benommen. Dabei mußte er, seit er mich geheiratet hatte, daran gedacht haben, daß diese Begegnung eines Tages stattfinden könnte. Man denkt doch an solche Möglichkeiten und an das, was man tun wird, wenn sie sich ereignen, nicht wahr? Aber wahrscheinlich ist man, wenn sie sich ereignen, desto weniger in der Lage, sie zu meistern, je mehr man über sie nachgedacht hat. Er hatte wohl zuviel darüber nachgedacht. Dieser tausendmal gewarnte Mann war sonderbar fassungslos. Er fragte ihn:

›Sind Sie nicht mehr bei der Marine?‹

Woraufhin er sich etwas von uns entfernte bis zum Tor eines Gebäudes. Er hat sich an die Mauer gelehnt, und ich glaube, ihm ist übel geworden. Nur halbwegs, wahrscheinlich, nicht genug, um auf den Boden zu sinken. Als er fort war, sprachen wir miteinander. Er hat mich gefragt:

›Wie geht's?‹

›Es geht so‹, habe ich gesagt.

›Das sehe ich‹, hat er gesagt.

Ich habe ihm zugelächelt. Manchmal, an schlechten Tagen, und deren hatte es viele gegeben, hatte ich geglaubt, daß sie ihn schließlich gefaßt und mir getötet hätten. Aber woher, einen Mann wie ihn. Nein, nein, die Erde trug ihn noch voller Stolz. Wie sehr gereichte er ihr aber auch zur Ehre! Er war einer ihrer Bewohner, der sich am besten mit ihr messen konnte, ein Kenner ihrer Tiefen. Wie gut stand es ihm an, am Leben zu sein! Aus welchem Abenteuer war er wohl wieder aufgetaucht? Welcher Rausch an Fahrten, Irrwegen, Nächten, Sonnen, Hunger, Frauen, Pokerpartien, Schicksalsschlägen war nötig gewesen, um ihn zuletzt wieder zu mir zu führen? Meine eigene Geschichte kam mir dagegen etwas beschämend vor. Als er sagte: »Das sehe ich«, hatte er gelächelt. Hatte er nicht sagen wollen: »Das war vorauszusehen?« Ich wollte nicht, daß wir darüber sprachen. Ich habe ihm gesagt:

›Ich will sie alle‹, und habe auf die Postkarten gezeigt. Die Entfernung von unserem Herrn und Meister nutzend, der, von fürchterlicher Eifersucht gequält, sich noch immer an die Mauer lehnte, hat er mir mit leiser Stimme gesagt:

›Guten Tag.‹

Das war seine Art, mir zu sagen, daß er sich an alles erinnerte. Ich mußte ... ja, die Augen schließen wie damals. Da hat er verstehen müssen, daß es auch für mich so war, daß ich mich an alles erinnerte. Das hat nur ein paar Sekunden gedauert. Aber es war genug, wir fanden uns in jener Morgenfrühe mit der gleichen Erregung wieder wie damals nach der Arbeit in meiner Kabine. Ich habe die Augen wieder aufgemacht. Er sah mich immer noch an. Ich habe mich gefaßt und nochmals gesagt:

›Ich will alle.‹

In dem Augenblick ist mein Mann zurückgekommen. Aber er schien es nicht zu bemerken. Er hob ein Knie und stellte den Koffer darauf. Der Koffer war vom Regen wellig, wahrscheinlich ebenso alt wie sein Anzug. Er mußte ihn schon eine ganze Weile mit sich herumschleppen. Er hat ihn geöffnet. Ein Dutzend Briefumschläge waren darin, alle von gleicher Größe wie der, den er in der Hand hielt. Und dazwischen ein Stück Brot. Nichts anderes war im Koffer als das Brot und die Umschläge. Er hat die Umschläge einen nach dem anderen hervorgeholt und hat sie mir gereicht.

›Ich schenke sie dir.‹

Ich habe sie genommen und in meinen Muff gesteckt. Sie waren eiskalt. Ich habe daran gedacht, daß das Brot ebenso eiskalt sein mußte und daß er es dank solcher Umschläge hatte kaufen können. Im Grund war es sein Brot, was er mir schenkte. Ich habe es trotzdem angenommen. Plötzlich hörten wir jemanden fragen:

›Wieviel macht das?‹

Da merkten wir erst, daß mein Mann zu uns getreten war.

›Nichts, da es für sie ist‹, hat er zu meinem Mann gesagt.

Aber mein Mann hat es nicht so aufgefaßt. Er hat aus seiner Tasche ein Bündel Tausendfrancsscheine gezogen und sie in den offenen Koffer geworfen. Da der Koffer klein war, sind die Scheine auf das Brot gefallen und haben es halb zugedeckt. Es waren viele. Der Matrose hat sie eine Weile angeschaut und hat sie dann zusammengerafft. Wie vorher die Umschläge, nur ein bißchen langsamer. Da habe ich ihm gesagt:

›Sicher hast du für weniger als das damals den Amerikaner getötet, für viel weniger, wie?‹

Ich spürte unter meinem Arm die Hand meines Mannes, der mich weiterziehen wollte. Ich habe mich gewaltsam freigemacht. Er hat mich losgelassen.

›Für viel weniger‹, hat er gesagt und gelacht, ›für nicht einmal die Hälfte.‹

Er hatte alle Scheine zusammengerafft und mit der freien Hand, in der anderen hielt er den Koffer, streckte er sie meinem Mann hin. Im Koffer blieb nichts als das Brot. Ich habe ihm gesagt:

›Nein, du mußt sie nehmen.‹

›Das ist nicht dein Ernst‹, hat er freundlich gesagt.

Ich habe gesagt, es müsse, es müsse sein.

›Was ist denn los mit dir?‹ hat er mich gefragt.

Er streckte immer noch das Bündel Scheine hin.

›Er hat sie doch nicht einmal abgezählt‹, sagte ich.

Da hat er meinen Mann aufmerksam angesehen.

›Warum tun Sie das?‹ hat er ohne Zorn gefragt.

›Damit Sie sie in Ruhe lassen‹, hat mein Mann mit schwacher Stimme gesagt.

Er sah meinen Mann immer noch an.

›Sie hätten es nicht tun sollen‹, sagte er.

Mein Mann antwortete nicht. Er bedauerte die allzu leichte Geste schon.

›Die Macht der Gewohnheit‹, sagte ich, ›damit er behaupten kann, du hättest sie mir nicht geschenkt. Andernfalls halten solche Männer sich für entehrt.‹

›Sie ist meine Frau‹, sagte mein Mann.

Ich erinnere mich an den flehenden Ernst seiner Stimme.

›Nein‹, hat er gesagt, ›Sie hätten es nicht tun sollen.‹

Ich sah immerzu das Brot an. Ich schrie:

›Da er sie dir in den Koffer geworfen hat, brauchst du sie nicht zurückzugeben.‹

›Das ist unmöglich‹, hat er gesagt. Sehr ruhig, ein wenig verwundert.

›Aber *ich* schenke sie dir.‹

›Es ist unmöglich, ich kann nicht, das weißt du genau.‹

›Ich will nicht, daß du sie ihm zurückgibst.‹

›Aber hör doch mal, ich kann doch nicht‹, hat er gesagt. Immer noch verwundert und sehr freundlich. Und ich dagegen:

›Was hätte er denn anderes machen können, sag selbst?‹

›Aber ich kann nicht.‹

›Und ich? Ich, die ihn geheiratet hat?‹

Er schaute mich an. Er begriff nun wohl so einiges, was er bisher aus Trägheit nicht zu begreifen versucht hatte.

›Anna‹, sagte er, ›ich kann nicht.‹

›So ganz schuldig ist er nicht, er hat getan, was er tun konnte.‹

Das Brot lag immer noch allein im Koffer. Auch mein Mann schaute jetzt darauf. Die Scheine nahm er nicht zurück.

›Ich bitte Sie‹, hat mein Mann gesagt. ›Nehmen Sie sie.‹

›Unmöglich. Wie du gesagt hast, man tut, was man kann. Ich kann nicht.‹

Da habe ich ihm zum ersten Mal gesagt, ihm entgegengeschrien, was ich ihm nie gesagt hatte. Daß ich ihn liebe.

Er hat jäh den Kopf gehoben. Diesmal sagte er nicht, daß er sie nicht annehmen könne. Ich habe ihm erklärt:

›Weil ich dich liebe, mußt du sie nehmen.‹

Ich bin davongerannt. Mein Mann mir nach. Als ich mich zum erstenmal umdrehte, sah ich, daß er keinen Versuch gemacht hatte, mich einzuholen. Er sah mir nach. In seiner Hand ahnte ich das pralle Bündel der Scheine. Als ich mich am Ende der Straße zum zweitenmal umdrehte, sah ich ihn nicht mehr, er war gegangen. Ich sollte ihn erst nach zwei Jahren wiedersehen.«

Sie schwieg.

»Und danach?«

»Ach, alles, was danach kam, ist viel unwichtiger. Wir haben unsere Freunde eingeholt. Sie hatten von dem Gespräch nichts gehört, außer meine Schreie, diese aber nicht verstanden. Sie hatten uns jedoch die Ware kaufen sehen, die sie zurückgewiesen hatten. Sie haben sich gewundert.

›Sie haben ihm die Schweinereien abgekauft?‹ hat der Freund gefragt. ›Das heißt, das Laster unterstützen‹, hat seine Frau gesagt.

Ich habe gefragt, welches Laster, aber das wußte niemand zu sagen. Ich hatte das Gefühl, auf der ganzen Welt mit ihm allein zu sein. In meinem Muff hielt ich das Päckchen der Umschläge an mich gepreßt. Ich glaube, ich liebte ihn wie am ersten Tag.

›Wir kennen den Verkäufer‹, hat mein Mann gesagt.

›Ah‹, hat der Freund gesagt, ›wenn Sie ihn kennen, so ist das etwas anderes.‹

Ich habe gefragt, was anderes, aber niemand wußte es zu sagen.

›Er war Matrose‹, hat mein Mann gesagt, ›er hat sechs Monate auf der *Anna* gearbeitet.‹

Unwillkürlich mußte ich bei diesem so zutreffenden Wort lächeln.

›Nein‹, habe ich gesagt, ›du irrst dich: auf der *Cypris*.‹

›Richtig‹, hat mein Mann gesagt, ›die Jacht hieß damals noch *Cypris*.‹

Ein wenig leichthin hat er hinzugefügt, der Matrose sei aus Gibraltar. Ich habe gesagt, daß er ebensowenig aus Gibraltar wie aus Shanghai sei, daß niemand wisse, woher er sei.

›Merkwürdige Type‹, hat daraufhin der Freund mit Kennermiene gesagt.

Da habe ich ihnen gesagt, wer er ist. Manchmal bin ich eben inkonsequent. Ich habe nicht angenommen, dadurch eine Unvorsichtigkeit zu begehen, aus dem guten Grund, weil diese Leute, wie ich auch, seinen wirklichen Namen nicht kannten. Und ob ich ihnen oder anderen von ihm erzählte, lief für mich auf das gleiche hinaus, ich kannte die Freunde meines Mannes alle gleich schlecht. Im übrigen wäre es mir in jener Nacht sehr schwer gefallen, an mich zu halten, weiterhin zu schweigen. Ich habe also gesagt, was ich wußte und was mein Mann noch nicht wußte, nämlich daß er im Alter von zwanzig Jahren in Paris ein Verbrechen an der Person eines Amerikaners verübt hatte, dessen Namen mir unbekannt war. Ich erzählte das Wenige, was ich wußte.

Und da hat sich unser Freund an etwas erinnert. Er hat mich gefragt, wie lange das Verbrechen zurückliege. Ich sagte, fünf oder sechs Jahre. Zu etwa dieser Zeit, sagte er, sei in der Tat in Paris ein Verbrechen begangen worden, das großes Aufsehen erregt habe. Dessen Täter sehr jung und dessen Opfer ein bekannter amerikanischer Industrieller gewesen sei.

›Ich erinnere mich noch‹, hat der Freund ausgerufen, ›es war Nelson Nelson, der König der Kugellager.‹

›Wirklich, der Kugellager?‹ habe ich gefragt.

Ich lachte unbändig. Seit drei Jahren hatte ich nicht mehr so gelacht. Er wird nie aufhören, mich zu verblüffen, dachte ich. Und ich sagte:

›Zu schön.‹

›Wie?‹ hat mein Mann gefragt.

›Ich weiß nicht, daß es nun ausgerechnet der König der Kugellager war.‹

Mein Mann sagte, er sehe da keinen Grund zu lachen.

Ich sah übrigens auch keinen, aber das war ohne Bedeutung. Ich lachte so sehr, daß ich nicht weitergehen konnte.

›Das Verbrechen ist nie aufgeklärt worden‹, fuhr der Freund fort. ›Es geschah eines Nachts in Montmartre. Nelson Nelson hatte mit seinem Rolls Royce einen jungen Mann umgefahren. Die Straße war eng und dunkel. Der Wagen fuhr schnell. Der junge Mann konnte nicht mehr rechtzeitig ausweichen. Er wurde umgeworfen. Der Kotflügel des Autos traf ihn am Kopf, und er blutete. Der Amerikaner ließ ihn einsteigen und sagte seinem Chauffeur, er solle zum nächsten Krankenhaus fahren. Als sie dort ankamen, fand man im Auto nur noch die Leiche des Amerikaners. Er war erwürgt worden. Er hatte nicht einmal mehr einen einzigen Schrei ausstoßen können. Der Chauffeur hatte nichts bemerkt. Nelson Nelsons Brieftasche war verschwunden. Sie enthielt anscheinend einen sehr hohen Geldbetrag. Man nimmt an, daß er sie hervorgezogen hat, um den jungen Mann zu entschädigen und daß dieser beim Anblick von so viel Geld den Kopf verloren hat.‹

Ich habe dem Freund Fragen gestellt, um noch mehr über den Mord zu erfahren, aber er konnte sich an Weiteres nicht mehr erinnern. Wir kehrten ins Hotel zurück.

Auf der Rückfahrt fiel auch mir plötzlich wieder etwas ein. Eine Narbe, die er am Kopf hatte, verborgen unter dem dichten Haar. Als ich sie eines Nachts, während er schlief, entdeckte, wunderte ich mich über eine Art schwarzen Splitter – ein wenig Lack vom Rolls Royce –, der sie durchzog und von der weißen Haut abstach. Ich hatte sie sonderbar gefunden, ihr aber keine so große Bedeutung zugemessen. Ich hatte ihn nicht einmal danach gefragt.

Die Rückkehr war quälend. Mein Mann sagte, er habe immer damit gerechnet, der andere habe nicht in Shanghai geblieben sein können. Ich habe ihn gebeten, sich darauf zu besinnen, daß ich ihm schon immer das Leben schwer gemacht hätte. Zum ersten Mal hielt ich es für nutzlos, ihn mit leeren Versprechungen zu trösten.

Ich weiß es noch genau. Sobald ich in meinem Zimmer allein war, habe ich mir Zeit gelassen. Ich habe mich ausgezogen, die Vorhänge zugemacht und mich hingelegt. Erst dann habe ich die Umschläge genommen und sie einen nach dem anderen geöffnet. Es waren zehn. In jedem befanden sich zehn Photographien und zwei Postkarten, in jedem die gleichen. Das Ganze war von einem sehr feinen Gummiband der Art zusammengehalten, wie man sie um Yoghurtgläser findet. Nur Blumen schenkt man so, zusammengefaßt zum Strauß. Aber es waren auch Blumen, die ich in Händen hielt. Die Photographien konnten als obszön gelten. Die Ansichtskarten zeigten den Eiffelturm und die Grotte von Lourdes an einem Wallfahrtstag. Die Photos waren dünn, deutlich aus Heften abgelöst und die Ansichtskarten waren hinzugefügt worden, um über ihre Anzahl zu täuschen.

Tags darauf sind wir nach Paris zurückgekehrt.

Drei Nächte und drei Tage habe ich auf seinen Anruf gewartet. Das war nicht abwegig. Ich stand leider in allen Telefonbüchern. Er brauchte nur eines aufzuschlagen und den Namen des einstigen Besitzers der *Cypris* zu suchen. Ich hatte keine Möglichkeit, ihn zu finden. Ich habe drei Tage und drei Nächte gewartet. Er hat nicht angerufen.

Einige Wochen später habe ich mir gesagt, daß es zweifellos so besser sei. Daß er mit dem in keinem Verhältnis zu seinen Tageseinnahmen stehenden Geld der Versuchung nicht widerstehen konnte. Auch jetzt glaube ich noch, daß er pokern gegangen ist. Er war ein Mensch, der nie im Leben auf irgend etwas Rücksicht genommen hätte, und so hatte er es diesmal auch mit mir gehalten. Wäre er bei mir gewesen, so hätte er sich nach seinem Poker gesehnt. Mir war lieber, daß er Poker spielte und sich nach mir sehnte. Ich bin sogar soweit gegangen, in dieser scheinbaren Untreue den Wunsch nach einer tiefen Treue zu sehen. Er wußte ebenso gut wie ich, woran er war.

Der Krieg begann. Die Zeit verging. Diesmal habe ich ihn erst nach vier Jahren wiedergesehen.«

Sie hörte auf zu sprechen.

»Ich hätte gern noch einen Whiskey«, sagte sie.

Ich holte ihr ein Glas. Laurent saß noch in der Bar, er spielte mit einem anderen Matrosen Karten und war so vertieft in sein Spiel, daß er mich nicht eintreten sah. Als ich wieder an Deck kam, stand sie an der Reling und sah zur Küste. Ich reichte ihr den Whiskey. Wir zogen an einem kleinen Hafen mit leeren, kaum beleuchteten Ufern vorbei.

»Castiglioncello«, sagte sie, »wenn es nicht schon Rosignano ist.«

Ich sah sie im Licht des Zwischendecks nur undeutlich und hatte das starke Verlangen, sie besser sehen zu können. Aber es war noch erträglich.

»Du erzählst sie oft«, sagte ich. Ich lächelte ihr zu.

»Nein«, sagte sie, »aber zwangsläufig« – sie zögerte, ein wenig beschämt – »denke ich oft daran.«

»Wenn man dich auffordert, sie zu erzählen, erzählst du sie dann?«

»Manchmal erzähle ich auch etwas anderes«, sagte sie.

»Und denen, die du mitnimmst, erzählst du denen die Geschichte?«

»Nein«, sagte sie, »das nicht. Ich erzähle irgend etwas. Man kann nicht allen alles erzählen. Manchmal sage ich, ich mache eine Kreuzfahrt.«

Mein Verlangen, sie deutlicher zu sehen, wurde mit einem Schlag schwer erträglich.

»Komm«, sagte ich.

Wir gingen in meine Kabine. Zerstreut, müde legte sie sich auf mein Bett. Ich setzte mich neben sie.

»Das Reden macht mich sehr müde«, sagte sie.

»Ich glaube, das ist eine gute Müdigkeit«, sagte ich.

Sie schaute verwundert, ging aber nicht darauf ein.

»Du hattest es ihm wirklich nie zuvor gesagt?«

»Alles, was er sich erlauben konnte«, sagte sie, »war eine flüchtige Liebschaft, und ich habe immer dafür gesorgt, daß die unsere einen solchen Anschein bewahrte.«

»Glaubtest du, es hätte ihn beunruhigt?«

»Das glaube ich immer noch, und sogar etwas abgestoßen, denn er hätte sich eingebildet, ich erwartete von ihm bestimmte kleine Zusicherungen, zumindest gewisse Rücksichten, und das hätte ihn noch viel früher in die Flucht gejagt.«

»Geht es denn bei vielen anderen Liebschaften anders?«

Ich lächelte unwillkürlich.

»Ich weiß es nicht«, sagte sie.

Sie sah mich gespannt an, sie erwartete, daß ich weitersprechen werde. Ich öffnete das Bullauge und kehrte zu ihr zurück.

»Du bist glücklich gewesen«, sagte ich, »sogar sechs Monate lang...«

»Das ist nun lange her«, sagte sie und fügte hinzu: »Was hast du eben gesagt?«

»Ich weiß es nicht mehr. Wird das Schiff jemals anhalten?«

Ich sah, daß sie sich nach und nach von ihrer Geschichte entfernte.

»Morgen«, sagte sie, »in Piombino gehen wir an Land, wenn du willst.«

»In Piombino oder anderswo«, sagte ich.

»Mit der Zeit gehe ich zunehmend gern an Land«, sagte sie. »Dennoch, ohne das Schiff könnte ich nicht sein.«

»Es gibt jetzt keinen Grund, warum du nicht mehr an Land gehen solltest.«

»Und du?« fragte sie, »warst du jemals glücklich?«

»Manchmal werde ich es wohl gewesen sein, aber ich kann mich nicht mehr genau erinnern.«

Sie wartete auf eine nähere Erklärung.

»In den ersten zwei Jahren im Ministerium habe ich mich mit Politik befaßt. Ich glaube, damals war ich glücklich. Aber nur damals.«

»Und danach?«

»Da habe ich mich nicht mehr mit Politik befaßt. Ich habe überhaupt nicht mehr viel getan.«

»Und warst du denn nie ... auf andere Weise glücklich?«

»Ich werde es gewesen sein, wie ich dir sagte, manchmal, dann und wann. So etwas ist immer möglich, in allen Fällen, auch den ärgsten.«

Ich lachte. Sie aber lachte nicht.

»Und mit ihr?«

»Nein«, sagte ich. »Nicht einen einzigen Tag.«

Sie sah mich an, und ich fühlte, daß sie sich nun ganz von ihrer Geschichte entfernte.

»Du bist nicht gerade redselig«, sagte sie sehr sanft.

Ich stand auf und begann mir, wie tags zuvor, das Gesicht abzuspülen. Es tat schon viel weniger weh.

»Wir können nicht beide zu gleicher Zeit reden«, sagte ich. »Aber du wirst schon sehen, eines Tages werde ich reden. Jeder Mensch hat etwas zu erzählen.«

»Was?«

»Mein Leben, du wirst schon sehen, es ist spannend.«

»Tut es dir weniger weh?«

»Es ist vorbei, tut nicht mehr weh.«

Nun wußten wir uns wieder einmal nichts mehr zu sagen, das war nicht zu vermeiden. Ich nahm eine Zigarette und rauchte. Ich blieb stehen.

»Heute nachmittag«, sagte sie zögernd, »was war da mit dir?«

»Der Whiskey, ich bin ihn nicht gewöhnt.«

Sie stand auf.

»Willst du wieder, daß ich in meine Kabine gehe?«

»Ich glaube nicht«, sagte ich.

Am nächsten Morgen war Piombino in Sicht. Ich hatte wieder schlecht geschlafen, war spät eingeschlafen und trotzdem sehr früh aufgewacht. Noch immer war schönes Wetter. Als ich auf das Deck hinaustrat, fuhren wir in den Kanal von Piombino ein. Ich nahm einen italienischen Reiseführer, der auf einem Tisch in der Bar lag. Piombino war nur wegen seiner Eisen- und Stahlindustrie erwähnt. Eine Weile sprach ich mit Bruno über die Hitze. Der Himmel war bedeckt. Die ersten Gewitter bereiten sich vor, sagte Bruno. Ein anderer Matrose war anderer Ansicht, für die Gewitter sei es noch zu früh, sagte er. Sie kam, als wir am Kai lagen, etwa um elf Uhr. Sie erinnerte mich daran, daß wir an Land zusammen zu Mittag essen wollten, dann ging sie wieder, wohin weiß ich nicht, wahrscheinlich in ihre Kabine.

Eine Stunde lang blieb ich auf dem Deck. Die Ankunft der Jacht hatte alle armen Kinder des Hafens angelockt. Laurent und zwei weitere Matrosen gingen am Kai auf und ab und warteten auf den Öltank. Von Zeit zu Zeit sprach Laurent mit mir. Über alles und nichts. Als der Öltank eintraf, liefen die Kinder herbei und stellten sich drumherum. Während vollgetankt wurde, zu Anfang jedenfalls, war da keines, das nicht dabei stand und andächtig zuschaute. Die Arbeit war noch in Gang, als sie neben mich trat. Sie hatte ein Kleid angezogen.

»Ich habe gelesen«, sagte sie.

»Sieh mal an«, sagte ich.

»Du solltest auch lesen«, sagte sie mit einer Art verlegenem Eifers.

»Ich habe keine große Lust dazu«, sagte ich. »Ich habe die Kinder beobachtet.«

Sie drängte nicht weiter in mich.

»Gehen wir an Land?«

»Gehen wir.«

Wir gingen an Land. Wir machten uns auf die Suche nach einem Restaurant. Das dauerte lange und war beschwerlich. Die Hafenstadt war groß, aber nur wenige Touristen hielten sich hier auf. Die Straßen waren rechtwinklig, neu angelegt, trostlos, baumlos, von Serienhäusern gesäumt. Ohne Pflaster, staubig die meisten. Nur wenige Geschäfte, hier und da ein Obstladen, eine Metzgerei. Wir gingen lange, ehe wir ein Restaurant fanden. Der Himmel blieb bedeckt, und es herrschte Schwüle. Immer noch viele Kinder. Sie kamen nahe heran, um uns anzuschauen, dann flüchteten sie zu gewaltigen, schwarz gekleideten, vom Meerwind gebräunten Großmüttern, die die fremde Frau mißtrauisch betrachteten. Es war Essenszeit, die Luft roch nach Knoblauch, Fisch. Endlich fanden wir am Kreuzpunkt zweier Straßen ein kleines Restaurant ohne Terrasse. Drinnen war es kühl. Zwei Arbeiter aßen an einem Tisch. An der Theke tranken drei besser gekleidete Gäste ihren Espresso. Die Tische waren aus grauem Marmor. Viel habe er nicht anzubieten, sagte der Wirt, Minestra, Salami, ein Spiegelei, aber wenn Sie Zeit haben, kann man Spaghetti kochen. Es war uns recht. Sie bestellte Wein. Der Wein war schlecht, violett, dickflüssig, aber er kam aus dem Keller und war nahezu eiskalt, er trank sich gut. Wir hatten einen ordentlichen Weg hinter uns und tranken gleich zwei Gläser hintereinander.

»Sehr gut ist er zwar nicht«, sagte ich, »aber kalt!«

»Ich mag diese Art Wein recht gern«, sagte sie.

»Er ist sehr schädlich«, sagte ich.

»Hat es wohl in sich,« sagte sie lachend, »ja?«

»So ist's.«

Wir redeten eifrig über den Wein. Ich schenkte ihr mehrmals ein. Dann brachte der Wirt die Minestra. Wir rührten sie kaum an.

»Wenn es sehr heiß ist«, sagte sie und errötete ein wenig, »kann man nicht essen.«

Ich stimmte ihr zu. Mit dem Wein kam die Müdigkeit wieder über mich – seit ich sie kannte, hatte ich wirklich nicht viel geschlafen. Aber es war eine seltsame, schwer verständliche Müdigkeit, die mich nicht schläfrig machte. Zu essen fiel mir schwer, ähnlich wie vor vier Tagen nach dem Meerbad in der Laube der Trattoria. Sie hatte einen Gesichtsausdruck wie damals, als ich sie im grünen Licht der Trauben zum ersten Mal gesehen hatte. Sie aß ein klein wenig mehr als ich. Mich sättigte gewiß die Müdigkeit, und der Wein, und, wer weiß? Ich bestellte eine neue Karaffe Wein.

»Manchmal«, sagte ich, »an manchen Tagen kann ich nicht aufhören, Wein zu trinken.«

»Ich weiß«, sagte sie. »Aber wir werden uns betrinken.«

»Das ist auch nötig«, sagte ich.

Der Wirt brachte die Salami. Wir aßen ein wenig davon, nahmen die Scheibchen mit den Fingern vom Teller. Dann brachte er den Tomatensalat. Die Tomaten waren warm, sie mußten gerade erst von der Auslage eines Obstladens gekommen sein. Wir aßen sehr wenig davon. Der Wirt kam herbei.

»Sie essen nichts«, sagte er auf italienisch, »schmeckt es Ihnen nicht?«

»Es schmeckt uns ausgezeichnet«, sagte ich, »aber die Hitze verschlägt uns den Appetit.«

Er fragte, ob er Eier machen solle. Sie sagte, es sei nicht nötig. Sie bestellte noch eine Karaffe Wein.

»Dann sind Sie also fertig mit Essen?« fragte der Wirt.

»Ja, wir sind fertig«, sagte ich.

Wir redeten noch ein wenig über den Wirt, der sympathisch war, seine Frau, die strickend in einer Ecke saß und recht schön war. Dann bat ich sie selbstverständlich, mir weiter zu erzählen. Aber darauf war sie gefaßt gewesen.

»Ich möchte das Ende dieser Geschichte erfahren«, sagte ich, »der Geschichte der Frau des Matrosen von Gibraltar.«

Sie ließ sich nicht lange bitten. Wir aßen nicht mehr, wir tranken, tranken immer mehr. Wir wußten uns nichts zu sagen, auch wegen der Hitze, dachten wir. Deshalb erzählte sie mir bereitwillig von ihrem Leben in London. Von der Langeweile in London. Daß sie ihn diesmal, nach ihrer Begegnung in Marseille, nicht wieder habe vergessen können, die Londoner Langeweile habe sicherlich dazu beigetragen. Dann das Kriegsende, die Entdeckung der Konzentrationslager, dann jener Sonntag – in den vorhergehenden Tagen war nichts Entscheidendes vorgefallen –, an dem sie beschlossen hatte, nach Paris zurückzukehren. Daß sie eines Nachmittags während der Abwesenheit ihres Mannes fortgegangen sei, daß sie ihm einen Brief hinterlassen habe. Dann hörte sie zu sprechen auf.

»Ich bin betrunken«, sagte sie. »Dieser Wein.«

»Ich auch«, sagte ich. »Was macht das schon? Was hast du ihm in diesem Brief geschrieben?«

»Ich weiß es nicht mehr so recht, etwas von der Freundschaft, die ich für ihn empfände. Ich habe ihm auch gesagt, ich wisse, wie entsetzlich Liebeskummer ist, aber ich könne nicht mehr so weiterleben, nur um ihm den Kummer zu ersparen. Und daß ich ihn wahrscheinlich geliebt hätte, wenn mich das Schicksal, ja, das Schicksal habe ich gesagt, nicht so sonderbar an den Matrosen von Gibraltar gekettet hätte.«

Ihr Gesicht verzerrte sich.

»Es ist eine elende Geschichte.«

»Mach weiter.«

»Ich bin in Paris angekommen. Dann bin ich drei Tage lang spazierengegangen, überall umhergegangen. Seit Shanghai, seit fünf Jahren war ich nicht mehr so viel gelaufen. Nach drei Tagen habe ich morgens in einem Café in einer Zeitung, die auf einem Tisch liegen geblieben war, eine Nachricht über meinen Mann entdeckt. Er hatte sich umgebracht. Ein Londoner Widerstandsheld hat seinem Leben ein Ende gemacht. So lautete die Überschrift. In den Kreisen meines Mannes machten solche Sachen den Gegenstand von Nachrichten aus. Aber, schrecklich, das erste, siehst du, woran ich dachte, als ich es las, war, da es in der Zeitung steht, liest er es vielleicht auch. Es war ein Mittel von mir hören zu lassen. Mein Haus war von den F. F. I.* besetzt, ausgenommen die erste Etage, in der sich mein Zimmer befand. Ich habe die F. F. I. aufgesucht und habe sie gebeten, mein Zimmer drei Tage lang bewohnen zu dürfen. Sie erlaubten es und erlaubten sogar, daß ich über eine Telefonleitung verfügte. In den drei Tagen, nachdem die Nachricht durchgegeben worden war, bin ich in meinem Zimmer geblieben. Die Concierge brachte mir weinend das Essen, auch sie hatte die Nachricht gelesen. Sie könne meinen Schmerz nachempfinden, sagte sie. Die Zeitung gab an, er habe sich das Leben genommen, weil der Krieg seine Nerven zu sehr angegriffen hätte. Ich habe dem Matrosen von Gibraltar drei Tage zugebilligt, um, falls er sich dort nicht befand, nach Paris zu mir zu kommen. Im Grunde, um sicher zu sein, daß er noch lebte. Ich las, was, weiß ich nicht mehr. Wenn er bis dahin nicht telefoniert hätte, würde ich mich umbringen. Das hatte ich mir vorgenommen, es war das einzige, was mich davon abhielt, ständig an das zu denken, was ich angerichtet hatte, indem ich London verließ. Ich habe das Schicksal beschworen, ihn mir wiederzugeben, und habe ihm dazu drei Tage bewilligt. Am Abend des zweiten Tages habe ich seinen Anruf erhalten.«

Sie hielt wieder inne.

»Und danach?«

»Haben wir fünf Wochen lang zusammengelebt, dann ist er fortgegangen.«

»War es... so wie früher?«

* F. F. I. = Forces Françaises de l'Intérieur = Résistance. Anm. der Übersetzerin.

»Es konnte nicht wie früher sein. Wir waren vollkommen frei.«

»Erzähl schon.«

»Wir sprachen mehr miteinander. Einmal hat er mir gesagt, daß er mich liebe. O ja, und an einem anderen Abend habe ich ihn nochmals nach Nelson Nelson gefragt. Als wir uns wiedergefunden hatten, hatten wir schon einmal kurz darüber gesprochen, aber nur so, spaßeshalber. An jenem Abend sagte ich ihm, was ich erfahren hatte, daß er, als er sehr jung war, von einem Wagen umgefahren worden sei, daß man ihn habe einsteigen lassen, um ihn ins Krankenhaus zu bringen, daß der Besitzer des Autos alt und dick gewesen sei und ihn gefragt habe, ob er Schmerzen habe, und er geantwortet habe, nein. Er hat sich nicht widersetzt, sondern mir das Ende der Geschichte erzählt. Der Amerikaner habe ihm gesagt: Sie bluten aber immer noch stark am Kopf, und er habe gefunden, daß der Mann ihn seltsam anschaute. Da es das erste Mal gewesen sei, daß er in einem solchen Schlitten fuhr, habe er sich nach der Marke erkundigt, und der Amerikaner habe ihm lächelnd erklärt, es sei ein Rolls Royce. Gleich darauf habe er seinen Mantel geöffnet und aus seiner Jacke eine sehr dicke Brieftasche hervorgezogen. Er habe sie geöffnet. Wegen der Straßenlaternen habe man im Auto alles gut erkennen können. Der Amerikaner habe ein Bündel Tausendfrancsscheine herausgenommen, und er habe gesehen, daß noch mindestens vier Päckchen in der Brieftasche waren. Der Amerikaner habe die Klammer vom herausgenommenen Bündel entfernt und langsam angefangen zu zählen. Er habe stark geblutet und schlecht sehen können, aber er habe ihn zählen sehen, das habe er deutlich gesehen. Tausend Francs. Er sagte mir, er erinnere sich noch der weißen, fetten Finger. Zweitausend Francs. Der Amerikaner habe ihn nochmals angesehen. Dann habe er gezögert, und dann habe er den dritten Schein genommen. Dann den vierten, noch zögernder. Dann, bei vieren, habe er innegehalten, das Bündel wieder gefaltet und in seine Brieftasche gesteckt. In dem Augenblick habe er ihn getötet. Wir haben nie wieder darüber gesprochen.«

Sie hielt von neuem inne und blickte mich an, ein wenig spöttisch, aber noch immer wohlwollend.

»Die Geschichte gefällt dir nicht sonderlich«, sagte sie.

»Darauf kommt es nicht an«, sagte ich. »Ich möchte sie trotzdem kennenlernen.«

»Ist er es? Gefällt er dir nicht?«

»Ich glaube ja. Ich meine damit: die Matrosen von Gibraltar.«

Sie wartete darauf, daß ich weiterspräche, lächelnd, ohne jeglichen Vorwurf im Blick.

»Ich habe ein wenig Mißtrauen gegen außergewöhnliche Schicksale«, sagte ich. »Ich möchte, daß du mich verstehst.«

»Selbst gegen solche Schicksale wie seines«, fügte ich hinzu.

»Es ist nicht seine Schuld«, sagte sie sanft. »Er weiß nicht einmal, daß ich ihn suche.«

»Es ist deine Schuld«, sagte ich. »Du wolltest die größte Liebe der Welt erleben.«

Ich lachte. Wir waren ein wenig betrunken.

»Wer hätte sie nicht erleben wollen?« fragte sie.

»Gewiß«, sagte ich, »aber man kann sie nur mit ihnen erleben, mit Kerlen wie ihm.«

»Es ist nicht deren Schuld«, sagte sie, »wenn man sie aus untauglichen Gründen liebt.«

»Nein, ihre Schuld ist es nicht. Und außerdem, untaugliche Gründe, was will das schon sagen? Ich glaube, man kann Menschen aus den allerärgsten Gründen lieben, ich glaube nicht, daß es das ist.«

»Aber wenn du sie nicht magst, warum willst du dann solche Geschichten hören?«

»Weil ich diese Art Geschichten am liebsten habe.«

»Die falschen Geschichten,«

»Nein, die endlosen Geschichten sozusagen. Die ausweglosen.«

»Ich auch«, sagte sie.

»Das sehe ich«, sagte ich lachend.

Sie lachte auch. Dann fragte sie:

»Wenn es das nicht ist, was dann?«

»Während er eine blendende Karriere machte, hockte ich als Trottel auf einem Stuhl im Standesamt, vielleicht deshalb.«

»Ich glaube nicht, daß es das ist«, sagte sie.

»Ich sollte ihn bewundern«, sagte ich.

»O nein«, sagte sie. »Aber dieser Mensch, der als Schande der Welt gilt und der diese Welt mit den Augen eines Kindes betrachtet, den muß, so scheint mir, jeder lieben können...«

»Den da liebt jeder«, sagte ich. »Das ist nämlich der, den du aus ihm gemacht hast.«

Sie hörte gespannt zu.

»Der er geworden ist durch dich«, fuhr ich fort.

»Was ist er geworden?«

»Ein Rächer«, sagte ich.

Sie antwortete nicht, wurde wieder ernst.

»Aber du«, sagte ich, »du kannst das nicht verstehen.«

»Ein Mörder«, sagte sie langsam, »so was muß also ganz allein bleiben, ganz verloren auf der Welt? Um so was soll man sich nicht kümmern, niemals?«

»Gewiß nicht«, sagte ich, »und sogar jedesmal, wenn es möglich ist...«

»Wenn er ein Rächer ist«, sagte sie nach einer Weile, »so weiß er doch nichts davon.«

»Aber du weißt es«, sagte ich. »Du hast ihn ganz und gar dazu erhoben. Mach weiter mit deiner Geschichte.«

Sie tat es ziemlich widerwillig.

»Viel ist dann nicht mehr geschehen. Seit Jahren hatte er nur noch Zufallsbegegnungen mit Frauen gehabt. Er behauptete aber, das sei schon vor dem Krieg, seit unserer Begegnung in Marseille, so gewesen. Von jener Nacht an sei sein Verlangen, mich wiederzusehen, immer stärker geworden. Warum, das wisse er sich kaum zu erklären.

Sobald ich bei ihm war, hat er das Leben wieder schön gefunden. Ich will damit sagen, daß er sehr bald gewünscht hat, die Schiffe möchten wieder fahren, damit er fortkäme. Ich war es, die ihm Lust machte, fortzugehen, doch diese Rolle hatte ich ja schon vor langem übernommen. Seit vier Jahren war er in Frankreich eingesperrt. Während des Kriegs hatte er sich am Widerstand beteiligt und dann auch etwas am schwarzen Markt. Als ich kam, fing er an, regelmäßig zu essen und davon zu sprechen, daß er fortwolle. Er sagte, die Polizei würde noch mindestens zwei Jahre nach ihm fahnden, aber das sei ihm immer noch lieber als das Leben, das er geführt habe. Er konnte sich nicht an den Gedanken gewöhnen, daß alle Häfen geschlossen, die Schiffe stillgelegt waren. Kurz, sobald ich ihn wiedergefunden hatte, wußte ich, daß ich ihn von neuem verlieren würde. Er empfand Grenzen so wie andere, ich weiß nicht, vielleicht Gefängnisgitter empfinden. Das ist keine bloße Redensart. Seit er die *Cypris* verlassen hatte, war er dreimal um die Welt gefahren. Ich zog ihn damit auf, ich sagte ihm, wenn er so weitermachte, würde ihm noch die ganze Erde zu klein erscheinen. Er lachte. Nein, sagte er, unter der Kleinheit hätte er nicht allzu sehr gelitten. Und daß sie rund sei, entzücke ihn. Er finde, das sei eine gute Einrichtung, denn wenn man sich von einem Ort entferne, nähere man sich auf diese Weise notwendig einem anderen, und wenn man keinen Wohnsitz habe, sei man auf einer Erde von runder Gestalt am besten aufgehoben. Nie sagte er, wo er sich eines Tages, wenn seine Tat verjährt war, niederlassen wolle. Er sprach nur von den Reisen, die er machen wollte.

Wir haben nicht zusammen gewohnt. Aus Sicherheitsgründen, und so, als ob noch Krieg wäre, habe ich mir wochenweise ein Zimmer gemietet. Ich habe mich bescheiden gekleidet. Ich habe ihm nicht gesagt, daß mein Mann mir sein Vermögen hinterlassen hat.«

Plötzlich peitschte Regen gegen die Scheiben des Cafés. Sie zündete sich eine Zigarette an, sah in den Regen.

»Damals warst du dir sicher, daß du dieses Vermögen nie anrühren würdest«, sagte ich.

»Ganz sicher«, sagte sie. »Ich habe sogar Arbeit gesucht.«

»Und du hast keine gefunden?«

»Ich kann nicht Maschineschreiben. Ich fand eine Stelle als Animierdame in einem Nachtlokal, das war alles. Ich habe sie nicht angenommen.«

»Natürlich.«

»Alles«, sagte sie, »aber nicht nachts.«

»Daß man eine Jacht besitzt, ein Vermögen, kann man nie vergessen«, sagte ich. »Eines Tages erinnert man sich daran...«

»In manchen Fällen kann man es vergessen«, sagte sie. »Nicht in meinem Fall.«

Sie schaute wieder in den Regen und lächelte.

»Ich bin keine Heldin«, sagte sie. »Wenn ich die Jacht aufgegeben hätte, so wäre es geschehen, um, wie man so sagt, mein Gewissen zu erleichtern. In eigener Sache ist man kein Held.«

Leiser, im Ton eines Geständnisses, fügte sie hinzu:

»Ich weiß wohl, daß die Leute auf der ganzen Welt über die Jachten einhelliger Ansicht sind. Sie gelten als anstößig. Aber da war nun einmal diese Jacht, mit der niemand etwas anfing, und da war ich, die nicht wußte, was sie mit sich anfangen sollte...«

»In meinem amerikanischen Roman«, sagte ich, »wirst du mit deiner Jacht viele Leute abstoßen. Diese Frau da, auf der Jacht, wird es heißen... Das ist denn doch... Diese...«

»Was?«

»Diese unnütze Person, diese Müßiggängerin...«

»Und was noch?«

»Diese Schwätzerin...«

»Oh«, sagte sie. Sie errötete.

»Anna«, sagte ich.

Sie neigte sich zu mir her, hielt die Augen gesenkt.

»Du hast Arbeit gesucht«, sagte ich.

»Ich hab genug von der Geschichte«, sagte sie.

»Eben deswegen mußt du sie schnell zu Ende erzählen, damit wir es hinter uns haben«, sagte ich.

»Ich habe Arbeit gesucht. Aber ehe ich welche gefunden hatte, war er schon wieder fort. Was soll ich dir von dem erzählen, was zwischen uns geschah? Es hat fünf Wochen gedauert. Ich hätte es nie für möglich gehalten. Fünf Wochen mit ihm. Er ging jeden Tag aus. Wohin? In Paris spazieren. Aber jeden Abend kam er zurück, und jede Nacht fing es von neuem an. Und es war immer zu essen da, wenn er kam. Ich weiß wohl, es wäre schlauer gewesen, ihn ein wenig hungern zu lassen, aber dazu habe ich nie das Herz gehabt. Er hatte in seinem Leben schon genug gehungert. Eines Tages fing er wieder an, Poker zu spielen. Er hat es mir gesagt. Ich setzte Hoffnungen in das Pokerspiel. Das ging so fünf Wochen. Ich machte die Einkäufe, besorgte den Haushalt, die Küche. Ich ging mit ihm auf den Boulevards spazieren. Ich wartete auf ihn. Mehrere Male, doch nie in seiner Begleitung, begegnete ich einstigen Freunden meines Mannes. Sie luden mich ein. Meine Trauer diente mir zum Vorwand, alle Einladungen auszuschlagen. Sogar die einzigen Freunde, die von seiner Existenz wußten, habe ich eines Tages getroffen, jene, mit denen wir zusammen waren, als wir ihm in Marseille begegneten. Sie haben sich erkundigt, was aus ihm geworden sei, ich habe ihnen gesagt, ich wisse es nicht. Niemand hat vermutet, daß ich glücklich war.

Auch er hat Arbeit gesucht. Einmal. Er ist zu einer Versicherungsgesellschaft gegangen. Ich hatte ihm falsche Papiere ausstellen lassen. Er ist Vertreter geworden. Nach zwei Tagen aß er nicht mehr. Er war ein Mann, den das Leben nicht an die Alltagshölle gewöhnt hatte. Ich habe ihm zugeredet, mit dieser Komödie aufzuhören. Da ist er wieder spazierengegangen, hat wieder Poker gespielt. Und ich habe wieder zu hoffen begonnen.

Manchmal betranken wir uns. Dann sagte er: Ich nehme dich mit nach Hongkong, nach Sydney. Wir ziehen zusammen los auf einem Schiff. Und manchmal glaubte ich ihm, glaubte ich, es wäre möglich, es könnte vielleicht möglich sein, daß wir einander nie mehr verlassen würden. Ich hatte nie gedacht, eines Tages eine sogenannte Existenz führen zu können, und es erschreckte mich ein wenig, doch ich ließ ihn reden. Ich ließ ihn dabei, über sich selbst Dinge zu glauben, von denen ich wußte, daß sie falsch waren, ich liebte ihn noch in seinen Irrtümern, seinen Selbsttäuschungen, seiner Dummheit. Manchmal konnte ich es einfach nicht fassen, daß wir zusammenlebten, und wenn er sich verspätete und ich mir allein im Zimmer Sorgen machte, beruhigte mich das in gewissem Sinne.

Fünf Wochen. Eines Tages stand in den Zeitungen, daß ein Frachtschiff der Chargeurs Réunis aus Marseille auslaufen werde. Ich weiß noch: *Le Mousquetaire*. Es fuhr nach Madagaskar, um Kaffee zu laden. Dann lief ein zweites aus, ein zehntes, zwanzig Frachter liefen aus allen Häfen Frankreichs aus, die nicht zerstört worden waren. Er hat aufgehört, Poker zu spielen. Er blieb auf dem Bett liegen, rauchte, er trank mehr und mehr. Bald wünschte ich mir, er stürbe. Eines Morgens erklärte er mir, er führe nach Marseille, um ›mal zu sehn, was dort los ist‹. Er forderte mich auf, ihn zu begleiten. Ich habe abgelehnt. Ich wollte nichts mehr von ihm wissen, wollte, daß er starb. Meinen Frieden haben. Er hat nicht darauf bestanden. Er sagte, er käme zurück, um mich zu holen, oder würde mir ein Wort senden, damit ich nachkäme. Damit war ich einverstanden. Er ist fortgegangen.«

Wieder machte sie eine Pause. Ich goß ihr Wein ins Glas. Der Regen ließ nach. Der kleine Saal des Cafés war so still, daß wir uns atmen hörten.

»Aber«, fragte ich, »während dieser fünf Wochen ... bist du sicher, daß du dich nicht, wie soll ich sagen? Daß du dich nicht ein bißchen gelangweilt hast?«

»Ich weiß nicht.«

Sie setzte, ein wenig überrascht, hinzu:

»Davon, glaube ich, konnte keine Rede sein.«

Ich sagte nichts. Sie fuhr fort:

»Und auch wenn ich mich gelangweilt hätte, würde das nicht viel bedeuten.«

»Immerhin«, sagte ich und lächelte ihr zu, »ist das das übliche Geschick.«

»Ich verstehe dich nicht.«

»Ich will nur sagen, ich würde dich gern im Kampf mit dem üblichen Geschick sehen.«

Ihr Blick wurde kindlich. Sie war verwirrt.

»Ich glaube«, sagte sie, »die Zeiten unseres Wiedersehens können fünf Wochen dauern.«

Sie dachte nach und wechselte den Tonfall.

»Mir scheint«, sagte sie, »daß ich so alle drei oder vier Jahre fünf Wochen mit ihm zusammenleben könnte.«

»Er hatte dich angerufen.«

»Er hatte mich angerufen.«

»Er hat dir gesagt: kann ich dich sehen?«

»So etwas kann man nicht erzählen«, sagte sie.

»Du hast Lust, es zu erzählen«, sagte ich so sanft ich konnte, »und ich habe Lust, es dich erzählen zu hören. Also? Hat er gesagt: kann ich dich sehen?«

»Ja. Er hat mich für eine Stunde später in ein Café in der Avenue d'Orléans bestellt. Ich habe meinen Koffer genommen und mein Zimmer verlassen. Ich habe mich in das kleine Hinterzimmer des Cafés gesetzt, einem Spiegel gegenüber, in dem ich die Bar und den Eingang sehen konnte. Ich erinnere mich, daß ich mich im Spiegel sah und, das war seltsam, mich nicht erkannte, ich sah ...«

»Die Frau des Matrosen von Gibraltar«, sagte ich.

»Ich habe einen Cognac bestellt. Kurze Zeit nach mir ist er eingetroffen, vielleicht eine Viertelstunde nach mir. Im Spiegel habe ich gesehen, wie er in das Café trat, stehenblieb, mich mit den Augen suchte. Ich konnte sehen, wie er mich entdeckte und wie er mir schüchtern, vielleicht ein wenig peinlich berührt, zulächelte. Im Augenblick, als er in der Drehtür erschien, gab es mir einen Stich ins Herz. Ich erkannte diesen

Schmerz wieder. Ich hatte ihn auf der *Cypris* oft gespürt, wenn er auf Deck kam, schwarz vor Maschinenöl, von der Sonne geblendet. Diesmal aber wurde ich ohnmächtig. Ich glaube nicht, daß es länger dauerte als die Zeit, die er brauchte, um von der Tür bis zu meinem Tisch zu gehen. Seine Stimme brachte mich wieder zu mir. Ich hörte, wie er etwas sagte, was ich ihn noch nie hatte sagen hören. Seine Stimme klang ein wenig rauh, vom Krieg her vielleicht. Ich war noch nie im Leben ohnmächtig geworden. Als ich die Augen öffnete und ihn über mich gebeugt sah, konnte ich es fast nicht glauben. Ich weiß auch, ich habe nach seiner Hand getastet. Da hat er zum zweiten Mal zu mir gesagt: Meine Liebste. Was war das für eine sonderbare Sprache? Ich habe ihn angeschaut und gesehen, daß er sich ein wenig verändert hatte. Er war besser angezogen, trug einen noch ziemlich neuen Konfektionsanzug. Einen Mantel nicht, aber einen Schal. Er aß wohl immer noch ungenügend, er war noch genauso mager. Er sagte: Sag etwas. Ich suchte nach Worten, fand keine. Ich fühlte mich plötzlich sehr müde. Ich besann mich darauf, daß ich, um ihn wiederzusehen – ja –, meinen Mann getötet hatte. In diesem Augenblick wurde mir das klar. Es wunderte mich, ich wunderte mich, daß ich ihn so sehr liebte. Er fuhr mich grob an: Du wirst jetzt mit mir reden. Er packte meine Hand, tat mir weh. Ich sagte ihm: Du tust mir weh. Das waren die ersten Worte, die ich zu ihm sprach. Ich glaube, sie hätten nicht treffender ausfallen können. Er lächelte und ließ mich los. Darauf haben wir einander ins Gesicht gesehen, von ganz nah, und haben verstanden, daß wir uns nicht fürchten müssen. Daß wir sogar mit dem Toten jetzt zwischen uns im Handumdrehen fertig würden, ihn leicht in unsere Geschichte einfügen könnten. Er fragte mich: Hattest du ihn verlassen? Ich sagte ja. Er betrachtete mich neugierig, neugieriger vielleicht als je zuvor. Ich entsinne mich, die Neonbeleuchtung im Café war sehr stark, so daß wir wie unter Scheinwerfern nebeneinander saßen. Daß er diese Frage stellte, erstaunte mich. Er fragte weiter: Warum jetzt? Ich sagte, wegen London, ich hätte nicht mehr länger in London leben können. Er hat wieder meine Hand genommen und sie fest gedrückt. Ich habe mich nicht beklagt. Er hat den Kopf abgewandt. Seine Hand war kalt, weil er von draußen kam und keine Handschuhe trug. Er sagte: Eine lange Zeit, daß wir uns nicht gesehen haben. Ich spürte seine Hand in der meinen und begriff, da war nichts zu machen, immer noch käme mir von diesem Mann das Glück und das Übrige, das Unglück. Ich sagte ihm: Ich hätte es jedenfalls getan, früher oder später. Er nahm sein Cognacglas und leerte es in einem Zug. Die Mutlosigkeit war ihm so sehr zur Gewohnheit geworden, fuhr ich fort, und er hatte so viel Muße, so viel Muße, um sie zu nähren ... Er fiel mir ins Wort: Schweig. Er fügte hinzu: Es sei merkwürdig, welche Lust er habe, mich wiederzusehen. Wir sahen uns nicht mehr an. Wir lehnten uns ans Rückenpolster der Sitzbank und starrten auf die Bar im Spiegel uns gegenüber. Es waren Gäste da. Im Radio wurden patriotische Lieder gespielt. Es war Frieden. Ich sagte, er war ein sympathischer Mensch, nur diese Ehe war ohne Sinn und Verstand. Er antwortete, tags zuvor noch sei er in Toulouse gewesen, habe es in der Zeitung gelesen, sei zwar nicht sicher gewesen, ob ich in Paris sei, sei aber trotzdem gekommen. Ich sagte: Trotzdem weiß ich nicht, was ich sonst hätte tun können, als mich mit ihm zu verheiraten. Er aber redete weiterhin über andere Dinge: Als ich zurückkehrte, war die *Cypris* vor einer halben Stunde abgefahren. Der Krieg habe dazu beigetragen, daß er seit Marseille doch an mich habe denken müssen. Du hattest sicher alles verloren? fragte ich. Er sagte: Ich gewann. Ich fing an zu gewinnen, als ich fortgegangen bin. Er lachte, ein wenig verwirrt. Ich sagte: Na sowas ... und lachte ebenfalls. Er sagte: Du glaubst mir wohl nicht? So war es nicht, aber ich hatte nicht gewußt, daß er eines Tages dazu fähig sein würde. Er hatte es auch nicht gewußt. Einer der Spieler hatte gesagt, wieviel Uhr es ist, da hatte er seine Karten hingeworfen und war davongerannt. Du bist schrecklich, sagte ich. Und er: Aber selbst wenn ich rechtzeitig gekommen wäre, was hätten wir tun können? Ich gab ihm keine Antwort. Ich erinnerte mich an etwas und fing an zu lachen. Ich sagte ihm: Weißt du, er hieß Nelson Nelson und war der König der Kugellager. Seine Augen weiteten sich, er war starr vor Überraschung und lachte dann laut auf. Nein ... Der König der Kugellager, wiederholte er mehrmals. Ich sagte ihm, wenn er die Zeitungen gelesen hätte, wüßte er es. Er antwortete: Aber wie denn? Ich mußte doch verschwinden. Er fing von neuem an zu lachen, sah mich nicht mehr an, ich lachte gleichfalls. Er fragte: Bist du sicher? Ich sagte ihm, ganz sicher könne ich nicht sein, aber wer wäre denn imstande, so etwas zu erfinden? König der Kugellager? Nelson Nelson, wiederholte er hingerissen. Er lachte lange, unbändig. Es war schön, ihn lachen zu sehen ... Mit dem Kopf unterm Fallbeil würde ich mich noch bucklig lachen, sagte er, der König der Kugellager. Ich sagte ihm, er hätte es schlechter treffen können, er sagte, das sei wahr, er hätte auf den König der Arschlöcher stoßen können. Und in einem Atemzug, so als rezitiere er, hat er gesagt: Lebenslängliche Zuchthausstrafe wegen Ermordung des Königs der Arschlöcher. Wegen der Leute lachten wir nur ganz leise. Er sagte: Ah, wenn ich das gewußt hätte, wenn ich gewußt hätte, daß es der König der Arschlöcher war. Ich fragte, was er dann getan hätte. Er wußte es nicht recht, er hätte ihn laufen lassen – man ermordet doch nicht den König der Arschlöcher –, doch nicht im Ernst. Als sein Gelächter ein wenig nachließ, sagte ich, daß jene Freunde, die seine Ware würdevoll abgewiesen hatten, es mir erzählt hätten. Daraufhin hat er wiederholt: Selbst wenn ich noch rechtzeitig eingetroffen wäre, was hätten wir tun können? Ich habe ihm erklärt, daß ich nie danach gestrebt habe, ein glückliches Dasein zu führen mit festem Lohn, dem Kino am Samstag und allem übrigen. Das wisse er, hat er gesagt, aber wir hätten uns trotzdem wieder verloren, plötzlich, an einer Straßenecke. Da habe ich ihm gesagt, daß es nicht dasselbe sei, wenn man darauf gefaßt ist. Er hat mir langsam, mit Mühe, dargelegt, erst nach Shanghai habe er gemerkt, daß... Er hat nach dem Wort gesucht. Ich bin ihm ins Wort gefallen. Er war nicht überrascht. Er sagte noch, er habe viele andere Frauen gehabt, seit wir einander verlassen hatten, aber genützt habe ihm das nie. Ich habe ihm das Wort abgeschnitten, habe ihn gefragt: Und nachdem du mir die Photographien geschenkt hast, bist du da wieder pokern gegangen. Nein, sagte er. Er sei am Morgen darauf vor einem Postamt stehengeblieben und habe gewartet, bis es öffnete, dann habe er Paris verlangt und lange gewartet. Und als man ihm Paris gegeben habe, habe er aufgehängt. Das war's. War es nicht eher so, daß er beschlossen hatte, es nicht zu tun? Nein, behauptete er, es sei wirklich die Müdigkeit gewesen, er schlief damals in einem Schlafsaal, es gab Fälle, in denen man keine Frau haben konnte. Ich habe nie weitere Erklärungen von ihm verlangt. Ich wartete ein wenig und fragte ihn dann: Und nun? Er sagte, er habe ein Zimmer in einem Hotel. Ich errötete noch unter seinem Blick. Er fragte mich: Weil ich dich schon so lange kenne, weiß ich nicht mehr, bist du wirklich so schön? Das sei ich, sagte ich. Er sagte noch, in Marseille sei er müde gewesen, aber er habe ein solches Verlangen gehabt, mich wiederzusehen, daß er, als er Paris bekam, nicht mehr klar gesehen habe. Und dann.«

»Was?«

»Er hat sich mir plötzlich genähert, hat meinen Mantel aufgemacht, hat mich angeschaut und gesagt: Donnerwetter. Na ja. Und alles hat wieder von vorn angefangen.«

»Und du?«

»Ich habe ihm gesagt, er sei ein Mistkerl. Alles hat wieder von vorn angefangen.«

»Und da«, sagte ich, »hast du deine Jugend wiedergefunden, den verführerischen Geruch der Laderäume und die phantastischen Ozeane, die sich unter eurer Lust ausgebreitet hatten. Und das eben noch so grausame Neonlicht des Cafés wurde plötzlich zu einer so warmen Sonne, daß dir der Schweiß ausbrach.«

Ich bestellte eine neue Karaffe Wein beim Wirt.

»Verzeih«, sagte ich und fügte hinzu: »Du erzählst diese Dinge gern.«

»Was soll ich dir auch sonst erzählen?« sagte sie.

Ich gab keine Antwort. Ein wenig traurig, mit fast leiser Stimme fügte sie hinzu:

»Es ist wahr, ich wollte sie dir erzählen.«

»Und danach?«

»Das habe ich dir schon gesagt. Wir haben fünf Wochen zusammengelebt, und dann ist er fortgegangen.«

»Und nachdem er fort war?«

»Das war weniger amüsant«, sagte sie, sie zwang sich zu lächeln. »Ich verließ Paris und mietete mir ein Zimmer auf dem Land. Ich war niedergeschlagen, so sehr, daß drei Wochen vergingen, ehe ich nach Paris zurückkehrte, um seinen Brief abzuholen. Dort begann ich mir zu sagen, daß es zwecklos sei, daß kein Brief dort sein würde. Begann ich eben, vernünftig zu werden. Dann aber fuhr ich trotzdem nach Paris. Kein Brief in unserer kleinen möblierten Wohnung. Ich blieb nur zwei Tage in Paris. Ich fuhr wieder aufs Land zurück. Ich glaubte, es dort lange aushalten zu können. Acht Tage blieb ich dort. Dann bin ich wieder aufgebrochen, von Stadt zu Stadt nach Süden gereist, bis an die spanische Grenze und, ohne es wirklich wollen, ganz in die Nähe meines Heimatdorfs. Einmal dort, bin ich in einem Hotel abgestiegen und bis zum Abend in meinem Zimmer geblieben. Ich dachte an meine Brüder und meine Schwestern, von denen einige noch sehr klein gewesen waren, als ich fortging. Vielleicht hatte ich Gewissensbisse. In der Dunkelheit bin ich dann zu der kleinen Wirtschaft gegangen. Frankreich war befreit, und die Fenster waren nicht mehr verdunkelt. Ich erkannte alles wieder. Drinnen waren vier Personen, mein Vater, meine Mutter, eine Schwester, ein Bruder. Mein Vater schlief auf seinem Stuhl. Meine Mutter strickte einen Strumpf. Meine Schwester wusch das Geschirr. Mein Bruder saß hinter der Theke und las *Le Parisien libéré,* während er auf Gäste wartete. Meine Schwester war älter geworden, mein Bruder war groß und stark, er gähnte beim Lesen. Ich bin nicht eingetreten; als ich sie da wiedersah, war es so, als hätte ich sie erst in diesem Augenblick verlassen. Ich empfand keinerlei Bedürfnis, mit ihnen zu sprechen, sie aufs neue kennenzulernen, ihnen etwas zu erklären. Am nächsten Tag fuhr ich wieder fort. Und abermals nach Paris. Das Haus meines Mannes stand leer, die Concierge weinte wieder, als sie mich kommen sah, sie war eine mitfühlende Frau. Sie sagte: Wenn ich daran denke, unser armer Herr. Auch dort war kein Brief. Der Garten war nicht gepflegt, den Fenstern meines Zimmers fehlten ein paar Scheiben. Ich bezahlte die Concierge und sagte ihr, ich führe wieder aufs Land, ich käme zurück. Dann kehrte ich in die kleine möblierte Wohnung zurück, die ich noch behalten hatte. Und als ich dort war, am Abend, habe ich etwas getan, wozu ich mich nie für fähig gehalten hätte. Ich rief frühere Freunde meines Mannes an, um mit ihnen den Abend zu verbringen. Nicht irgendwelche beliebigen. Sondern eben jene, die mit uns zusammengewesen waren, als wir ihm in Marseille begegneten. Sie luden mich ein. Ihre Stimmen am Telefon, das war schon grauenhaft, widerlich, aber ich bin trotzdem hingegangen. Sie waren sehr höflich und haben einen dem Anlaß angemessenen Ton angeschlagen. Und nun, sagen Sie uns, diese Dinge sind sehr schmerzlich, aber kann man erfahren, wie das geschehen ist? Ich habe es ihnen nicht gesagt, ich bin sehr bald gegangen. Am Tag darauf habe ich Paris zum dritten Mal verlassen und bin an die Côte d'Azur gefahren. Auch dort habe ich ein Zimmer gemietet, aber mit Blick aufs Meer. Es war noch warm genug, um baden zu gehen. Ich badete jeden Tag, sogar mehrmals am Tag. Und zum ersten Mal empfand ich kein so großes Verlangen mehr, wieder abzureisen. Ich wußte überhaupt nicht, was ich mit mir anfangen sollte. Ein Monat verging so. Dann, langsam, begann ich wieder zu bedauern, was ich getan hatte. Zu bedauern, ihn nicht nach Marseille und sogar noch weiter begleitet zu haben. Ja. Und dann eines Tages habe ich mich an die Jacht erinnert und mir ist der Gedanke gekommen, daß ich ihn suchen könnte. Und nochmals versuchen könnte, mit ihm oder ohne ihn, was man ein wirkliches Leben nennt zu führen.

Als ich dies beschloß, war mein Wunsch, ihn wiederzusehen, gewiß nicht besonders groß. Im Gegenteil, glaube ich. Und doch wollte ich am ehesten das mit mir anfangen.

Ich ging nach Amerika, nahm mein Vermögen in Besitz, ließ die Jacht instandsetzen und fuhr los.

Es sind jetzt drei Jahre, daß ich ihn suche. Ich habe noch keine Spur von ihm gefunden.«

Ich goß von dem in der Karaffe verbliebenen Wein ihr Glas voll und nahm mir den Rest. Wir tranken, ohne etwas zu sagen, dann rauchten wir langsam eine Zigarette.

»Das war's«, sagte sie, »nun habe ich dir nichts mehr zu erzählen.«

Ich rief den Wirt und bat um die Rechnung. Dann schlug ich ihr vor, ehe wir an Bord stiegen, noch einen Stadtrundgang zu machen.

Sie sagte nicht ja und nicht nein. Sie stand gleich nach mir auf, und wir verließen das Restaurant. Das Wetter hatte sich aufgeklärt, es war weniger heiß. Der Regenschauer mußte ziemlich stark gewesen sein, die Straßen waren noch naß und an ungepflasterten Stellen standen Pfützen. War es der vorgeschrittene Nachmittag oder das Unwetter? Die Stadt erschien fast heiter. In den Straßen waren viel mehr Menschen als bei unserer Ankunft. Alle Kinder waren im Freien und plantschten barfüßig in den Wasserpfützen. Sie betrachtete sie, aufmerksamer als am Morgen, so schien mir. Vielleicht wunderte sie sich, daß ich nichts sagte – von Zeit zu Zeit warf sie mir einen verstohlenen Blick zu. Aber das hinderte sie nicht daran, mit Vergnügen zu gehen. Leicht, im gleichen Schritt gingen wir dahin und hätten trotz des Weins und unserer Müdigkeit stundenlang so weitergehen können. Trotz der Abfahrtszeit, die sie, ehe sie an Land gegangen war, Laurent genannt hatte. Sie war schon um eine Stunde überschritten, aber wir sprachen nicht darüber, drangen weiter in die Stadt vor, entfernten uns immer mehr vom Hafen. Nach einer halben Stunde gerieten wir zufällig in eine sehr belebte, beidseitig von Läden gesäumte Straße, die in ihrer ganzen Länge von überfüllten alten Straßenbahnen durchzogen wurde. Ich redete ein wenig mit ihr.

»Das hier erinnert mich an das Städtchen Sarzana in der Nähe von Rocca.«

»Ich habe Carla einmal dorthin begleitet«, sagte sie.

»Diese Städte ziehe ich allen anderen vor. Ich mag die ungefälligen Dinge dieser Welt.«

»Darf man fragen, welche?«

»Abstoßende Städte, undankbare Lebenslagen. Weder bevorzugte Städte, noch bevorzugte Lebenslagen, noch sonst irgendetwas Bevorzugtes.«

Ich lächelte ihr zu.

»Vielleicht übertreibst du«, sagte sie.

»O nein«, sagte ich. »Dessen bin ich mir sicher.«

Sie zögerte ein wenig, fragte dann:

»Könntest du sagen, warum?«

»Veranlagung«, sagte ich. »Und dann fühlt man sich dort weniger fehl am Platz als anderswo. Aber es muß noch eine andere Erklärung geben.«

»Und du weißt nicht, welche?«

»Ich will es gar nicht wissen.«

Sie drang nicht weiter in mich. Ich preßte ihren Arm und sagte:

»Ich glaube, ich bin froh, losgefahren zu sein.«

Sie warf mir einen etwas mißtrauischen Blick zu, wahrscheinlich wegen meines Tonfalls, und gab mir keine Antwort. Ich sagte ihr außerdem:

»Wenn du willst, gehen wir bei der nächsten Zwischenstation wieder an Land.«

»Wie du willst.«

Ihre Miene entspannte sich, und mit einem Lächeln fügte sie hinzu:

»Aber dann werde ich dir nichts mehr zu erzählen wissen.«

»Man kann immer über etwas anderes reden«, sagte ich.

Jetzt lächelte sie ganz und gar.

»Glaubst du?«

»Aber sicher. Jeder weiß Geschichten zu erzählen, jeder hat eine Geschichte erlebt, oder nicht?«

»Weißt du aber«, sagte sie langsam, »weißt du, daß immer alles möglich ist? Ich meine, es ist immer möglich, daß er an der nächsten Straßenecke steht.«

»Ich weiß«, sagte ich, »und daß er sogar schon an Bord ist und auf uns wartet.«

»Ja«, sagte sie lachend – doch halb widerwillig lachend –, »genau das heißt jemanden suchen.«

»Ich weiß. Aber ich bin sicher, daß der Matrose von Gibraltar ein verständnisvoller Mensch ist.«

Eine Weile gingen wir schweigend weiter.

»Seltsam«, sagte sie, »ich stelle mir nie die Frage, was ich tun würde, wenn ich ihn wiederfände.«

»Nie?«

»Fast nie.«

»Alles zu seiner Zeit«, sagte ich. Wir lachten.

»Weiter als bis zu dem Augenblick, da ich ihn wiedersehe, kann ich nicht denken«, sagte sie. »Als bis zu dem Augenblick, da er vor mir steht.«

»Inzwischen ist seine Tat verjährt«, sagte ich. »Du suchst jetzt nach einem freien Mann, nicht wahr?«

»Ja. Gewissermaßen nach einem anderen Mann.«

»Und trotzdem suchst du ihn weiterhin in den Häfen des Verbrechens.«

Ich lachte ein wenig, wie Bruno, wenn er behauptete, sie mache sich über die Leute lustig. Sie nahm es gut auf.

»Man kann nicht überall zugleich suchen«, sagte sie.

Wir hatten die Geschäftsstraße hinter uns gelassen und kamen ans Ende der Stadt. Man sah, wie sie langsam in Maisfelder auslief.

»Es hat keinen Sinn«, sagte ich, »wir müssen nun doch umkehren.«

Wir durchquerten wieder die ganze Stadt. Wir gingen nicht lang, kaum zwanzig Minuten, bis zum Hafen. Kurz bevor wir ankamen, sagte sie:

»Wenn du von dir reden wirst, was wirst du mir da sagen?«

»Alles, was du hoffst, von mir zu erfahren«, sagte ich. »Ich werde nichts zurückhalten.«

Wir kamen zum Hafen. Die Matrosen waren unzufrieden.

»Du übertreibst«, sagte Laurent zu ihr. »Ich frage mich, wozu du Fahrpläne aufstellst.«

Aber er war nicht wirklich schlechter Laune. Sie entschuldigte sich:

»Ich frage es mich selber«, sagte sie, »wahrscheinlich, weil es seriöser wirkt.«

Sie ging mit Laurent fort, und ich sah, wie sie in die Bar traten. Sie hatten manchmal Dinge zu besprechen, die mich nichts angingen. Ich wanderte über Deck bis zur Seilwinde und legte mich auf meinen gewohnten Platz. Es war spät, und kein Matrose befand sich auf dieser Seite des Schiffs. Das Schiff legte fast sofort ab. Es löste sich langsam vom Kai und gewann Abstand. Als es die Reede verlassen hatte, fuhr es nicht weiter nach Süden, sondern machte eine Wendung. Mit ihm die italienische Küste. Als ich mich einige Minuten später unwillkürlich auch umdrehte, hatte ich plötzlich die Insel Elba vor mir. Sie hatte mir kein Wort davon gesagt. Da ich nicht darauf gefaßt gewesen war, mußte ich lachen. Sie hatte also den Befehl gegeben, nach Norden, in Richtung Sète zu fahren, wo Epaminondas und der Matrose von Gibraltar auf sie warteten. Ich fand, daß sie einen doch hätte verständigen können. Das Schiff gewann Fahrt. Allmählich verblaßte die Insel Elba und entfernte sich zu meiner Linken zum Süden hin, den wir verließen. Das Schiff erhöhte abermals seine Geschwindigkeit, wieder und wieder. Es fuhr mit Höchstgeschwindigkeit, glaube ich, jedenfalls schneller als jemals, seitdem wir Rocca verlassen hatten. Sie wollte die Zeit wieder einholen, die sie mit dem Erzählen der Geschichte vom Matrosen von Gibraltar verloren hatte. Das Meer war wunderbar, phantastisch schön. Die Sonne ging unter. Aber diesmal fand ich keine Zeit, die Nacht kommen zu sehen. Als ich einschlief, war der Himmel noch hell. Doch wir mußten trotzdem schon weitab von der italienischen Küste sein.

Als ich aufwachte, saß sie neben mir. Es war völlig dunkel.

»Ich habe auch geschlafen«, sagte sie und fügte hinzu: »Willst du nicht essen kommen?«

Ich mußte tief und lange geschlafen haben. Währenddessen hatte ich vergessen, daß es sie gab. Mit einem Mal erinnerte ich mich wieder, erkannte sie an ihrer Stimme. Wir konnten uns fast nicht sehen. Ich richtete mich auf, umfaßte sie und riß sie zu mir um. Mit einer rauhen Bewegung, wie manchmal beim Erwachen, preßte ich sie heftig an mich. Ich weiß nicht recht, was vorging oder wie lange ich sie so in der Dunkelheit umarmt hielt.

»Was geschieht mit uns?« fragte sie ganz leise.

»Nichts.«

Ich ließ sie sofort los.

»Doch.«

»Nichts«, sagte ich. »Ich habe zu tief geschlafen.«

Ich stand auf und zog sie mit mir in den Speiseraum. Nach dem Dunkel draußen blendete mich das Licht. Ihre Augen waren geweitet, erstaunt, und das mehr, fand ich, als sie es hätten sein sollen. Ich hatte angenommen, sie verstände bereits, was mit uns vorging. Im Speiseraum waren Laurent und ein anderer Matrose, sie waren mit Essen fertig und plauderten.

»Bei dem Tempo werden wir bald in Sète sein«, sagte der andere Matrose.

Laurent bemerkte nichts dazu. Sie redete ein wenig mit ihnen, sehr zerstreut. Über Epaminondas. Albert, der andere Matrose, riet ihr, Epaminondas an Bord zu nehmen. Weder er noch Laurent spielten auf seine Nachricht an. Ach, sagte er, es gibt keinen zweiten wie Epaminondas. Sie war einverstanden, versprach, ihn anzuheuern, und hörte bald auf, mit ihnen zu plaudern. Wenn unsere Blicke sich kreuzten, senkten wir die Augen. Wir mochten nicht miteinander sprechen. Das war so auffällig, daß es auch Laurent zu bemerken schien. Rasch verließ er den Raum. Gleich danach traten zwei andere Matrosen ein. Einer stellte das Radio an. Es gab Nachrichten über den Wiederaufbau in Italien. Sie nahm einen Bleistift aus der Hosentasche und schrieb auf das papierene Tischtuch: Komm. Ich lachte. Und ganz leise sagte ich, jeden Abend, nein, das sei nicht möglich. Sie lachte nicht, drang nicht in mich, wünschte den beiden Matrosen Guten Abend und ging.

Gleich nach ihr verließ ich die Bar und ging in meine Kabine. Ich hatte nicht einmal die Kraft mich hinzulegen. Im Spiegel sah ich einen, der in sein Taschentuch biß, um sich daran zu hindern, nach ihr zu rufen. Sie trat fast sofort nach mir ein.

»Warum nicht jeden Abend?« fragte sie.

Ich gab keine Antwort.

»Was kann dir das schon ausmachen?« fuhr sie fort, »auch wenn...« sie lächelte unwillkürlich – »jeden Abend bei mir zu sein, bei mir zu sein wie bei irgend einer anderen?«

»In ein paar Tagen«, sagte ich.

Sie anzusehen war mir vielleicht noch wichtiger als alles andere.

»Wenn ich das gewußt hätte«, sagte sie, »hätte ich auch dir gesagt, daß ich eine Kreuzfahrt mache.«

Bei dem Gedanken mußten wir lachen. Sie setzte sich auf den Rand meines Betts und schlang die Arme um die hochgezogenen Knie.

»Es ist eine Geschichte wie jede andere auch«, sagte sie, »du mißverstehst sie wohl.«

»So ist es nicht«, sagte ich, »die Geschichte ist sogar etwas konventionell.«

Sie lächelte ein wenig spöttisch. Sie saß unbequem auf dem Bettrand, ihre Sandalen lösten sich und fielen zu Boden.

»Warum dann?«

»Es ist nicht wegen der Geschichte. Sondern weil es sehr anstrengend ist.«

Sie senkte die Augen und betrachtete, wie ich, ihre nackten Füße. Ziemlich lange. Dann, in einem ganz anderen Ton, einem gewöhnlichen Unterhaltungston, fragte sie mich noch einmal:

»Dann sag mir, was geht mit uns vor?«

»Nichts geht mit uns vor.«

Meine Stimme klang wohl hart. Sie lächelte wieder.

»Ich sagte dir, vorhin hätte ich geschlafen, aber das ist nicht wahr. Ich habe nicht schlafen können.«

»Na also«, sagte ich, »ein Grund mehr, um heute abend früher schlafen zu gehen.«

Sie stand nicht auf.

»Weißt du«, sagte sie, »daß es einen großen Unterschied macht, ob man die Dinge bespricht oder unausgesprochen läßt?«

»Das hast du mir bereits gesagt. Aber ich wußte nicht, daß es so wichtig ist.«

»Ich«, sagte sie, »ich wußte es.«

Nüchtern fügte sie hinzu:

»Du mußt dir was zu tun suchen auf dem Schiff.«

»Ich werde Heringe fischen.«

Sie lachte ganz und gar nicht.

»Geh in deine Kabine zurück.«

Ich muß wohl fast geschrien haben. Aber sie rührte sich genauso wenig, als wenn ich nichts gesagt hätte. Sie faßte sich mit beiden Händen an den Kopf und blieb so wie für die Ewigkeit.

»Es ist wahr«, sagte sie mit leiser Stimme, »es macht einen großen Unterschied. Man lernt immer wieder von neuem.«

»Du bist idiotisch.«

Sie hob den Kopf und sagte mit ruhiger Ironie:

»Aber du weißt, nicht wahr, daß wir es schaffen werden, miteinander zu sprechen?«

»Wir werden miteinander sprechen«, sagte ich, »wir werden eine kleine Familie gründen, eine höchst vorläufige und ungesetzmäßige Familie. Geh in deine Kabine.«

»Ich gehe schon«, sagte sie sanft, »reg dich nicht auf.«

»Eines Tages, wenn du weniger idiotisch bist, werde ich dir eine komische Geschichte erzählen, eine lange, die kein Ende nimmt.«

»Welche?«

»Welche wird es schon sein?«

Sie senkte die Augen. Ich hielt mich an der Tür fest, um nicht auf sie zuzugehen. Sie sah es genau.

»Gleich«, sagte sie, »erzähl sie gleich.«

»Wo denkst du hin? Es ist viel zu früh dazu. Aber ich werde dir bald sagen, welches ihre bemerkenswertesten Wesenszüge sind. Ich werde dich auch die Kunst lehren, wie du ihn am besten jagst. Es wird endlos währen.«

»Über die Kunst, ihn zu jagen«, sagte sie – ein wenig überrascht –, »kann mir niemand auf der Welt etwas beibringen.«

»Über die Kunst, ihn gemeinsam zu jagen, ja, da glaube ich, könnte ich dir einiges beibringen. Geh in deine Kabine zurück.«

Sie stand auf, zog gehorsam ihre Sandalen wieder an und kehrte in ihre Kabine zurück. Ich nahm eine Kolter und ging draußen auf Deck schlafen.

Wieder weckte mich die Kälte. Wir hatten das Cap Corse umfahren, es mußte kurz nach fünf Uhr sein. Der Wind trug den Geruch des Buschwalds bis zum Schiff. Ich blieb an Deck, bis die Sonne aufging, sah Korsika vom Horizont verschwinden und spürte, wie sich der Geruch des Buschwalds nach und nach verlor. Dann stieg ich in meine Kabine hinunter und verbrachte dort, halb schlafend, den größten Teil des Vormittags. Dann ging ich wieder an Deck. Erst mittags, beim Essen sah ich sie wieder. Sie machte einen ruhigen, geradezu heiteren Eindruck. Wir vermieden es, miteinander zu sprechen oder in der Bar miteinander allein zu bleiben. Ich verwünschte es, daß wir schon die Gewohnheit angenommen hatten, am selben Tisch zu essen. Aber das ließ sich nicht mehr ändern, jedenfalls nicht im Beisein der Matrosen. Ich verließ sie gleich nach dem Essen und ging zu Laurent, der an jenem Tag am Ruder Wache hatte. Wir redeten über dies und das. Nicht über sie. Über den Matrosen von Gibraltar. Über Nelson Nelson. Ich war eine halbe Stunde dort, als auch sie kam. Sie schien ein wenig überrascht zu sein, mich dort anzutreffen, zeigte es aber kaum. Zum ersten Mal, seitdem ich sie kannte, machte sie den Eindruck, ein wenig ratlos zu sein. Sie setzte sich Laurent zu Füßen und mischte sich in unsere Unterhaltung. Wir sprachen gerade über Nelson Nelson und lachten.

»Es heißt«, sagte Laurent, »er hätte die Gewohnheit gehabt, seinen Opfern beträchtliche Leibrenten auszusetzen. Auf die Weise hatte er den Ruf erlangt, freigebig zu sein. Und das nützte ihm in doppelter Hinsicht. Da er aufgrund seiner wichtigen Geschäfte gezwungen war, sehr schnell zu fahren, hatte er peinlich genau ausgerechnet, daß er mehr verloren hätte, wenn er vorsichtig gefahren wäre, als wenn er von Zeit zu Zeit jemanden überfuhr.«

»Du hast viel Phantasie«, sagte sie lachend.

»Ich habe das irgendwo gelesen«, sagte Laurent. »Er konnte fünfundzwanzig Überfahrene für sich verbuchen. Bei dem Matrosen von Gibraltar hat er sich in seinen Berechnungen auch nicht um viel irren müssen.«

»Er hat sich trotzdem nicht schlecht geirrt«, sagte ich.

»Das kann man wahrhaftig, ohne sich zu irren, behaupten«, sagte sie.

»Du bist umwerfend«, sagte Laurent.

»Was für eine Zwangslage war das doch«, sagte ich. »Hätte nicht jeder wie Nelson Nelson gehandelt? eine Zwangslage, wenn man es recht bedenkt.«

Wir lachten alle drei, vornehmlich sie und ich. Doch ganz offensichtlich vergaßen wir nicht dabei, daß wir ohne Laurents Anwesenheit nicht mehr die geringste Lust zu lachen gehabt hätten.

»Der geniale Einfall«, sagte sie, »bestand eben darin, ihn aus dieser Zwangslage zu befreien.«

»Weiß denn irgend jemand auf der Welt, was dieser arme zweimalige Nelson hätte tun sollen?« fragte Laurent.

»Das ist kein Grund«, sagte sie. »Ich glaube – ich habe darüber nachgedacht –, daß Sterben das einzige war, was ihm noch zu tun blieb. Er hatte in seinem Leben viele, viele Kugellager gemacht, er war ihr König. Alle Fahrzeuge der Erde zirkulierten ja mit Nelson-Kugellagern. Da aber nicht die geringste Aussicht darauf bestand, daß die Erde eines Tages welche benötigen würde, um sich um ihre eigene Achse zu drehen, drehte sich Nelson Nelsons imaginatives Leben sozusagen im Kreise. Deshalb ist er gestorben, mangels Phantasie.«

»Du bist in Hochform«, sagte Laurent.

»Warum hat er ihm nicht zum Beispiel gesagt: Die Kugellager habe ich, im Vertrauen gesagt, inzwischen satt, anläßlich Ihres Unfalls werde ich mich verändern und mich auf Freigebigkeit verlegen? Er wäre noch putzmunter.«

Sie hielt inne, zündete sich eine Zigarette an.

»Oder«, fuhr sie fort, »wenn er einfach gesagt hätte: Das Blut, das von Ihrem jungen Haupt fließt, quält mich sehr, so hätte ihn das keinen Sou gekostet, und er wäre noch putzmunter.«

»Du aber nicht«, sagte Laurent.

»Das ist wahr«, sagte sie. »Eigentlich hing es von einem Satz ab ...«

»Du hättest schon etwas anderes gefunden«, sagte Laurent, »da bin ich ganz sicher.«

»Es gibt nicht nur Kugellager«, sagte ich.

Hierauf erwiderte keiner etwas.

»Übrigens, ja«, fragte ich, »um was handelt es sich hier?«

»Eisen«, sagte sie. »Immer das Eisen. Das Eisen der Kugellager oder das Eisen der Jachten ...«

Sie sah, daß ich gern mehr erfahren wollte.

»Er war der einzige Erbe eines allein auf Eisen gegründeten riesigen Vermögens«, sagte sie.

»Aber einer, der sich seines Eisens schämte«, sagte Laurent.

»Er war seine Familie geflohen«, sagte sie, »indem er die Meere befuhr, mit solchen Leuten, weißt du ...« Sie lächelte. »Aber das Eisen verband sie doch immer noch. Der Beweis dafür ...«

»Und wenn es auch nur das Eisen war, woraus die Jacht bestand«, sagte ich.

»Ein Naiver des Eisens«, sagte Laurent. »Nun aber ist das Eisen in guten Händen«, fügte er lachend hinzu.

Sie lachte bereitwillig, vermied es aber wieder, mich anzusehen.

»Immerhin«, sagte sie, »wird Mördern nicht jeden Tag so viel Aufmerksamkeit erwiesen.«

»Oh«, sagte Laurent, »nochmals: auch ohne Mörder hättest du schließlich etwas anderes gefunden, da bin ich ganz sicher ...«

»Was man braucht«, sagte ich, »ist eine gehörige Besessenheit. Nichts eignet sich besser.«

»Wofür?« fragte sie zu mir gewandt.

»Für einen guten Vorwand«, sagte ich.

»Wofür?«

»Um zu reisen«, sagte ich lachend.

Laurent fing an, vor sich hin zu summen. Wir sagten nichts mehr. Dann, plötzlich, ging sie fort. Ich blieb lange bei Laurent. Eine Stunde. Fast ohne mit ihm zu sprechen. Dann ging auch ich wieder. Ich ging nicht in meine Kabine, sondern an Deck, immer wieder dorthin, zur Seilwinde. Ich schlief nicht. Als ich in den Speiseraum kam, verließ sie ihn gerade. Sie warf mir keinen Blick zu.

In jener Nacht schlief ich noch einmal an Deck, um zu vermeiden, daß ich sie in meiner Kabine erwartete. Wie gestern und vorgestern weckte mich die Morgendämmerung. Einen ganzen Tag hatte ich sie nicht allein gesehen. Aber ich war so müde, als hätten wir zusammen geschlafen. Ich stützte die Arme auf die Reling. Wir hatten die französische Küste erreicht und fuhren in ziemlicher Nähe an ihr entlang. Die kleinen Häfen zogen am Schiff vorüber, ihre Straßen beleuchteten das Meer. Ich schaute nicht hin. Ich stützte den Kopf auf die Reling und schloß die Augen. Daraufhin hatte ich das Gefühl, an nichts zu denken, von ihrem Bild bis in die Fingerspitzen erfüllt zu sein. Sie schlief in ihrer Kabine, und ich konnte mir nichts anderes vorstellen als ihren Schlaf. Die vorbeiziehenden Städte hatten keinen anderen Sinn als den von Dingen, vor denen sich ihr Schlaf zur Schau stellte. Und schon glaubte ich, daß ich einer solchen Gewalt nicht lange Widerstand bieten könnte, daß ich bald mit ihr sprechen müßte. Lange blieb ich dort stehen, die Stirn auf der Reling. Dann ging die Sonne auf. Fast ohne es zu wollen, trunken von der Vorstellung der Schlafenden stieg ich in meine Kabine hinunter. Sie war dort. Sie mußte dort wohl lange auf mich gewartet haben und war schließlich eingeschlafen. Auf dem Nachttisch stand eine Flasche Whiskey. Sie war eine unvernünftige Frau. Sie schlief in Kleidern, das Bettuch um sich geschlungen, ihre Sandalen waren auf den Boden gefallen, ihre Beine waren unbedeckt. Sie hatte wohl nicht viel Whiskey getrunken, die Flasche war halb leer. Sie schlief jedoch sehr tief. Ich legte mich auf den Boden, auf den Teppich, ich wollte nicht, daß sie aufwachte, und ich vermied es, sie lange anzuschauen. Ihre Ruhe war mir sehr wichtig.

Als ich so da war, sie da wußte, gelang es mir, ein wenig zu schlafen. Ich wachte vor ihr auf. Auch ich war in Kleidern. Leise verließ ich die Kabine und ging in den Speiseraum. Ich trank Kaffee. Alle Matrosen waren an Deck. Es war neun Uhr. Wir legten in Toulon an. Ich hatte kaum vier Stunden geschlafen. Als ich auf das Deck hinaustrat, flimmerte es mir vor den Augen wie am Tag zuvor, wie an allen Tagen. Ich war offenbar noch nicht an das Licht des Meeres gewöhnt.

In Toulon ging ich an Land und blieb, solange wir hielten, eine Stunde. Ich forderte sie nicht auf mitzukommen. Ich wußte nicht, ob ich an Bord zurückkehren würde. Aber ich kehrte an Bord zurück. Trotz der Zwischenlandung wollte der Tag nicht enden. Ich verbrachte ihn in meiner Kabine. Sie suchte mich nicht auf. Ich sah sie beim Abendessen. Sie schien mir ebenso ruhig zu sein wie am Tag zuvor, in ihrem Blick aber lag eine Art schmerzliche Müdigkeit, die ich noch nie an ihr gesehen hatte. Jemand, ein Matrose, fragte sie, ob sie krank sei; sie verneinte es. Auch an jenem Abend zog sie sich bald in ihre Kabine zurück. Ich ging ihr sofort nach.

»Ich habe dich erwartet«, sagte sie.

»Ich weiß nicht genau, was ich will«, sagte ich.

»Du mußt auf Deck schlafen«, sagte sie langsam.

Ich blieb neben ihr, die auf dem Bett ausgestreckt lag, stehen. Ich glaube wohl, daß ich zitterte.

»Sprich mit mir«, sagte sie.

»Ich kann nicht.«

Ich versuchte zu lachen.

»Eigentlich habe ich noch nie mit jemandem gesprochen. Ich weiß nicht.«

»Das ist ohne Bedeutung«, sagte sie.

»Wir sind blöd. Ich auch, ich werde blödsinnig.«

Diesmal war sie es, die mich aufforderte zu gehen. Auch in der Nacht schlief ich sehr wenig, jedoch in meiner Kabine. Und ich wachte ebenso früh auf wie am Morgen zuvor. Immer frischen heißen Kaffee nach schlaflosen Nächten. Auf diesem Schiff war dafür Vorsorge getroffen, daß für diejenigen, die schlecht schliefen, immer Kaffee bereitstand. Bruno kam zu mir. Er machte ein sonderbares Gesicht.

»Du bist krank«, sagte er.

Ich beruhigte ihn, mußte mich dabei an die Tür zur Bar lehnen.

»Es ist nur das Licht«, sagte ich, »ich bin es nicht gewöhnt.«

Er lachte und zeigte mir die Küste.

»Sète. In einer halben Stunde sind wir dort. Man sollte sie wecken.«

Ich fragte ihn, warum er so guter Laune zu sein schiene.

»Ich fang an, an der Sache Spaß zu finden«, sagte er.

Laurent trat hinzu und hörte, was er sagte.

»Es wurde auch langsam Zeit«, sagte er. »Seit Sizilien zieht er ein schiefes Maul.«

»Willst du immer noch in Sète aussteigen?«

»Das heißt«, sagte Bruno, »ich weiß nicht mehr, es ist ja wahr, wenn man das hier lustig findet, kann man auch noch ein bißchen bleiben. Man muß die Dinge nur richtig nehmen.«

Kurz nach mir kam sie an Deck. Sie rief mich von der Bartür aus. Wir sagten uns heiter Guten Morgen, und zum ersten Mal fragte sie mich nach meinem Befinden. Sie trug wie gewöhnlich ihre schwarze Hose und den schwarzen Pullover, aber sie war noch unfrisiert, das Haar hing ihr auf die Schultern herab. Ich sagte ihr, es ginge mir gut, und ich hätte wenig geschlafen. Sie stellte mir keine weitere Frage. Stehend, an die Tür gelehnt, trank sie zwei Tassen Kaffee, dann ging sie aufs Deck hinaus und betrachtete die Stadt. Sie begrüßte Bruno, der immer noch spaßend, ebenfalls die Stadt betrachtete. Ich wußte, daß sie sich wegen Bruno Sorgen gemacht hatte, und sie war froh, ihn lachen zu sehen. Sie lachte mit ihm. Man hätte meinen können, sie lachten darüber, die Stadt zu sehen, es war ein sonderbarer Anblick.

»Willst du nicht in Sète aussteigen?«

»Vielleicht noch nicht«, sagte Bruno. »Seit ich von Epaminondas reden höre, habe ich Lust, ihn ein wenig kennenzulernen.«

»Ich wäre froh, wenn du noch ein wenig bliebest«, sagte sie.

Wir waren noch etwa hundert Meter von einem Hafenbassin entfernt. Auf den Kai kam ein Mann und machte dem Schiff Zeichen. Sie winkte ihm lachend zurück. Ich stellte mich neben sie.

»Du wirst sehen«, sagte sie, »einen wie Epaminondas gibt es nicht zweimal.«

»Und eine wie Sie erst«, sagte Bruno, immer noch lachend. Man hätte glauben können, er hätte die ganze Nacht getrunken.

Sie verließ uns, um sich zu frisieren. Als das Schiff anlegte, war sie wieder da.

Epaminondas war jung und schön und griechischer Herkunft. An der Art, wie er sie ansah, erkannte ich, daß er sich noch sehr gut an seinen Aufenthalt auf dem Schiff erinnerte. Das erste, was mir an ihm auffiel, war weniger sein Gesicht als im Spalt seines offenstehenden Hemdes in Höhe des Herzens eine merkwürdige Tätowierung. Genau über dem Herzen angebracht, ein Herz, das ein Dolch durchbohrte. Unter der Klinge stand in einem Blutstropfenregen ein Name. Er fing mit dem Buchstaben A an. Mehr konnte ich nicht sehen. Da er von dem Wiedersehen mit ihr sehr ergriffen war, schlug das tätowierte Herz im selben Rhythmus wie sein eigenes, und der Dolch, der darin stak, zuckte krampfhaft in seiner Wunde. Es mußte eine große junge Liebe gewesen sein. Ich drückte ihm mit Wärme die Hand, vielleicht übertrieb ich sogar. Sie bemerkte meine Bemühung, die Tätowierung deutlicher zu sehen und lächelte mir zum ersten Mal seit Piombino wieder zu. Und so, daß ich hätte glauben können, sie wolle mich beruhigen, als wüßte sie, daß wir unsere Schwierigkeiten meistern würden. Als sei es eine Frage der Geduld, des guten Willens, ja, des guten Willens. Nach den überschwenglichen Begrüßungen zwischen Epaminondas und den anderen Matrosen, vor allen Laurent, den er gut kannte, tranken wir in der Bar ein Glas mit ihm. Zweifellos wäre Epaminondas lieber mit ihr allein gewesen, doch sie bestand darauf, daß ich blieb. Wir tranken eine Flasche Champagner. Epaminondas betrachtete auch mich, aber weniger neugierig als ich ihn. Er mußte bereits einige meiner Vorgänger gesehen haben und sich über die Dinge nicht mehr sonderlich wundern. Im übrigen war es mir nicht mehr peinlich, für eine der Notwendigkeiten im Dasein einer Frau gehalten zu werden. Epaminondas' Neugier war zudem bald befriedigt. Er begann mit seinem Bericht.

Epaminondas hatte den Beruf gewechselt. Er war Lastwagenfahrer geworden, auf der Strecke Sète–Montpellier. In Ausübung dieses Berufs war er dem Matrosen von Gibraltar begegnet. Der Matrose von Gibraltar hatte ebenfalls sozusagen den Beruf gewechselt. Er betrieb eine Tankstelle auf der Nationalstraße ausgerechnet zwischen Sète und Montpellier. Sie lächelte, als sie dies hörte. Ich auch. Seit Epaminondas zu reden angefangen hatte, erfaßte mich eine unwiderstehliche Heiterkeit. Er erzählte mit viel Anmut. Wegen der Tankstelle entschuldigte er sich, ihr eine solche Nachricht überbringen zu müssen, jedoch, so fügte er hinzu, die Matrosen von Gibraltar taten halt, was sie konnten, und nie ganz das, was sie wollten, es war für sie nicht ganz so wie für die anderen Menschen. Die Tankstelle sei hypermodern, sie gehe gut und müsse ziemlich viel Geld einbringen. Nach dem, was geredet werde, sei der Matrose von Gibraltar der Pächter und sogar Miteigentümer.

Diesmal werde er Pierrot genannt. Jeder im Departement kenne ihn. Niemand wisse jedoch, woher er komme. Erst vor drei Jahren, gleich nach der Befreiung, sei er ins Hérault gekommen. Pierrot war sicherlich nicht sein richtiger Name, aber was mache das schon aus, da niemand, nicht einmal Anna, den wirklichen Namen des Matrosen von Gibraltar kenne? Was sei von Umständen abhängiger als die Namen, die eigenen und die anderen? Er selbst, Epaminondas, werde in ganz Sète Herakles genannt und das – er lächelte spöttisch –, ohne je erfahren zu haben, warum. Sie stimmte ihm zu. Pierrot habe einen Riesenzulauf. Was noch? Er sei Franzose, und soweit er seine Aussprache beurteilen könne, müsse er sich ziemlich lange in Montmartre aufgehalten haben. Pierrot sei ein Bastler erster Güte. Sonntags sehe man ihn in einem amerikanischen Wagen vorbeiflitzen, den er für ein Nichts gekauft und selbst zurechtgeflickt habe, ein alter Kasten ursprünglich, aber jetzt habe der seine Hundertzwanzig drauf. Eine weitere Besonderheit, von einem festen Verhältnis Pierrots mit einer Frau war nichts bekannt. Er habe viele Gelegentliche und sogar nicht wenige Kundinnen, die reichen, untätigen, unzufriedenen Frauen der großen Kellereibesitzer im Hérault, aber er sei unverheiratet und lebe allein. Eines Tages habe Epaminondas ihn gefragt, warum, und da habe Pierrot ihm etwas gesagt, was er bedauere, vor Anna wiederholen zu müssen.

»Früher habe ich einmal eine gehabt«, hatte Pierrot gesagt – Epaminondas errötete und kicherte krampfhaft –, »aber die hat mir derart am Arsch geklebt, daß ich so was nicht mehr anfangen will.«

Wir lachten alle drei. Epaminondas entschuldigte sich nochmals, aber war er ihr nicht die ganze Wahrheit schuldig?

Als er Pierrot zum ersten Mal gesehen hatte, war Epaminondas betroffen gewesen. Während er an nichts dachte, meilenweit von allen Geschichten entfernt war, war er betroffen. Warum? Das hätte er nicht genau sagen können. War es die ein wenig abwesende, mürrische Haltung eines Filmhelden? Die Kühnheit, mit der er seinen Wagen lenkte? Der Erfolg bei den Frauen? Die Einsamkeit und das Geheimnis, das ihn umgab? Woher kommt es, daß man jemanden erkennt, ohne ihn je gesehen zu haben? Woher kommen solche deutlichen Überzeugungen? Konnte man sie aufklären, ohne ihren Reiz für immer zu zerstören?

Jeden Tag, wenn er sein Gemüse auf dem Markt von Montpellier holte – Epaminondas war Gemüsetransporteur geworden –, fuhr er an Pierrots Tankstelle vorbei. Er kam gegen elf Uhr abends vorbei – Pierrot schloß erst um Mitternacht. Epaminondas machte oft Halt, und sie schwatzten ein bißchen miteinander. Aber Pierrot war so wenig redselig – noch eine frappierende Einzelheit, wie? –, daß er Wochen gebraucht hatte, um ihn ein klein wenig kennenzulernen.

Dieses Kleinwenig hatte zur Folge, daß Epaminondas jetzt

aber mehr über Pierrot wußte als das ganze Departement, das gar nichts wußte. Sechs Monate lang hatte er – gut Ding will Weile haben – viermal in der Woche an der Tankstelle gehalten. Das erste, was er erfuhr, war, daß Pierrot früher bei der Marine gearbeitet hatte. Nachdem das erreicht war, war es mit dem anderen etwas schneller vorwärts gegangen. Sie hatten die Gewohnheit angenommen, bei jedem Aufenthalt von dem oder jenem Erdenwinkel zu sprechen, den sie im Lauf ihrer Reisen passiert hatten. In diesem Zusammenhang erwähnte Epaminondas, daß er es für, nicht wahr, klüger gehalten habe, Pierrot nicht zu erzählen, unter welchen Bedingungen er, Epaminondas, zur See gefahren war. Hatte er nicht recht gehabt? Er habe recht gehabt, lobte sie. Es kam der Tag, an dem sie über Gibraltar sprachen, das war unvermeidlich. Epaminondas hatte Pierrot gefragt, ob er Gibraltar kenne.

»Welcher Matrose kennt Gibraltar nicht«, hatte Pierrot gesagt.

Epaminondas hatte dem beigepflichtet.

»Es ist gut gelegen«, hatte Pierrot hinzugefügt. Sein Lächeln war Epaminondas bedeutsam erschienen.

An diesem Abend war die Sache nicht weitergediehen. Epaminondas hatte nicht mehr gefragt. Erst acht Tage später hatte er es gewagt. Er hätte vielleicht länger warten sollen, hatte aber seine Neugier nicht unterdrücken können.

»Ein schöner Ort, dieses Gibraltar«, hatte Epaminondas gesagt.

»Wenn man so will«, hatte Pierrot geantwortet, »das kommt auf den Standpunkt an. Jedenfalls ein so großartiger strategischer Punkt, wie man ihn nicht hätte erfinden können.«

»Und außerdem eigenartig«, hatte Epaminondas des weiteren gesagt.

»Ich verstehe nicht immer, was du meinst«, hatte Pierrot geantwortet, »Ich weiß nicht recht.«

Während er dies sagte, hatte er sonderbar gelächelt, sonderbarer als das erste Mal. »Wie soll ich es beschreiben? Wie soll ich dir sein Lächeln beschreiben? Das sind Dinge, die man nicht erzählen kann.«

Eines war sicher: Gibraltar entzündete Pierrots Phantasie, und Epaminondas hatte ihn mitteilsamer gefunden als bei jedem anderen Ort.

»Wenn du eine Karte nimmst«, hatte er auch gesagt, »und diesen Felsen am Eingang des Mittelmeers siehst, dann glaubst du an den Teufel – oder an den lieben Gott«, hatte er hinzugefügt, »kommt drauf an, wie du gelaunt bist.«

Ist es nicht selten genug, jemandem zu begegnen, der über einen Ort derart persönliche Ansichten hat? Anna stand auf und küßte Epaminondas.

Aber es war nicht nur das, fuhr Epaminondas ermutigt fort. Zunächst hatte er Pierrot eines Abends ein Lied der Fremdenlegionäre pfeifen hören, und obwohl er wußte, daß viele Matrosen die Lieder der Legionäre kannten, war das immerhin etwas, was zu allem übrigen hinzukam und ihn in seinen Vermutungen bestärkte. Sodann hatte Epaminondas eine Dynamopanne gehabt und darüber mit Pierrot eine höchst interessante Unterhaltung geführt. Epaminondas hatte es so eingerichtet – die Gelegenheit war einmalig –, daß Pierrot glaubte, die Panne sei gerade erst passiert – während Epaminondas sie schon abends zuvor gehabt hatte –, und er könne nicht weiterfahren.

»Wenn es nur das Kugellager ist«, hatte Pierrot gesagt, »damit kenne ich mich einigermaßen aus, mal sehen.«

Er hatte sich an die Arbeit gemacht. Ein wenig hastig vielleicht, hatte Epaminondas gefunden. Er hatte den Dynamo demontiert, das Kugellager war geschmolzen, er hatte es ersetzt. Nachdem die Arbeit fertig war, hatte Epaminondas versucht, ein Gespräch in Gang zu bringen.

»Wenn man es recht bedenkt«, hatte Epaminondas gesagt, »ist so ein Kugellager doch eine schöne Erfindung. Ich allerdings verstehe nichts davon.«

»Es ist wie mit allem«, hatte Pierrot gesagt, »man muß vom Fach sein.«

Er hatte das Wort Fach in einem sonderbaren Ton ausgesprochen. Epaminondas hatte zwischen diesem Ton und dem Mord, der Exekution, verbesserte er sich, Nelson Nelsons eine Beziehung gefunden, eine vielleicht nur ferne, aber immerhin ...

»Der das erfunden hat«, hatte Epaminondas gesagt, »der war nicht der König der Trottel.«

»Vielleicht war er nicht der König der Trottel«, hatte Pierrot gesagt, »aber ich würde jetzt gern zu Bett gehen.«

Epaminondas entschuldigte sich, ihn so spät noch aufzuhalten. Er hatte noch ein wenig weitergebohrt.

»Eine enorme Erfindung ist das immerhin«, hatte er gesagt.

»Du kommst etwas spät mit deiner Bewunderung«, hatte Pierrot gesagt, »es ist zwanzig Jahre her, daß das Ding erfunden worden ist. Und außerdem ist es zehn Minuten nach Mitternacht.«

Das sah nach gar nichts aus, doch Epaminondas erkannte in der Weigerung, die Unterhaltung fortzusetzen, etwas wie einen wenn auch vagen Beweis dafür, daß sie ihm naheging.

Er schloß seinen Bericht ab. Das ist alles, was er habe tun können, sagte er, da es sich für ihn um eine unumgängliche Pflicht handele, ihr, von wo er auch sei, eine Nachricht zu schicken, um jeden Preis einen Matrosen von Gibraltar zu erkennen, aufzufinden. Er entschuldigte sich, diesmal nicht mehr getan zu haben, ihr keine anderen Beweise als diese vorlegen zu können, die, wie er zugab, mehr auf Intuition als auf Tatsachenwirklichkeit beruhten. Doch er habe geglaubt, daß sie gleichwohl nicht unerheblich seien, fügte er hinzu. Ich erinnerte mich, daß sie mir gesagt hatte, es sei dies bereits die dritte Botschaft, die Epaminondas ihr im Lauf von zwei Jahren geschickt habe. Ich hatte ihn, während er erzählte, aufmerksam beobachtet, ihm genau zugehört und hatte auch sehr gelacht. Aber ich meine fast, daß ich ihm geglaubt hatte. Und jetzt, da er geendet hatte und selbst kaum mehr an seine Geschichte glaubte und sich selbst verdächtigte, sie nur angezettelt zu haben, damit Anna ihn in Sète abholte, weil er genug hatte von der Strecke Sète–Montpellier und wieder reisen wollte, jetzt glaubte ich weiterhin an seine Aufrichtigkeit. Und Anna auch, denke ich. Denn seine Aufrichtigkeit sprang in die Augen. Wenn er nun etwas kleinlaut geworden schien, kam es nicht auch daher, weil er entdeckte, daß an diesem Erkennen niemand teilhaben und kein Bericht es übermitteln konnte – nicht einmal ihr?

Mit gesenktem Blick wartete er, daß sie spreche. Sie stellte die üblichen Fragen.

»Hat er braunes Haar?«

»Braunes. Ein wenig gelockt.«

»Und die Augen?«

»Sehr blau.«

»Sehr, sehr blau?«

»Gewöhnlich blaue hätte ich nicht bemerkt, ja, sehr, sehr blau.«

»Sieh mal an«, sagte sie.

Sie dachte kurz nach.

»Wirklich so blau, daß man sie sofort bemerkt?«

»Sofort. Sobald man sie sieht, sagt man sich: Augen von solchem Blau sieht man aber auch selten.«

»Wie blau? Wie dein Hemd? Wie das Meer?«

»Wie das Meer.«

»Und wie groß ist er?«

»Schwer zu sagen. Etwas größer als ich.«

»Steh auf.«

Auch Anna stand auf. Sie stellten sich nebeneinander. Annas Haar reichte bis an den oberen Rand von Epaminondas Ohr.

»Ich reiche ihm bis dahin, wohin du mir reichst«, sagte Epaminondas.

Sie hob die Hand in die angegebene Höhe über Epaminondas' Kopf und betrachtete ihn ziemlich lange.

»Es wäre merkwürdig, wenn du dich in einem solchen Maße geirrt hättest«, sagte sie.

Sie überlegte wieder.

»Und die Stimme?«

»Ein wenig so, als wäre er etwas heiser.«

Ich lachte. Epaminondas auch. Und sie auch, jedoch weniger als wir.

»Und das bemerkt man auch sofort?«

»Ich jedenfalls habe es sofort bemerkt.«

Sie fuhr sich mit der Hand an die Stirn.

»Erzählst du mir auch keine Geschichten?

Epaminondas gab keine Antwort. Wie ich, sah er plötzlich, daß sie sehr bleich geworden war. Es war mit einem Mal geschehen, nachdem er von seiner Stimme gesprochen hatte. Niemand lachte mehr.

»Warum auch nicht eine Tankstelle«, sagte sie ganz leise.

Sie stand auf und sagte, sie wolle hinfahren. Durch die Innentreppe, die sich neben der Tür zur Bar befand, stieg sie in den Frachtraum hinab. Dort waren die beiden Autos der Jacht untergestellt. Ich folgte ihr. Epaminondas schien zu zögern, dann ging er auf den Kai hinaus, um, so sagte er, Laurent zu verständigen, daß die Laderampe geöffnet werden müsse. Im Laderaum war es sehr dunkel. Sie machte kein Licht. Sie wandte sich jäh zu mir um und warf sich mir in die Arme. Sie zitterte so stark, daß ich glaubte, sie weine. Ich hob ihren Kopf und sah, daß es nicht so war, daß sie lachte. Wir hatten nur eine Flasche Champagner getrunken, und um sich zu betrinken, brauchte sie für gewöhnlich sehr viel mehr. In dem geschlossenen Frachtraum setzte ein ohrenbetäubendes Geräusch ein, das der Ketten, die Laurent aufzurollen begann. Sie konnte sich nicht von mir lösen, und auch ich konnte sie kaum loslassen. Die Laderampe begann sich zu öffnen. Der Frachtraum wurde ein wenig heller. Noch immer hielten wir einander, sie lachte, ich konnte sie nicht loslassen. Da sie die Augen schloß, sah sie nicht, daß sich der Frachtraum immer weiter öffnete und daß wir bald im vollen Licht dastehen würden. Ich versuchte, sie wegzuschieben, aber es gelang mir noch nicht. Seit zwei Tagen schlief ich nicht bei ihr. Plötzlich erschien Epaminondas' Kopf wie vom oberen Rand der Laderampe abgeschnitten. Ich stieß sie brüsk von mir. Epaminondas sah uns an. Er wandte den Kopf ab und entfernte sich. Sie ging zu einem der der Laderampe gegenüberstehenden Wagen, nahe am Eingang zum Frachtraum. Um hinzukommen, mußte sie um das zweite Auto, das ihr den Weg versperrte, herumgehen. Sie stieß sich daran und fiel der Länge nach über den Kotflügel. Statt aufzustehen, blieb sie liegen und schlang die Arme um den Kotflügel. Laurent und Bruno starrten durch die offene Laderampe auf sie herab, dann auch Epaminondas, der zurückkehrte. Mir kam nicht sofort der Gedanke, daß ich ihr helfen sollte, sich wieder aufzurichten. Sie lag flach auf dem Kotflügel, ihre beiden Hände umklammerten den Rand, und ich hatte das Gefühl, daß sie sich ausruhe und daß dies notwendig sei. Bruno war es dann, der einen Entsetzensschrei ausstieß. Erst da stürzte ich zu ihr hin und hob sie auf. Ich fragte sie, ob sie sich verletzt habe; sie verneinte es. Sie stieg in den Wagen und ließ den Motor an, ihr Gesichtsausdruck war aufmerksam und ruhig. Da erfaßte mich große Angst. Ich rief laut ihren Namen. War es das Motorengeräusch? Sie schien nichts zu hören. Ich rief noch einmal. Sie fuhr über die ausgelegte Rampe hinaus auf den Kai und davon. Ich lief zum Tor des Frachtraums und brüllte ein letztes Mal ihren Namen. Sie drehte sich nicht um. Sie verschwand hinter den Kaigittern. Ich stieg in das andere Auto und brachte es in Gang. Laurent kam schnell dazu, gefolgt von Epaminondas und Bruno. Sie hatten gehört, wie ich sie rief.

»Was hast du denn?« fragte Laurent.

»Ich mache eine Spazierfahrt.«

»Willst du, daß ich mitfahre?«

Das wollte ich nicht. Epaminondas war bleich geworden. Er schien aus einem langen Schlaf zu erwachen. Er stand vor dem Auto.

»Was?« sagte Bruno. »Das wäre ...«

»Der Beweis«, sagte Epaminondas und wies mit sowohl stolzem als auch verwirrtem Ausdruck auf mich.

Ich schrie ihm zu, er solle mich durchlassen. Laurent faßte ihn am Arm und zog ihn beiseite. Ich sah noch, wie Bruno die Achseln zuckte. Er sagte zu Epaminondas, man müsse uns mit unserem Schlamassel allein fertig werden lassen. Laurent brüllte ihn darauf an, glaube ich.

Bei der Ausfahrt aus Sète, in einer engen Straße, wo der Verkehr durch einen Markt aufgehalten wurde, holte ich sie ein. Ich folgte ihr. Sie konnte es nicht bemerken, denn das Gedränge auf dem Markt forderte ihre ganze Aufmerksamkeit. Sie fuhr gut, mit Wendigkeit und Präzision. Einmal war ich nur zehn Meter hinter ihr. Wir kamen auf die nach Montpellier führende Straße, sie beschleunigte das Tempo. Ihr Wagen war gewiß stärker als meiner, aber es gelang mir doch, ihr im Abstand von zweihundert Metern zu folgen. Es mußte sehr schönes Wetter sein. Ich wußte nicht, warum ich ihr folgte, wahrscheinlich wäre es mir unmöglich gewesen, an Bord auf ihre Rückkehr zu warten. Ich konnte sie gut sehen. Manchmal holte ich sie beinahe ein, folgte ihr im Abstand von fünfzig Metern. Ihr Haar wurde von einem grünen Tuch zusammengehalten, zwischen dem Tuch und ihrem schwarzen Pullover wäre genug Platz gewesen, sie zu töten. Kurz vor dem Ziel begann sie sehr schnell zu fahren und behielt die Geschwindigkeit bis zu der Tankstelle bei. Ich hatte Mühe, ihr zu folgen. Aber das Ganze war schnell getan, eine Viertelstunde, nachdem wir Sète verlassen hatten, am von Epaminondas angegebenen Kilometerstein siebzehn erschienen die prächtigen roten, von Pierrot bedienten Benzinpumpen. In der Einfahrt standen schon drei Wagen. Sie bremste, bog ganz korrekt ein und reihte sich hinter ihnen ein. Ich bremste ebenfalls, bog ein und reihte mich zwei Meter hinter ihr ein. Sie hatte mich immer noch nicht bemerkt, so glaubte ich wenigstens. Sie wandte mir den Rücken zu, und ich sah noch immer nur den Nacken zwischen dem grünen Tuch und dem schwarzen Pullover. Sie stellte ihren Motor ab. In wenigen Metern Entfernung teilte der Mann, die Augen auf die Zapfsäule gerichtet, Benzin aus. Sie reckte sich auf ihrem Sitz, sah ihn zwei Sekunden lang an und fiel brüsk auf ihren Sitz zurück. Das erste Auto fuhr ab. Der Mann trat zum zweiten Wagen und gewahrte sie. Auch er sah sie an. Nichts anderes ereignete sich als dieser lang anhaltende Blick. Er schien niemanden zu erkennen. Ihren Blick hatte ich nicht sehen können. Seiner galt, wie mir schien, einer schönen, unbegleiteten Frau, die er aber nicht erkannte. In aller Ruhe füllte er den Tank des zweiten Wagens und sah dabei von Zeit zu Zeit zu ihr hin. Er schien nicht mehr ganz jung zu sein. Aber ich konnte ihn nur schlecht sehen. Sie befand sich zwischen uns, und von ihrer Gegenwart glühte die Luft. Ich sah nur ein aufgelöstes, gleichsam vom Feuer entstelltes Gesicht.

Die Reihe war an ihr. Sie schien es nicht zu merken. Soweit ich erkennen konnte, wirkte sie wie eine Schlafende. Der Mann näherte sich ihr und sagte lächelnd:

»Rücken Sie vor?«

Er stand wenige Meter vor mir in der prallen Sonne. Und mit einem Mal konnte ich ihn endlich betrachten. Ich sah ihn. Ich erkannte den Matrosen von Gibraltar. Sie besaß selbstverständlich keine Photographie von ihm, und ich hatte ihm in meiner Vorstellung kein Gesicht gegeben. Aber ich benötigte solche Anhaltspunkte auch nicht. Ich erkannte ihn, wie man, ohne sie zu kennen, das Meer oder was, die Unschuld etwa erkennt. Dies währte einige Sekunden. Dann war es vorbei. Ich erkannte niemanden mehr. Es war nicht sein Blick, sondern ein Allerweltsblick. Der Schatten der allen Menschen gemeinsamen Resignation überzog ihn schon wieder. Hierüber konnte man sich nur sekundenlang täuschen. Aber es hatte genügt – wie sie mir später sagte –, sie abermals einer Ohnmacht nahe zu bringen. Dicht am Trottoir entlang fuhr sie langsam nach vorn zur Benzinzapfsäule. Sie hielt immer noch das Lenkrad umklammert.

»Ich möchte zwanzig Liter«, sagte sie.

Ich erkannte ihre Stimme, obwohl sie kaum zu hören war. Der Mann hatte sein eigenes Gesicht gänzlich wiedergewonnen. Er sah sie nun mit gewöhnlicher Dreistigkeit an, einem

Gemisch aus Nüchternheit, Selbstsicherheit und Neugier. Wie hatte sein Gesicht auch nur zwei Sekunden lang diese wahnwitzige Ähnlichkeit annehmen können?

Statt nun weiterzufahren, stieg sie aus. Sie wandte den Kopf und gewahrte mich. Sie wußte wahrscheinlich, daß ich hier war, sie schien nicht überrascht zu sein. Sie lächelte, wie ich sie, seit wir uns kannten, nie hatte lächeln sehen, inständig, besiegt. Sie gab mir zu verstehen, daß sie mein Dasein keine Sekunde lang hatte vergessen können, nicht einmal während des Augenblicks, da sie geglaubt hatte, ihn wiedergefunden zu haben und sie entschuldigte sich, vor mir eingestehen zu müssen, daß es so war. Es kostete mich große Anstrengung, sie nicht beim Namen zu rufen. Sie wandte sich rasch dem Mann wieder zu. Von hinten gesehen, kam sie mir in ihrer schwarzen Hose und ihrem schwarzen Pullover sonderbar angezogen vor. Hätte ihr Gesicht den Mann jetzt nicht in die Flucht schlagen müssen? Doch er flüchtete nicht im geringsten.

»Ich möchte, daß Sie die Reifen kontrollieren«, sagte sie.

Ich konnte mir nicht erklären, warum sie noch bleiben wollte. Mit Mühe erinnerte ich mich erst wieder daran, daß sie seit Jahren schon nur gelegentliche Männerbekanntschaften hatte und sich verpflichtet fühlte, diese Gewohnheit beizubehalten – ihre Art der Treue. Der Mann betrachtete sie mit geiler Neugier. Aber er verlor etwas von seiner Sicherheit; vielleicht durchfuhr ihn das Gefühl, daß sich zwischen ihr und mir etwas abspiele.

»Fahren Sie zur Seite«, sagte er. »Ich muß erst die anderen bedienen.«

Er wies auf die Kunden, zu denen auch ich gehörte. Sie setzte sich wieder in ihren Wagen und parkte ihn ungeschickt seitwärts.

»Ich habe Zeit«, sagte sie.

Nun rückte ich vor und war dem Mann ganz nahe. Er hatte nichts mehr gemein mit dem, den ich eben noch in ihm gesehen hatte. Ich fand ihn ein wenig kindisch, weil so ahnungslos, was er für sie und für mich einen Augenblick beinahe gewesen war.

»Zehn Liter«, sagte ich.

Er sah mich kaum an. Nein, er hatte von dem, was vorging, nichts begriffen. Er bediente mich zerstreut, bestrebt, die Kunden schnell abzufertigen, um sich mit der Frau abgeben zu können.

Ich fuhr weiter auf der Straße nach Montpellier und ließ sie mit ihm allein.

Bis Montpellier waren es noch dreißig Kilometer. Der Wagen lief gut. Der Tachometer stieg auf hundert, dann hundertzehn, dann hundertzwanzig. So lange ich konnte, behielt ich das Tempo bei. Da ich zum erstenmal im Leben so schnell fuhr, und die Straße nicht sehr gut war, fuhr ich mit großer Achtsamkeit. Nur wenn ich einen Wagen kreuzte oder einen Wagen überholte oder auch wenn ich vor einer Biegung bremste, erinnerte ich mich daran, daß sie noch dort sein mußte, allein mit dem Mann, und an ihr Lächeln, als sie sich zu mir umgewandt hatte.

Mitten auf der Strecke hielt ich den Wagen an. Ich hatte nichts zu tun, hatte keine Lust, wieder zurückzukehren. Ich zündete eine Zigarette an. Ihr Lächeln kam mir wieder in den Sinn, und ich sah es mit solcher Vollkommenheit vor mir, als lächelte sie mir jetzt in diesem Augenblick zu. Meine Stirn bedeckte sich mit Schweiß. Ein zweites Mal sah ich es vor mir. Ein drittes Mal. Dann versuchte ich, es nicht mehr vor mir zu sehen, an etwas anderes zu denken, mich diesem Glück zu verschließen, mir beispielsweise vorzustellen, daß sie mit dem Mann in der Tankstelle allein war, nackt war unter ihrem schwarzen Pullover und obendrein, daß sie diesen schwarzen Pullover mit großer Bereitwilligkeit auszog. Aber ihr Lächeln war stärker, es strömte über mich hin und vertrieb mit seiner Macht alles, was ich mir sonst vorstellen konnte.

Ich fuhr wieder weiter nach Montpellier. Am Rand der Stadt angekommen, hielt ich von neuem. Dann fuhr ich bis ins Vorstadtgebiet, ließ das Auto stehen und trat in die erste

Kneipe, die ich sah. Ich trank einen Cognac, darauf einen zweiten, darauf einen dritten. Danach redete ich den Wirt an.

»Ein phantastisches Wetter ist das.«

Dank der Cognacs und der Kühle der Kneipe war ich mir dessen soeben bewußt geworden.

»Wir haben in der Tat einen schönen Septembermonat«, sagte der Wirt.

Er hatte nicht den Akzent des Hérault und sprach in unerwartet gepflegtem Ton. Ich hatte keine Lust mehr, mit ihm zu reden. Nach dem vierten Cognac zahlte ich und schlug einen schmalen Weg ein, der gleich hinter der Kneipe nach rechts abbog. Ich wußte nicht, was ich mit mir anfangen sollte. Mein Verlangen, sie wiederzusehen, war so stark wie beim ersten Mal, am Strand, aber ich mußte warten, bis sie mit dem Tankwart fertig war. Die Cognacs trugen dazu bei, daß ich häufiger als zuvor dachte, sie sei vielleicht im Begriff, ihren schwarzen Pullover auszuziehen, doch es ließ sich ertragen. Ich ging dahin. Überall längs des Wegs lagen unordentlich aufgeschichtete Steinplatten, die wohl hierher transportiert worden waren, um als Trottoirpflaster zu dienen und dann, wegen des Kriegs, zur gleichen Zeit wie der Trottoirbau aufgegeben worden waren. Weil ich sie ständig vor Augen hatte, setzte ich mich nach fünfhundert Metern Wegstrecke auf eine. Dann wartete ich wieder. Eine Fabriksirene ertönte in der Ferne. Mittagszeit. Kein Auto nahm diesen Weg, nur dann und wann ein Fahrrad. Eines hielt vor den armseligen eingezäunten Vorstadthäuschen, um die herum magere, schon gelbgewordene Akazien wuchsen. Die meisten der Häuschen waren aus Holz und mit Teerpappe gedeckt. Eisendrähte, über denen Wäsche trocknete, bezeichneten ungenaue Grenzen zwischen ihnen. Geräusche von Töpfen und Geschirr, vermischt mit scheltenden Ausrufen, drangen bis zu mir. Die Bewohner waren beim Essen.

Plötzlich bemerkte ich, daß ich auf dem Weg nicht allein war. Zwei Kinder kamen immer wieder an mir vorbei. Der ältere Knabe schien etwa zehn Jahre alt zu sein. Er fuhr seinen kleinen Bruder im Kinderwagen spazieren, von der Biegung ab, die ich eingeschlagen hatte, bis zu einer Abfallgrube, die dreißig Meter weiter den Weg unterbrach und aus der ein Gewirr von Eisenschrott und Brennesseln ragte. Dahinter verlief eine kurze Absperrung aus Gestrüpp, daran schloß sich die Wiese an mit ihren zwei Fußballtoren ohne Netz und erstreckte sich bis zu den Bäumen der Nationalstraße, auf der Wagen vorbeischossen. In der Luft lag Fäulnisgeruch.

Seit ich gekommen war, hatte das Kind seine Strecke verkürzt, um immer öfter an mir vorbeizufahren. Ich beschäftigte seine Neugier sehr stark. Der Kleine im Kinderwagen schlief. Sein Kopf schwankte hin und her. Aus seiner Nase lief ein durchsichtiger, von der Wölbung der Oberlippe aufgehaltener Schleim. Sein strähniges Haar war verwirrt, fiel ihm über die Augen, und einige Fäden hatten sich zwischen den Lidern verfangen. Dreiste Spätsommerfliegen setzten sich auf sein Gesicht, ohne ihn aufzuwecken. Der Ältere blieb dann und wann stehen und betrachtete mich. Er war barfuß, mager, hatte glanzloses, verfilztes Haar. Er trug eine Mädchenschürze. Sein Kopf war klein und schmal. Etwas gänzlicher von der Welt Vergessenes als die beiden ließ sich nicht denken. Da ich mich nicht bewegte, faßte sich der Ältere ein Herz. Er ließ seinen kleinen Bruder in einigen Metern Entfernung von mir stehen und näherte sich dann in meiner Richtung Schritt um Schritt, fast ohne sich dessen gewahr zu werden, von meiner Regungslosigkeit ermutigt. Dies dauerte ziemlich lange. Er musterte mich etwa so wie einen beängstigenden, grauenerregenden Gegenstand von unwiderstehlicher Neuartigkeit. Ich hob den Kopf und lächelte ihm zu. Ich mußte es zu stürmisch getan haben. Er wich einen Schritt zurück. Seine Scheu war außergewöhnlich. Ich verhielt mich wieder regungslos, um ihn nicht zu vertreiben.

»Guten Tag«, sagte ich sehr leise.

»Guten Tag«, sagte er.

Er wurde noch etwas kühner, faßte eine zehn Meter von mir entfernt liegende Steinplatte ins Auge und setzte sich darauf. Ich nahm eine Zigarette und rauchte. Die Akazie warf nur geringen Schatten, und es war heiß. Ich bemerkte, daß der Knabe seinen kleinen Bruder vergessen hatte. Der Kinderwagen stand in der prallen Sonne, und das Kind schlief immer noch, den zurückgesunkenen Kopf in der Sonne.

»Laß ihn nicht in der Sonne«, sagte ich.

Wie ein bei einer Verfehlung Ertappter stand er auf und schob den Kinderwagen heftig auf die Seite, jenseits der Steinplatten in den Schatten der Akazie. Der Kleine wachte nicht auf. Dann kam er zurück, setzte sich auf dieselbe Platte wie zuvor und betrachtete mich aufs neue schweigend.

»Ist das dein kleiner Bruder?«.

Er nickte, ohne zu antworten. Der Duft der Zigarette vermochte den Fäulnisgeruch in der Luft nicht zu verscheuchen. Die beiden Kinder mußten in dem Geruch geboren und herangewachsen sein.

»Ich wohne auf einem Schiff«, sagte ich.

Er riß die Augen auf, stand auf und näherte sich mir.

»Einem Schiff, so groß wie von hier bis zum Haus«, fuhr ich fort.

Ich zeigte ihm die Strecke mit der Hand. Er folgte meiner Bewegung. Er war nicht mehr eingeschüchtert, nicht im geringsten mehr.

»Bist du der Kapitän?«

Ich lachte unwillkürlich.

»Nein, der bin ich nicht.«

Ich hatte Lust auf noch einen Cognac, konnte mich aber nicht dazu entschließen, das Kind im Stich zu lassen.

»Ich«, sagte der Knabe, »ich mag Flugzeuge.«

In seinen Augen lag eine fast schmerzliche Unersättlichkeit. Einen Augenblick lang vergaß er mich und dachte an die Flugzeuge. Dann sah ich, wie er aus seinem Traum zurückkehrte, ganz nahe zu mir herantrat und mich wieder betrachtete.

»Ist das auch wahr?«

»Was?«

»Daß du auf einem Schiff wohnst?«

»Es ist wahr. Das Schiff heißt die *Gibraltar*.«

»Wenn du nicht der Kapitän bist, was machst du dann?«

»Nichts. Ich bin ein Passagier.«

Vor mir stand eine prächtige blühende Brennessel. Die Zeit wollte nicht vorübergehen. Ich beugte mich vor, und in einem geistigen Ausrasten brach ich die Pflanze ab und zerknickte sie in der Hand. Warum? Um dieser Dauer den Hals zu brechen. Das gelang mir. Ich hielt die Pflanze in der Hand, und es tat sehr weh. Ich hörte das Lachen des Kindes. Ich stand auf. Das Kind hielt jäh im Lachen inne und lief davon.

»Komm«, sagte ich.

Er kam sehr langsam zurück, er verlangte eine Erklärung.

»Das soll mir eine Lehre sein«, sagte ich und lachte. Er sah mich aufmerksam an.

»Du hast nicht gewußt, daß das sticht?«

»Ich hatte es vergessen«, sagte ich.

Er beruhigte sich wieder. Er hätte es gern gesehen, daß ich noch ein wenig blieb.

»Ich gehe dann jetzt. Ich hätte dir gern ein Flugzeug gekauft, aber ich habe keine Zeit mehr. Eines Tages werde ich wiederkommen und es dir kaufen.«

»Fährt dein Schiff wieder ab?«

»Es fährt gleich ab. Ich muß gehen.«

»Und ein Auto hast du auch?«

»Ein Auto habe ich auch. Magst du Autos?«

»Nicht so gern wie Flugzeuge.«

»Ich muß zurück. Auf Wiedersehen.«

»Kommst du wieder?«

»Ich werde wiederkommen, um dir das Flugzeug zu kaufen.«

»Wann?«

»Das weiß ich nicht.«

»Ist nicht wahr, du kommst nicht wieder.«

»Auf Wiedersehen.«

Ich ging. Ich wandte mich zurück, um einen letzten Blick

auf den Knaben zu werfen. Er hatte mich völlig vergessen. Die Arme wie Flügel ausgestreckt, beschrieb er rennend weite Kreise, er spielte Flugzeug. Der Kleine schlief immer noch.

Als ich am Kilometerstein siebzehn vorüberfuhr, sah ich, daß dort nichts los war. Der Mann saß gegenüber der Straße auf einem Stuhl und wartete zeitunglesend auf Kunden. Ich hielt unweit der Tankstelle und nahm mir die Zeit, eine Zigarette zu rauchen. Dann fuhr ich sehr schnell zum Schiff zurück. Seit unserem Aufbruch waren ungefähr zwei Stunden vergangen. Epaminondas hielt nach uns Ausschau, wobei er mit Bruno redete. Er lief mir entgegen. Da wir lange ausgeblieben waren, sie noch nicht zurück war, war er voller Hoffnung. Bruno desgleichen, wie mir schien.

»Also, was ist?« rief Epaminondas.

So schonend, wie ich konnte, sagte ich ihm, ich glaubte nicht, daß es so ganz geklappt habe. Bruno zuckte die Achseln und verlor das Interesse an der Angelegenheit. Er ging fort.

»Wenn sie so lange ausbleibt«, sagte Epaminondas, »tut sie es dann nicht, um ganz sicher zu sein?«

»Vielleicht«, sagte ich entgegenkommend, »versucht sie, ganz sicher zu sein, daß er es nicht ist.«

»Ich verstehe das nicht so recht«, sagte Epaminondas. »So etwas weiß man doch gleich, man weiß doch gleich, ob man einen Mann gekannt hat oder ob man ihn nicht gekannt hat. Nach höchstens einer Minute weiß man das.«

»Das glaube ich auch.«

Ich weiß nicht, wie ich ausgesehen haben mochte. Epaminondas holte mir einen Cognac. Auch er nahm einen.

»Sie übertreibt denn doch«, sagte er. »Es gibt auf der ganzen Welt keine zwei Männer, die sich so gleichen, daß man sie, wenn man erst einmal mit ihnen geredet hat, noch verwechseln könnte. So etwas gibt es nicht.«

Ich antwortete nicht. Epaminondas dachte lange nach.

»Es sei denn, das gibt es doch«, fuhr er fort, »es sei denn, es gibt welche, die sich ähnlich genug sind, daß man den einen durch den anderen ersetzen kann. Ich meine, wenn man sich dazu entschließt, nicht allzu genau hinzusehen.«

Er hatte offenbar nicht wenig getrunken, während er auf uns wartete, und sich über die ganze Sache seine Gedanken gemacht.

»Wohlgemerkt«, sagte er, »wenn sie will, ist Pierrot der Matrose von Gibraltar. Es genügt, daß sie es will. Am Ende reicht es ihr. Eines Tages wird sie soweit kommen. Sie wird sagen, der ist es, und der wird es dann auch sein, und wer wird das Gegenteil behaupten können, wer?«

»Damit hast du recht«, sagte ich, »niemand wird das Gegenteil behaupten können.«

Ich bot ihm eine Zigarette an.

»Bin ich etwa nicht auch einzigartig in meiner Art? Und schließlich hab ich das Ganze satt.«

»Jeder von uns ist in seiner Art einzig«, sagte ich. »Darum ist es ja so schwierig.«

Seine Gedanken nahmen eine andere Richtung.

»Aber«, sagte er, unvermittelt, »wenn sie ihn nach Nelson Nelson fragt?«

»Also, das wird kompliziert«, sagte ich.

»Dann wirst du noch dein blaues Wunder erleben«, sagte Epaminondas höhnisch lachend, »wenn Pierrot nicht wirklich Pierrot ist, wird er sagen, er hätte Nelson Nelson nicht gekannt.«

Er sah an meiner Miene, daß ich ihm nicht folgen konnte. Aber das war nicht so wichtig.

»Dabei«, fuhr er fort, »eine Frau wie sie, warum sollte man eine Frau wie sie nicht wiedererkennen wollen?«

»Nun übertreibe mal nicht«, sagte ich.

»Wegen der Tankstelle!« gab sich Epaminondas selbst die Antwort. »Angenommen, er ist es. Er ist der Besitzer einer hypermodernen Tankstelle, er macht Geld, die Polizei läßt ihn in Ruhe, und er lebt so ganz zufrieden. Und da kommt sie plötzlich daher und sagt ihm: Laß alles im Stich, komm mit!«

»Es ist wahr«, sagte ich. »Daran hatte ich nicht gedacht.«

»Er leistet ja vielleicht Widerstand, oder? Wer weiß«, fügte er nach einer Weile hinzu, »ob sie nicht seit zwei Stunden darüber diskutieren.«

»In dem, was du sagst, liegt etwas Wahres«, sagte ich.

Unterm Reden blickten wir über die Kaistraße. Sie kam immer noch nicht.

»Gewiß, auch ich habe das Meer der Straße zuliebe aufgegeben«, sagte Epaminondas. »Nur habe ich, verstehst du, niemandem Rechenschaft abzulegen. Ich besitze nichts unter der Sonne. Und nicht einmal der Lastwagen gehört mir. Ich kann also jederzeit gehen.«

Er hielt einen Augenblick inne und dachte sicherlich an sein eigenes Los.

»Glaub mir«, begann er wieder, »nur wenn Pierrot nicht Pierrot ist, wird er ihr gegenüber alles, was sie hören will, zugeben, Nelson und alles übrige. Errätst du, zu welchem Zweck?«

»Ich errate es«, sagte ich.

Aber ihm blieb doch ein Zweifel. Es regte ihn sehr auf, sie nicht endlich auf dem Kai ankommen zu sehen.

»Je schöner die Männer sind«, sagte er, »desto schwerer erkennt man sie wieder. Mit den Frauen ist es ähnlich. Zum Glück hat er diese Narbe auf dem Schädel.«

»Zum Glück«, sagte ich.

»Aber um im Haar eines Menschen wühlen zu können, braucht man Zeit«, sagte er. »Man kann nicht gleich daherkommen und von einem Mann verlangen, daß er einen in seinem Haar wühlen läßt...«

Er lachte plötzlich laut los.

»Bei ihr zwar, da geht's schnell!« sagte er. »Entschuldige, aber sie macht schnell.«

»In Rekordzeit ganz einfach«, sagte ich.

»Aber«, fuhr er, wieder ernst geworden, fort »wenn er sie nun hat, die Narbe, dann wird er nicht das Gegenteil behaupten können.«

»Was sonst noch alles«, sagte ich unwillkürlich.

»Du nimmst mich wohl auf den Arm?« sagte Epaminondas beleidigt.

»Entschuldige«, sagte ich. »Es ist wahr, wenn er sie hat... Ich will mich ein bißchen ausruhen.«

Ich verließ ihn und ging in meine Kabine. Ich war kaum zehn Minuten dort, als ich den Motor ihres Wagens auf dem Kai hörte. Epaminondas rief aus Leibeskräften nach mir, dann redete er sie vom Deck aus an.

»Also, was ist?«

»Ach«, sagte sie, »ach, mein armer Epaminondas.«

»Was machst du dann seit zwei Stunden?«

»Ich bin spazierengefahren«, sagte sie. »Ach, mein armer Epaminondas.«

Ich stieg hinauf in die Bar. Die beiden hatten sich an einen Tisch gesetzt vor zwei Gläser Whiskey. Sie mied meinen Blick.

»Immerhin aber«, sagte Epaminondas, »hast du doch gezweifelt.«

»Das heißt«, sagte sie, »ich fange an zu glauben, daß man absichtlich zweifeln kann.«

Ich setzte mich neben sie. Ihr Haar war vom Wind ein wenig zerzaust, einige Strähnen stahlen sich unter der Mütze hervor.

»Jetzt habe ich dich schon wieder umsonst kommen lassen«, jammerte Epaminondas.

»Ganz umsonst ist es nie«, sagte sie.

Um die Befürchtungen ihres Freundes zum Schweigen zu bringen, holte sie eine Flasche Champagner. Sie schien mir glücklich auszusehen. Epaminondas sah sie niedergeschlagen an. Ich entkorkte die Flasche. Ja, sie hatte das glückliche Aussehen eines Menschen, der aus einem dunklen Zimmer tritt, in dem er lange eingeschlossen war.

»Jedenfalls«, sagte Epaminondas, »scheint es dich nicht allzu sehr zu bedrücken.«

»Man findet sich mit allem ab«, sagte sie.

Noch immer vermied sie es, mich anzusehen. Das war sehr deutlich. Ob Epaminondas es bemerkte?

»Das macht immerhin einen weniger, der nicht er ist«, sagte ich.

»Wenn du es so nimmst«, sagte Epaminondas, »haben wir ja noch einiges vor uns.«

Sie fing an zu lachen, und ich lachte auch.

»Findest du das vielleicht komisch?« fragte Epaminondas sie.

»Was ist schließlich nicht komisch?« sagte sie. »Bin ich etwa nicht komisch, ich?«

»Nicht immer«, sagte Epaminondas. »Heute bist du nicht komisch.«

»Man glaubt sich stark«, sagte sie, »und ist zum Weinen schwach.«

»Daran bin ich schuld«, sagte Epamindondas, »jetzt bist du entmutigt.«

»Was willst du eigentlich?« sagte Anna. »Wenn ich darüber lache, bist du auch nicht zufrieden.«

»Und du«, sagte Epaminondas, »bist du sicher, daß du weißt, was du willst?«

Sie sah mich endlich an, lächelte mir endlich zu, aber mit einer solchen Schamlosigkeit, daß ich errötete. Und diesmal bemerkte Epaminondas es. Er verstummte.

»Weiß man immer, was man will?« fragte sie mich.

»Ja«, sagte ich, »man weiß es immer.«

Sie lächelte wieder. Um dem Gespräch eine andere Wendung zu geben und Epaminondas zurückzuhalten, der schon Miene machte, aufzustehen, begann ich von neuem:

»Selbst wenn nur ein einziger Mann auf der Erde übrigbliebe, sollten wir noch hoffen, daß er derjenige ist. Wenn man etwas ernsthaft betreibt, muß man es bis zum Ende ernsthaft betreiben.«

Über diese Bemerkung lachte sie. Dann goß sie wieder Champagner in die Gläser. Sie nötigte Epaminondas, noch ein wenig zu trinken.

»Nie ist es ganz er«, sagte er, »jedesmal ist da etwas, was nicht stimmt.«

»Es war das dritte Mal, daß Epaminondas ihn mir gemeldet hat«, sagte sie in ruhigem Unterhaltungston.

Ich trank meinen Champagner.

»Wir stoßen hier an die unergründlichen Geheimnisse der menschlichen Identität«, sagte ich mit harter Stimme.

Epaminondas sah mich entgeistert an. Anna beruhigte ihn.

»Er meint damit«, sagte sie, »daß es sehr schwierig ist, genau den zu treffen, den man sucht. Weißt du noch? Einmal besaß er ein Bordell in Konstantinopel. Und das andere Mal war er in Port-Said. Was war er doch noch in Port-Said?«

»Friseur«, sagte Epaminondas. »Entweder stimmt seine Geschichte nicht, oder die Stimme, oder die Narbe ... Da ist immer etwas.«

»Am Ende«, sagte sie und sah mich dabei an, »sollte man nicht zu viele Männer anschauen gehen; wie bei allem anderen sollte man Maß halten.«

»Das wird uns nie gelingen«, behauptete Epaminondas aufs neue sehr entmutigt.

»Leicht ist es nicht«, sagte sie. »Wenn ich dir verrate, Epaminondas, daß in deinen Augen manchmal, ich weiß nicht, was von seinen ist.«

Sie lachte. Epaminondas lachte nicht. Er senkte seine schuldigen Augen und schien sich daran zu erinnern, wie teuer sie ihn zu stehen gekommen waren. Er schwieg eine kleine Weile und sagte dann:

»Wenn du ihn wirklich wiedersiehst und nach einer Ähnlichkeit zwischen ihm und Pierrot suchen wirst, dann werde ich aber lachen. Dann wirst du völlig bescheuert sein.«

Wir lachten alle drei mächtig. Epaminondas erholte sich von seiner Niedergeschlagenheit.

»Manchmal, wenn das Schiff anlegt, glaubt man, ihn am Kai zu sehen«, sagte er, »aber sobald man an Land ist, ist er es nicht mehr. Manchmal kann man auch an Land noch zweifeln, dann geht man noch ein bißchen näher heran. Oh, oh, manchmal muß man wirklich ganz nahe herangehen, um zu wissen, daß er es nicht ist...«

»Wie wahr!« sagte Anna und lachte hellauf.

»Das Leben ist doch schön«, erklärte ich, »wenn man nach einem Matrosen von Gibraltar sucht.«

»Trotzdem frage ich mich«, sagte sie ruhig, »trotzdem frage ich mich manchmal, was aus ihm geworden sein mag.«

»Ich auch«, sagte Epaminondas sehr bekümmert.

Wir waren bei der zweiten Flasche Champagner angelangt.

»Die Geschichte des Matrosen von Gibraltar hat Epaminondas tief getroffen«, erläuterte mir Anna.

»Ich weiß nicht, ob es das oder was anderes war, was mich tief getroffen hat«, sagte Epaminondas sehr kindlich.

Ich lachte laut auf.

»Es fängt jedesmal mit dem Matrosen von Gibraltar an«, sagte ich.

Er nickte traurig. Wir waren alle drei betrunken. Auf diesem Schiff bedurfte es im allgemeinen nur geringer Anlässe, um sich zu betrinken.

»In Konstantinopel«, sagte Epaminondas, »hing es an einem Faden. Dir fehlte der gute Wille.«

Sie warf mir einen tiefen Blick zu.

»Wenn ich von etwas zu viel besitze«, sagte sie, »so ist es der gute Wille. Ich frage mich am Ende, ob das zu etwas nütze ist.«

»Du kannst sagen, was du willst«, sagte Epaminondas, der fixe Ideen zu bekommen begann, »aber in Konstantinopel hing es an einem Faden.«

Er regte sich auf.

»Liegt dir denn so viel daran, daß sie ihn wiederfindet?« fragte ich.

»Dann hätte ich meinen Frieden«, sagte Epaminondas. »Ich war noch ganz jung, als sie kam und mich aus meiner Familie riß, hopp, hat sie mich angeheuert, hopp, und seitdem...«

»An einem Faden«, sagte Anna, die darauf lieber nicht

eingehen wollte, »als ob mich nach drei Jahren ein Faden noch stören könnte. Reden wir lieber nicht von Konstantinopel. Wenn du nicht zur Stelle gewesen wärst, würde ich nicht auf den Meeren die Hure spielen...«

»Solange sie ihn nicht gefunden hat, werde ich keine Ruhe haben«, erklärte mir Epaminondas.

»Es ist nicht so sehr wegen des Bordells«, sagte sie, »aber der Mangel an Luft dort...«

Epaminondas' Miene hellte sich auf.

»Das stimmt«, sagte er, »als ich ihm die Geschichte erzählt habe, hat er mir sofort gesagt, ich bin es, sage ihr, daß sie kommen soll. Aufrichtig gesagt, ich hatte das ein bißchen stark gefunden, und das hatte meinen Argwohn geweckt bei dem Beruf, den er hatte. Als du wieder an Bord gegangen bist – ich habe es dir noch nie gesagt –, habe ich ihm eins in die Fresse gegeben. Ich habe ihm sogar eine schöne Narbe gemacht.«

»Besonders schlau, um die Dinge noch zu verwickeln«, sagte sie lachend.

»Jetzt erzähl ich dir nichts mehr«, sagte Epaminondas.

Und er fügte ernüchtert hinzu:

»Übrigens kannst du lange warten, bis ich dir wieder eine Botschaft schicke.«

»Oh«, sagte sie, »bloß das nicht, bloß das nicht.«

Doch Epaminondas hatte einen Hintergedanken, das war deutlich sichtbar. Er gab ihn noch nicht preis, um ihn besser anzubringen.

»Ich finde, daß Pierrot am Kilometerstein siebzehn die Mühe gelohnt hat«, sagte ich.

Sie sah mich an und lachte leise, als hätte sie mir einen gelungenen Streich gespielt.

»Jedenfalls«, sagte Epaminondas, »ist das alles, was ich in dem doofen Departement für dich habe tun können.«

Leiser setzte er hinzu:

»Bei dem Benzinpreis hätte es niemand besser machen können.«

Anna neigte sich zu ihm hin und sagte mit großer Zärtlichkeit:

»Du scheinst mit deiner Tätigkeit nicht zufrieden zu sein. Du mußt mir sagen, was du auf dem Herzen hast.«

»Das mußt du«, sagte ich. »Wenn du es ihr nicht sagst, wem dann?«

»Ich habe keine Lust mehr«, sagte Epaminondas, »ich werde nichts sagen.«

Gleich darauf aber sagte er es, und zwar auf großartige Weise.

»In Anbetracht dessen, was er ist«, sagte er, »bin ich der Meinung, daß du ihn in Afrika suchen solltest.«

Ein tiefes Schweigen entstand, wie es sich gebührte, auf diese Erklärung hin.

»Afrika ist groß«, sagte Anna. »Du solltest dich präziser ausdrücken.«

Er drückte es präziser aus. Dies dauerte eine halbe Stunde. Wir hörten kaum hin, sie und ich, denn wir dachten an anderes. Es handelte sich darum, nach Dahome zu fahren und einen einstigen Matrosen der Jacht aufzusuchen, einen Mann aus Marseille namens Louis – sie erinnerte sich doch an ihn? – Louis hatte gerade in der vergangenen Woche an Epaminondas geschrieben, um ihn wegen eines gewissen Gégé um Rat zu fragen, den er in Dahome, bei den Ewe aus der Gegend von Abomey kennengelernt hatte und der, behauptete Louis, zweifellos der Matrose von Gibraltar war. Epaminondas hatte Louis darauf noch nicht geantwortet, weil er es vernünftiger gefunden hatte, die Sache zuerst mit Anna zu besprechen. Er erzählte uns von den Ewe. Er hatte sich informiert. Die Ewe waren ein Nomadenstamm, der Ackerbau trieb und einen Teil des Jahres auf dem Hochplateau von Atakora lebte. Eine schöne Gegend, es gab dort Seen und Kudus, kleine Kudus, aber immerhin. Dies schicke er voraus, doch wisse er nicht, ob Louis' Gründe ausreichten, um sie zu einer solchen Reise zu bewegen. Es sei an ihr, dies zu beurteilen. Es sei in der Tat weit... Nach allem, was Louis darüber sage ... Er redete lange und vermischte die Reize der Kudus mit denen des Matrosen von Gibraltar. Zu lange. Wir sahen einander an, zu lange. Ganz seinen Ewe hingegeben, merkte er nichts.

»Warum nicht?« sagte sie schließlich, »du würdest dann ja mit uns fahren.«

»Ich weiß doch nicht«, sagte Epaminondas schamhaft.

»Ist es dein Lastwagen, der dich daran hindert?« fragte ich.

»Der gehört ja nicht mal mir«, sagte er, »ich besitze nichts als meine Haut.«

Ich konnte Epaminondas' Sehnsucht vollkommen nachfühlen, und das aus gutem Grund. Sie aber verlangte plötzlich Bedenkzeit und entfernte sich, was Epaminondas sehr betroffen machte. Ich überließ ihn jedoch seiner Verwunderung und ging auch, um mich in der Kabine hinzulegen. Das Schicksal war besiegelt. Ich fand keine Zeit, mir klar zu werden, inwiefern. Wir fuhren nach Afrika. In einer grünen Savanne, in der es von Kudus wimmelte, schlief ich ein.

Ich schlief lange. Erst vor dem Abendessen wachte ich auf. Ich ging sofort in die Bar hinauf. Sie war nicht dort. Dort war nur Epaminondas, der auf zwei Sesseln ausgestreckt in tiefem Schlaf lag. Sonst war kein Mensch an Bord. Ich machte das Licht an. Epaminondas knurrte, wachte aber nicht auf. Die Heizplatten waren ausgeschaltet, es war kein Abendessen gemacht worden. Ich rannte in den Frachtraum hinunter und sah, daß die beiden Autos dastanden. Langsam ging ich wieder nach oben, weckte Epaminondas und fragte ihn, wo sie sei. Er sagte mir, was ich vermutete, daß sie in ihrer Kabine sei.

»Sie denkt nach«, sagte er. »Wenn sie erst anfängt nachzudenken, ob sie nach Dahome fahren soll oder nicht, dann nimmt das so bald kein Ende. Als ob es nötig wäre, über eine solche Sache nachzudenken.«

Er sagte mir, sie sei kurz nach meinem Weggehen aus ihrer Kabine zurückgekehrt und habe der ganzen Besatzung bis

Mitternacht Ausgang gegeben. Sie habe angedroht, nachts weiterzufahren, aber habe es unterlassen zu sagen, wohin.

»Ich warte ab, bis sie lang genug nachgedacht hat«, sagte Epaminondas, »um zu erfahren, ob ich den Lastwagenunternehmer benachrichtigen muß.«

Ich verließ Epaminondas und ging zu ihr in die Kabine. Zum ersten Mal trat ich ohne anzuklopfen ein. Ich schaltete das Licht an. Sie lag in Kleidern da, die Hände unter dem Kopf verschränkt, in ähnlicher Pose, wie ich sie hinter dem Schilf gesehen hatte. Ich setzte mich neben sie. Sie hatte wohl geweint.

»Wir gehen in ein Restaurant und essen dort«, sagte ich, »komm.«

»Ich habe keinen Hunger.«

»Du hast immer Appetit.«

»Nicht immer.«

»Epaminondas ist oben, er vergeht vor Unruhe, er wartet auf deine Entscheidung, zu den Ewe zu fahren, um den Transportunternehmer zu benachrichtigen.«

»Aber wir fahren doch hin, du kannst es ihm sagen, heute nacht brechen wir auf.«

Sie versuchte sich zu erinnern.

»Wo fahren wir hin?«

»Jetzt übertreibst du aber«, sagte ich. »Zu den Ewe aus Dahome, in die Gegend von Abomey.«

»Ach richtig. Das ist eine weite Reise.«

»Zehn Tage?«

»Bei günstigem Wetter, ja. Bei schlechtem Wetter zwei Wochen.«

»Willst du nicht auf Kudujagd gehen, wie in den Büchern von Hemingway?«

»Nein«, sagte sie. Und sie fügte hinzu: »Das ist nun die dreiundzwanzigste Botschaft, die ich erhalte, seit ich ihn suche.«

Freundlich fügte sie hinzu:

»Das, was wir jagen, ist nicht der Kudu.«

»Aber da dieser Matrose sozusagen ein seltenes Wild ist, werden wir ein paar Tage lang nach etwas anderem jagen. Von Zeit zu Zeit muß man sich schließlich eine kleine Beute in die Jagdtasche stecken können. Wir werden Kudus jagen.«

»Und wenn er bei den Ewe ist?«

»Dann gehst du mit ihm auf Kudujagd.«

Sie schwieg. Ich wagte nicht, sie allzuoft anzusehen.

»Und ist die Kudujagd gefährlich?«

»Ein klein wenig schon, aber nicht mehr als nötig. Und nach Ansicht der Menschen ist ein Kudu so viel wert wie jeder andere. Darum fällt sie, nun ja, leichter.«

»Redet man während der Kudujagd?«

»Während der Jagd darf man nicht den geringsten Lärm machen, nicht reden. Jeder weiß das.«

»Darf man einander nicht leise etwas sagen, etwas ins Ohr sagen? Das ist doch erlaubt, wie?«

»Sicher«, sagte ich, »aber dann redet man nur über das Wild. Sich abzulenken ist unmöglich.«

»Ach, ich hätte nicht gedacht, einen so tüchtigen Jäger an Bord genommen zu haben. Aber er ist eine sehr schwierige Beute, der Kudu.«

»Die schönste Beute der Welt.«

»Sie unterhalten sich also wirklich nur über Kudus?«

»Abends, nach der Jagd, manchmal auch über Literatur. Aber vor allem sind sie Kudujäger.«

»Und niemals jagen sie anderes, niemals?«

»Man kann es nicht beweisen, vielleicht jagen sie manchmal auch anderes.«

»Du solltest die Stadt besichtigen, sie ist schön«, sagte sie.

Ich stand auf. Sie hielt mich mit der Hand zurück.

»Hast du mit dieser Frau so viel gesprochen? Hast du mit ihr so viel wie jetzt gesprochen?«

»Ich habe auf bessere Zeiten gewartet, ich habe nie mit ihr gesprochen. Ich war nicht glücklich.«

Sie sagte langsam:

»Und mir scheint, daß ich glücklich war.«

»Das glaubt man«, sagte ich.

Ich ging hinaus und zurück in die Bar zu Epaminondas. Er wartete vor einem Glas Wein ungeduldig auf mich.

»Was hat sie dir gesagt?«

»Nichts.«

»Dabei« – er trank und schnalzte mit der Zunge – »ist dieser Plan jetzt der richtige. Das heißt also, daß sie nicht mehr will.«

Ich erinnerte mich an ihren Auftrag.

»Sie läßt dir sagen, daß wir zu deinen Ewe fahren werden.«

Er zeigte keinerlei Freude. Im Gegenteil, er sank, das Glas in der Hand, im Sessel zurück.

»Wann?«

»Das weißt du doch, heute nacht.«

Er fing an zu jammern.

»Wieder fahr ich weg. Aus mir wird doch nie was werden.«

»Du solltest allmählich wissen, was du willst«, sagte ich.

»Sie ist nach Majunga gekommen zu meiner armen Mutter, um mich mitzunehmen – für das, was sie von mir wollte, hätte sie mich genauso gut dalassen können.« Leiser fügte er hinzu: »Ich frage mich noch immer, was sie denn an mir gefunden hat...«

»Wir sind alle ein wenig in ähnlicher Lage. Deshalb braucht man nicht zu jammern.«

»Meine Mutter schreibt mir immer wieder, ich soll zurückkommen. Mein Vater ist alt. Wir hatten einen schönen Orangenhandel, und das geht nun alles zugrunde...«

»Du brauchst ja nur nach Majunga zurückzukehren.«

Er regte sich auf.

»Man wird ja sehen, man wird ja sehen, was es heißt, nach Majunga zurückzukehren, nachdem sie einen bis nach Tempico, nach New York, nach Manila geschleppt hat. Du weißt nicht, wovon du redest.«

»Es gibt also keinen Grund für dich zurückzukehren«, sagte ich.

»Wenn sie ihn wiedergefunden hat, dann werde ich zurückkehren. Vorher nicht.«

»Verstehe ich nicht.«

»Wenn sie ihn wiedergefunden hat, werde ich mich überall langweilen, das weiß ich. Dann gehe ich wieder nach Majunga.«

»Da hast du ja noch viel Zeit vor dir«, sagte ich.

Er sah mich lange an.

»Für dich wird es nicht ganz das gleiche sein. Sie ist in dich verknallt.«

Da ich nicht antwortete, glaubte er, ich zweifelte an seiner Erklärung.

»Ich weiß, wovon ich rede. Es ist klar zu erkennen. Ich habe noch nie erlebt, daß sie so lange über irgend etwas nachdenkt. Ich erkenne sie nicht wieder.«

»Gibt es wirklich Kudus bei deinen Ewe?«

Seine Miene verklärte sich.

»Ein paar. Aber am Sambesi, da gibt es vielleicht viele. Am Uële auch, weißt du, aber große, und die sind so schwer zu fangen wie Fliegen, es lohnt sich gar nicht erst, das zu versuchen.«

Er wartete, ich erwiderte nichts.

»Warum fragst du mich das? Willst du auf Kudujagd gehen?«

»Ich weiß nicht, aus bloßer Neugier.«

Er schien enttäuscht. Plötzlich fiel ihm etwas ein.

»Und mein Transportunternehmer, den ich nicht benachrichtigt habe?«

»So geh doch hin.«

»Unmöglich. Das ist zwanzig Kilometer von hier. Du mußt mich hinfahren.«

»Du gehst mir auf den Wecker, du kannst dir nicht vorstellen, wie sehr.«

Er täuschte tiefste Verzweiflung vor.

»Wenn du mich nicht hinfährst, ist die Sache ganz einfach gelaufen, und ich bleibe hier.«

»Ich weiß nicht, wie man die Laderampe aufmacht.«

»Aber ich weiß das, und ob ich das weiß«, sagte er.

Ich hätte ihm sagen können, er solle allein fahren, aber dann wäre ich sofort wieder zu ihr in die Kabine gegangen. Das wollte ich nicht. Er schlug es mir nicht vor, denn er hatte keine Lust, die Fahrt allein zu machen. In weniger als fünf Minuten war er unten und hatte die Laderampe geöffnet.

Wir blieben zwei Stunden fort. Nur so lange, wie nötig war, um den Transportunternehmer zu benachrichtigen und Epaminondas' Habseligkeiten aus einem kleinen möblierten Zimmer in Sète zu holen. Auf der Rückfahrt erzählte er mir ein wenig von Louis.

»Du wirst sehen«, sagte er, »mein Kumpel ist ein lustiger Kerl.«

»Ihr beiden macht ihr wohl oft blauen Dunst vor, wie?«

»Einen blauen Dunst! Glaubst du vielleicht, es macht mir Spaß, mich bis nach Dahome zu schleppen?«

»Entschuldige. Mir macht es Spaß.«

»Man würde es nicht meinen.«

Als wir zurückkamen, war die Mannschaft wieder an Bord. In der Bar brannte Licht. Laurent war ein wenig betrunken, und Bruno auch, aber viel betrunkener als Laurent.

»Es ist zum Piepen«, grölte Bruno, »wenn der erstbeste Blödmann ihr sagt, er sitzt oben auf dem Himalaja unter einem Zelt, geht sie ohne zu zögern hin. Ich bleibe. Das will ich nicht verpassen.«

Epaminondas fiel über ihn her.

»Nimm sofort zurück, was du gesagt hast, oder ich hau dir in die Fresse.«

»Wenn man keinen Spaß mehr haben darf, ja, dann geh ich«, sagte Bruno. »Zurück nehme ich nichts.«

»Recht hat er«, sagte Laurent.

Epaminondas zog sich würdevoll zurück.

»Ich bin platt«, sagte er, »daß sie solche Idioten anheuert, die von nichts was verstehen.«

Ich verließ sie und ging zu Anna hinunter. Sie hatte das Licht gelöscht. Ich machte es wieder an. Sie lag da wie zuvor. Diesmal hatte ich den Eindruck, als erwarte sie mich. Ich erzählte ihr von meiner Spazierfahrt mit Epaminondas und einiges von dem, was er über Louis aus Abomey gesagt hatte. Ich redete ziemlich lange. Wie ich sah, machte es sie ein wenig ungeduldig. Und dann wußte ich ihr nichts mehr zu sagen, auch nicht über Epaminondas' Possen.

»Vielleicht wäre es besser, wenn du hier ausstiegest«, sagte sie.

Und sie setzte hinzu:

»Wie alle anderen.«

Ich setzte mich auf den Boden, lehnte den Kopf an ihr Bett.

»Ich habe keine Lust auszusteigen.«

»Ein wenig früher, ein wenig später, was macht das schon?«

»Noch nicht. Ich werde aussteigen, aber jetzt noch nicht.«

»Worauf glaubst du denn warten zu müssen, ehe du aussteigst?«

»Auf den Matrosen von Gibraltar.«

Sie lachte nicht.

»Entschuldige«, sagte ich, »aber ich weiß es nicht.«

»Wo kommst du bloß her?« fragte sie in unvermittelt hartem Ton.

»Wie ich dir gesagt habe, aus dem Kolonialministerium, ich habe Abschriften gemacht...«

»Bist du denn so blöd, daß du nicht siehst, was hier vorgeht?«

»Ich bin nicht blöd, ich sehe, was hier vorgeht.«

»Und du willst nicht aussteigen?«

»Noch nicht. Das ist das einzige, dessen ich sicher bin. Ich habe keinerlei Grund auszusteigen.«

»Ich«, sagte sie langsam, »und das weißt du, habe allen Grund, dich vor die Tür zu setzen.«

»Deine Gründe sind mir scheißegal.«

Sie beruhigte sich wieder. Und mit sanfter Hinterlist, fast als spräche sie zu einem Kind, fragte sie mich:

»Du willst also bleiben und schweigen, schweigen?«

»Ich werde tun, was ich kann.«

»Glaubst du, daß man immer schweigen kann?«

»Ich glaube, man sollte schweigen, solange man nur eben kann. Aber nicht ... immer schweigen.«

Ich legte mich neben sie.

»Ich kann schon nicht mehr schweigen«, sagte sie.

Einen Augenblick war es so, als ob wir miteinander gesprochen hätten. Aber das ging vorüber und genügte uns bald nicht mehr. Sie schmiegte ihr Gesicht an meines, und so blieb sie lange liegen.

»Sag mir etwas, irgend etwas.«

»Anna.«

Die Uhr auf dem Tisch zeigte zwei. Wir waren nicht müde.

»Noch etwas«, sagte sie.

»Ich bin gern auf diesem Schiff.«

Sie legte sich zurück und verlangte nichts weiter. Sie löschte das Licht. Durch das Bullauge erschien der von einer Straßenlaterne grell erleuchtete Kai. Wir hätten glauben können, daß alle Begierde zwischen uns erloschen war.

»Nun müssen wir schlafen«, sagte sie, »wir schlafen nicht mehr, wir sind sehr müde Leute.«

»Nein, du irrst dich.«

»Im Grunde ist es mir lieb, daß du so bist, eine Mauer.«

»Sei still.«

»Die größte Liebe der Welt, was will das besagen?«

Ich sah ihr von der Laterne schwach erhelltes Gesicht. Sie lächelte. Ich stand auf, um wegzugehen. Sie versuchte mich zurückzuhalten.

»Dumme Person«, sagte ich.

Ich machte mich los. Sie ließ mich gehen, versuchte gar nicht mehr, mich festzuhalten.

»Keine Sorge«, sagte sie, »auch ich schweige, auf meine Art.«

In der Nacht legte das Schiff ab. Ich schlief nur wenig. Das Vibrieren der Schiffsschraube weckte mich auf, und ich konnte lange nicht mehr einschlafen. Dann, als ich die Hoffnung aufgegeben hatte und der Morgen dämmerte, schlief ich plötzlich ein. Erst gegen Mittag verließ ich meine Kabine. Sie war an Deck, ruhig und heiter wie jeden Morgen. Sie sprach mit Bruno. Er war nicht mehr betrunken, hatte aber sehr schlechte Laune und behauptete, überrumpelt worden zu sein, er wolle nichts davon wissen, nach Dahome zu fahren und so weiter. Sie versuchte, ihn zu trösten, indem sie ihm erzählte, daß wir Kudus jagen würden. Ich hörte, wie sie zu ihm sagte:

»Das ist eine Sache, die man gemacht haben muß, und so wirst du sie nun auch gemacht haben...«

Er betrachtete sie mißtrauisch. Bruno war der jüngste Matrose der Mannschaft. Die Unsicherheit der Welt fehlte ihm sehr. Wir alle hatten viel Mühe, ihm die Notwendigkeit unserer Reisen begreiflich zu machen. Aber alle behandelten ihn mit großer Geduld.

Wir aßen zusammen zu Mittag. Epaminondas setzte sich an unseren Tisch. Von da an kam er jeden Tag an unseren Tisch. Er störte uns nie. An jenem Morgen frohlockte er. Das Wetter war schön, er hatte Majunga und seine Gewissensbisse und, wie mir scheint, vielleicht sogar den Grund unserer Reise nach Dahome vergessen.

»Wir fahren also hin«, sagte er zu mir und schlug mir kräftig auf die Schulter.

»Wir fahren hin, beruhige dich.«

»Du wirst dich rühmen können, mich an der Nase herumgeführt zu haben«, sagte sie ein wenig leichthin.

In Epaminondas' Zügen malte sich Empörung.

»Wenn es einen gibt, der dich an der Nase herumführt, dann bin das denn doch nicht ich.«

Sie gab es lachend zu.

»Und ob du nun hier oder sonstwo bist«, sagte Epaminondas, »ist das nicht Jacke wie Hose?«

»Das steht allerdings zu hoffen«, sagte ich, »denn sonst ...«

»Am schönsten wäre es ja«, sagte sie, »wenn er Milchhändler in Dijon geworden wäre, während ich nicht aufhöre, auf allen Meeren die Hure zu spielen, um den großen Mann wiederzufinden.«

»Auf allen Meeren oder anderswo ...« platzte Epaminondas heraus.

Alle, auch die Matrosen an den Tischen lachten. Niemand nahm wirklich Anstoß.

»In Dijon oder nirgendwo«, sagte ich.

Sie lachte. Epaminondas verstand nicht, und wie jedes Mal, wenn ihm das passierte, malte sich etwas wie Schrecken auf seinem Gesicht.

»Das ist nur so eine Redensart«, erklärte sie ihm.

»Erlaubst du neuerdings solche Scherze?«

»Zum Scherz«, sagte sie.

»Ich glaube«, sagte Epaminondas plötzlich betrübt, »ich werde in Tanger aussteigen.«

»Es war doch nur ein Scherz. Du bist zu empfindlich«, sagte sie.

»Immerhin wirst du ein dummes Gesicht machen, wenn er bei den Ewe ist«, sagte Epaminondas.

»Nicht nur sie«, sagte ich.

Bei der Aussicht auf eine solche Begegnung erfaßte mich ein nicht enden wollendes Gelächter.

»Du könntest das vielleicht näher erklären«, sagte Epaminondas, der leicht gekränkt war und vielleicht dachte, ich zweifelte am Erfolg der Reise.

»Ich denke an die Möglichkeit einer schnellen Ausladung«, erklärte ich ihm.

Die anderen lachten auch.

»Ja«, Epaminondas lachte laut, »wenn jemand schnell ist, dann er.«

»Wir würden Nelson und seinen Kugellagern bald folgen.«

»Ihr vergeßt mich«, sagte sie.

»Du übertreibst« sagte ich.

»Du warst früher nicht so«, sagte Epaminondas, » du änderst dich, und nicht zum Guten.«

Und er erstickte fast vor Lachen.

»Schluß mit den Reisen«, rief er triumphierend. »Zu Hause bleiben wie jedermann. Ich«, fügte er hinzu, »ich bleibe dann in Cotonou und jage Kudus.«

Er wandte sich zu mir, wie ein Mensch, der sich plötzlich auf etwas besinnt. Und sie desgleichen. Er sah ein wenig betreten aus. Ich blickte sie an.

»Und du?« fragte Epaminondas schüchtern, »was wirst du...«

»Woher soll ich das wissen?« sagte ich.

Niemand sagte etwas dazu. Ihre Augen waren schöner denn je. Sie erwarteten, daß ich nun reden würde. Aber ich redete nicht.

»Ich jedenfalls«, sagte Epaminondas mit nahezu leiser Stimme, »ich bleibe in Cotonou und jage Kudus. Ich werde versuchen, sie lebend zu fangen und an Zoos zu verkaufen.«

»In Cotonou gibt es keine Kudus«, sagte ich mühsam.

»Aber am Sambesi, da gibt es eine Menge, ganze Herden«, sagte er.

»Wenn man sie aber nicht lebend fängt, was macht man dann mit ihnen?« fragte sie.

»Das solltet ihr wissen«, sagte ich.

»Woher soll sie das wissen?« fragte Epaminondas ein wenig verdutzt.

»Versuch doch nicht, alles zu verstehen«, sagte sie. »Er meint, weil ich dem Matrosen von Gibraltar nachjage. Es war eine Anspielung.«

In freundlichem Ton fuhr sie fort:

»Was macht man mit ihnen? Kann man sie essen?«

»Und ob man sie essen kann«, erklärte Epaminondas. »Außerdem sind da noch die Hörner und die Haut und was weiß ich noch alles. Man muß wirklich nichts von der Jagd verstehen, um solche Fragen zu stellen.«

»Der Kudu«, erklärte ich ihr, »ist ein seltenes Tier. Die Jagd auf ein seltenes Tier ist immer eine hohe Jagd.«

»Je seltener, desto besser«, platzte Epaminondas dazwischen, der diesmal begriffen hatte.

Anna lachte stets bereitwillig über Epaminondas' Possen. Sie lachte, wurde aber gleich darauf traurig.

»Ich finde immer mehr Spaß daran zu lachen«, sagte sie, »ich muß wohl alt werden.«

»Es ist nicht das Altwerden«, sagte Epaminondas mit bedeutungsvoller Stimme.

»Es liegt daran, daß noch Tag ist«, sagte ich.

Anna lachte wieder lange über diese Anspielung.

»Hättet mir eher sagen sollen, daß ich euch störe«, sagte Epaminondas.

»Wenn uns jemand stört, wie du sagst, so kannst du beruhigt sein, du bist es nicht«, sagte Anna.

Epaminondas verstand und entrüstete sich, wenn auch nur schwach.

»Jedes weitere Wort ist überflüssig«, sagte er. »Hast dich doch ziemlich verändert.«

Ich verbrachte den ganzen Tag mit dem Versuch zu lesen, doch es gelang mir nicht. Am Ende des Nachmittags ging ich in die Bar auf der Suche nach Epaminondas. Er hatte sich in einen Sessel hingeworfen und las ebenfalls. Sie sprach mit ein paar Matrosen über das Wetter, das wir auf dem Atlantik vorfinden würden. Als ich eingetreten war, hatten alle aufgemerkt. Manche, unter ihnen vielleicht Bruno, dachten wahrscheinlich, daß der kritische Moment meines Aufenthalts gekommen sei und ich nicht bis Dahome mitfahren würde. Ich sah ihr an, daß ihr die Undurchsichtigkeit unserer Situation nicht ungelegen kam, daß im Gegenteil auch sie ein gewisses Vergnügen dabei empfand, sie noch länger andauern zu lassen. Ich ging hinaus an Deck. Epaminondas folgte mir kurz darauf. Das hatte ich auch gewollt. Wir verstanden uns gut, und ich hatte Lust, mit jemandem zu reden.

»Du tust also auch nichts?« sagte ich.

»Ich denke daran, vielleicht die Bibliothek zu ordnen«, sagte er. »Aber nur vielleicht.«

»Wer wird auf diesem Schiff denn je eine geordnete Bibliothek nötig haben?«

»Man kann nie wissen«, sagte er, »ob sie bei der nächsten Zwischenlandung nicht zufällig einen Denker an Bord nimmt.«

Darüber mußten wir nun ziemlich lange lachen.

»Ich habe nichts zu tun«, sagte Epaminondas, »für mich ist keine Arbeit da. Im übrigen habe ich das noch nie gern gemocht, arbeiten.«

»Ich auch nicht. Jedoch über kurz oder lang...«

»Du beschäftigst dich immerhin«, sagte er lachend.

»Wir kommen bald nach Gibraltar«, sagte ich.

»Morgen in aller Frühe. Das erste Mal ist mir dabei auch ganz komisch geworden.«

»Wie denkst du darüber?«

»Worüber? Über Gibraltar?«

»Hat sie eine geringe Chance?«

»Würden wir uns alle hier herumtreiben, wenn sie die nicht hätte?« entrüstete er sich.

»Das ist wahr. Ich wollte hören, wie du darüber denkst.«

»Du stellst sonderbare Fragen.«

»Eins wollte ich dir sagen. Nelson Nelson scheint mir ein sonderbarer Name zu sein.«

»Nochmals, würden wir uns alle hier herumtreiben...«

»Auch wenn es ein anderer gewesen wäre«, sagte ich, »könnten wir hier sein.«

»Das stimmt«, gab Epaminondas zu, »ob es der König der Kugellager oder der König der Arschlöcher war, ist egal, Hauptsache er hat ihn umgebracht.«

»Manchmal habe ich den Eindruck, daß es zehn verschiedene Geschichten vom Matrosen von Gibraltar gibt.«

»Schon möglich, aber es gibt nur einen Matrosen von Gibraltar. Und den gibt es wirklich.«

Er schwieg und schielte mich argwöhnisch an.

»Du stellst viele Fragen«, sagte er, »das taugt zu nichts.«

»Man kann doch über alles reden. Warum auch nicht?«

Ich fügte hinzu:

»Zudem brauche ich gar keine zu stellen. Sie ist eine Frau, die viel redet. Ich rede darüber wie über etwas x-beliebiges.«

»Nein, sie ist vielleicht eine Frau, die nicht immer so recht weiß, was sie will, aber eine geschwätzige Frau ist sie nicht.«

»Da wir aber doch hinfahren, zu deinen Ewe.«

»Sie hat keine Wahl. Wenn sie die Wahl hätte...«

»Es ist wahr. Sie hat keine Wahl.«

»Sie hat sich derart in den Schlamassel gesetzt, wie soll sie da wieder heraus? So liegen die Dinge.«

»Du möchtest ihn also wiederfinden?«

»Ich bin der einzige, der es für möglich hält.«

»Ob sie nun das macht oder etwas anderes«, sagte ich.

»Immerhin«, sagte er, »das ist nicht ganz gleichgültig.«

»Zugegeben«, sagte ich.

Ich war ihm sehr zugetan. Ich glaube, daß er mich auch leiden mochte, er aber mit einigem Widerstreben.

»Du solltest dich ausruhen«, sagte er, »du siehst mies aus.«

»Ich kann nicht schlafen. Stimmt es wirklich, daß sie eine Frau ist, die nicht viel redet?«

»Es stimmt.« – Und so, als sei er sich schuldig, mir das zu sagen, fügte er hinzu: »Selbst ich habe alles, was ich weiß, hauptsächlich von anderen erfahren, durch die Gerüchte. Aber man kann mit einem Schlag sehr geschwätzig werden.«

»Zweifellos«, sagte ich lachend.

»Was hast du im Zivilleben getan?«

»Kolonialministerium, Standesamt«, sagte ich.

»Was ist das für eine Arbeit?«

»Ich habe Abschriften von den Geburts- und Sterbeurkunden der in den Kolonien geborenen Franzosen gemacht. Ich bin acht Jahre dort gewesen.«

»Verdammt«, sagte Epaminondas mit gewissem Respekt. »Das hier macht einen Unterschied.«

Ihm sagte ich es:

»Ich bin glücklich.«

Er erwiderte nichts. Er zog ein Päckchen Zigaretten hervor. Wir rauchten.

»Hast alles hingeschmissen?«

»Alles.«

»Damit bist du noch nicht fertig«, sagte er freundschaftlich.

Seit einer Weile versuchte ich, den Namen unter seiner Tätowierung zu erkennen. Er streckte sich plötzlich, und da sah ich ihn: Athena. Ich war sehr froh für ihn.

»Athena hast du dir unter deine Tätowierung setzen lassen«, sagte ich, nun meinerseits freundschaftlich.

»Was hast du denn geglaubt? Zwar habe ich erst gezögert, aber dann habe ich mir gesagt, daß ich eines Tages vielleicht als Trottel dastände, und da...«

Wir lachten beide in völligem Einverständnis. Dann kehrte er in die Bar zurück und ich in meine Kabine. Ich begegnete ihr im Hinuntergehen. Sie hielt mich an und verkündete mir mit leiser Stimme – sehr rasch und indem sie sich verbarg–, daß wir am nächsten Morgen um halb sieben die Meerenge von Gibraltar passieren würden.

Ich wartete den Rest des Tages und einen Teil der Nacht auf sie. Aber ich sah sie nicht einmal beim Abendessen.

Kurz vor der Zeit, die sie mir angegeben hatte, kurz vor sechs Uhr erreichten wir Gibraltar.

Ich stand auf und ging an Deck. Sie war schon dort. Die ganze Besatzung schlief, selbst Epaminondas. Sie war im Morgenmantel, unfrisiert. Sie hatte wohl auch nicht viel geschlafen. Wir sprachen nicht miteinander. Wir hatten einander nichts mehr zu sagen, oder vielmehr konnten wir einander nichts mehr sagen, nicht einmal mehr Guten Morgen. Ich stellte mich neben sie am Bug des Schiffes, und auf die Reling gestützt, sahen wir die Meerenge näherkommen.

Wir fuhren vor dem Felsen vorbei. Zwei Flugzeuge umflogen ihn schimmernd in immer engeren Kreisen, nahmen ihn wie Geier ins Visier. In seinen auf Dynamit gebauten, in erstickender, aber höchst patriotischer Enge sich zusammenkauernden weißen Villen schlief England, stets sich selber treu, auf dem blutigen Boden Spaniens.

Der Felsen entfernte sich und mit ihm die verwirrende, schwindelerregende Aktualität der Welt. Und die Meerenge kam und mit ihr die nicht weniger verwirrende, nicht weniger schwindelerregende Inaktualität. Unmerklich wechselte das Wasser die Farbe. Afrikas Küste erhob sich, trocken und nackt und wie ein Salzplateau. Ihre unbarmherzige Linie wurde von Ceuta durchbrochen. Die in größerem Wetterschutz liegend dunklere spanische Küste schaute auf sie. Dort wuchsen die letzten Pinien der lateinischen Welt.

Wir fuhren in die Straße von Gibraltar ein. Tarifa zog vorüber, winzig, vor Sonne feuerrot, rauchgekrönt. Zu seinen unschuldigen Füßen braute sich die wunderbarste Veränderung irdischen Wassers zusammen. Wind kam auf. Der Atlantik erschien. Sie wandte sich endlich zu mir, und sie sah mich an.

»Und wenn ich alles erfunden hätte?« sagte sie.

»Alles?«

»Alles.«

Die Dinge zwischen uns waren nicht mehr zu umgehen. Es war, als ob sie es mir sagte.

»Das würde auch nicht viel ändern«, sagte ich.

Das Schiff wechselte den Kurs. Das Wasser wurde grün und schaumig. Die Meerenge verbreiterte sich. In der Farbe des Wassers und des Himmels und ihrer Augen vollzog sich eine völlige Wandlung. Sie wartete immer noch, den Blick nach vorn gerichtet.

»So weit ist es also mit uns gekommen?« sagte ich.

»Ja«, sagte sie, »so weit ist es mit uns gekommen.«

Ich näherte mich ihr, nahm sie beim Arm und führte sie mit mir fort.

Als sie einschlief, waren wir schon seit einer Stunde in

Tanger. Wir hatten kein einziges Wort miteinander gesprochen.

Ich ließ sie in der Kabine, ging in den Speiseraum, trank einen Kaffee und ging von Bord. Ich glaube, ich nahm mir nicht einmal die Zeit, die Stadt von Deck aus zu betrachten. Ich ging rasch an Land und marschierte los. Es mußte ungefähr elf Uhr sein, und es war schon heiß. Aber der Seewind strich über die Stadt, und so war es durchaus erträglich. Ich schlug die erste Querstraße ein, die ich fand, und nach einer Viertelstunde geriet ich unversehens mitten in die Stadt auf einen lärmenden, von Zwergpalmen gesäumten Boulevard. Ich hatte kaum geschlafen, nicht nur in der vorigen Nacht, in allen Nächten seit Rocca, und ich war am Ende. Der Boulevard war sehr lang, er mußte die Hauptgeschäftsstraße der Stadt sein. Er führte vom Hafen bis zu einem Platz, den man nur undeutlich erkennen konnte. Riesige mit Kohle beladene Lastwagen fuhren zum Hafen hinab. Andere, mit Kisten, Maschinen oder auch Alteisen beladene, fuhren mühsam bergauf. Fast gänzlich bedeckten ihn zwei lange, fast ununterbrochene Autoschlangen, Lastwagen vornehmlich, die das rote Licht an den Übergängen für Fußgänger in regelmäßigen Abständen anzuhalten zwang. Der Boulevard erschien mir riesig, kein Ende zu nehmen, bewegt und gleißend wie das Meer. Ich mußte mich auf eine Bank setzen, um seinen Anblick zu ertragen. Eine Parade internationaler Polizei, an der Spitze die Blechmusik, überquerte ihn auf meiner Höhe. Stolz, im Gleichschritt, marschierte sie vor den belustigten Lastwagenfahrern vorüber. Als sie entschwunden war, stand ich auf und ging weiter, zum Platz hinan. Dort oben schienen andere Bäume als diese winzigen Palmen zu stehen, die keinen Schatten gaben, vor allem schienen dort Caféterrassen zu sein. Ich glaube, ich war ebenso müde wie in Florenz, als ich nach dem Lastwagenfahrer suchte. Doch diesmal schloß sich die Stadt nicht um mich, im Gegenteil, sie breitete sich immer weiter aus, und ich hätte glauben können, ich würde nie an ihr Ende gelangen, sondern würde, bei den Cafés auf dem Platz angekommen, mein Leben lang dort bleiben. Ich war verzweifelt glücklich. Ich setzte mich auf fast jede Bank und horchte. Die ganze Stadt arbeitete voller Eifer. Wenn man aufmerksam hinhörte, konnte man trotz des ungeheuren Lärms der Lastwagen die dumpfen, fern am Hafen aufsteigenden Geräusche wahrnehmen. Ich stand wieder auf, ging wieder weiter. Ich brauchte vielleicht eine Stunde, um den Platz zu erreichen. Im Schatten von Platanen machten sich frisch besprengte Caféterrassen breit. Ich nahm auf der ersten Platz. Dort, wahrscheinlich aufgrund meiner Erschöpfung, verstand ich nichts mehr von der Geschichte, die mir widerfuhr, und es schien mir, daß ich niemals die für sie erforderliche Kraft aufbringen würde. Aber das dauerte nicht lange. Ich schloß die Augen, öffnete sie wieder, und es war vorüber. Die Serviette in der Hand, fragte mich ein ganz weiß gekleideter Kellner, was ich trinken wolle. Kaffee, sagte ich. Ich war nicht gestorben vor Liebe zu der Frau des Matrosen von Gibraltar.

»Eiskaffee?«

»Ich weiß nicht.«

»Fühlen Sie sich nicht wohl?«

»Ganz wohl, nur müde.«

»Dann wird vielleicht ein heißer Kaffee besser sein.«

»Ja, heiß«, sagte ich.

Er entfernte sich. In Richtung zum Meer war der Platz der höchstgelegene Punkt der Stadt. Sie erstreckte sich bis zum Handelshafen und zum Sporthafen ein wenig weiter rechts von ihm. Die *Gibraltar* lag dort, sie war die größte aller Jachten, man erkannte sie sofort. Vielleicht schlief Anna noch, vielleicht war sie wach, fragte sich, wo ich nur sein könne. Vielleicht, wer weiß, war der Matrose von Gibraltar an Bord. Der Kellner kam mit dem Kaffee.

»Wollen Sie etwas essen?«

Ich wollte nichts essen. Er bemerkte, daß ich zum Jachthafen blickte. Es war Mittagszeit, es waren wenig Gäste da, und er hatte Zeit zu plaudern.

»Die *Gibraltar* ist heute morgen eingelaufen«, sagte er.

Wahrscheinlich zuckte ich leicht zusammen, aber er bemerkte es nicht, er blickte auf den Hafen. Die Schiffe interessierten ihn.

»Kennen Sie das Schiff?«

»Es gibt nicht viele von sechsunddreißig Meter Länge, die *Gibraltar* ist eines der letzten, da kennt man sie natürlich.«

Ich trank den Kaffee, so heiß wie er war. Er schmeckte recht gut. Ich trank gern Kaffee, trank morgens immer viel. Um den Platz lief eine Einbahnstraße, die Lastwagen umfuhren ihn ohne Unterlaß. Die Eisenspäne glühten in der Sonne. Ein arabischer Händler blieb vor mir stehen. Er verkaufte harmlose Karten, Ansichten der Stadt. Ich kaufte eine, nahm einen Bleistift und schrieb Jacquelines Adresse, das heißt meine, darauf. Das hatte ich mir vorgenommen, ehe wir Europa verließen. Beim Schreiben sah ich meine Hände. Seit Rocca hatte ich, in Ermangelung von Garderobe, mich nicht umgezogen und weder Zeit noch Bedürfnis gehabt, mich oft zu waschen. Neben mir stand der Kellner und sah noch immer zum Hafen. Ich war ihm völlig gleichgültig. Aber es war die Stunde des Tages, in der die Kellner nichts mit sich anzufangen wissen und Unterhaltung schätzen.

»Das Schiff wird von einer Frau bewohnt«, sagte er. »Sie reist um die Welt.«

»Aber wie, einfach so, ohne aufzuhören um die Welt?«

»Man sagt, sie suche nach jemandem. Aber was die Leute nicht alles behaupten...«

»Das ist wahr... was die Leute so reden...«

»Jedenfalls ist sie reich wie Krösus. Muß sich halt irgendeine Beschäftigung suchen.«

Ein einzelner Gast trat ein und rief den Kellner. Ich überlegte, was ich Jacqueline wohl schreiben könne. Mir fiel jedoch nichts ein. Meine Hände waren schmutzig. Ich schrieb: Ich denke an Dich. Dann zerriß ich die Karte. Die ankernden Jachten tanzten auf dem Meer. Müßige Frauen gingen an der Terrasse vorüber, einige Dirnen, die zu den einzelnen, unbeschäftigten Männern hinübersahen. Alle führten mich zurück zu ihr, die wohl noch in meiner Kabine schlief. Ich dachte daran, mit welcher Schamlosigkeit sie schlief. Wenn ich es mir allzu deutlich vorstellte, tat mir der Körper weh.

Der Kellner kam abermals und postierte sich neben mich. Ich bestellte eine eisgekühlte Menthe. Ich wollte mich bis in die Eingeweide abkühlen. Keinen Schmerz mehr empfinden und trank sie in einem Zug. Aber auch die Menthe führte mich nur wieder zu ihr. Ich versuchte mir die eisgekühlten Getränke in Florenz ins Gedächtnis zu rufen, die allein mich gänzlich beschäftigt hatten und die ich ganz allein wieder ausgeschwitzt hatte, doch vergebens. Dieses hier war anders, von verzehrender Würze. Ich erinnerte mich weder an die Hitze noch an meine Einsamkeit in den fünf Tagen, die sie angehalten hatten. Ich war ein Mensch ohne Erinnerung geworden. Jacqueline kam mir ebenso wenig ins Gedächtnis wie die florentiner Menthe, ich konnte mir kaum mehr ihr Gesicht, nicht einmal mehr ihre Stimme vorstellen. Sechs Tage waren vergangen, seitdem ich sie verlassen hatte.

Ich mußte lange in diesem Café geblieben sein. Es füllte sich allmählich mit Leuten, die vom Mittagessen kamen. Der Kellner sprach nicht mehr mit mir, er hatte viel zu tun. Kein Platz war mehr leer auf der Terrasse. Er trat zu mir und bedeutete mir freundlich, daß ich gehen müsse.

»Hundert Francs«, sagte er, »entschuldigen Sie.«

Ich zog meine Brieftasche. Sie enthielt alles, was ich besaß, die Ersparnisse eines kürzlich beendeten Lebens, das acht Jahre gedauert hatte und an das ich keinerlei Erinnerung mehr bewahrte. Ich legte den Hundertfrancsschein auf den Tisch und sagte dem Kellner, daß ich gern noch etwas bleiben würde.

»Dann müssen Sie noch etwas bestellen.«

Ich bestellte noch einen Kaffee. Er brachte ihn mir sofort und sagte, das mache fünfunddreißig Francs. Ich gab ihm einen Tausendfrancschein. Er hatte kein Wechselgeld und ging, um welches zu holen. Auf diese Weise gewann ich zehn Minuten. Ich trank den Kaffee. Er entfaltete sich in meinem Mund wie der Duft ihres Haares. Der Kellner brachte das Wechselgeld. Ich entschloß mich endlich zu gehen und begann wieder durch die Stadt zu wandern. Meine Müdigkeit hatte vielleicht ein wenig nachgelassen, aber der Kaffee verursachte mir Herzklopfen, und auch jetzt noch konnte ich nur sehr langsam gehen. Die Restaurants leerten sich. Der Wind hatte sich gelegt, und es war viel wärmer als am Vormittag. Bald darauf hörte ich es zwei Uhr schlagen. Wahrscheinlich hatte ich Hunger, aber es kam mir nicht in den Sinn, essen zu gehen. Ich hatte andere Sorgen, ich wußte nicht, ob ich wieder an Bord zurückkehren oder die Jacht ohne mich weiterfahren lassen sollte. Ich fand einen Park. Eine leere Bank im Schatten einer Platane. Ich setzte mich und schlief ein. Ich muß eine halbe Stunde geschlafen haben. Als ich aufwachte, ängstigte mich das Glück immer noch, und ich wußte immer noch nicht, ob ich an Bord zurückkehren würde. Doch obwohl ich es nicht wußte, stand ich auf und suchte den Boulevard, über den ich gekommen war. Dazu brauchte ich einige Zeit. Er war wie zuvor, noch genauso anstrengend, von den roten Lichtern der Übergänge für Fußgänger durchschnitten, von der brandenden Oberfläche der vom Hafen herauffahrenden Lastwagen überzogen. Ich ging sehr langsam über denselben Weg wie am Morgen zum Kai hinab. Die *Gibraltar* lag da in der prallen Sone, die Decks waren leer. Man füllte Öl ein. Bruno hatte die Aufgabe übernehmen müssen.

»Du solltest an Bord gehen«, sagte er.

»Steigst du nicht in Tanger aus?«

»Wo ich aussteigen werde, wirst du ja sehen. Du solltest an Bord gehen.«

So ging ich wieder an Bord, Bruno im Rücken, der mich bewachte. Ich ging gleich in die Bar. Sie saß dort vor einem Glas Whiskey. Sie hatte mich den Kai überqueren und an Bord gehen sehen. Epaminondas war bei ihr. Sie hatte Angst gehabt. Sobald sie mich sah, gestand sie es ohne Scham:

»Ich habe Angst gehabt.«

Ich sah sofort, daß sie ziemlich viel Whiskey getrunken haben mußte. Epaminondas schien über meine Rückkehr recht froh zu sein.

»Ich habe dich gesucht«, sagte er spaßend, »immer alle suchen, das ist kein Leben. Wenn ich anfangen muß, jetzt auch noch dich zu suchen...«

»Ich war in einem Café«, sagte ich.

»Du hast getrunken«, sagte sie.

»Kaffee und eine Menthe.«

»Du siehst aber betrunken aus.«

»Ich bin auch betrunken.«

»Er hat nichts gegessen«, sagte Epaminondas.

Sie stand auf, holte ein Stück Brot und Käse, reichte mir beides, dann, als wäre dies das letzte gewesen, was sie nach all den Gläsern Whiskey noch hatte tun können, sank sie neben mir in einen Sessel.

»Mir wäre lieber gewesen, du wärst in ein Bordell gegangen«, sagte sie.

»Als ob er das noch nötig hätte«, sagte Epaminondas.

Dann sah sie mir stumpf, ohne ein Wort, beim Essen zu und verfolgte mechanisch jede meiner Bewegungen, fast so, als sähe sie mich zum ersten Mal. Als ich fertig war, stand sie auf und holte drei Gläser Whiskey. Epaminondas half ihr dabei, sie zu bringen. Sie schwankte.

»Trink nicht mehr«, sagte ich. »Wir wollen einen Spaziergang machen durch die Stadt.«

»Ich bin ein bißchen blau«, sagte sie lächelnd.

»Sie kann sich nicht mehr auf den Füßen halten«, sagte Epaminondas.

»Ich habe nicht getrunken«, sagte ich, »ich werde dich beim Gehen stützen. Ich hätte gern, daß du mitkommst.«

»Zu welchem Zweck?« fragte sie.

»Zu keinem«, sagte ich. »Nichts hat einen Zweck.«

Epaminondas ging, vielleicht ein wenig gekränkt, weil ich ihn nicht aufgefordert hatte, uns zu begleiten. Ich stieg mit ihr hinunter in ihre Kabine und half ihr, sich anzukleiden. Sie zog ein Kleid an. Ich erinnere mich an dieses Kleid aus grün und rot gemustertem Baumwollgewebe. Und sie nahm einen Hut, der etwas zu klein war, um all ihr Haar zu fassen, und setzte ihn sich oben auf den Kopf. Ihr Gesicht darunter war ein wenig wie das einer mit offenen Augen Schlafenden. Sie wollte die Gangway allein hinabsteigen. Aber es gelang ihr nicht, Angst packte sie, und sie blieb in der Mitte stehen. Ich faßte sie unter den Arm und führte sie. Ich weiß nicht, wie viele Whiskeys sie getrunken hatte, aber sie war wirklich sehr betrunken. Wenn sie mit Epaminondas allein war, trank sie, ohne aufzuhören. Sobald wir an Land waren, wollte sie in einem Café einkehren und weitertrinken. Aber da war kein Café. Ich sagte es ihr und zwang sie, weiterzugehen. Wir nahmen die Querstraße und gelangten auf den Boulevard. Dort blieb sie stehen und wollte wieder in ein Café gehen. Aber da war auch kein Café. Daraufhin sagte sie, sie wolle sich auf eine Bank setzen. Das wollte ich nicht, denn ich fürchtete, daß sie, säße sie erst, sofort einschlafen würde. Sie leistete Widerstand. Sie machte die Bewegung des Sich-Hinsetzens, und ich zog sie so heftig, daß ihr der Hut vom Kopf fiel und ihre Frisur sich vollkommen löste. Sie merkte es kaum. Ich hob den Hut auf. Sie begann weiterzugehen, mit gelöstem Haar. Die Leute blieben stehen, um uns nachzusehen. Sie merkte es nicht. Manchmal war sie so müde, daß sie die Augen schloß. Nie hatte ich sie in einem solchen Zustand gesehen. Ich war in Schweiß gebadet. Aber ich hatte nun viel mehr Kraft als zuvor, und es gelang mir, sie mitzuschleifen. Wir brauchten wohl eine halbe Stunde, um die Mitte des Boulevards zu erreichen. Die Steigung wurde sanfter. Es war vier Uhr Nachmittag. Der Wind hatte sich erhoben und blies ihr das aufgelöste Haar ins Gesicht. Das Haar war lang und reichte ihr über die Brüste und den oberen Teil des Bauchs. Ich zerrte sie so heftig, daß man hätte glauben können, ich zerrte sie zu einer Polizeistation oder sie hätte den Verstand verloren. Ich fand sie schöner, als ich es jemals hätte sagen können. Ihr Anblick machte mich ebenso betrunken, wie sie war. Sie sagte mir in einem fort, ich solle sie in Ruhe lassen.

»Laß mich los.«

Sie schrie nicht. Sie bat mit gleichbleibender Sanftheit darum, die manchmal mit einer gewissen Überraschung vermischt war, weil ich darauf beharrte, nicht auf sie zu hören.

»Du mußt weitergehen«, sagte ich.

Ich wiederholte, daß es sein müsse, ohne ihr zu sagen, warum, wußte ich es denn selbst? Nein, daß es unbedingt sein müsse. Im ersten Augenblick glaubte sie mir und setzte einige Minuten lang einen Fuß vor den anderen. Dann gewann ihre Trunkenheit wieder die Oberhand, und sie bat von neuem darum, in Ruhe gelassen zu werden, und versuchte, meinen Schritt zu bremsen. Daraufhin versuchte ich wieder, sie davon zu überzeugen, daß sie unbedingt weitergehen müsse. Auch nicht einmal gab ich die Hoffnung auf, bis zu dem Platz zu gelangen. Wir gelangten hin. Auch sie setzte sich mechanisch auf die erste Caféterrasse, eben jene, auf der ich Station gemacht hatte. Sie legte den Kopf auf die Sessellehne und blieb so, mit geschlossenen Augen, ruhig sitzen. Der Kellner kam. Es war derselbe wie am Vormittag. Er erkannte mich und grüßte. Er pflanzte sich vor uns auf, und er und ich, wir betrachteten sie. Er begriff und lächelte mir freundlich zu.

»Eine Minute noch«, sagte ich.

Er ging. Ich nannte sie leise beim Namen:

»Anna.«

Sie schlug die Augen auf, und ich strich ihr das Haar zurück. Sie ließ es geschehen. Ihr war sehr heiß. Strähnen klebten ihr auf der Stirn.

»Wir werden ein Eis essen«, sagte ich.

Ich rief den Kellner, der, in einigen Metern Entfernung nicht aufgehört hatte, neugierig nach uns zu schielen. Ich bestellte zwei Portionen Eis.

»Welche Sorte?«

Die Frage brachte mich zum Lachen. Er verstand auch das.

»Vanille«, sagte er. »Vanille ist am besten.«

»Nein«, sagte sie, »kein Eis.«

Der Kellner blickte mich fragend an.

»Zwei Portionen Vanilleeis«, wiederholte ich.

Sie erhob keinen Einspruch. Sie schaute auf die Passanten, die jetzt zahlreich waren. Der Nachmittag neigte sich dem Ende zu. Aber noch immer fuhren die Lastwagen vorüber. Und nun auch Autobusse. Der Kellner kam mit dem Eis. Es war nicht besonders gut. Sie nahm einen Löffel voll, zog eine Grimasse und ließ es stehen. Dann sah sie mir mit einer Art schwacher Neugier zu, wie ich meines aß. Ich aß es gänzlich auf. Auf dem Boulevard entstand eine Verkehrsstauung, und der Platz füllte sich mit Lastwagen und haltenden Autobussen. Zwei Busse hielten vor dem Café, der eine war mit kleinen Mädchen, der andere mit kleinen Jungen besetzt. Alle Fahrzeuge hupten zu gleicher Zeit. Die kleinen Jungen sangen »Auprès de ma blonde«, die kleinen Mädchen sangen zu gleicher Zeit ein englisches Lied. Vor dem Bus mit den kleinen Jungen stand ein anderer mit alten Amerikanerinnen, die gerührt den Bus mit den kleinen Jungen betrachteten. Der Lärm war außerordentlich. Sie kniff die Augen zu, konnte ihn schlecht ertragen. Verstand nichts von dem, was vorging, und ergab sich doch darein, fast so, als hätte ich sie, als sie schlief, von der Jacht auf diese Terrasse gebracht. Ihre Miene war noch immer traurig, aber sie war nun nicht mehr so betrunken.

»Ißt du dein Eis nicht?«

»Es schmeckt nicht besonders gut.«

Sie zog eine Grimasse, versuchte dabei zu lachen.

»Du solltest es nicht stehen lassen«, sagte ich, »mit Rücksicht auf den Kellner.«

Sie machte einen Versuch, dann gab sie es auf.

»Ich kann nicht.«

Nicht wenige Matrosen und Soldaten der verschiedensten Nationalitäten gingen paarweise vorüber. Vor dem Café verlangsamten sie den Schritt und starrten verblüfft und dümmlich auf die Frau mit dem aufgelösten Haar.

»Du wirst jetzt einen Kaffee trinken, einen guten Kaffee«, sagte ich.

»Warum einen Kaffee?«

»Ein guter Kaffee tut gut.«

Wenige Meter von uns entfernt stand der Kellner, dem Hafen zugewandt zwar, aber er beobachtete uns unablässig. Ich bestellte den Kaffee.

»Warum?« fragte sie wieder.

Der Kellner brachte den Kaffee. Er war nicht besonders gut, kaum warm. Sie kostete ihn und sagte im Ton der tiefsten Betrübnis, dem Weinen nahe:

»In diesem Café ist aber auch alles schlecht. Das Eis taugt nichts.«

Ich nahm ihre Hand und erklärte ihr:

»So geht's überall in der Stadt. Wenn das Eis in einem Café schlecht ist, ist es in der ganzen Stadt, in allen Cafés der Stadt schlecht. Alle Cafés beziehen vom selben Eishersteller.«

»Und der Kaffee?«

»Mit dem Kaffee verhält es sich anders«, sagte ich. »Wenn du magst, können wir einen Filterkaffee bestellen.«

»O nein«, sagte sie.

Sie nahm eine Zigarette. Aber ihr Feuerzeug funktionierte nicht. Sie seufzte tief. Ich nahm ihr die Zigarette aus dem Mund und zündete sie an. Für gewöhnlich verlor sie wegen solcher Unannehmlichkeiten nie die Geduld und beklagte sich nie über etwas. Sie rauchte die Zigarette, verkrampfte die Lippen vor Widerwillen.

»Wir wären besser an Bord geblieben«, sagte sie und fügte hinzu: »Es ist immer so, wenn man an Land geht.«

Ich spürte, wie ein unüberwindliches Lachen mein Gesicht verzerrte. Sie bemerkte es nicht.

Die Straße zog sich vor uns hin, mit Fahrzeugen überfüllt. In dichten Reihen, mit infernalischem Lärm fuhren Autobusse, Personenwagen und Lastwagen an der Terrasse entlang.

»Ich werde nie wieder an Land gehen«, sagte sie.

»Das wirst du aber müssen«, sagte ich, »wenn wir erst in Dahome sind bei Epaminondas' Ewe.«

Sie lächelte mir so gut sie konnte freundlich zu.

»Ich bin sicher, daß es ein Erfolg wird«, sagte ich, »wir werden Kudus jagen und viel Spaß haben. Die Leute machen gewöhnlich den Fehler, sich nicht genügend zu amüsieren. Wir werden uns verkleiden, ich setze einen Tropenhelm und eine schwarze Brille auf und ziehe Reithosen an, und dir gebe ich eine kleine Jagdtasche, die uns sehr von Nutzen sein wird, wenn wir schwach werden.«

»Nein«, sagte sie.

»Abends im Zelt, während der Löwe brüllt, werde ich dir erzählen. Nehmen wir Epaminondas mit?«

»Nein.«

»Ich werde dir viel erzählen«, sagte ich.

»Nein«, sagte sie, »es gibt keine Kudus mehr.«

»Die Welt ist voll von ihnen«, sagte ich, »du verstehst nichts davon.«

»Es ist nicht mehr er, auf den ich jetzt warte«, sagte sie.

»Man wartet immer auf etwas«, sagte ich. »Wenn die Wartezeit zu lang wird, dann ändert man das und wartet auf etwas anderes, was rascher kommt. Die Kudus sind dafür geeignet, für die kurzen Wartezeiten. Daran mußt du dich gewöhnen.«

Sie antwortete nicht. Es wurde schwer, miteinander zu sprechen, man mußte beinahe schreien. In regelmäßigen Abständen, denen des roten Lichts, brach ein Sturm von Getöse über uns herein. Die Häuser erzitterten, die Unterhaltungen verstummten.

»Ich würde gern aufbrechen, aber du wirst noch nicht gehen können. Du mußt erst einen guten Kaffee trinken.«

»Nein«, sagte sie, »keinen Kaffee.«

Ich rief wiederum den Kellner. Und ich erklärte ihm, daß sie einen guten Kaffee haben müsse.

»Das ist sie«, sagte ich ihm mit dem Ausdruck geheimen Einverständnisses, »die Frau von der *Gibraltar*.«

Er schien verblüfft. Er glaubte mir sofort, zweifelte keine Sekunde daran. Und als sei dies eine Erklärung von ausreichendem Gewicht, sagte er mir, er werde einen Filterkaffee bringen. Das werde kaum zehn Minuten beanspruchen. Ich sagte ihm, daß wir warten würden. Sie war nicht dieser Ansicht.

»Ich möchte zurück an Bord«, sagte sie.

Ich tat so, als hätte ich nicht gehört. Während der zehn Minuten, die wir auf den Kaffee warteten, ertrug sie nur schwer den Lärm des Platzes.

»Es lohnt sich nicht zu warten«, sagte sie, »der Kaffee wird bestimmt schlecht sein.«

Sie hätte gewünscht, daß alles schlechter wäre, als es war, daß alles schlechter und schlechter würde. Ich glaubte, daß sie weinen werde und ich nahm ihre Hand und hielt sie fest in der meinen, um es zu verhindern. Der Kellner bemerkte, wie ungeduldig sie war. Er kam zurück zu uns, und ich erklärte ihm noch einmal, ich verließe mich auf seine Zusage, der Kaffee müsse gut werden. Er sagte, er bereite ihn selbst zu, das Wasser sei aufgesetzt, mehr könne er nicht tun. Sie lächelte dem Kellner zwar zu, ein wenig jedoch so, als wäre alles, was geschah, meine Schuld und nicht die seine, und als wolle sie ihm deutlich machen, daß ihn kein Vorwurf treffe.

»Jetzt muß er fertig sein«, sagte er, »ich bringe ihn gleich.«

Er verschwand und kam fast im Laufschritt mit dem Filterkaffee zurück. Nun mußte gewartet werden, bis das Wasser durchgelaufen war. Ich klopfte auf den Filter, um es zu beschleunigen.

»Du wirst alles verderben«, sagte sie.

Ich kostete den Kaffee. Er war gut. Sie nahm ihn mir aus der Hand und trank ihn in einem Zug. Er war sehr heiß, sie verbrannte sich und jammerte von neuem.

»Er war gut«, sagte ich.

»Ich weiß nicht, ich möchte weggehen.«

Ich sagte ihr, sie müsse sich frisieren. Sie band sich den Schal um das Haar.

»Wohin willst du gehen?«

Sie richtete sich sehr gerade auf, die Augen voller Tränen.

»Ach, ich weiß nicht, ich weiß es nicht.«

»Wir werden ins Kino gehen.«

Ich faßte sie beim Arm. Sie nahm ihren Hut. Wir bogen in eine Allee ein, die vom Hafen fort und zum Strand führte. Dort gab es offensichtlich keine Kinos, es war ein Viertel der Banken und Bürohäuser. Sie bemerkte es nicht, blickte nicht hin. Die Allee war ruhig, sie führte zu einem Park, den man von fern sah. Man bekam Lust, wieder auf den Boulevard zurückzukehren. Wir gingen zehn Minuten lang, dann kehrte ich um.

»Du weißt nicht, was du willst«, sagte sie.

»Ich weiß es. Einen Film. Das muß man von Zeit zu Zeit haben.«

Ich hätte nicht mehr sagen können, ob ich sie nicht jetzt erst zu lieben begonnen hatte. Ja, ich hätte glauben können, daß es jetzt erst begann. Ich drückte ihren Arm sehr fest, sie schnitt leichte Grimassen, doch fast so, als müsse sie den Schmerz, den ich ihr zufügte, ertragen, wie den Lärm der Lastwagen, wie alles übrige, einen Schicksalsschlag. Ich hätte gewünscht, sie noch nicht zu kennen, und versuchte mir vorzustellen, daß sie vor mir hergehe, mit diesem Gesicht, diesen Augen. Natürlich gelang es mir nicht. Ich fand sie jedoch schöner, und sie erstaunte mich mehr noch als an dem Tag, da ich sie hinter dem Schilf entdeckt hatte.

»Warum ins Kino?« fragte sie leise.

»Warum nicht?«

»Weißt du denn, in welches Kino wir gehen wollen?«

»Selbstverständlich weiß ich das«, sagte ich.

Sie wandte sich um und sah aus, als verdächtigte sie mich irgendeiner bösen Absicht.

»Ich möchte dir etwas sagen«, sagte ich.

»Was hat das mit dem Kino zu tun?«

»Wer weiß«.

Wir kamen auf den Boulevard, der vom Platz zum Hafen

führte, und stießen wieder auf die langen Schlangen mit Eisenspänen und Kohle beladener Lastwagen. Ich blieb an einem Fußgängerübergang stehen. Es bestand keine Notwendigkeit, die Fahrbahn zu überqueren, und ich glaube, daß sie sich dessen auch bewußt war, aber sie wies mich nicht darauf hin.

»Wir werden hinübergehen«, sagte ich.

Ja, ich glaube, sie hatte verstanden, denn auf der anderen Seite des Boulevards war offensichtlich kein Kino. Und sie war kaum noch betrunken. Ein Polizist in Weiß, der in einer Art ebenso weißem erhöhtem Mastkorb stand, regelte den Verkehr der Feilspan-Ungetüme mit päpstlichen Gebärden. Auf eine Bewegung seiner behandschuhten Hand hin blieben sie im ohrenbetäubenden Kreischen der Bremsen stehen.

»Schau den Polizisten an«, sagte ich.

Sie schaute ihn an und lächelte. Ich wartete einmal, dann ein zweites Mal das Zeichen des Polizisten ab. Jede Passage, sowohl der Fußgänger, als auch der Lastwagen, dauerte drei Minuten. Der Verkehr war sehr dicht.

»Es dauert lang«, sagte sie.

Das zweite Signal wurde eingestellt. Die Lastwagen hatten freie Bahn. Ein mit Kisten beladener Laster fuhr heftig an. Auf dem Übergang war niemand mehr. Der Polizist vollführte eine halbe Drehung und breitete die Arme aus wie ein Gekreuzigter. Ich packte sie bei den Schultern und zog sie mit mir voran. Sie sah alles, den anfahrenden Lastwagen, den fußgängerleeren Übergang. Sie ließ es mit sich geschehen. Zum ersten Mal hatte ich nicht mehr das Gefühl, sie weiterzuzerren. Wir stürzten nach vorn. Der Kotflügel des Lastwagens streifte mein Bein. Eine Frau schrie auf. Kurz bevor wir auf der Verkehrsinsel ankamen, unmittelbar nach dem Aufschrei der Frau und während der Polizist uns anbrüllte, sagte ich ihr, daß ich sie liebe.

Sie blieb unbeweglich neben der Verkehrsinsel stehen. Ich preßte sie fest an mich, um zu verhindern, daß sie gegen die Lastwagen fiel. Es war nicht viel, was ich ihr gesagt hatte.

Von Tausenden, die ich ihr hätte sagen wollen, ein paar Worte. Doch ich glaube, daß sie zum ersten Mal, seit sie den Matrosen von Gibraltar verloren hatte, das Bedürfnis empfand, sie von jemandem zu hören. Regungslos, ein wenig bleich, stand sie neben der Verkehrsinsel.

»*Papers!*« schrie der Polizist.

Während ich sie mit einem Arm festhielt, zog ich meinen Ausweis hervor und reichte ihn dem Polizisten. Er war nicht sehr in Zorn geraten. Er glaubte wohl, als er sie so verzagt sah, daß sie große Angst gehabt hatte, ich würde überfahren. Sie blickte ihn lächelnd an und ganz so, als richteten sich ihre Gedanken nur auf ihn. Der Polizist sah es und lächelte ebenfalls. Er gab mir meinen Ausweis zurück und vollführte eine halbe Drehung, um den Lastwagen Halt zu gebieten und uns die Straße überqueren zu lassen. Wir gingen hinüber.

»Ich habe keine große Lust, ins Kino zu gehen«, sagte sie.

Sie lachte. Ich lachte auch. Die Straße drehte sich wie ein Karussell um uns. Ich war im Rausch, es ihr gesagt zu haben. Wir machten uns in entgegengesetzter Richtung auf den Weg und überquerten wieder den Fußgängerübergang, dies beim vereinbarten Signal. Der Polizist schien überrascht, er lächelte ihr aber wieder zu. In einer kleinen Seitenstraße des Boulevards fanden wir ein Kino. Kurz vor dem Abendessen kehrten wir an Bord zurück. Wieder wartete Laurent auf uns, um ablegen zu können.

Die Reise dauerte zehn Tage.

Sie verlief ruhig und heiter.

Ich wurde ein aufrichtiger Mensch. Das begann nach Tanger, und es hielt an. Auch sie wurde aufrichtig, und auch für sie begann es nach Tanger, und es hielt an. Ich will nicht behaupten, daß wir es ganz waren, als wir in Cotonou ankamen, nein, sondern nur, daß wir es weit mehr waren als zu Anfang. Aufrichtig zu werden dauert lang und ist mühsam, das weiß jeder, man kann es nicht in einem Tag, nicht einmal in zehn Tagen werden, nur damit anfangen, es zu werden.

Die Überfahrt verlief also ruhig und heiter.

In Casablanca kaufte ich drei Hemden und begann mich wieder zu waschen und sauber zu halten. Natürlich fiel auch das ein wenig schwer. Aber in Grand-Bassam war ich fast schon wieder proper geworden. Um wieder schlafen zu lernen, brauchte ich etwas mehr Zeit. Aber ich schlief immerhin jede Nacht, besser oder schlechter, doch jede Nacht. Allmählich, jeden Tag ein wenig mehr, nahm ich den Platz ein, der mir auf diesem Schiff zukam. Und sie ließ mir jeden Tag ein wenig mehr Muße, ihn auszufüllen, verstand jeden Tag ein wenig mehr, daß es für sie und für mich so viel besser war. Dieser Platz wurde mir bald sehr teuer. Von fern betrachtet mag es vermutlich leicht erscheinen, sich an ein solches Dasein zu gewöhnen, ich glaube jedoch, daß nur wenige Männer sich so gut daran gewöhnt hätten wie ich. Wie für alles übrige gilt, daß man, um gut zu suchen, nur das tun darf, es tun muß, ohne einer anderen Tätigkeit nachzutrauern, ohne je daran zu zweifeln, daß die Suche nach einem einzigen Menschen den totalen Einsatz eines anderen Menschen wert ist. Mit anderen Worten, man muß davon überzeugt sein, daß man nichts Besseres zu tun hat. Das traf für mich zu. Ich hatte nichts Besseres zu tun. Ich meine, als ihn zu suchen. Und obwohl dies eine sehr heikle und schwierige Tätigkeit ist, die ein höchst widersprüchliches Aussehen annehmen kann, zum Beispiel das des totalen Müßiggangs, und ich noch weit davon entfernt bin, alle ihre Aspekte und alle ihre Schwierigkeiten zu kennen, glaube ich, ohne mir allzu sehr zu schmeicheln, behaupten zu können, daß ich bereits auf dieser Überfahrt begonnen hatte, ein guter Sucher nach dem Matrosen von Gibraltar zu werden.

Wir machten in Casablanca Station, in Mogador, Dakar, Freetown, Edina und schließlich in Grand-Bassam. Sie ging nur zweimal an Land, in Dakar und Freetown, und diese beiden Male begleitete ich sie. Aber ich stieg auch an allen anderen Stationen aus, in Casablanca, Mogador, Edina und Grand-Bassam, und dann in Begleitung von Epaminondas.

Aufgrund dieser Landausflüge mit ihr und sogar auch mit Epaminondas begann ich eine bestimmte Geographie gern zu betreiben: die menschliche Geographie. Wenn man reist, um nach jemandem zu suchen, ist das Vergnügen ein anderes als bei simplen Reisen. Wir waren keine Touristen, weit davon entfernt, Touristen sein zu können. Denjenigen, die nach einem Menschen suchen, bedeutet jeder Zwischenaufenthalt gleich viel, ihnen ist er weniger eine natürliche Landschaft als ein Schlupfwinkel für eine bestimmte Art Leute. Er, der Matrose von Gibraltar, war zweifellos jener Zeiger, der sozusagen zwischen der Welt und uns eine Verbindung herstellte, mächtiger als jede andere. Gewiß, wir fuhren nach Cotonou, um ihn dort zu suchen, doch es war uns unmöglich zu vergessen, daß wir ihn schon viel früher, auf jeder Zwischenstation finden konnten. Wenn wir zufällig einmal ihren Kunststoffatlas auffalteten, schien dieser uns, während wir nach Cotonou fuhren, gänzlich von ihm, allein von ihm erfüllt zu sein. Und wenn wir durch die Alleen von Dakar oder die Sträßchen von Freetown oder über die Docks von Grand-Bassam gingen, suchten wir ihn unwillkürlich in jedem weißen Mann dieser Hafenstädte. Die Natur erschien uns daneben fade. Von diesen Landausflügen kehrte ich jeweils sehr müde zurück. Um mich zu stärken, trank ich Whiskey. Ich trank ständig mehr. Sie trank übrigens auch mehr und mehr. Und je näher wir unserem Fahrtziel kamen, desto mehr tranken wir. Wir tranken abends. Dann auch nachmittags. Dann auch morgens. Jeden Tag fingen wir ein bißchen früher an damit. Es war immer Whiskey an Bord. Selbstverständlich trank sie schon seit langem, seitdem sie ihn suchte, doch auf dieser Reise tat sie es, glaube ich, mit größerem Vergnügen als früher. Sehr bald trank ich im selben Rhythmus wie sie und erhob, wenn wir zusammen waren, keinen Einspruch mehr dagegen, daß sie zu viel trank. Wahrscheinlich deshalb, weil wir aufrichtig wurden. Wir tranken hauptsächlich Whiskey, und auch Wein, Pernod. Aber Whiskey tranken wir selbstverständlich am liebsten. Mehr noch als ein amerikanisches Getränk, ist dieser Alkohol das Getränk der langen Suche auf See schlechthin.

Wir fuhren an der afrikanischen Küste entlang und hatten sie nach Tanger immer in Sichtweite. Bis zum Senegal war sie felsig und zerklüftet, von dort an wurde sie flach und grau und blieb es bis zum Ziel. Mit Hilfe des Whiskeys fanden wir sie mitunter vielgestaltig.

Und einmal sogar entdeckte ich ihretwegen den komischen Aspekt meiner Lage. Als ich sie ewig so an uns vorbeiziehen sah, fand ich es plötzlich lächerlich, dermaßen an dieses Schiff gebunden zu sein, daß ich mich nicht einmal mehr darüber wunderte, nach Afrika zu gondeln, auf die Gefahr hin, beim ersten Anlaß ausgebootet zu werden. Sie lachte und sagte, daß es vielen Leuten gleich ergehe, ohne daß sie es allerdings wüßten, da nicht alle Welt über die afrikanische Küste verfüge, um sich dessen bewußt zu werden, und daß diese Lage nicht so außergewöhnlich sei, wie ich es vermute.

Kurz vor Cotonou, drei Tage vor unserer Ankunft, gerieten wir in einen ziemlich schweren Sturm. Bullaugen und Türen wurden geschlossen, und niemand durfte mehr an Deck gehen. Epaminondas wurde seekrank und bereute es, daß er sich hatte »verführen« lassen. Der Sturm dauerte zwei Tage. Das Schiff hob sich wie ein Pottwal aus dem Wasser, dann sank es leblos wieder in die schrecklichen Schlünde. Jedesmal konnte man daran zweifeln, daß es wieder auftauchen werde. Bruno stellte sich diese Frage oft und Epaminondas einige Male. Für uns war es anders. Diese ständige vergebliche Bewegung des Schiffs, es kam nicht voran und hielt sich, so gut es konnte, hätte uns zwischen unseren Bemühungen und seinen eine Ähnlichkeit entdecken lassen können. Aber wie das Schiff und wie alle setzten wir tags darauf diese Anstrengungen fort. Und der Sturm dauerte tags darauf an, aber die Sonne brach hervor. Durch die Bullaugen der Bar betrachteten wir das unter der Sonne aufgewühlte Meer. Das war sehr schön. Die Schiffsschrauben drehten sich oftmals außerhalb des Wassers, und das ganze Schiff schrie vor Angst. Aber der

Gedanke, daß es an jenem Tag, vor Epaminondas' Treffen, untergehen könnte, belustigte uns fast.

Am übernächsten Tag also, zwei Tage vor unserer Ankunft, klärte sich das Wetter auf. Um die verlorene Zeit einzuholen, beschleunigten wir von da an die Fahrt zum Matrosen von Gibraltar.

Der Eintritt in afrikanische Küstengewässer geschieht immer plötzlich, ohne Insel, ohne eine Bucht, in der sich die Dünung sanft verliert, ohne jene auf dem Meer tanzenden Archipele, die einen Kontinent ankündigen.

Es war ein schöner Tag. Schwärme von Tümmlern kamen uns entgegen. Sie sprangen, silbrig in der warmen Flut, und versuchten vielerlei Verführungskünste, um einen von uns zu bewegen, sich ihrem heftigen Appetit zu opfern. Sie warf ihnen Brot zu. Eine leichte Dünung wiegte den Ozean, und über Meerestiefen von fünftausend Metern fuhren wir in den Golf von Guinea. Nichts störte den vollkommenen Gesichtskreis außer dem Kamin eines Frachters am späten Nachmittag, und, noch später, einigen gelben Baumwollsegeln. Gegen sechs Uhr abends legten wir in Porto-Novo an.

Die überschwengliche Begrüßung zwischen Louis und Epaminondas dauerte lange. Zwei Jahre zuvor hatten sie sich zuerst in Marseille, dann auf dem Schiff gut kennengelernt und waren Freunde geworden. In der Bar erzählten sie einander von ihrem Leben seit ihrer Trennung, und während einer halben Stunde vergaßen sie uns völlig. Wir warteten sehr zurückhaltend, bis sie fertig waren, und tranken unterdessen Whiskey. Nach mehreren anderen Berufen war es der des Bananenhandels, dem sich Louis mittels eines alten Kutters, den er einer bankrotten Firma abgekauft hatte, nunmehr widmete. Er erzählte Epaminondas, daß er seinen ganzen Gewinn dazu verwende, diesen Kutter zu flicken, und nie einen Sou übrigbehalte. So erfuhren wir, und dies bereits in den ersten Minuten, daß Louis fünfzigtausend Francs benötigte, um sich einen neuen Kutter zu kaufen, denn abgesehen davon, daß dieser seinen ganzen Verdienst aufzehrte, lief Louis bei jeder Ausfahrt Gefahr, nicht heil davonzukommen. Das Thema veranlaßte ihn übrigens, sich wieder an Annas Anwesenheit zu erinnern. Ich sage gleich, daß er sie zwei Tage später bat, ihm diese fünfzigtausend Francs für den neuen Kutter zu geben. Was sie natürlich sofort und sogar mit einer Freude tat, die der Umstand nicht minderte – ganz im Gegenteil –, daß Louis ihr die Nachricht nicht nur deshalb hatte zukommen lassen, weil er den Matrosen von Gibraltar gefaßt zu haben glaubte, sondern auch, um ihr zu erlauben, ihm an Ort und Stelle diesen kleinen Dienst zu erweisen.

Klein, mager, sonnenverbrannt, fiel Louis sowohl durch seine Lebhaftigkeit wie auch durch seine Ungeniertheit auf. Ihn, wie Epaminondas, wie alle Matrosen, die ihr Nachrichten sandten und ihn, zweifellos ein wenig zu rasch »erkannten«, zeichnete eine eigentümliche Anmut aus. Allerdings hatte sie bei ihm wegen seines Aufenthalts in afrikanischer Sonne eine gewisse Maßlosigkeit. Ich glaube, daß viele ihn für wahnsinnig hätten halten können, zumal ich selbst am ersten Tag versucht war, dieses zu tun. Doch es traf nicht zu. Louis verkehrte nur mit den Schwarzen. Die Weißen in Porto-Novo wollten nichts von ihm wissen. Er ging ihnen auf die Nerven. Die Weißen hielten ihn für geschwätzig, unbeständig, nichtsnutzig und ihrem Ruf schädlich. Nur die Schwarzen mochten Louis. Seine Absonderlichkeit störte sie nicht. Und sein ungesichertes Leben von der Hand in den Mund beunruhigte sie nicht, im Gegenteil.

Diese Unsicherheit wurde uns bald sehr lieb. Und auch die Absonderlichkeit ließ Anna nicht zurückschrecken. Nach Jahren der Erfahrung wußte sie nicht allein, daß die geringsten, unbestimmtesten Indizien, die Neulingen in der Materie nur ein Lächeln entlockten, manchmal einen Anflug von Wahrheit besaßen, sie wußte auch, daß man manchmal allen Vertrauen schenken mußte, den Lügnern, den Dummköpfen und sogar den Wahnsinnigen. Jeder kann sich irren, sagte sie.

Sie vertraute Louis so sehr, daß sie, auf seine Angaben hin, zu den entlegenen Regionen Zentralafrikas aufbrach, zu den grünen Savannen des Uële.

Louis wohnte in einem aus zwei Zimmern bestehenden, ziemlich baufälligen kleinen Bungalow, mit Blick zum Hafen. Er war der einzige Weiße in diesem Teil des Eingeborenenviertels. Seit zwei Jahren lebte er mit einer jungen Peul zusammen in ungewissen Verhältnissen, mit denen auch sie sich sehr gut abzufinden schien. Bereits am Abend unserer Ankunft lud er Anna und Epaminondas zum Essen ein. Ich schloß mich ihnen an, und als ich bei ihm eintraf, entschuldigte er sich, von Epaminondas wahrscheinlich ein wenig zu spät über meine Rolle auf dem Schiff aufgeklärt, dafür, mich nicht eingeladen zu haben. Er versicherte mir, er sei erfreut, daß ich gekommen war, und behandelte mich freundschaftlich und mit Natürlichkeit als einen weiteren Mann, den sie mitnahm, um auf annehmlichere Weise auf den Matrosen von Gibraltar zu warten, und der ihr im Grunde ebenfalls bei ihrer Suche behilflich war. Die große Aufmerksamkeit, mit der ich die Geschichte verfolgte, die uns an diesem Abend erzählt wurde, bestätigte ihn übrigens gänzlich in seiner Meinung hinsichtlich meiner Rolle bei ihr. Am Abendessen nahm noch ein vierter Gast teil, Louis' bester Freund, ein schwarzer Lehrer an der Knabenschule von Cotonou. Louis stellte ihn uns als den Mann vor, der in ganz Dahome den Matrosen von Gibraltar am besten kenne und als den Verfasser eines in französischer Sprache geschriebenen, sechshundert Seiten zählenden, von der Propagandaabteilung des Kolonialministeriums herausgegebenen Werks, das die Geschichte der dahomeischen Königin Domicigui, einer Ahne Königs Béhanzin erzählte. Während des Essens war viel von Domicigui die Rede. Umso mehr, als ich, wie alle Redakteure im Kolonialministerium, dieses – weil von einem schwarzen Untertan in französischer Sprache geschriebene – für die Wohltaten des Kolonialismus so beweiskräftige Werk in Händen gehabt hatte. Louis erläuterte uns ausführlich, inwiefern er an seiner

Ausarbeitung und an seiner Korrektur mitgewirkt hatte. Er hielt es für meisterhaft. Ich beglückwünschte den Autor wärmstens dazu. Selbstverständlich vermied ich es, ihm zu gestehen, daß ich kein Wort davon gelesen hatte. Es stellte sich also heraus, daß ich für Louis und seinen Freund außer dem Matrosen von Gibraltar der einzige Weiße war, der ›Domicigui‹ gelesen und geschätzt hatte. Ihre Freude wurde infolgedessen noch größer. Und wegen dieser Fügung waren in ihren Augen auch unsere Begegnung und unser Aufenthalt in Dahome noch stärker gerechtfertigt. Das war nur natürlich. Und obwohl der Bericht, den Louis' Freund uns von seinen Begegnungen mit dem Matrosen von Gibraltar gab, mit Vorfällen gespickt war, die sich auf Dahomes Vergangenheit bezogen, schien dies Anna nicht im geringsten zu stören. Was mich angeht, der sozusagen auf alles gefaßt war, wie hätte es mich stören sollen?

Das Essen war einfach, aber ausgezeichnet. Louis' junge Peul bediente uns mit großer Zuvorkommenheit. Aber sie nahm keinen Augenblick an der Unterhaltung teil. Dahomes Vergangenheit, so ruhmreich sie auch gewesen sein mochte, war ihr offenbar gleichgültig, und die Geschichte des Matrosen von Gibraltar kannte sie wahrscheinlich gut genug, um vom Lehrer nichts Neues mehr erfahren zu müssen. Als das Essen beendet war, setzte sie sich auf den Vorbau des Hauses und stimmte den Singsang der Hirten vom Hochplateau des Atakora an. Anna hatte genügend Flaschen italienischen Wein bringen lassen, so daß sich der Abend bis spät in die Nacht verlängerte und niemand sich mehr über den Bericht ernstlich verwunderte, den Louis' Freund gab.

Dies ist er. Um zwei Uhr morgens begann er ihn, mit gedämpfter Stimme – die Polizei ist überall, sagte er uns –, im Ton des Heldenliedes und des Mysterienspiels, ziemlich angetrunken, begleitet von den heroischen und traurigen Klängen des Singsangs vom Atakora.

»Es gibt in Abomey, der Hauptstadt von Dahome, der einstigen Residenz der als grausam geltenden Könige unseres Dahome, deren größter, wie Sie sicherlich wissen, ach, auch ihr letzter wurde, Béhanzin meine ich, das Auge der Welt, dessen geschichtliche Darstellung und Errettung sich so dringend gebietet, es gibt in Abomey, so sagte ich, einen gewissen weißen Herrn. Dieser weiße Herr stimmt nach Louis' Angaben, nach der Geschichte zu schließen, mit der er mir seit zwei Jahren in den Ohren liegt, persönlich vollkommen, so weit dies möglich ist, mit einem anderen weißen Herrn überein, der Sie interessiert und dessen Auffindung Sie, Madame, Ihr Dasein widmen. Die anderen Weißen der Kolonie bezeichnen ihn gewöhnlich mit den Namen Lump oder Schweinehund oder auch Strizzi – ich wußte nicht, daß dieser für mich neue Name ebenso beleidigend ist wie die anderen, doch Louis sagte mir, er sei es in noch höherem Maße. Die Weißen sagen auch von ihm, er sei die Schande der Kolonie, ich sehe allerdings nicht ein, warum ein einziger von allen Weißen dieses Bordells, wie, entschuldigen Sie gütigst, Louis zu sagen pflegt, die ganze Last dafür auf sich zu nehmen hätte. Das Besondere an diesem Herrn ist, daß er von der weißen Polizei von Porto-Novo und von Cotonou gesucht wird, überhaupt in allen Städten, in denen es welche gibt – mit Ausnahme von Abomey, wo dieser weiße Herr, wie gesagt, wohnhaft ist und wo, wie, entschuldigen Sie gütigst, Louis zu sagen pflegt, die Polizei Schiß hat –, in allen Städten, wollte ich sagen, in denen es weiße Polizei gibt, da die schwarze Polizei ihrer Farbe wegen nicht dazu berechtigt ist, die weißen Verbrecher zu suchen. Ich sage Ihnen ohne Umschweife, daß dieser Herr von der weißen Polizei gesucht wird, denn ich glaube, mit Hilfe meines wenn auch noch so kümmerlichen kleinen Verstandes begriffen zu haben, daß es eine der vornehmsten Eigentümlichkeiten jenes anderen Herrn entspricht, dessen Suche für Sie nun schon lange den bevorzugten Zeitvertreib darstellt. Ich meine, mit Verlaub, den Herrn Matrosen von Gibraltar.

Die hauptsächlich gegen den Herrn Matrosen von Gibraltar erhobenen Anklagen sind zahlreich und vielgestaltig: Mord, jawohl, Diebstahl, Schmuggel und, entschuldigen Sie, Madame, wenn ich mich so auszudrücken wage, doch ich schulde Ihnen die ganze Wahrheit: Vergewaltigungen. Ich möchte jedoch sofort hinzusetzen, daß diese letzte Hauptanschuldigung, diese Vergewaltigungen, und es ist eine kleine Schwäche der Weißen, das nicht einsehen zu wollen, hier in unserem Dahome nur sehr bedingt als Vergehen gilt. Zumal wenn es sich um den Herrn Matrosen von Gibraltar handelt, dessen Ansehen bei uns groß ist, sehr groß und infolgedessen auch bei unseren Frauen und Töchtern, die alle bedauerlicherweise die Sehnsucht nach den alten Zeiten in sich bewahren, als man in Dahome liebte, wie man atmete, in jedem Alter, zu jeder Tageszeit, in allen Stellungen und ohne kontrollierenden Friedensrichter.

Ich meinerseits, ich sage es unumwunden, habe die große Ehre gehabt, mit dem Herrn Matrosen von Gibraltar zu reden. Ich bin, doch wie könnten Sie dies wissen, in Abomey geboren, meine Gattin hält sich dort die meiste Zeit auf, und ich begebe mich oft dorthin, um die ehelichen Freuden zu genießen. Diese Reisen sind vereinbar mit meiner Tätigkeit als Lehrer, da sie mir einige Muße läßt. So bin ich zu dem großen Vergnügen und der besonderen Ehre gelangt, den Herrn Matrosen von Gibraltar kennenzulernen und mit ihm einige Male einen freundschaftlichen Gedankenaustausch zu pflegen.

Wir in Dahome kennen den Herrn Matrosen von Gibraltar nicht bei obengenanntem Namen. Der Grund hierfür ist, daß außer Louis und mir, den Louis davon in Kenntnis gesetzt hat, niemand weiß, daß dies seine wahre Bezeichnung ist, das heißt, die ihm von Ihnen verliehene, von Ihnen, der er teurer ist als alle irdischen Ehren und goldenen Ketten, wie man zu sagen pflegt. Wir in Dahome kennen ihn unter dem bescheidenen Namen Gégé. Ich sage Gégé und nicht, entschuldigen Sie, doch Sie könnten dies verwechseln, Gléglé, das Haifischauge, der berühmte Vater Béhanzins.

Die Beschreibung Gégés, Vergebung, des Herrn Matrosen von Gibraltar, wird mir etwas schwerfallen. Da ich, wie Sie selbst bemerken können, schwarz bin, habe ich eine Art rassisch bedingte Unfähigkeit, die verschiedenen Physiognomien der Weißen zu unterscheiden. Ich verwechsle sie alle so sehr miteinander, daß ich eines Tages unseren Herrn Generalgouverneur mit den Worten angeredet habe: Na, wie geht's denn, mein Alter?, da ich ihn, es war zu Beginn unserer Freundschaft, für den hier anwesenden Louis hielt. Das hätte mich, seien Sie versichert, teuer zu stehen kommen können. Aber mir scheint, daß ich trotzdem sagen könnte, ohne es, wie Sie zu sagen pflegen, verbindlich zu sagen, daß der Herr Matrose von Gibraltar notfalls ein wenig Herrn Epaminondas gleichen könnte. Die Schwierigkeit, in der ich mich befinde, Ihnen über sein Gesicht Rechenschaft abzulegen, wird noch durch den Umstand verschärft, daß der Herr Matrose von Gibraltar Tropenhelm und schwarze Brille trägt und daß er mir in den Straßen Abomeys nie anders begegnete als ausgerüstet mit diesen in unserer, wie Sie wissen, so nahe dem Äquator gelegenen Kolonie Dahome für jeden Weißen unerläßlichen Schutzgeräten. Indessen kann ich Ihnen versichern, daß unsere Frauen, vergeben Sie mir, Madame, wenn ich Ihre Gefühle einer Belastungsprobe aussetze, unsere Frauen sagen, er habe blaue Augen. Manche behaupten – ich mußte meinerseits Erkundigungen einziehen, um Sie informieren zu können –, sie seien von der tiefen Bläue des Morgenhimmels, andere sagen, sie seien von der Bläue der Seen auf den Hochebenen des Atakora im Dunst der Dämmerung. Doch da die schwarzen Brillengläser nun aber nicht durchsichtig sind, habe ich nichts von seinen Augen gesehen, was Ihnen ein Anhaltspunkt sein könnte. Gelegentlich Ihrer Reise hierher werden Sie sich selbst, sofern es Ihnen beliebt, ein Urteil über diese subtilen poetischen Unterschiede bilden wollen. Ich meinerseits habe feststellen können, daß beiderseits der sehr regelmäßig gearbeiteten Brillengläser seine Züge sehr regelmäßig über das Gesicht verstreut sind und daß sein Haar –

wegen des Helms ist das, was ich Ihnen hier sage, ein wenig, entschuldigen Sie, willkürlich – noch stets und ständig die Oberfläche seines Schädels völlig bedecken muß. Ich habe nur den äußersten Rand davon gesehen, doch ich kann Ihnen sagen, daß dieser schwarz war.

Die Einkünfte des Herrn Matrosen von Gibraltar sind zahlreich und verschiedenartig. Sie stammen gewöhnlich aus dem, was die Weißen hier den Schleichhandel nennen. Ich glaube, dieses Wort bezeichnet eine zugleich neue, originelle und, wie man sagt, sehr persönliche geschäftliche Tätigkeit. Dieser Schleichhandel bezieht sich auf Gegenstände unserer hiesigen Handwerkskunst und auch auf Gold. Er betreibt ihn nicht allein. Man sagt, der Herr Matrose von Gibraltar habe in ganz Afrika Mittelsmänner, vornehmlich an der Elfenbeinküste, in Nigeria, im östlichen Sudan, aber auch im Fouta-Djalon, in Labbé bis hin zum Becken des Uële, bei den Stämmen der Mombouttous, der, wie Sie wissen, sogenannten Menschenfresser.

Über die Lebensgewohnheiten des Herrn Matrosen von Gibraltar habe ich, obwohl unsere Gespräche stets kurz waren und sich in den meisten Fällen auf einen Austausch von Nachrichten beschränkten, gerüchteweise erfahren, daß er alkoholischen Getränken zuspricht und vornehmlich dem sogenannten Whiskey, der nach Aussagen Louis' vor allem angezeigt ist, wenn man eine drückende Vergangenheit und ein schweres Gewissen hat. Er jagt auch, und zwar alle in der Kolonie lebenden Tiere und sogar, wenn nichts anderes zu beißen da ist, Raben in den Straßen Abomeys. Er lebt wie wir armen Schwarzen, nennt uns seine Brüder und teilt seine Wohnung mit einem Dutzend Peuls, die er ebenfalls seine Brüder nennt und die er gegen seine falschen weißen Brüder der Kolonialverwaltung aufgehetzt haben soll. Ich füge dem eine mir persönlich sehr teure Einzelheit hinzu, er ist sehr beschlagen in der Geschichte Dahomes und empfindet für unseren großen Béhanzin bedeutende Hochachtung.

Der Herr Matrose von Gibraltar gilt in unserem Dahome

als abgebrühter Bursche, wie Louis es nennt, und außerdem als geiler Bock. Bei unseren einfältigen Seelen, den Hirten der Hochebenen wird er für noch mehr, einen unbesiegbaren und unter dem Schutz der Götter stehenden Mann gehalten. Man vergleicht ihn mit dem großen Kudu, der in der aufgehenden Sonne wie der Wind dahinschießt, und mancher Leute fruchtbare Phantasie glaubt, in ihm eine der rächenden Reinkarnationen unseres großen Béhanzin zu erkennen. Er liebt diese Vergleiche. Was teilt er aber auch diesen Hirten der Hochebene für einen Tabak aus. Aber ich übergehe diesen Aspekt, den der Herr Matrose von Gibraltar für uns annehmen kann. Ihre sich von der unseren so stark unterscheidende Mythologie hat zur Folge, daß sie dessen Tragweite nicht zu fassen vermögen. Ich sage Ihnen besser, daß der Herr Matrose von Gibraltar sein Vorgehen, wie man so sagt, geändert hat. Neuerdings ist er nicht nur mit den Händen, sondern mit Mausergewehren bewaffnet. Und jeder der Männer, der bei ihm wohnt, hat ebenfalls ein Mausergewehr. Was, wenn ich mich nicht täusche, bedeutet, daß der Herr Matrose von Gibraltar zehn Mausergewehre besitzt. Er kauft sie in Britisch Nigeria, wo er gleichfalls Freunde hat. Seine Mauser sind zu je sechs Schuß und von tödlicher Wirkung. Der Herr Matrose von Gibraltar, den man nie ohne umgehängtes Mausergewehr sieht, macht keinerlei Hehl aus seinen Beschäftigungen und, in gewissem Maße, aus seiner historischen Vergangenheit. Auch uns ist bekannt, daß er einst in Paris, dieser bedeutenden Hauptstadt, ein Verbrechen begangen hat. Er redet mit großer Natürlichkeit, großer Demut davon und sagt, wenn es nochmals getan werden müßte, würde er es wieder tun, und sogar, er bedauere es manchmal, daß es schon getan sei und nicht wiederholt werden müsse. Jedoch – war es aus Vorsicht – hat er es stets unterlassen, zu erzählen, unter welchen Umständen er das Verbrechen begangen hat und wer das Opfer gewesen ist. Und ich meinerseits habe, wie Sie unschwer verstehen werden, es stets unterlassen, den Herrn Matrosen von Gibraltar über dieses Detail zu befragen. Angesichts des lebhaften Temperaments des Herrn Matrosen von Gibraltar hätte ich, ohne Gefahr zu laufen, mir, wie Louis sagt, die Haut durchlöchern zu lassen, ihm nicht ins Gesicht sagen können, es sei mir wohlbekannt, daß er der strafende Richter des amerikanischen Königs der Kugellager, Herrn Nelson Nelsons, gewesen ist. Ich beabsichtigte indessen, dies von ferne zu tun, brieflich, meine ich, und in klaresten Ausdrücken, damit er die Muße haben sollte, sich von meinen guten Absichten zu überzeugen, als der Herr Matrose von Gibraltar sich leider gezwungen sah, aus Dahome zu fliehen.

Es ist, glauben Sie mir, im Gefühl tiefer Trauer, daß ich Ihnen diese traurige Mitteilung mache. Der Herr Matrose von Gibraltar hat sich in der Tat plötzlich zweier neuer Morde schuldig gemacht und zwar hier, in Dahome, und weilt nicht mehr unter uns. Er hat mit einem einzigen Schuß seines Mausergewehrs einen Polizisten in Abomey umgebracht, als dieser, ein Neuangekommener in der Kolonie, ihn auf einer Straße Abomeys unverfrorener Weise nach seinen Papieren fragte, und desgleichen einen weißen Kolonisten, der ihm seit einiger Zeit im Goldhandel Konkurrenz machte. Diese beiden Unbesonnenheiten hat er im Verlauf eines einzigen Tages begangen. Wie ist eine solche Nervosität seitens des Herrn Matrosen von Gibraltar zu erklären? Es herrschte in jenen Tagen in der Stadt Abomey eine große Hitze. Unempfänglich jedoch für jedwede Erkärung, zeigten sich die weißen Siedler entsetzt über diese neue Welle an Aktivitäten des Herrn Matrosen von Gibraltar und haben eine Eingabe beim Herrn Generalgouverneur gemacht. Daraufhin hat der Herr Generalgouverneur sämtliche Polizeikräfte der Kolonie zu dem Herrn Matrosen von Gibraltar entsandt. Es war Ihr ergebener Diener, der die Ehre gehabt hat, diese Nachricht durch eine Mittelsperson dem Herrn Matrosen von Gibraltar überbringen zu lassen. Während die versammelte Polizei von Porto-Novo nach Cotonou hinaufstieg, ist der Herr Matrose von Cotonou nach Porto-Novo hinabgestiegen. Dies war ihm ein leichtes, denn in Porto-Novo war kein einziger weißer

Polizist verblieben, sie waren alle in Cotonou. Der Herr Matrose von Gibraltar hat sich also in aller Ruhe zu einem neuen Ziel aufmachen können.

Er ist zuerst in den Busch gegangen, sodann, mit Hilfe seiner Freunde, nach Belgisch-Kongo. Als er dort angekommen war – Sie werden diesen seinen so persönlichen Zug gewiß wiedererkennen –, hat der Herr Matrose von Gibraltar das Gerücht verbreitet, er liege in den letzten Zügen, da die belgischen Autoritäten sich geweigert hätten, das Auslieferungsrecht zu seinen Gunsten anzuwenden, und er habe bei seinen menschenfresserischen Freunden, den Mombouttous erreicht, daß sie ihn zur Jahresfeier ihres großen Stammes fressen würden. Diese List schlummerte schon seit langem im Gehirn des Herrn Matrosen von Gibraltar, und Sie, Madame, brauchen sich nicht die geringsten Sorgen zu machen. Während eines unserer letzten Zusammensein hatte mir der Herr Matrose von Gibraltar doch in der Tat angekündigt, daß er, falls es eines Tages nötig sei, über die Küste nach Belgisch Kongo ausweichen und, dort angekommen, sofern man ihn nicht in Ruhe ließe, zu diesem äußersten Mittel greifen würde, womit er sagen wollte, das Gerücht seines Verzehrs durch die Mombouttous zu verbreiten. Er sagte mir: ›Die Polizei wird Gégé nie schnappen, niemals.‹ Bei dieser Gelegenheit möchte ich für alle Fälle bemerken, daß der Herr Matrose von Gibraltar nur in der dritten Person von sich spricht. Er sagt: ›Gégé hat Hunger‹ oder ›Gégé geht's gut‹ oder auch ›Gégé mopst sich‹ und dergleichen mehr. Im Lauf jener obenerwähnten Unterredung, der längsten, die ich die Ehre hatte, mit dem Herrn Matrosen von Gibraltar zu führen, erklärte er mir, da sein Leben nun einmal so gewesen sei, wie es gewesen sei, das heißt, so ähnlich wie das, was er sich gewünscht hätte, wenn es erlaubt wäre, einen solchen Wunsch zu äußern, sei er damit recht zufrieden, zufrieden genug, um nichts zu bedauern und sich nicht vorstellen zu können, ein anderes – allzu verschiedenes, worunter er zweifellos zum Beispiel ein Leben in Gefangenschaft meinte – zu führen, es sei ihm daher egal, bei den Mombouttous zu verschwinden. Dies sei vielmehr eine Todesart, wie er sie sich seltsamerweise immer gewünscht habe. ›Schade‹, hat er mir gesagt, ›daß Gégé bei voller Gesundheit sterben soll, ohne zu etwas gedient zu haben, und daß all diese Gesundheit auf immer im afrikanischen Boden vermodern soll, der nicht weiß, was damit tun. Schade, zumal seine Kameraden, die Mombouttous, aus dem Uële, so froh wären, ihn in aller Freundschaft zu futtern. Wäre Gégé krank oder gaga oder syphilitisch, na gut, dann sollte ihn der afrikanische Boden bekommen, aber so wie er ist, wäre es schade, ein so gutes Stück zu vertun.‹ Am Haus des Herrn Matrosen von Gibraltar hat die Polizei ein Pappschild gefunden, das er vor seiner Abreise dagelassen hatte und das, was ich soeben sagte, bestätigt: ›Macht euch keine Mühe. Sucht nicht nach Gégé. Gégé lebt nicht mehr. Sucht auch nicht nach seiner Leiche. In der afrikanischen Erde findet sich keine Spur von Gégés Leiche. Aus dem guten Grund weil, und das kann euch jeder in Abomey sagen, Gégé von seinen Kameraden, den Mombouttous verspeist worden ist und ihr ihn am Arsch lecken könnt. Postscriptum: Gégé bereut nichts, weder den Schupo noch den Siedler.‹

Selbstverständlich bestätigten die Einwohner Abomeys die Aussagen ihres Herrn. Die machtlose Polizei kehrte nach Porto-Novo zurück.

Wenn ich es für angezeigt gehalten habe, Herrn Epaminondas verständigen zu lassen, so deshalb, weil wir nunmehr wissen, wo der Herr Matrose von Gibraltar zu finden ist. Vor einem Monat hat er uns aus Léopoldville geschrieben. Der Brief war an mich adressiert – nicht, weil ich sein bester Freund wäre, sondern weil ich der einzige bin, der die französische Sprache zu lesen versteht. Wir haben den Brief selbstverständlich vernichtet, aber sein Inhalt ist uns vollkommen gegenwärtig. ›Lieber Béhanzin‹, redete er mich scherzhafterweise an, ›Gégé ist in Léopoldville. Er betätigt sich dort so gut er kann. Sie ist groß, diese Stadt, sie ist eines der Wunder der kolonialen Scheiße. Man muß Vater und Mutter getötet haben, um da zu leben. Trotzdem hat er Freunde gefunden. Er spielt Karten. Vergrabt die Mausergewehre. Bis bald, Euer Gégé.‹

Nach Empfang dieses Briefes hat Louis sich dazu entschlossen, dem Herrn Matrosen von Gibraltar zu schreiben. Die Dinge wurden dringlich. Sie, Madame, waren schon nach Sète abgefahren, wohin, wie wir wußten, Epaminondas Sie bestellt hatte. Überrumpelt also, wie man so sagt, haben wir, zumal die Entfernung uns zu Hilfe kam, uns endlich dazu entschlossen, ihm von seiner Vergangenheit, von Ihnen, Madame, von Ihrem Zeitvertreib zu erzählen. Wir haben ihn gefragt, ob er nicht der Richter von Herrn Nelson Nelson, dem König der Kugellager der amerikanischen Autos, sei, und ihn gebeten, falls er es sei, uns dies wissen zu lassen. Wir haben ihm auch gesagt, daß eine Dame namens Anna auf einem Schiff namens *Gibraltar* ihn in allen Winkeln der Erde suche.

War dies Schreiben zu deutlich, zu direkt? Unter dem Druck der Ereignisse haben wir es vielleicht zu flüchtig abgefaßt. Denn vorgestern erhielten wir eine etwas ungehaltene Antwort des Herrn Matrosen von Gibraltar. Sie lautet: ›Falls Gégé der Mörder von Nelson Nelson wäre, gäbe er es selbstverständlich nicht zu, schon gar nicht schriftlich. Man muß verrückt oder schwachsinnig sein um zu glauben, daß er es täte. Was die besagte Anna angeht, so könnt Ihr sie allemal an Gégé verweisen. Man wird sehen, was man für sie tun kann. Sie soll in Léopoldville in der ersten Kneipe am linken Kongoufer nach Gégé fragen.‹

Ich bitte zu vergeben, Madame, daß ich so ausführlich gewesen bin. Ich sehe nicht, was ich Ihnen noch sagen könnte, außer daß ich Ihrem Unternehmen die größte Anteilnahme entgegenbringe.«

Wir kehrten ziemlich spät an Bord zurück. Nur mit Mühe hatten wir das Lachen über diese neue Fassung der Geschichte vom Matrosen von Gibraltar zurückhalten können und waren von der Anstrengung erschöpft. Wir gingen alle drei in die Bar, wie es sich gebührte, um einen Whiskey zu trinken und die Moral aus der Geschichte zu ziehen. Und Epaminondas machte ein so trauriges Gesicht, daß es einfach sein mußte.

»Ich glaube«, sagte er, »diesmal stimmt die Geschichte überhaupt nicht.«

Sie beruhigte ihn, so gut sie konnte.

»Er hat sich ändern können«, sagte sie. »Warum sollte die Geschichte nicht stimmen? Hat nicht auch er das Recht, sich zu ändern?«

Dann aber, nach dem ersten Whiskey, lachte sie plötzlich so unbändig, daß selbst Epaminondas angesteckt wurde.

»Diesmal kannst du sagen, daß ich dir was Sauberes eingebrockt habe«, sagte er.

»Ich werde schlußendlich noch glauben, daß es ihn gibt, und wie sehr«, sagte ich.

Epaminondas setzte eine angstvolle Miene auf.

»Er meint«, sagte Anna, »angesichts all seiner Mausergewehre werden wir vielleicht etwas mehr Vorsicht walten lassen müssen, als bei den anderen.«

»Wenn sich die reizbaren Typen Gewehre umgehängt haben, besteht die Gefahr, daß sie sich ihrer ein wenig zu rasch bedienen.«

»Ich«, sagte Epaminondas, »was hätte ich mir schon vorzuwerfen? Ich riskiere nichts dabei.«

»Ich glaube, er macht da nicht so feine Unterschiede«, sagte ich.

Epaminondas' Überlegungen schlugen eine andere Richtung ein.

»Was nun? Willst du trotzdem an die Ufer des Kongo gehen?«

»Man kann sich verändern«, sagte sie sehr sanft. »Und sogar stark verändern.«

Sie sah mich an, plötzlich zerstreut.

»Wenn er sich dermaßen verändert hat«, sagte Epaminondas, »glaubst du, daß es sich dann lohnt hinzugehen und dir die Haut durchlöchern zu lassen an den Ufern des Kongo?«

»Die Ufer des Kongo und vor allem die des Uële wimmeln von Kudus«, sagte ich.

»Wenn es nur das ist«, sagte Epaminondas, »könnte man sie vielleicht anderswo jagen als in ihren Gehegen.«

»Er hat sich sehr wohl verändern können«, sagte Anna. »Total verändern können. Warum sollte nicht auch ihm erlaubt sein, zu altern? Nichts an diesem Bericht spricht dagegen, daß er es sein könnte. Daß er, ein Veränderter, es sein könnte.«

»Das ist wahr«, sagte ich, »warum sollen die Matrosen von Gibraltar nicht altern, wie jedermann?«

»Ich hatte nie darüber nachgedacht«, sagte Anna.

»Wir alle altern«, bemerkte Epaminondas kurz. »Aber wenn er dermaßen alt geworden ist, glaubst du, daß es sich dann lohnt, an den Ufern des Kongo nach ihm zu suchen?«

»Ich habe dich noch nie so wenig eilig gesehen«, sagte Anna lachend.

»Ich hab genug der Art für dich gemacht«, sagte Epaminondas, »genug, um zu zögern, ob ich mir die Haut durchlöchern lassen soll. Und außerdem, was nützt es dir, ihn zu suchen, wenn er sich so verändert hat, daß du ihn nicht wiedererkennst?«

»Gealtert oder nicht«, sagte ich, »wenn er nun aber doch der Mörder des Königs der amerikanischen Kugellager ist?«

»Inwiefern bringt es dich weiter, wenn er jetzt blindlings jeden umbringt?« sagte Epaminondas.

»Darf man so leicht auf das Ziel seines Lebens verzichten?« fragte Anna schüchtern.

»Leicht«, sagte Epaminondas, »ich höre wohl nicht richtig.«

»Zudem kann sie, solange sie ihn nicht leibhaftig vor sich gesehen hat, nicht einfach jedem glauben«, sagte ich. »Wer sagt dir denn, daß er sich so sehr verändert hat?«

»Wenn er sie, kaum daß sie ihn erkannt hat, umlegt, bringt sie das auch nicht viel weiter«, sagte Epaminondas.

»Wie?« sagte Anna, »du glaubst also, obwohl, wie ich weiß, eine kleine Chance besteht, daß er es ist, dürfte ich sie außer acht lassen und anderswo weitersuchen?«

»Ihr kommt mir schon sonderbar vor, ihr beiden«, sagte Epaminondas.

»Wenn man diese Chance nicht wahrnimmt, kann man gleich ganz aufgeben«, sagte ich.

»Du scheinst es mir aber sehr eilig zu haben diesmal«, sagte Epaminondas. Nach einer Pause fügte er hinzu: »Komisch, ich habe den Eindruck, daß nicht nur er euch an die Kongoufer zieht, da muß noch etwas anderes sein.«

»Die Kudus«, sagte ich. »Ein ganz klein wenig.«

»Du willst mich wohl verscheißern«, sagte Epaminondas, »ich weiß genau, daß es nicht die Kudus sind.«

»Was sonst?« fragte Anna.

»Ich weiß nicht«, sagte Epaminondas und sah uns abwechselnd an. »Was ich jedoch weiß, ist, daß es nicht nur er und die Kudus sind. Und daß die Chance eins zu tausend steht und ihr dies ganz genau wißt...«

»Das ist gar nicht so schlecht, eins zu tausend«, sagte Anna.

»Wenn sie eins zu tausend stünde«, sagte ich, »dürften wir sie trotzdem nicht außer acht lassen. Die Wasser des Kongo werden unsere Bilder spiegeln.«

»Ich weiß nicht, ob sie meines spiegeln werden«, sagte Epaminondas.

»Du bist ein Schatz«, sagte Anna zu ihm.

»Kann sein«, sagte Epaminondas, »aber in seiner jetzigen Lage wirst du ihn schwerlich dazu bringen, daß er auf die Mausergewehre verzichtet.«

»Ich hege keinerlei Abneigung gegen diese Art Instrumente«, sagte sie.

»Und gegen Menschenfresser wohl auch keine?«

»Das sind brave Jungens«, sagte ich, »wir werden ihnen

Kudus geben. Und, sollten sie unbedingt darauf bestehen, so werde ich, das verspreche ich dir, mich an deiner Stelle rösten lassen.«

»Es ist wahr«, sagte er lachend, »viel zu verlieren hast du ja nicht.«

»Ich glaube nicht, daß es zu diesem Äußersten kommen wird«, sagte sie. »Gégé wird sich für uns einsetzen, er muß sehr überzeugend sein.«

Wegen einer vom Sturm verursachten leichten Havarie blieben wir drei Tage in Dahome liegen. Diese drei Tage brachten uns Louis und seinem Freund, dem Lehrer, sehr viel näher. In Louis' Begleitung unternahmen Epaminondas und Bruno in der Gegend des Tschabe einen Versuch, Kudus zu jagen. Epaminondas, der keine Übung hatte, schoß nichts, verfehlte aber genug Tiere verschiedener Art, um begeistert zurückzukehren und, da seine Befürchtungen wie durch einen Zauberschlag verschwunden waren, so rasch wie möglich zum Bekken des Uële aufbrechen zu wollen. Bruno erwies sich als guter Schütze und brachte als Beute einen jungen Hirschen mit. Auch er kehrte völlig verwandelt, ja verklärt zurück und beglückwünschte sich endlich dazu, in Sète auf dem Schiff geblieben zu sein. Louis war so taktvoll, nichts mitzubringen. Laurent nützte die Gelegenheit dazu, zwei aufeinanderfolgende Nächte mit der kleinen Peul zu verbringen, die sich in Cotonou sehr langweilte. Um ihm die Sache zu erleichtern, nahmen Anna und ich den Vorschlag des Lehrers an, eine Autofahrt nach Abomey zu machen. Am zweiten Tag drangen wir sogar bis nach Lagos in British Nigeria vor. Wir bereuten es nicht. Als wir zurückkehrten, hatten wir einen neuen Freund gewonnen. Die anderen Mitglieder der Mannschaft verbrachten ihre Zeit in den Bordellen von Cotonou und Porto-Novo. Kurz, der Aufenthalt verlief zu allseitiger Befriedigung, und man sprach noch lange davon.

Am Vorabend der Weiterfahrt, als alle, sei es von der Jagd, sei es aus den Bordellen, sei es aus Lagos zurück waren, gab

Anna ein Essen zu Ehren der beiden Freunde. Der Abend verlief sehr heiter und war aus verschiedenen Gründen denkwürdig. Nicht als ob das Essen ausgezeichnet gewesen wäre, nein, aber es wurde so reichlich mit italienischem Wein begossen, daß alle hochzufrieden waren. Im Grunde begeisterte die Aussicht, zum Uële zu reisen, uns alle. Und wir waren alle so vergnügt, als ob wir den Matrosen von Gibraltar tatsächlich gefaßt hätten. Niemand zweifelte mehr an unserem Erfolg, und am Ende des Abends war jeder, mit Ausnahme von ihr und mir und vielleicht Laurent, dessen sicher. Bruno sang sizilianische Lieder. Epaminondas redete über Kudus. Der Lehrer über Dahome und die ruhmreiche Vergangenheit. Louis über seinen neuen Kutter und das riesige Vermögen, zu dem er es schnell bringen wollte, indem er zehnmal mehr Bananen zwischen Abidjan und Cotonou transportieren würde. Laurent führte mit Anna ein langes Gespräch, von dem ich kein Wort vernahm. Die übrigen Matrosen erzählten einander im Verlauf des Abends immer freimütiger von ihren jeweiligen Leistungen in den Bordellen von Porto-Novo. Die kleine Peul, die neben mir saß, sprach über Reisen, Cotonou und das einförmige Leben, das sie dort führte. Kurz, alle redeten gleichzeitig über das, was sie interessierte, und verzichteten auf einen Gesprächspartner. Was selten vorkommt und sehr angenehm ist. Von Zeit zu Zeit und zweifellos um Einmütigkeit herzustellen, die jeden Augenblick nachzulassen drohte, brachten Louis und sein Freund, der Lehrer – die viel zu bescheiden waren, um in Betracht zu ziehen, daß der Abend ihnen gewidmet sein könne – Toasts aus, entweder auf Béhanzin, den Unverstandenen oder auf Gégé, den sogenannten Matrosen von Gibraltar, der im Uëlegebiet die einfältige Strenge der anständigen Menschen floh. So verhalten sich die guten Sucher des Matrosen von Gibraltar. Gegen Ende der Mahlzeit hatte sich der Geist mehrerer von uns durch den italienischen Wein so verwirrt, daß die Verdienste dieser beiden Helden verwechselt wurden und zwecks größerer Einfachheit führten wir sie zuletzt nicht mehr namentlich an und brachten die Toasts ganz allgemein auf das traurige Geschick der Unschuld aus. Sie saß mir gegenüber, und wenn ich auch ein wenig darunter litt, nicht nahe bei ihr zu sein, war ich an diese Art unerfreulicher Vorkommnisse schon so weit gewöhnt, um mich damit abzufinden und mich nicht weniger lustig aufzuführen als die anderen.

Gegen zwei Uhr morgens erhob sich Louis plötzlich und teilte uns mit, daß er der Autor zweier Sketches sei, wovon der eine dem Matrosen von Gibraltar, der andere Béhanzin gewidmet sei. Er fügte hinzu, er wolle eine so gute Gelegenheit, die Verdienste des einen oder des anderen dieser Helden vor einem so zahlreichen und verständnisvollen Publikum zu feiern, nicht ungenutzt verstreichen lassen. Er bat uns, denjenigen Sketch zu wählen, den wir aufgeführt sehen wollten. Alle wählten den über Béhanzin, wahrscheinlich, um auf andere Gedanken zu kommen.

Louis befahl uns, die Tische auseinanderzurücken, damit er genug Platz habe, um das, was er »den Gewaltstreich des Vertrags von 1890« nannte, zu mimen. Man tat, wie er geheißen hatte, und alle setzten sich ungeordnet in einem weiten Kreis hin. Wieder befand sie sich ziemlich entfernt von mir. Aber gewiß war es besser so. Louis entschuldigte sich und verschwand, gefolgt vom Lehrer, für eine Weile, auf dem Deck. Ausstaffiert auf sonderbare Weise, über die die Matrosen schallend lachten, kehrte er zurück, auf dem Kopf einen Papierhelm, der an eine Badekappe erinnerte – den Kopfschmuck der Könige von Abomey, sagte er uns –, und bis zu den Füßen in einen weißen Lendenschutz gehüllt – die übliche Tracht, erklärte er uns, eben dieser großen Herrscher. In der Hand hielt er ein weißes Blatt Papier, das ihm als Vertrag von 1890 zu dienen hatte. Er forderte uns auf, das Lachen einzustellen. Es dauerte lange, bis dies erreicht war, doch mit Laurents, ihrer und meiner Unterstützung gelang es ihm schließlich.

Der Mime begann mit einem langen Schweigen, während dem Béhanzin den Vertrag betrachtete, den er sozusagen gerade unterzeichnet hatte, das Furchtbare, was er getan, was man ihn zu tun gezwungen hatte, ohne daß er noch rechtzeitig die Tragweite erkannte hätte. Nachdem er lange genug niedergeschmettert und keines Wortes fähig gewesen war, fing Béhanzin an zu sprechen.

»Ein Vertrag«, begann er, »was ist das, ein Vertrag? Was ist das nur? Zuerst das Papier, was ist das? Und dann unterschreiben, was heißt das? Sie haben mir eine Feder in die Hand gedrückt, sie haben mir die Hand geführt. Unterzeichnen Sie, unterzeichnen Sie! Haben sie mir gesagt. Was? Die Übergabe von Dahome? Daß ich nicht lache! Sie haben mir die Hand geführt, um mich zu erdrosseln!«

Der sehr erschütterte Lehrer erklärte uns die Gründe von Béhanzins Unsicherheiten.

»Da er die Bedeutung eines Vertrags nicht kannte, wie hätte er ihn bedenken sollen? Es ist ein langer, mühsamer Vorgang, solche relativen Dinge zu erfassen.«

»Wir, ein Land bedeutender Sitten«, fuhr Louis fort, »wir kennen jene Sitte nicht. Papier kennen wir nicht und unterzeichnen, daß ich nicht lache. Wir blasen dir das Gehirn aus dem Kopf, wenn du nicht unterzeichnest, haben sie gesagt. Und ob ich unterzeichnen werde und ob ich euch Versprechungen machen werde, daß ich nicht lache.«

»Ahnungslos wie ein Neugeborenes unterzeichnete Béhanzin sein Todesurteil«, sagte der Lehrer.

Wir hatten alle zuviel getrunken, um Béhanzins Los zu bemitleiden. Louis faszinierte uns. Die Besatzung lachte unverhohlen, aber das störte unsere Freunde nur wenig. Auch Anna lachte, sie verbarg ihr Gesicht in einem Taschentuch, um ihre Heiterkeit nicht zu deutlich zu zeigen. Nur Louis' kleine Peul lachte überhaupt nicht. Nach ihrer auf den Hochebenen des Atakora verbrachten Kindheit hatte sie wohl einen kurzen Aufenthalt in einem Bordell von Cotonou absolviert. Sie hatte Laurent vergessen und warf Epaminondas und mir Blicke zu mit rührender Beflissenheit und ein wenig so, als wolle sie uns beweisen, daß sie sich in Gesellschaft zu benehmen wisse. Es war wohl kaum das erste Mal, daß sie einer Aufführung der Tragödie Béhanzins beiwohnte.

In seiner Verzweiflung weinte Louis, raufte sich das Haar – er riß sich tatsächlich Haare aus –, er wälzte sich am Boden und steckte sich den Vertrag von 1890 zwischen die Zähne, um dies bequemer ausführen zu können.

Von Gelächter erschüttert, sah Anna ihm zu. Sie hatte mich völlig vergessen.

»Sie haben mich dazu gebracht, mein Volk zu verkaufen«, schrie Louis, »mein Völkchen von Abomey, meine Peuls, meine Haussas, meine Ewe, meine Baibas. Unterzeichne, haben sie mir gesagt, so unterzeichne doch. Ich habe unterzeichnet. Was heißt das, unterzeichnen, frage ich sie. *To be or not to be*, Papier oder kein Papier, unterzeichnen oder nicht unterzeichnen, welchen Unterschied macht das für mich, das Auge der Welt, denn aus? O über meine Ahnungslosigkeit! O, Glélé, mein ehrenwerter Vater, dein Fluch lastet auf mir! Ich bin nicht mehr das Haifischauge, das Auge der Welt, der große Herrscher über Abomey! Ich bin ein Niemand geworden! Ich bin die Unschuld der Welt und leide, leide!«

Dem Lehrer standen Tränen in den Augen. Louis ließ ihm kaum Zeit, sich zu fassen.

»Nein«, brüllte der Lehrer, »nein, du bist nicht verflucht. Spätere Geschlechter werden sich erheben und deine Unschuld geltend machen!«

»Inzwischen«, brüllte Louis, »haben sie mir ein Mausergewehr in den Rücken gerammt und mir gesagt: Unterzeichne! Furzen und unterzeichnen, wo ist da der Unterschied, frage ich euch! Und habe ich so meine Baibas verkauft, meine Ewe, meine Haussas? Auf einen Schlag, einen einzigen Schlag, alle meine Töchter ins Bordell geschickt? Alle meine Söhne diesen Bleichsüchtigen unterworfen? Und in wessen Namen?«

Wir alle schwankten zwischen unbändigem Lachen und Rührung. Im allgemeinen hatte das Lachen die Oberhand.

»Und fünftausend Kilometer haben wir zurückgelegt, um das zu sehen!« grölte Epaminondas, der sich vor Vergnügen auf die Schenkel schlug.

Die kleine Peul ließ ihm keine Ruhe. Sie wurde zudringlich. Sie zwinkerte uns ständig auf schulmädchenhafte Weise zu. »Wie heißt du?« fragte ich sie. »Mahaoussia, Schafseuter«, sagte sie und packte ihre Brüste mit beiden Händen, um ihre Worte zu unterstreichen, was uns, Epaminondas und mich, ein wenig wankend machte. Anna bemerkte es. »Wie lebst du so?« fragte Epaminondas. »Ich Prinzessin«, sagte sie, »und auch Hure in Porto-Novo.«

Louis zweifelte nicht mehr länger. Er hatte die Tragweite seiner Handlung endlich begriffen. Von gigantischem Zorn gepackt, am Boden liegend, spuckte er krampfhaft auf den Vertrag von 1890. Er wischte sich den Hintern damit ab und forderte seine Untertanen zur Revolte auf.

»Kommt, meine Kleinen, und zeigt den Weißen, daß unsere Sitten nicht weniger taugen als die ihren. Wir werden sie mit unseren Lanzen durchbohren, wir werden sie rösten, wir werden sie uns schmecken lassen. Kommt und zeigt ihnen, daß unsere Sitten es mit ihren aufnehmen können, und ob!«

Wie ein Verhungernder biß er in einen imaginären Bizeps. Der Verrat war begangen. Das zu einer Kugel zerknüllte Papier war fortgeworfen.

»Er wird noch krank werden«, sagte Anna.

Die Besatzung lachte so laut, daß Louis brüllen mußte, um gehört zu werden.

»Geduld, Béhanzin«, grölte der Lehrer.

»Der Tag des großen Massakers kommt«, beteuerte Louis. »Zu den Waffen, meine Söhne! Eilt herbei, Bataillone Schwarzafrikas, und jagt den Unterdrücker davon! Erwache, Blut unserer Ahnen! Auf daß unser Boden von all diesen Soldaten gereinigt werde! Bratet mir diese Generäle, diese Obersten!«

Die kleine Peul wurde sehr zudringlich.

»Wir genug Zeit, um fortgehen«, sagte sie.

»Das könnte mich vielleicht interessieren«, sagte Epaminondas.

»Nachher«, sagte sie, »Geschichte General Dodds, Deportation Béhanzin. Lange Leiden. Wir genug Zeit.«

Wir wußten nichts von diesem Dodds, und sie erklärte uns, daß er ein französischer General und Held der Eroberung Dahomes sei.

»Spielt er oft so?« fragte ich.

»Fast jeden Abend. Kein Theater in Cotonou.«

»Immer den Vertrag von 1890?«

»Manchmal Geschichte von Herrn von Gibraltar.«

Louis rief seine Untertanen zu den Waffen. Niemand konnte ihn mehr zum Schweigen bringen. Sein Freund rhythmisierte seine Aufrufe, indem er in die Hände klatschte.

»Nichts mehr von diesen Schändlichkeiten auf unserem Boden. Eßt Obristenfleisch, ja Generalsfleisch. Das wird sie lehren, zu Hause zu bleiben!«

»Geduld, Geduld«, grölte der Lehrer.

Jäh fiel Louis wieder in Verzweiflung. Er war wohl erschöpft.

»Ach, in den Händen dieser Bleichhäute wiege ich nicht mehr als die leeren Flaschenkürbisse, mit denen sich unsere Weiber die Brüste bedecken!«

»Nein, Béhanzin, du lastest schwer auf dem menschlichen Gewissen!«

Doch Louis war untröstlich.

»Ach«, sagte er und schrie immer noch, »die Unschuld hat keine Stimme, um sich Gehör zu verschaffen! Die sie nicht begreifen, werden sie nie begreifen!«

»Geduld, Geduld, alle werden begreifen. Die nicht begriffen haben, werden begreifen! Die Stunde des Herrn Matrosen von Gibraltar wird kommen!«

Bei diesen Worten ließ Louis den imaginären Bizeps, den er theoretisch immer noch festhielt, fahren und richtete sich mit der Erhabenheit eines Erzengels vor seinem Freund auf. Er wirkte noch betrunkener als zu Beginn des Spiels. Er war schön geworden. Anna erbleichte ein wenig. Er schien nach Worten zu suchen, dann, da er keine fand, näherte er sich, die Hände vorstreckend, sehr langsam seinem Freund. Im Publikum lachte niemand mehr.

»Sie ist noch nicht gekommen, die Stunde des Herrn Matrosen von Gibraltar«, brüllte sein Freund und wich einen Schritt zurück. »Gedulde dich noch, Béhanzin.«

Louis blieb unbeweglich stehen, und plötzlich mußte er über das Entsetzen seines Freundes laut lachen. Alle Anwesenden, selbst der Freund, fielen in sein Lachen ein. Louis verzichtete auf General Dodds Appell.

»Den verschieben wir auf ein andermal«, erklärte er erschöpft.

»Hat er ein andermal gesagt?« fragte Epaminondas verblüfft.

Doch niemand ging darauf ein. Alle spendeten Louis herzlichen Beifall. Es wurde wieder getrunken. Drei Matrosen setzten unter großem Gelächter das Béhanzindrama fort. Louis und sein Freund sahen ihnen zu und lachten sich krumm. Die kleine Peul rückte mir näher. Ganz Béhanzin hingegeben, sah Epaminondas darin keinen Nachteil mehr für sich. Auch Louis nicht, er hatte wohl nie viel dagegen einzuwenden gehabt. Anna sah uns von weitem lächelnd zu. Der Traum der kleinen Peul war sehr einfach, sie träumte davon, einen Marineoffizier kennenzulernen, der sie nach Paris, dieser großen Metropole, mitnähme. Wozu? Um dort »Karriere« zu machen, sagte sie. Trotz meiner Bemühungen konnte sie nicht genau angeben, welche Karriere ihr vorschwebte. Ich versuchte dennoch, ihr davon abzuraten. Während ich mit ihr sprach, betrachtete ich Anna. Sie schien vom Lachen erschöpft zu sein, lächelte mir aber immer noch zu. Sie war wunderschön. So unauffällig es mir möglich war und um sie ein wenig zu besänftigen, gab ich der kleinen Peul alles, was ich an Geld bei mir hatte. Sie war von dieser Geste so beeindruckt, daß sie sofort auf dem Schiff bleiben wollte. Ich sagte ihr, es ginge nicht, auf dem Schiff sei nur für eine einzige

Frau Platz. Ich zeigte sie ihr. Sie sahen einander an. Ich schilderte ihr das Leben, das wir führten, sagte ihr, sie sei schwierig, peinlich genau und widme sich ausschließlich der Suche nach dem Matrosen von Gibraltar, der heutige Abend sei eine Ausnahme und stehe im Gegensatz zu allen unseren Gewohnheiten. Sie war sicher, daß wir den Matrosen von Gibraltar im Becken des Uële finden würden. Sie hatte ihn einmal gesehen, als er nach Cotonou herabgestiegen war. Wie alle schwarzen Frauen aus Dahome träumte sie von ihm, und allein für ihn hätte sie auf ihre Karriere in der großen Metropole verzichtet. Man sagte, die Frauen des Uële seien sehr schön und so zivilisiert, daß selbst im – übrigens höchst unwahrscheinlichen – Fall, daß wir ihn nicht fänden, Dahome Gégé doch nie mehr wiedersehen würde. Ich ließ sie mit dieser betrüblichen Aussicht allein und ging zu Anna. Die Matrosen amüsierten sich immer noch. Sie führten einer nach dem anderen die komischsten Episoden von den Jagden nach dem Matrosen von Gibraltar an. Als ich auf Anna zuging, glaubte ich nicht, länger ernst bleiben zu können. Sie bemerkte es. Und sie beunruhigte sich. Ihre Augen weiteten sich und wurden ganz hell. Ich las eine eigentümliche Angst darin, eine Angst, die allein ich mit ihr teilen konnte, das einzige auf der Welt, was ich gänzlich mit ihr teilen konnte, unser einziges Gut. Ich legte die Arme um sie und zog sie auf meine Knie. Ich sagte ihr, hab keine Angst. Sie beruhigte sich.

»Das fängt ja gut an, die Kudujagd«, sagte sie.

»Das ist noch gar nichts«, sagte ich.

»Noch gar nichts?« sagte sie lachend.

Laurent saß neben uns. Aber die Anwesenheit anderer störte uns nie, am wenigsten die Laurents. Sehr kindlich fügte sie hinzu:

»Ah, du bist wirklich ein großer Kudujäger.«

Und zu Laurent gewandt:

»Findest du nicht auch?«

»Das finde ich auch«, sagte Laurent und sah uns einen

nach dem anderen an. »Ich finde auch, daß die Kudujagd sehr nützlich sein kann, wenn man sie mit, wie soll ich sagen, genügend Begeisterung betreibt.«

Alle drei lachten wir herzlich.

»Es ist wahr«, sagte sie. »Ich werde schließlich noch glauben, daß die Weisheit darin besteht, nur große Pokerspieler und große Kudujäger mitzunehmen.«

»Und die großen Säufer«, sagte ich, »wie steht es mit denen?«

»Die großen Säufer«, sagte sie – sie lehnte sich in ihrem Stuhl zurück und fing an zu lachen –, »müßten ebenfalls eine unvergleichliche Beruhigung darstellen.«

»Ich wollt, ich wäre auf südlichen Meeren, der Säufer größter«, deklamierte ich.

»Warum?«

Sie lachte laut.

»Warum, in der Tat?« sagte ich.

»Ich weiß es nicht«, sagte sie, »wie könnte ich es wissen?«

»In der Tat«, sagte ich. »Warum lacht ihr?«

»Warum mich nach dem Warum fragen?«

Sie wandte sich an Laurent. Zwischen ihr und Laurent besteht eine große Freundschaft.

»Hast du, außer meiner, jemals eine große Liebe gesehen?« fragte sie.

»Zu Lande«, sagte Laurent nach einer Weile, »habe ich einige gesehen. So etwas ist eher traurig zu sehen.«

»Sprichst du von jenen Lieben, die nichts jemals bedroht, die anscheinend nichts daran hindern kann, ewig zu dauern?« fragte sie.

»Die auf Ewigkeit gründen«, sagte Laurent, »ja, so ist es.«

»Ewigkeit, ein zu großes Wort«, sagte ich.

»Sagt man nicht«, fragte sie, »daß sie durch nichts besser erfahren werden kann als durch eine große Liebe? Daß nichts im Grunde ihr mehr gleicht?«

»Die kleinen Lieben von Tag zu Tag haben auch ihre Vorteile«, sagte ich.

»Die zu sehen ist jedenfalls nicht traurig«, sagte Laurent lachend.

»Die wüßten mit der Ewigkeit nichts anzufangen«, sagte ich, »das Leben genügt ihnen.«

»Sagt mir, was ist das Zeichen dafür, daß eine große Liebe zu Ende geht?« fragte sie.

»Daß offenbar nichts sie daran hindert, ewig zu dauern, meint ihr nicht?« sagte ich.

»Und die Lieben, die alles daran hindert, ewig zu dauern?« sagte Laurent lachend.

»Die, ach, wie soll man das denn schon wissen?« sagte ich.

»Ich hätte nie geglaubt, daß die Kudujagd so lustig ist«, sagte Anna.

Ich war auch ziemlich betrunken und küßte sie häufig. Die Matrosen waren an unser Benehmen gewöhnt. Und Louis und sein Freund waren auch zu betrunken und zu fidel, um an irgend etwas Anstoß zu nehmen. Und im übrigen konnte doch wohl jeder verstehen, daß jemand sie küssen mußte, während sie auf den Matrosen von Gibraltar wartete. War ich etwa nicht dazu da? Ich glaube, nur die kleine Peul machte dieses Verhalten eifersüchtig. Sie wollte gehen. Anna bat mich, sie zurück zu begleiten. Ich brachte sie also zu Louis' Bungalow. Als ich zurückkam, war das Fest noch im Gange. Die Matrosen lachten und lärmten immer noch. Diesmal galt es, die irrwitzigsten Vermutungen über die Orte anzustellen, an denen sich der Matrose von Gibraltar befinden könnte. Sie dagegen wartete auf mich. Wir nahmen an der Unterhaltung teil. Sie dauerte eine gute Weile. Dann beschlossen alle, auf den Vorschlag Brunos hin, der offenbar wieder Geschmack am Leben fand, noch einmal an Land und in die Bordelle der Stadt zu gehen. Nur sie und ich blieben an Bord.

Drei Tage, nachdem wir Cotonou verlassen hatten, erreichten wir Léopoldville. Es war die heißeste Zeit des Jahres. Grauer Dunst hing tief über der Stadt. Mehrmals am Tage zerriß ihn ein Unwetter und vertrieb ihn für eine halbe

Stunde. Daraufhin bildete er sich wieder. Man konnte kaum atmen. Immer von neuem bildete sich die graue Schicht und immer von neuem wurde sie von einem Unwetter zerrissen. Wolkenbrüche ergossen sich lauwarm über der Stadt. Man atmete freier. Und wieder bildete sich der graue Nebel. Und wieder wartete man auf das Unwetter. Die Stadt ist reich. Ihre Alleen sind breit. Sie zählt Gebäude mit dreißig Etagen, Banken, viel Polizei. Im Erdreich der Kolonie liegen nicht wenig Diamanten. Tausende Schwarzer, begraben in den tiefen unterirdischen Stollen, heben es aus, zerkrümeln es, sieben es, auf daß Nelson Nelsons Witwe ihre Finger damit schmücken kann. Afrika umgibt diese Stadt eng. In seiner schwarzen Nacht schimmert es mit dem unversöhnlichen Glanz seines Stahls. Doch es wird in Schach gehalten. Sonst wäre es bald um die Stadt geschehen, es würde über ihr zusammenschlagen und die Wolkenkratzer mit Lianen umschnüren. Doch als wir eintrafen, herrschte Léopoldville noch über Afrika, zur großen Beruhigung von Madame Nelson Nelson.

Die Jacht wurde verankert. Wie abgemacht durchforschten wir die Kneipen am Kongo – Anna, Epaminondas und ich. Wir tranken viel Bier unter den Ventilatoren und hörten den Gesprächen der Gäste zu. Vom Whiskey nahmen wir ein wenig Abstand, um mit aller gebotenen Aufmerksamkeit lauschen zu können. Epaminondas wich nicht von unserer Seite. Wenn wir überhaupt miteinander sprachen, handelten die Gespräche von der Kudujagd. Immerhin mißtrauten wir Gégés Identität zur Genüge, um nur von Kudus reden zu wollen.

Dies dauerte drei Tage. Wir tranken wirklich viel Bier in drei Tagen. Glücklicherweise boten uns die Kudus unverhofft viel Gesprächsstoff. Epaminondas, der sich bei der Ankunft wieder geängstigt hatte, beruhigte sich so weit, daß er aufs neue ungeduldig darauf wartete, sie jagen zu können.

Und am Ende der drei Tage, nach dem Abendessen, als Epaminondas gänzlich daran verzweifelte, sie jemals zu jagen und lebend aus dieser Hitze herauszukommen, wurden wir Zeuge einer sonderbaren Unterhaltung.

Es war in einer eleganten, in Stadtnähe gelegenen Bar. Wir hatten sie schon zweimal aufgesucht wegen des Barkeepers, eines großen, ältlichen, enttäuschten Mannes, der uns, wenn wenig zu tun war, von Afrika erzählte. Seit einer halben Stunde saßen wir da, als zwei Männer eintraten. Sie waren weiß gekleidet, trugen Gamaschen und hatten Gewehre umgehängt. Der eine war groß, der andere klein. Die Kongosonne hatte sie tief gebräunt. Sie waren bis zu den Knien mit Schmutz bespritzt, kamen offenbar von weit her und schienen sehr froh, am Ziel angelangt zu sein. Sie bestellten zwei Whiskeys.

»Wir haben vielleicht was hinter uns«, begann der eine.

»Du sagst es«, sagte der andere.

»Die Herren kommen wohl von weither?« fragte der Barkeeper höflich.

»Vom Uële«, sagte der erste.

»Hört, hört«, sagte Epaminondas ganz leise.

»Wir haben vielleicht was hinter uns«, sagte der zweite.

»Das gleiche noch mal.«

»Man gewinnt den Eindruck, daß die Hitzeperiode dies Jahr früher einsetzt«, sagte der Barkeeper sehr höflich.

»Scheißhitze«, sagte der erste. »Unsere Reifen sind halb geschmolzen. Aber du hast die Lage gemeistert, Henri.« – Er wandte sich an den Barkeeper: »Er ist der Chauffeur, einsame Spitze.«

»Angenehm«, sagte der Barkeeper gähnend.

»Du übertreibst, Legrand«, sagte Henri.

»Nein«, sagte Legrand, »einsame Spitze.«

»Und war die Jagd erfolgreich?« fragte der Barkeeper.

»Ein kleiner Luchs«, sagte Legrand, »und später dann eine Antilope. Aber wir haben nicht groß gejagt.«

»Ja«, sagte Henri, »wir haben immer von der Piste aus geschossen. Und da wir zwangsläufig Staub aufwirbelten und das Wild nicht blöd ist...«

»Zwangsläufig«, sagte der Barkeeper.

»Vierhundert Kilometer Buschpfad«, sagte Legrand. »Henri, du hast die Lage gemeistert. Das schwerste ist, Geduld zu bewahren. Vierzig Kilometer in der Stunde auf einer Strecke von vierhundert Kilometern, das ist eine Geduldsprobe.«

»Was ist schließlich keine?« fragte Anna, die das Gespräch zu interessieren begann.

»Keine was?« sagte Henri und starrte sie an.

»Keine Geduldsprobe«, sagte Anna.

»Madame ist vom Leben enttäuscht?« fragte Legrand in galantem Ton.

»Das wahrhaftig nicht«, platzte Epaminondas heraus, der schon wieder bei seinem dritten Whiskey angelangt war.

»Eine Nachlässigkeit, man bleibt stecken, und dann, na ja, dann muß man warten, bis die anderen kommen«, erklärte Henri.

»Schrecklich, wenn man daran denkt«, sagte Anna.

»Was ist schrecklich?« fragte Legrand mißtrauisch.

»Der Gedanke, daß Sie vielleicht nicht hiersein und Ihren Whiskey trinken könnten«, sagte Anna.

Legrand sah sie verdrossen an. Doch Henri forderte ihn mit einer Handbewegung auf, sich nicht aufzuregen. Anna lächelte liebenswürdig.

»Sie sind gewiß Pariserin«, sagte er, »die Pariserinnen sind schlagfertig, man erkennt sie sofort.«

»Wie dem auch sei«, sagte Epaminondas, der ebenfalls nervös zu werden begann, »wahr ist, daß das Leben eine Geduldsprobe ist.«

»Findest du?« fragte ich Anna.

»Man sagt so«, sagte sie ganz leise.

»Wenn ich pissen mußte«, sagte Henri, »ist eine Staubwolke aufgeflogen. Das gleiche noch mal«, sagte er zum Barkeeper.

»Ich«, sagte der Barkeeper, »bin nun bereits acht Jahre hier und würde gern auf Glatteis pissen.«

»Wem sagen Sie das«, sagte Henri. »Es geht doch nichts über ein solides, unzerbrechliches Glatteis. Dreiundvierzig Grad in Touatana. Von Glatteis sind wir da weit entfernt.«

»Ich habe die Hitze der Kälte immer vorgezogen«, sagte Legrand. »Und obwohl man hier ja allerhand mitmacht, ziehe ich das trotzdem vor.«

»Wie sonderbar«, sagte der Barkeeper.

»Also ich nicht«, sagte Henri, »nein und noch mal nein, früher glaubte ich das auch, aber jetzt nicht mehr.«

»Mein Gott, was gäbe ich nicht darum, auf Glatteis pissen zu können«, sagte der Barkeeper.

»Man sagt das so«, sagte Epaminondas, »aber wenn man es dann tut, ist es wie alles übrige, nichts Besonderes...«

»Sag, was du willst«, sagte Henri, »die Eiszeit war bestimmt keine Kleinigkeit...«

»Es gab niemanden, der das beurteilen konnte«, sagte der Barkeeper gähnend, »darum...«

»Sind Sie sicher, daß es niemanden gab?« fragte Epaminondas interessiert.

»Wenigstens Tiere mußte es doch geben«, sagte Anna.

»Und die Tiere, sind die etwa niemand?« fragte Henri.

»Ich glaube nicht«, sagte ich, »mir scheint, es gab keine.«

»Das ist doch nicht möglich«, sagte Anna. »Oder vielleicht ganz kleine Tiere?« fügte sie sehr kindlich hinzu.

»Ich glaube nicht«, sagte ich.

»Du, hast du je das Eismeer gesehen?« fragte Henri Legrand.

»Und ob«, sagte Legrand. »1936. Das waren noch Zeiten. Das Merkwürdigste ist, daß es Wellen bildet, so als ob es auf einen Schlag, einen einzigen Schlag, zu Eis geworden wäre.«

»Bist du sicher, daß es nichts gab«, fragte Anna mich, »nicht einmal Kudus?«

»Also zur Eiszeit war die ganze Erde wie das Eismeer«, sagte Henri.

»Unter dem Eis mußte es ganz kleine Tierchen geben, die darauf warteten, daß es schmelzen würde«, sagte Anna.

»Ich wollte, es wäre so gewesen«, sagte ich. »Und schließlich, wer weiß? Vielleicht gab es von allem schon etwas.«

»Es kann unmöglich nichts gegeben haben«, sagte Epaminondas entschieden, »wie ließe sich sonst erklären, daß es später jede Menge gegeben hat?«

»Es ist zum Schießen«, sagte der Barkeeper, »wenn das Barometer vierzig Grad im Schatten anzeigt, reden die Leute über die Eiszeit.«

»Stimmt«, sagte Anna, »wie ließe sich all das, was es jetzt gibt, sonst erklären?«

Sie lächelte mir zu.

»Sei doch still«, sagte ich ganz leise. »Bist du immer so hartnäckig?«

»Wenn du das noch nicht bemerkt hast, was brauchst du noch als Beweis?« spaßte Epaminondas.

»Es ist schwer zu ertragen«, sagte Anna, »meinst du nicht?«

»Alle ertragen es«, sagte ich. »Und weit mehr als das. Du kannst dir nicht vorstellen, was ich in diesem Augenblick ertrage...«

»Wenn ihr die Sache so auffaßt«, sagte Epaminondas entrüstet.

»Sag mal, ist dir nicht gut?« fragte Henri Legrand.

Legrand hatte die Augen halb geschlossen und sah verzückt aus.

»Gleich«, sagte Legrand.

»Ihm ist offenbar nicht ganz wohl«, sagte der Barkeeper.

»Also was ist?« fragte Henri beunruhigt, »heraus mit der Sprache.«

»Gleich, gleich«, sagte der Kumpel.

»Sie nehmen ihm besser sein Glas weg, er könnte ja umfallen«, sagte Anna.

»Saumarier«, brüllte Legrand, »das Wort habe ich gesucht.«

»Hat er das öfter?« fragte Anna.

»Zur Eiszeit gab es Saumarier«, sagte Legrand selig.

»So ist er nun mal«, erklärte Henri den Anwesenden, »er sieht zwar ganz freundlich und einfach aus und so weiter, aber er ist ein Intellektueller. Er ist kein Trottel.«

»Na bitte«, sagte Legrand, »über Saufen, Saumagen bin ich draufgekommen.«

»Wenn Sie wußten, daß er so ist, hätten Sie uns warnen können«, sagte Anna zu Henri.

»Ich ertrage es nicht«, erklärte Legrand, »ein Wort nicht finden zu können. Zur Eiszeit«, deklamierte er, »war die Erde von Saumariern bewohnt.«

»Siehst du nun, daß es doch etwas gab«, sagte Anna zu mir.

»Es heißt, glaube ich, Saurier«, sagte ich.

»Das schien mir doch auch so«, sagte der Barkeeper. »Saumagen hat zur Verwechslung geführt. Was mich angeht, sehe ich darin übrigens keinen Nachteil.«

»Saurier, wenn Sie wollen«, sagte Legrand etwas betreten.

»Also gab es nun welche oder nicht?« fragte Anna.

»Ich weiß das nicht mehr«, sagte ich ganz leise zu ihr.

»Die Saurier lebten bestimmt noch früher«, behauptete Epaminondas plötzlich.

»Man ist nicht verpflichtet, Ihnen zu glauben«, sagte Legrand mit Würde. »Hast du es gewußt, ja?« fragte er Henri.

»Das heißt«, sagte Henri, »wenn es nur Eis gab, frage ich mich, was sie wohl zu beißen hatten, die Saurier...«

»Sind Saurier groß?« fragte Anna.

»Riesengroß«, sagte ich, »sie ähneln den Krokodilen.«

»In bezug auf die Nahrung«, sagte Legrand, »gewöhnt man sich bekanntlich an alles. Wenn es nur Eis gibt, ißt man eben Eis.«

»Wenn die Saurier so groß waren«, sagte Anna, »dann will ich gern glauben, daß es keine gab, aber ich glaube, daß es immerhin ganz winzige Tierchen gab.«

»Als ob uns das weiterbrächte«, sagte der Barkeeper. »Was ich möchte, ist, wenigstens ein winziges Mal auf Glatteis pissen.«

»Ganz winzige«, sagte Anna, »so klein wie man will, aber es mußte welche geben. Kleine Insekten. Was essen die schon? Nichts, und sie atmen kaum, können es also lange unter dem Eis aushalten...«

»Wie lange willst du ihn denn noch mit deinen kleinen Tierchen reizen?« sagte Epaminondas.

»Wenn sie es nur mit den kleinen Tierchen täte...«, sagte ich.

»Oh, oh!« Epaminondas lachte hellauf.

»Zunächst mal, woher weiß man, daß es nichts gab?« fragte Henri.

»Man weiß es eben«, sagte ich. »Liegt dir soviel an den kleinen Tierchen?« fragte ich.

»Sie werden mich nicht am Schlafen hindern«, sagte sie.

»Wer hindert dich denn am Schlafen?« fragte ich.

»Wenn ihr so weitermacht, haue ich ab«, sagte Epaminondas.

»Es wird mich zwar nicht am Schlafen hindern«, sagte Anna, »aber es ist doch nur schwer hinzunehmen.«

»Alle nehmen es mühelos hin«, sagte ich. »Erklären kann es niemand. Absolut niemand. Beruhige dich.«

»Als das Eis dann schmolz«, sagte Henri, »muß das einen schönen Schlamm gegeben haben.«

»Allerdings«, sagte der Barkeeper, »aber da niemand da war, um sich davon zu überzeugen...«

»Und selbst wenn jemand dagewesen wäre«, sagte Anna.

»Enorm, wenn man sich das mal vorstellt«, sagte Henri mit ehrfürchtigem Ausdruck. »Noch mal das gleiche, André.«

»Weinbrand? Den Herren nach zu urteilen, kann man im Uële einen ordentlichen Stiefel vertragen. Stimmt, es muß einen schönen Schlamm gegeben haben.«

»Und daraufhin«, sagte Anna, »haben sich die Ozeane gefüllt, und die kleinen Tierchen, die unter dem Eis waren, sind hervorgekommen.«

»Ein Glück, daß man nicht ständig daran denkt«, sagte der Kumpel, »an diese Dinge, daß man sie, wie alles übrige, vergißt.«

»Ein Glück«, sagte Anna.

»Ach, welch ein Glück«, sagte Epaminondas und lachte lärmend.

»Ein Glück, wahrhaftig ja«, sagte der Barkeeper.

»Reden wir lieber nicht mehr davon«, sagte Epaminondas, »wir haben auch so schon genug Sorgen.«

In diesem Augenblick trat ein neuer Gast ein. Er mochte etwa dreißig Jahre alt sein, war sehr gut angezogen.

»Das ist Jojo«, sagte der Barkeeper, »jetzt gibt es gleich was zu lachen.«

»Guten Tag«, sagte Jojo.

»Guten Tag«, sagte die ganze Runde.

Jojo setzte sich neben Henri und starrte Anna sogleich mit Kennerblick an.

»Aber wann sind die Saurier denn nun gekommen?« fragte Anna mich.

»Sind Saurier angekommen?« fragte Jojo.

»Ja«, sagte ich, »vor zwei Tagen.«

»Dreien«, sagte Epaminondas.

»Laß doch«, sagte der Barkeeper.

»Was ist das, Saurier?« fragte Jojo.

»Menschen wie du und ich«, sagte ich. »Aber sie sind so gefräßig, daß sie alles auf ihrem Weg verschlingen.«

Niemand widersprach. Alle hörten verständnislos zu. Es war zu heiß, um zu verstehen.

»Ich glaube, das ist wieder ein verlorener Abend«, sagte Anna ganz leise zu mir.

»Das nächste Mal machen wir Ihnen eine Zeichnung«, sagte Epaminondas.

»Was tun die denn hier, diese Saurier?« fragte Jojo endlich.

»Jetzt reicht's mir aber«, sagte Henri.

»Ich werde es dir erzählen«, sagte der Barkeeper, »reg dich nicht auf.«

»Sie tun überhaupt nichts«, sagte Anna lachend, »es ist wirklich eine Schande...«

»Sie waren sehr groß, sehr häßlich, haben auf alles Jagd gemacht, sowohl in den Meeren als auch auf dem Land...«, sagte der Barkeeper.

»Wir sagen die Dinge, wie sie sind«, sagte Epaminondas und krümmte sich vor Lachen.

»Ich habe nie davon reden hören«, sagte Jojo.

»Na Scheiße«, grölte Epaminondas, »da sind Sie aber der einzige.«

»Und was war mit den Vögeln?« fragte Henri.

»Ja«, sagte Anna, »ich glaube, das ist wieder ein verlorener Abend.«

»Mit den Vögeln ist es wie mit der Liebe, die hat es immer gegeben«, sagte ich. »Alle Arten sterben aus, doch die Vögel nicht. So wenig wie die Liebe.«

»Kapiert«, sagte Epaminondas. »Wenn du Flügel hast«, erklärte er, »können dir die Erdbeben nichts anhaben.«

»Enorm«, sagte Henri. »Noch mal das gleiche«, sagte er zum Barkeeper.

»Sieht so aus, als ob wir auch aussterben werden«, sagte Henri. »Wollen der Herr ein Glas mit uns trinken?« sagte er zu mir, »und Madame ebenfalls? Fünf, André, Sie heißen doch André? Ja? Ja, Weinbrand.«

»Das wollen wir doch nicht hoffen«, sagte Epaminondas, »daß wir aussterben werden.«

»Aber diese Saurier, sind noch welche da?« fragte Jojo.

»Wer weiß?« sagte ich.

»Zum Schießen ist das«, sagte Epaminondas.

»Wir sind hierhergekommen, um ein bißchen Spaß zu haben«, sagte Henri in erklärendem Ton, »im Uële ist es ja sehr hübsch, aber dort gibt es nichts zu lachen...«

»Ach nein?« fragte Epaminondas und hoffte auf eine Erklärung, die aber nicht kam.

»Im Augenblick würde man das aber nicht meinen«, sagte André. »Sie scheinen sich köstlich zu amüsieren.«

»Jetzt überfällt es ihn wieder«, sagte Anna und wies auf Legrand.

»Du machst wirklich ein komisches Gesicht«, sagte Henri. »Suchst du nach einem Wort?«

»Nein«, sagte Legrand. »Stell dir vor, ich denke nach.«

»Das wäre nicht zu früh«, sagte ich ganz leise.

»Sind auch in Léopoldville Saurier eingetroffen?« fragte Jojo.

Keiner antwortete.

»Die Unterhaltung interessiert mich«, sagte Legrand spöttisch, »ich langweile mich nicht, ganz im Gegenteil.«

»Also, wo waren wir stehengeblieben?« fragte Epaminondas.

»Im Quartär«, sagte der Barkeeper.

»Mir schien, daß wir unserer Zeit noch näher waren«, sagte Legrand immer noch spöttisch und mit einem Blick auf Anna.

»Mich interessiert sie auch«, sagte Anna.

»Und was nun?« fragte Jojo.

»Nichts«, sagte der Barkeeper, »der Mensch wird ebenfalls aussterben.«

»Wie sehr liebe ich doch die Trottel«, sagte Epaminondas, der von Jojo hingerissen war.

»Sind das Kampfflieger, die Saurier?« fragte Jojo.

»Lassen wir ihn dabei«, sagte Legrand und sah Anna schwärmerisch an.

»Aber diese Saurier, sind die nun schon gekommen oder kommen die erst noch?« fragte Jojo weiter.

»Sie könnten in Kürze kommen«, sagte ich.

»Fängt das wieder an«, sagte Henri zum Barkeeper, »mir reicht's allmählich.«

»Der Mensch ist kein Saurier«, sagte Legrand plötzlich, »man muß sie auseinanderhalten, der Mensch ist findig. Wenn es an einem Ort nicht mehr weitergeht, verpflanzt er seine Zelte anderswohin. Er ist kein Saurier, der Mensch ...«

»Und die Saurier«, fragte Jojo, »verpflanzen die nichts?«

»Nichts«, sagte André, »hast du jetzt begriffen?«

»Das fängt wieder ganz von vorne an«, sagte Henri gereizt.

»Über irgend etwas muß man schließlich reden, oder?« sagte Legrand zu Anna. »Besser über so was als Schlechtes über den lieben Nächsten.«

»Warum sollen wir denn unbedingt aussterben müssen, da wir alles, was wir essen, wieder neu anpflanzen?« sagte Jojo.

»Weil es mit der Erde wie mit allem übrigen ist, wie mit der Geduld, sie braucht sich auf«, sagte der Barkeeper. »Ich habe kürzlich in der Zeitung gelesen, daß es dreißig Millionen Jahre gedauert hat, bis der Mensch über fünfundsiebzig Zentimeter Pflanzenerde verfügen konnte. Da mag man alles, was man ißt, wieder neu anpflanzen; zu guter Letzt hat die Erde die Schnauze voll.«

»Scheißnagel«, sagte Jojo, »das ist nicht viel.«

»Es ist aber so«, sagte der Barkeeper.

»Ich verstehe«, sagte Jojo. »Wenn die Saurier nichts wieder neu anpflanzen, sind sie eben Idioten.«

»Na siehst du«, sagte der Barkeeper. »Jetzt hast du kapiert.«

»Fünfundsiebzig Zentimeter. Bei einem solchen Tempo fragt man sich, wie man überhaupt dasein kann«, sagte Henri.

»Hast du die Deutschen gesehen, all die vielen Kinder, die die haben?« sagte der Kumpel.

»Das ist ihr gutes Recht«, sagte Henri.

»Man sollte die Leute von diesen Dingen in Kenntnis setzen«, sagte Anna.

»Das gleiche nochmal«, sagte Henri. »Einen letzten.«

»Warum einen letzten?« sagte Legrand. »Wir sind nicht alle Tage in Léo.«

»Das ist wahr«, sagte Henri traurig, »und wie wir uns amüsieren.«

»Sei nicht traurig«, sagte Anna zu Epaminondas, »es ist nicht gesagt, daß wir aussterben werden.«

»Ich bin nicht traurig«, sagte Epaminondas, »im Gegenteil, Jojo gefällt mir.«

»Sie sind erstaunlich schön«, sagte Legrand zu Anna.

»Wieso erstaunlich?«

»War nicht so gemeint. Ich hätte das nicht gedacht.«

»Mit ihrer Atombombe werden wir schon längst vorher

ausgestorben sein«, sagte Henri, der offenbar nicht ganz mitgekommen war.

»Vor was?« fragte Jojo.

»Bevor die Erde die Schnauze voll hat«, soufflierte Epaminondas.

»Sechshundert haben sie davon«, sagte Henri, »genug, um uns zehnmal in die Luft zu jagen.«

»Es ist sonderbar«, sagte der Barkeeper, »selbst wenn man von der Eiszeit ausgeht, kommt man immer wieder auf die Atombombe zurück. Das ist gewissermaßen eine Gesetzmäßigkeit.«

»Wenn ich hierher komme, dann wegen André. Er ist intelligent«, sagte Jojo.

»Gefällt es Ihnen hier also?« fragte Legrand Anna.

»Nicht übel«, sagte Anna.

»Als ob es nicht auch ohne die Atombomben schon genug Naturkatastrophen gäbe«, fuhr Henri fort.

»Ich werd wohl auf den Arm genommen«, sagte Jojo. »Der Saurier, das ist das neue Düsenflugzeug.«

»Sie gehn mir auf den Wecker mit Ihren Sauriern«, brüllte Henri.

»Was lob ich mir doch die Trottel«, lachte Epaminondas.

»Sie brauchen mir nur ein für alle Mal zu sagen, was ein Saurier ist, und ich werde Ihnen keine Frage mehr stellen«, sagte Jojo traurig.

»Das ist eine Art Krokodil«, sagte André, »hast du nun verstanden?«

»Nein, aber du willst mich wohl verscheißern«, sagte Jojo entrüstet. »Seit wann sind Krokodile denn atomar?«

»Jawohl, atomar«, brüllte Henri, »hast du verstanden? Hast du nun verstanden oder nicht?«

»Der Mensch ist ein Genie«, trällerte Legrand, »der Saurier ist ein Vieh. Warum redest du so mit ihm, Henri? Die Saurier«, sagte er zu Jojo, »sind ganz einfach Tiere, merken Sie sich das ein für allemal. Das haben wir Ihnen schon mindestens fünfmal gesagt.«

»Wenn Sie es so anfangen«, sagte André, »werden Sie so bald nicht mit ihm fertig werden. Das ist kein Mensch, das ist ein Räderwerk. Ein Albtraum.«

»Was für Tiere?« fragte Jojo.

»Krokodile«, brüllte Henri, »Kro–ko–di–le! Kriechtiere, wenn du lieber willst.« – Mit den Händen ahmte er den Gang eines Krokodils auf der Bartheke nach. – »Und jetzt brauchst du keine weiteren Fragen mehr zu stellen, verstanden?«

»Vorsicht mit neuen Wörtern«, sagte André. »Neue Wörter machen Jojo zu schaffen. Er muß einfach alles erfahren. Eines Tages hat ein Gast die Unvorsichtigkeit begangen, mit ihm über die Viehwirtschaft im Charolais zu sprechen, weißt du noch, Jojo? Nun, was sage ich, das hat bis zwei Uhr morgens gedauert. Der Gast hat ein halb Dutzend Gläser zerbrochen, weil er nicht mehr konnte. Wohlgemerkt, Jojo, ich mache dir das nicht zum Vorwurf. Man muß dich nur zu nehmen wissen, du bist nicht so wie alle anderen. Du bist sozusagen ein Besessener. Aber du hast trotzdem das Recht auf deinen Platz an der Sonne, keine Sorge.«

»Und ob«, sagte Anna.

»Alles interessiert mich«, sagte Jojo, »deshalb bin ich so. Aber ich interessiere niemanden.«

»Aber nein«, sagte Legrand zerstreut, »so etwas dürfen Sie nicht sagen.«

»Du siehst aber doch sonderbar aus, Jojo«, sagte André.

»Ich bin am Verdauen«, sagte Jojo, »deshalb.«

»Ich dagegen bin am Hungrigsein«, sagte André. »Keine Zeit gehabt, zu Abend zu essen.«

»Du, du bist immer romantisch aufgelegt«, sagte Jojo.

»Nicht nur er allein«, sagte ich.

»Was du nicht sagst«, sagte Epaminondas.

»Immerhin«, sagte Henri, »hat die Atomenergie auch ihre guten Seiten. In zwanzig Jahren wird alles mit Atomenergie betrieben werden.«

»Das werde ich erst glauben, wenn ich es sehe«, sagte André.

»Bei den Flugzeugen ist es schon soweit«, sagte Henri.

»Ich habe ja geahnt, daß es doch Düsenflugzeuge waren«, sagte Jojo.

»Aber nein«, sagte Anna, »es waren Krokodile. Sehr große jedoch, die alles fraßen, was ihnen vor die Füße kam. Es gibt sie nicht mehr, schon seit...«

Sie wandte sich Legrand zu.

»Dreihunderttausend Jahren«, sagte Legrand lachend.

»Krokodile«, sagte Jojo, »sind keine Kriechtiere. Das ist so sicher, wie ich hier sitze. Und was hat das außerdem damit zu tun?«

»Womit?«

»Mit den Kampfflugzeugen?«

»O verflucht«, brüllte Henri, »hat das denn nie ein Ende?«

»Ich hatte Sie gewarnt«, sagte André. »Man muß ihn als eine Kuriosität nehmen.«

»Das hat nichts mit Kampfflugzeugen zu tun«, sagte Anna versöhnlich.

»Und mit dem, was Sie sagten, als ich hereinkam?«

»Es hat alles damit zu tun«, sagte Anna.

»Alles, in der Tat«, sagte ich.

»Deswegen«, sagte Epaminondas, der vor Lachen weinte.

»Ich weiß vielleicht nicht viel«, brüllte Jojo nun seinerseits, »aber was ich weiß, das weiß ich. Warum reden Sie da von ihnen, wenn es sie nicht mehr gibt?«

»Scheiße, Scheiße, Scheiße«, brüllte Henri.

»Ich lach mich tot«, sagte Epaminondas. »Ich bleibe in Léo.«

»Einfach um zu reden«, sagte Anna. »Über irgend was muß man doch reden?« fragte sie Legrand.

»Aber gewiß«, pflichtete Legrand bei.

»Daß es keine mehr gibt, ist kein Grund, nicht über sie zu reden, oder?« sagte ich.

»Seine Krankheit besteht darin, zwischen allem und jedem einen Zusammenhang zu finden, nicht wahr, Jojo?«

sagte André. »Ein Saurier ist ein Krokodil, Jojo. Und ein Flugzeug ist ein Flugzeug.«

»Ich verstehe kein Wort«, sagte Jojo.

»Wovon?« fragte Anna.

»Von allem.«

»Sprich nicht so laut, und sag mir, was du nicht verstehst«, sagte Epaminondas.

»Ich werde nichts sagen«, sagte Jojo.

»Der hat kein Hirn im Schädel, sondern Katzenbrei«, brüllte Henri.

»Das ist einmalig«, sagte Epaminondas, »das ist wirklich eine Kuriosität.«

»André, einen erstklassigen Napoléon«, sagte Jojo würdevoll.

»Was Marken angeht, ist er ein Kenner«, sagte André.

»Wir haben uns hier in aller Ruhe unterhalten«, sagte Henri, »und nun dreht sich alles um diesen Herrn und bemüht sich, ihm verständlich zu machen, was nicht zu verstehen ist.«

»In der Tat«, sagte ich.

»Mach dir nichts draus«, sagte André zu Jojo. »Man muß die Dinge immer von der besten Seite nehmen.«

»Wie wäre es, wenn wir das Lokal wechselten?« fragte Legrand Anna in vertraulichem Ton.

»Wir haben keine Eile«, sagte Epaminondas.

»Es ist wahr, wir sind nicht in Eile«, sagte Anna.

»Wir haben noch das ganze Leben vor uns«, sagte ich.

»*I am saury*«, sagte Jojo, »das bedeutet etwas auf englisch.«

»Ach, ach«, lachte Epaminondas los, »*I am very saury*!«

»Sie kommen ... woher?« fragte Legrand.

»Von Cotonou«, sagte Anna und bog sich vor Lachen.

»Und Sie?« fragte Legrand mich.

»Cotonou«, sagte ich, ebenfalls krampfhaft lachend.

Legrand machte ein gänzlich verständnisloses Gesicht. Dann faßte er sich wieder.

»Das Leben ist doch komisch«, sagte er, »da reden wir ausgerechnet von Sauriern und dem ganzen Kram.«

»Ja, wirklich, und sogar von der Eiszeit haben wir gesprochen«, sagte ich.

»Ich verstehe nichts«, sagte Jojo.

»In gewissem Sinne hat er nicht unrecht«, sagte André. »Ich komme auch nicht mehr mit.«

»Die Saurier«, fragte Jojo, »sind jetzt also in Cotonou? Was hat das mit Cotonou zu tun?«

»Das hat damit zu tun, daß man wissen muß, wovon man redet«, sagte Legrand.

»Sehr richtig«, sagte ich.

»Wenn das Krokodile sind, was haben die damit zu tun?« fragte Jojo.

»Die haben damit zu tun, was sie damit zu tun haben«, brüllte Henri. »Stelle ich etwa Fragen?« Er wandte sich mir zu und sagte sehr höflich: »Und entschuldigen Sie vielmals, daß ich vorhin Ihre Aussagen in Zweifel gezogen habe.«

»Was haben Sie in Zweifel gezogen?« fragte Jojo.

»Das, was der Herr über die Eiszeit sagte«, antwortete Legrand gereizt. »Da ich den Herrn nicht kannte, zog ich das, was er sagte, in Zweifel. Im übrigen, was geht das dich an ...«

»Ich weiß, was ich weiß«, sagte Jojo. »Sie kennen den Herrn nicht besser als vorhin, und in bezug auf Ihre Saurier sind wir auch nicht weiter als vorhin.«

»Schmeißen wir ihn raus?« brüllte Henri.

»O nein«, sagte Epaminondas, »bloß nicht.«

»Reg dich ab«, sagte Legrand zu Henri. Und zu Jojo: »Sie haben völlig recht. Zwar weiß kein Mensch, wovon Sie reden, aber Sie haben völlig recht.«

»Wenn ich Sie anöde, brauchen Sie es nur zu sagen«, sagte Jojo gekränkt.

»Mußt dich nicht ärgern«, sagte Henri. »Das gleiche noch mal, André. Was man dir sagt«, sagte er zu Jojo, »ist nur zu deinem Besten, ist ein Dienst, den man dir erweist. Du bist ungenießbar, du mußt dich ändern.«

»O nein«, sagte Anna, »er sollte sich nicht ändern.«

»Derjenige, der mich dazu bringt, ist noch nicht geboren worden«, sagte Jojo würdevoll.

»Damit mußt du nicht unbedingt prahlen«, sagte Henri.

»Also«, sagte Epaminondas, »*I am saury* auf meine Art.«

»Also«, sagte Legrand zu Anna, »haben Sie sich in die Saurier verknallt?«

»Hören Sie auf, das Wort zu sagen«, sagte der Barkeeper, »es hängt mir zum Halse raus.«

»Das ist nicht gesagt«, sagte Anna. »Nicht in jedweden beliebigen.«

»Ich bin nicht so sicher«, sagte Epaminondas.

»Wer ist dieser Jojo eigentlich?« fragte Anna sehr freundlich.

»Mein bester Kunde«, sagte André, »nicht wahr, Jojo? Und reich wie Krösus? Nicht wahr?«

»Die Kneipen stehen jedem offen«, sagte Jojo. »Wenn ich will, bleibe ich bis zur Sperrstunde.«

»In dem Fall wird man hier nicht mehr zahlreich sein«, sagte Legrand.

»Wieso?« sagte Anna, »wir sind nicht in Eile.«

»Ich mag Leute, die unerwartet kommen«, sagte ich.

»Sei nicht voreilig«, sagte Epaminondas, »ich bin nicht so sicher.«

»Wenn er wegginge«, sagte Henri, »wären wir total aufgeschmissen.«

»Es wäre ganz einfach unerträglich«, sagte Legrand, »wir würden hinter ihm herlaufen, um ihn einzuholen. Daß er das nicht begreift, ist verwunderlich.«

»Daß ich was nicht begreife?« fragte Jojo.

»Daß es zwischen Ihnen und uns um Leben oder Tod geht«, sagte ich.

»Sie vergackeiern mich«, sagte Jojo, »aber ist mir ganz egal, ist mir so egal wie die Saurier.«

»Uff«, machte André.

»Es gibt eben solche und solche, nichts wahrer als das«,

grölte Henri. »Zwei Halbe«, sagte er zu André. »Weinbrand habe ich nun satt.«

»Drei Halbe«, sagte Epaminondas.

»Vier«, sagte Jojo.

»Sieben?« fragte ich Anna.

»Sieben«, sagte sie.

»Ich will sie Ihnen gern geben«, sagte André, »aber nach all den Cognacs, die Sie sich hinter die Binde gegossen haben, entsteht dann erstklassiges Kohlendioxyd. Meiner Meinung nach, und ich bin seit siebenundzwanzig Jahren Barkeeper, sollten Sie weiterhin Weinbrand trinken.«

»Sie sind uns ein wahrer Vater«, sagte Anna.

»Sofern Sie nicht die Wirkung des Kohlendioxids auf die Saurier studieren wollen, gebe ich Ihnen kein Bier.«

»Es gibt nicht viele Barkeeper, die so auf der Höhe sind«, sagte Henri.

»Eine schöne kühle Halbe wäre aber doch ...«, sagte der Kumpel.

»Ich verstehe nicht, André«, sagte Jojo, »was ist mit dem Kohlendioxid?«

»Es explodiert«, sagte ich.

»So als ob man Dynamit geschluckt hätte«, sagte Anna.

»Davon habe ich noch nie etwas gehört«, sagte Jojo. »Man verscheißert mich hier.«

»Da bin ich mir nicht so sicher«, sagte Epaminondas.

»Es explodiert nicht in jedem Fall«, sagte Anna, »sondern nur in einem von tausend.«

»Cognac also?« fragte André.

»Cognac, aber mit Wasser«, sagte Henri.

»Für alle?«

»Für alle.«

»Es kommt nicht jeden Abend vor, daß man so einsichtige Gäste hat«, sagte André.

»Für mich nicht«, sagte Jojo, »ich will Bier haben.«

»Du kriegst einen Cognac wie alle anderen auch«, sagte André.

»Du hast mir nichts zu befehlen«, sagte Jojo, »ich sage dir hiermit, daß ich Bier will und keinen Cognac.«

»Du bekommst trotzdem Cognac«, sagte André, »und selbst, wenn ich ihn dir bezahlen muß.«

»Mit anderen Worten, du hinderst mich daran, Bier zu trinken?« sagte Jojo.

»Ja«, sagte André, »zu deinem Besten.«

»Zum letzten Mal«, sagte Jojo, »André, gib mir eine Halbe.«

»Wollen Sie denn explodieren?« fragte Anna, »Ist es das, was Sie wollen, Jojo?«

»Um zu explodieren, brauche ich keine Halbe«, sagte Jojo.

»Da wir alle Cognac nehmen«, sagte Henri, »kannst du wohl auch einen zu dir nehmen, wie? Mit Wasser, das stillt den Durst genau so gut wie eine Halbe.«

»Darum geht es hier nicht«, sagte Jojo. »Was ich trinken will, ist ein Bier.«

»Du bist ein Schatz«, sagte André, »aber Bier kriegst du nicht.«

»Das werde ich dir nicht vergessen, André«, sagte Jojo.

»Ich wüßte gern, was so ein Typ im Leben macht«, sagte Henri.

»Wenn ich Sie störe, brauchen Sie es bloß zu sagen«, sagte Jojo.

»Das nicht«, sagte Henri, »aber man fragt sich, was du in puncto Arbeit wohl machst.«

»Ich mache, was ich eben mache«, sagte Jojo.

»Dagegen ist ja weiter nichts zu sagen«, sagte der Mann, »jeder tut, was er kann.«

»Wenn Sie *den* Ton anschlagen, kehre ich dahin zurück, woher ich komme. Auf Wiedersehen«, sagte Jojo.

»Auf Wiedersehen«, sagte Anna.

Monsieur Jojo ging hinaus.

»Woher kommt er?« fragte ich.

»Aus Indochina«, sagte André. »Seit zehn Jahren kenne ich ihn, er hat nie einen Finger gerührt.«

»Sie sind also Anna?« sagte Legrand.

»Die bin ich. Und wer sind Sie?«

»Nichts.«

»Ich ahnte es«, sagte Anna ganz leise.

Der Barkeeper und Henri schwiegen taktvoll.

»Und die anderen?« fragte Legrand, auf uns zeigend.

»Die anderen sind die anderen«, sagte Anna.

»Verstehe ich nicht«, sagte Legrand.

»Ich habe viele Freunde«, erklärte Anna.

Legrands Miene verfinsterte sich.

»Kommen die auch mit?« fragte er.

»Selbstverständlich«, sagte Anna.

»Ich glaube, ich habe nicht recht verstanden«, sagte Legrand.

»Macht nichts«, sagte Epaminondas. »Wenn man versuchen wollte, alles zu verstehen...«

»Würde das Leben nicht ausreichen«, sagte ich.

»Ist es weit?« fragte Anna.

»Zwei Tage Autofahrt«, sagte Legrand sehr verdüstert.

»Die Welt ist doch klein«, sagte Epaminondas.

»Können Sie nicht allein fahren?« fragte Legrand naiv.

»Man tut, was man kann. Ich kann nicht«, sagte Anna.

»Wir werden dich nicht stören«, sagte Epaminondas, »wir stören nie.«

»Nie«, sagte ich. »Sie können sich ja erkundigen.«

»Ich«, sagte Legrand achselzuckend, »was ich schon dazu zu sagen habe...«

Er verließ uns, immer noch mißgestimmt, nachdem er sich für den nächsten Tag mit uns verabredet hatte. Wir kehrten zurück an Bord. Epaminondas war wieder ein wenig beunruhigt.

»Eines von beidem«, sagte er, »entweder er ist es oder er ist es nicht.«

»Du bist müde«, sagte Anna, »du solltest schlafen gehen.«

»Wenn er es ist, dann ist er es eben«, fuhr Epaminondas fort.

»Vielleicht doch nicht«, sagte ich, »du weißt ja nun, was das ist...«

»Aber wenn er es nicht ist«, fuhr Epaminondas unerschütterlich fort, »warum sagen sie dir dann, du sollst dich holen lassen?«

Epaminondas stand frühzeitig auf, um zwei Mausergewehre und einen Karabiner zu kaufen. Es sei das für die Überquerung des Uële-Beckens und für den Fall, daß wir einem Kudu begegneten, doch notwendig, sagte er.

Wir hatten uns mit Legrand in der Bar, in der wir ihn kennengelernt hatten, zur Aperitifstunde verabredet. Epaminondas legte großen Wert darauf, daß wir uns mit umgehängten Gewehren dort hinbegaben. Er war wieder bester Laune. Doch als Legrand uns eintreten sah, lächelte er keineswegs, im Gegenteil.

»Was soll das sein?« fragte er.

Dieser Scherz verdüsterte ihn zusehends.

»Zwei Mausergewehre und ein Karabiner«, erklärte Epaminondas liebenswürdig.

Legrand war ein ernsthafter Mann. Er verlangte daraufhin sofort, mit höflichen Worten übrigens, unsere Papiere und die des Schiffes zu sehen.

»Entweder macht man die Dinge gewissenhaft, oder man läßt es bleiben«, sagte er.

Wir waren vollkommen damit einverstanden. Er habe Grundsätze und Erfahrung, sagte er uns und gab uns zu verstehen, es sei nicht das erste Mal, daß er einen so delikaten Auftrag erfülle. Wir wollten es ihm gern glauben. Seine Ergebenheit Gégé gegenüber war übertrieben, seine Umsicht unnachahmlich. Er war auch einigermaßen schüchtern. Während der Reise erfuhren wir von ihm lediglich, daß er Gégé seit zwei Jahren kannte, daß er ebenfalls aus Abomey kam und daß sie seither zuammenarbeiteten. Anna war ihm ziemlich gleichgültig, und er zeigte sich, was sie betraf, nie, in keiner Weise, neugierig. Er behandelte sie, wie auch uns, mit beabsichtigter, sozusagen militärischer Zurückhaltung, von der er auf Grund des Ernstes seiner Mission nie ablassen zu dürfen glaubte. Wir müßten ihm vertrauen, ließ er uns vor der Abfahrt wissen. Wir vertrauten ihm bis zuletzt. Er führte uns, wohin er wollte, im übrigen, ausgezeichnet. Die einzige Schwierigkeit, der wir begegneten, entstand durch Epaminondas und wurde rasch beigelegt. Epaminondas hegte eine unüberwindliche Abneigung gegen jedwedes messianische Auftreten, mochte es auch noch so berechtigt sein. Zudem beunruhigte ihn Legrand ein wenig, zumindest am ersten Tag. Tags darauf vergaß er mit Hilfe des Kudus seine Befürchtungen. Es gehörte nicht zum geringsten Reiz der Reise zu sehen, wie Epaminondas einen ganzen Abend lang Legrand mit der Wachsamkeit eines kleinen Kudus beaufsichtigte. Nie hatten wir Epaminondas so lieb gehabt wie in jenen Tagen!

Wir brachen am nächsten Morgen gegen acht Uhr auf. Anna nahm ihren Wagen. Legrand nahm glücklicherweise auch den eigenen, einen Jeep, und fuhr uns voraus. Er allein wußte, wohin es ging und wo wir abends übernachten würden.

Wir durchquerten an jenem Tag die weiten, flachen und feuchten Gebiete des Oberen Kongo. Die Straßen waren gut, die Wagen kamen gut voran. In diesen afrikanischen Breiten ist das Wetter unproblematisch. Selbstverständlich herrschte eine außerordentliche Hitze, doch – war es, weil uns das Ziel, das wir verfolgten, so sehr am Herzen lag? – niemand klagte darüber. Im Kongobecken regnet es das ganze Jahr – mit äquinoktional bedingten Unterschieden, wie es scheint. Es regnete deshalb auch an jenem Tag. Der Wald nahm kein Ende. Er ist für den, der zu sehen versteht, jedoch nie eintönig, vielmehr immer wieder anders. Die Autohupen schallen darin wie in einer Kathedrale. Immer bedecken ihn niedrig hängende Wolken. Fast stündlich entleeren sie sich, daran muß man sich gewöhnen, bis in seine Tiefen, bis in die Tiefen der Erde. Tonnen Wassers. Wir hielten an. Der Lärm des

Regens war so stark, daß er Angst machen konnte. Staunend beobachtete sie ihn. Es war seltsam, sie so zu sehen, ihre Augen nahmen abwechselnd das tiefe Grün des Waldes und die Durchsichtigkeit des Regens an. Auch ihr war heiß, ihre Stirn war ständig schweißbedeckt, und sie wischte sie sich mit dem Arm ab mit einer mechanischen, geistesabwesenden Bewegung, die mir zu Herzen ging. Das Regengeräusch hinderte uns am Reden. Darum betrachtete ich sie, wie sie den Regen betrachtete und sich die Stirn mit dem Arm abwischte. Wenn es nur das gewesen wäre. Aber auch ihr Lidschlag ging mir zu Herzen. Und einmal glaubte ich, weil ich sie ständig betrachtete, plötzlich von ihr noch etwas anderes zu sehen, was ich nicht benennen könnte und was ich vielleicht nicht hätte sehen dürfen, und ich stieß einen Schrei aus. Epaminondas schrak zusammen und fuhr mich an. Es erwies sich sehr bald, daß auch er das tropische Klima schlecht vertrug. Sie wurde ein wenig bleich, aber sie fragte mich nicht, was mir passiert sei. Dann und wann kam der Kongo in Sicht. Manchmal ruhig. Manchmal nicht. Er schoß wie wahnsinnig durch den Wald in einem riesigen Bogen, dem die Straße nicht immer folgte. Das Geräusch seiner Stromschnellen war in einem Umkreis von zehn Kilometern zu hören und hätte allein das vereinte Trompeten von hunderttausend Elefanten übertönt. In großen Abständen gab es Besichtigungsmöglichkeiten, doch Legrand ließ uns keine Zeit, sie wahrzunehmen. Wir fuhren nur durch wenige Dörfer. Gewöhnlich waren sie winzig, in der Tiefe des Waldes untergegangen. Allein die Kudus und die Elefanten – die größten der Erde jedoch – passen sich ihm an und können sich in ihm zurechtfinden. Auf seinem unantastbaren Boden sterben sie vor Altersschwäche, und der Wald verschlingt sie, wie er sich selbst verschlingt in unaufhörlichem Neuanfang seit Anbeginn der Welt. Seltsame Farben durchdringen ihn. Farbadern, Farbzüge, Farbströme. Manchmal wird er rot wie Blut. Ein ander Mal grau und wieder ein ander Mal entfärbt er sich bis zur Fadheit. Wir atmeten mühsam. Die ewigen Wolkenbrüche erfüllten die

Luft mit öligen Dämpfen. Es war eben keine Luft für Menschen, sondern eine Luft für Elefanten und Kudus. Niemand beklagte sich jedoch. Wir sahen keine einzige Blume, die an uns bekannte Blumen erinnerte. Zweifellos waren auch sie nur für die Kudus sichtbar.

Am Nachmittag, ohne daß Legrand es für nötig gehalten hätte, uns zu Mittag essen zu lassen, kamen wir in eine Stadt mit dem seltsamen Namen Coquilhatville, von der Epaminondas viel erwartete, die aber nichts eigentlich Bemerkenswertes hatte. Auf dieser Höhe verließen wir den Kongo, stießen aber wieder auf ihn gegen sechs Uhr abends in einer viel kleineren Stadt, die, wenn ich mich recht erinnere, Dodo heißt. Dort trennten wir uns endgültig von ihm und wandten uns scharf nach Norden, um so bald wie möglich das Tal des Uële zu erreichen. Die Straße veränderte sich. Zuerst wurde sie weniger gut, dann schlecht, dann war sie nicht mehr beschottert, und wir mußten sehr achtgeben, um nicht in den lehmigen Schlammlöchern stecken zu bleiben. Gegen acht Uhr abends hörte das Flachland auf, und wir begannen in den hochgelegenen Savannen des Uële sacht bergan zu fahren. Es wurde kühler. Wir hielten an einer Stelle, wo einige von Weißen bewohnte Bungalows und ein kleines, ebenfalls von einem Weißen, einem Bekannten Legrands, geführtes Hotel standen. Epaminondas bemerkte nicht ohne Besorgnis, daß die beiden sich ähnlich sahen und daß wir erwartet wurden. Wir duschten ausgiebig. Trotz der Hitze waren wir, auch Epaminondas, sehr hungrig. Der Bungalow hätte trübselig wirken können. Er war schmutzig, hatte kahle Wände und als einzige Beleuchtung eine Azetylenlampe. Aber man sagte uns, daß es holländischen Whisky gebe. Anna bestellte sofort welchen. Wir aßen zu Abend. Epaminondas aß mit umgehängtem Mausergewehr. Erst nach drei holländischen Whiskys legte er es auf den Stuhl neben sich. Legrand weigerte sich, den Whisky anzurühren. Wir tranken trotzdem welchen, vor seiner Nase und ihm zum Trotz. Er war ein mißtrauischer Mann. Ich weiß noch immer nicht recht, wessen er uns verdächtigte. Aber er hatte uns ständig in Verdacht, bis hin zum Appetit, den wir an jenem Abend bewiesen. Trotzdem mußten wir wohl oder übel ein wenig mit ihm reden. Und worüber konnten wir mit ihm reden?

»Jagen Sie Kudus?« fragte Anna ihn.

»Habe nie auch nur einen Kudu gesehen«, sagte er, »kann Ihnen nichts darüber sagen.«

»Schade«, sagte Anna. »Heute abend hätte ich gern schöne Kudugeschichten gehört.«

»Ich glaubte, es seien die Saurier, die Sie interessieren«, sagte Legrand.

»Nein«, sagte Anna. »Sie interessieren sich für die Saurier, mich interessieren die Kudus.«

»Es gab«, sagte ich, »und es gibt immer noch, in Somaliland einen kleinen Kudu. Es ist der kleinste Kudu Afrikas. Er wohnt an den Hängen des Kilimandscharomassivs. Er ist schnell wie der Wind. Im Nacken hat er eine kleine Mähne, die an die der Füllen erinnert. Er ist sehr mißtrauisch und ängstlich. Er ist intelligent. Er hat ein für allemal begriffen, daß er ein seltenes und scheues Wild ist.«

»Ist er schon immer ein seltenes und scheues Wild gewesen?«

»Nicht immer«, sagte ich. »Es hat einmal einen gegeben, der einen auf einem Auto stehenden Jäger sah. Er fand den Jäger sympathisch und sein Auto eigenartig. Er ist angetanzt gekommen und hat zur Begrüßung zart die Reifen des Autos abgeleckt. Er fand, daß sie gut schmeckten, die Reifen. Aber der Jäger hat sich gesagt, dieser Kudu da macht sich über mich lustig. Die Jäger lieben das seltene und scheue Wild. Das hat er diesem dreisten Exemplar von einem Kudu zu verstehen gegeben. Seitdem lebt der Kudu fern auf den unberührten Hängen des Kilimandscharo.«

Legrand sah mich mißtrauisch an.

»Sprechen Sie wirklich von Kudus?«

Anna beschwichtigte ihn.

»Sie sind unser Lieblingswild.«

»Und außerdem, Lieblingswild oder nicht, worüber sonst könnten wir mit Ihnen reden?« sagte Epaminondas.

»Zudem sind wir doch in seinem Land«, sagte ich.

Wir waren durstig und wechselten mit Whisky und Bier ab, und das tat alsbald seine Wirkung. Legrand schaute uns mit ärgerlicher Miene zu.

»Und Gégé«, fragte Epaminondas, »hat er Kudus getötet?«

Zum erstenmal lachte Legrand vielsagend.

»Oh, der!« sagte er.

Er beendete den Satz nicht. Wir lachten alle verständnisinnig. Dies verunsicherte Legrand von neuem.

»Der Kudujäger ist ein besonderer Mensch«, sagte ich. »Er hat viel Geduld. Er läßt sich Zeit.«

»Das wollen wir hoffen«, sagte Epaminondas lachend.

»Man kann über der Kudujagd den Schlaf verlieren«, sagte ich, »manchmal sogar den Appetit. Das kommt vor. Eine Frage des Temperaments. Manche können. Und manche können nicht.«

Legrand schielte mich völlig verständnislos an. Im Gegensatz zu Epaminondas' Zügen wurden seine, wenn er nicht verstand, schlaff und unschön.

»Sie täten besser daran zu lächeln«, sagte Anna. »Ich bin sicher, daß man es Ihnen verzeihen würde. Im übrigen würden wir es niemandem weitersagen.«

Sie war so hübsch, daß ich dachte, er werde sich endlich erweichen lassen. Doch nein.

»Mich bringt nicht jeder, der will, zum Lächeln«, sagte er.

»Zugegeben«, sagte Epaminondas.

Anna legte die Füße auf den Tisch, wie sie es oft an Bord tat, wenn wir allein in der Bar plauderten. Ihre Fesseln sind so schmal wie die der Kudus.

»Du hast Fesseln wie ein Kudu«, sagte ich zu ihr.

»Morgen werden wir vielleicht einen zu Gesicht bekommen, wer weiß? Ich habe große Lust, einen zu sehen, der so ist, wie du sagst, klein, mit struppiger Mähne, schraubenförmigem, spitzem Gehörn über der kleinen eigensinnigen Stirn.«

»Wenn wir mal eine Stunde halten dürften«, sagte Epaminondas, »wenn es nicht gerade gießt, vielleicht würden wir dann einen sehen?«

Er sah Legrand herausfordernd an. Aber Legrand reagierte nicht. Er hörte mir immer noch gleich verdutzt zu.

»Komm, erzähl mir, wie sind sie zu einem seltenen und scheuen Wild geworden, nachdem sie die Reifen des Jägers abgeleckt hatten«, sagte Anna.

Ich begann, ihr die Kudufesseln zu streicheln. Das brachte Legrand sichtlich in Verlegenheit. Er wendete die Augen ab, hörte aber weiter zu. Er langweilte sich wohl oft.

»Es ist nicht so, daß die Jäger ihm übelwollten«, sagte ich. »Nein. Aber sie waren gekommen, um ein seltenes, scheues Wild aufzuspüren, und waren deshalb verärgert. Zudem hatten sie ihre Karabiner zur Hand, geölt, geladen, schußbereit und wollten sich ihrer bedienen. Sie bedienten sich ihrer. Der Kudu starb nicht sofort. Er weinte lange. Einen Kudu sollte niemand weinen sehen dürfen. Am Rand der Straße ausgestreckt, das Maul voll Blut, weinte der Kudu vor Traurigkeit, sterben zu müssen. Er weinte um die grasigen Hänge des Kilimandscharo, um die Furten des Uële, die stillen Sonnenaufgänge über den Lichtungen der Savannen. Der Jäger gab ihm den Gnadenschuß. Er verfrachtete den Kudu auf seinen Gepäckwagen und kehrte in sein Zelt zurück. Von dem Abenteuer erzählte er niemandem. Es handelte sich nur um einen einzigen Kudu, und es wimmelt in der Welt nur so davon, doch die Unschuld eines einzigen Kudus, wer wollte die jemals aufwiegen? Am nächsten Tag fand der Jäger, daß der Morgen bitter war. Er hatte nicht den Mut aufzustehen und blieb bis zum Mittag in seinem Zelt.«

»Ah, ah«, sagte Legrand, laut loslachend, »wenn das nicht ein Schwachkopf war...«

»Daß Sie nicht erst mittags aufstehen, sieht man sofort«, sagte Anna. »Und dann?«

»Dann sind die Kudus ein sehr scheues Wild geworden, und sie sind es immer noch«, sagte ich.

»Und der Jäger?« fragte Epaminondas.

»Man sagt, er sei nur aufgestanden, um Afrika zu verlassen und sei nie wieder zurückgekehrt ...«

»Das war kein richtiger Jäger«, sagte Anna. »Oh wie gern würde ich morgen einen Kudu töten.«

»Und ich erst«, sagte Epaminondas, »was gäbe ich nicht darum ...«

»Wenn man einen Kudu waidgerecht erlegt, nach Tagen und Tagen des Wartens, nach Wochen, dann ist man im Gegenteil sehr glücklich. Man lädt ihn auf das Dach des Wagens mit den Hörnern nach vorn, und bei der Ankunft hupt man auf eine besondere Art, um ihn anzukündigen. Plötzlich ist das Leben schön. Im Schein der Azetylenlampen betrachtet man lange den Kudu, und bei dieser Suche hat man sich selbst völlig vergessen.«

»Überkommt euch bei diesem Anblick das Verlangen nach anderen Kudus?« fragte Anna.

»Und ob«, sagte Epaminondas.

»Ah, das Verlangen nach ihnen bleibt einem immer«, sagte ich. »Aber es geschieht so selten, daß man mehrere hintereinander tötet, daß man inzwischen Zeit hat, vor Verlangen wahnsinnig zu werden.«

»Aber kann man sich denn nicht anders beschäftigen?« fragte sie.

»Gewiß«, sagte ich, »man kann zu seinen gewohnten Beschäftigungen zurückkehren, aber man ist nicht mehr derselbe. Man ist für immer ein anderer geworden.«

Sie lächelte, ein wenig trunken vor Whisky und dem Verlangen, Kudus zu töten. Ich streichelte ihre Fesseln immer nervöser. Es war drückend heiß. Hin und wieder schloß sie halb die Augen. Wir waren sehr müde. Legrand schlief ein und schnarchte leise. Epaminondas wurde nachdenklich. Anna musterte Legrand eingehend und lächelte.

»Er ist von unausstehlicher Ergebenheit«, sagte sie. »Gégé

ist bestimmt kein sehr anspruchsvoller Mensch.« – Und sie fügte hinzu: »Sagen Sie, werden Sie in Ihrem amerikanischen Roman auch über Kudus sprechen? Wie Monsieur Hemingway bereits über sie gesprochen hat? Wird man das nicht ziemlich geschmacklos finden?«

»Ohne Monsieur Hemingway«, sagte ich, »würden wir nicht über sie sprechen. Wäre es also besser, zu lügen und zu behaupten, wir sprächen von etwas anderem?«

»Nein«, sagte sie, »es ist besser, die Wahrheit zu sagen, da kann man nichts machen.«

Sie neigte sich über den Tisch und senkte den Kopf auf die angewinkelten Arme. Ihr Haar löste sich, und ihre Kämme fielen zu Boden.

»Wovon werden Sie sonst noch sprechen in Ihrem amerikanischen Roman?« fragte sie leise.

»Von unseren zahlreichen Reisen«, sagte ich. »Es wird zwangsläufig ein sehr maritimer Roman werden.«

»Werden Sie von der Farbe des Meers sprechen?«

»Selbstverständlich.«

»Und wovon noch?«

»Von der Regungslosigkeit der afrikanischen Nächte. Vom Mondschein. Vom Tamtam der Mombouttous in der Savanne.«

»Und wovon noch?«

»Wer weiß. Vielleicht von einem Menschenfresserfest. Aber von der Farbe des Meers zu allen Stunden des Tages, davon gewiß.«

»Ach, ich wünschte, die Leute hielten das für eine Reisebeschreibung.«

»Das werden sie auch, da wir ja reisen.«

»Alle?«

»Vielleicht nicht alle. Ein Dutzend vielleicht nicht.«

»Und was werden diese da glauben?«

»Sie werden glauben, was sie wollen. Wirklich, alles, was sie wollen.«

Sie schwieg. Hatte den Kopf immer noch auf den Armen.

»Sprich noch ein wenig weiter«, sagte sie ganz leise.

»Wenn man schläft«, sagte ich, »und weiß, daß er da ist, vor dem Zelt liegt, dann glaubt man, daß mehr als dieser eine Kudu zuviel wäre, daß man nie einen anderen haben wird, daß er der einzige bleiben wird. Es ist ein wenig das, das Glück.«

»Ach«, sagte sie sanft, »wie schrecklich wäre es doch, wenn es die Kudus nicht gäbe.«

Ich schrie wieder, ihren Namen, glaube ich, wie schon am Morgen. Epaminondas schrak wieder zusammen. Legrand wachte auf. Er fragte mich, was los sei. Ich beruhigte ihn. Nichts, sagte ich. Wir gingen schlafen. Wegen Platzmangels teilte Epaminondas mit Legrand das Zimmer. Ich hörte durch die Trennwand, wie dieser ihn fragte, ob wir uns über ihn lustig machten und ob diese Komödie wohl noch lange dauern werde.

»Wer weiß? Vielleicht geht sie morgen zu Ende«, antwortete Epaminondas sehr zutreffend. Woraufhin Legrand derb lachte, denn er hatte begriffen.

Am nächsten Tag brachen wir wie richtige Jäger um vier Uhr morgens auf. Legrand hatte einen strikten Zeitplan und hielt ihn ein. Etwas mehr als eine Stunde rollten wir durch die Dunkelheit, die Straßen waren schlecht, es war ein ziemlich mühsames Fahren. Dann ging die Sonne über den Savannen des Uële auf. Es ist ein schönes Land mit Tälern, Quellen, einem hellen Himmel. Manchmal bildet sich auch wieder Wald, aber viel lichter als im Kongobecken. Das ganze Land ist mit hohem dichtem Gras bedeckt – wahres Kuduland. Dann und wann schauen schwarze Felsen aus dem Boden hervor. Sie haben sonderbare Formen, die Epaminondas oft an unser Lieblingstier erinnerten. Es war viel kühler als tags zuvor. Uële ist ein Hochplateau von fünfhundert bis tausend Meter Höhe, das langsam zum Kilimandscharo ansteigt. Ständig weht dort Wind. Es gab noch einige Unwetter, aber sie waren leicht. Die Straßen wurden zunehmend schlechter, und es kostete Mühe, Legrands Jeep zu folgen.

Gegen Mittag kamen wir in ein kleines Dorf. Hier wohnten keine Weißen mehr. Legrand sagte uns, daß hier die Fahrwege endeten und daß uns vom Ziel noch etwa drei Stunden Fußmarsch trennten. Wir waren so gefügig gewesen, daß er unseretwegen beruhigt schien. Und wir unsererseits hatten uns an sein Verhalten einigermaßen gewöhnt. Selbst Epaminondas fand schließlich, daß wir es schlechter hätten treffen können.

Wir hielten uns ziemlich lange in diesem Dorf auf. Legrand wies uns an, auszusteigen und auf dem Platz auf ihn zu warten. Er müsse, ehe wir aufbrächen, einige Erkundigungen einziehen. Er verschwand und ließ uns allein. Von unserer Ankunft alarmiert, waren sämtliche Dorfbewohner aus ihren Hütten getreten. Wir setzten uns auf den Platz. Unsere Fügsamkeit gegenüber Legrand war so groß, daß wir uns während der ganzen Stunde seiner Abwesenheit nicht rührten. Das Dorf war rund wie ein Zirkus und um den gleichfalls runden Platz gruppiert. Die Hütten waren aus Bunco, alle gleich, jede hatte als Vorbau die gleiche kleine, schilfgedeckte auf Pfosten gesetzte Veranda. Alle Bewohner kamen herbei, um uns zu sehen, sowohl die wenig aktiv scheinenden Männer als auch die Frauen, die bei unserer Ankunft unter ihren Veranden gewebt hatten. Sie betrachteten Anna und auch uns, ihre Begleitpersonen, aus nächster Nähe. Es waren die ersten Mombouttous. Sie waren größer als die Menschen, die wir im Kongotal gesehen hatten, und schöner, zumeist Bermischlinge, weniger dunkel. Bei vielen waren Wangen und Stirn tätowiert. Sie hatten im allgemeinen sehr sanfte Gesichter. Die Frauen waren bis zur Gürtellinie nackt. Während sie uns betrachteten, kamen kleine Kinder zu ihnen gelaufen, um wie Lämmer an ihnen zu saugen. Epaminondas wies darauf hin, daß niemand von diesen Leuten so wirkte, als sei er auf Menschenfresserei aus. Nichtsdestoweniger bat er um etwas von dem holländischen Whisky, den Anna mitgenommen hatte, und wir tranken gleichfalls und genug, um uns seiner Meinung anschließen zu können. Wir ließen uns nach Belieben anschauen. Was sonderbar war: unsere häufig lächelnden Gesichter heiterten keine einzige Miene auf. Sie redeten über unsere Personen – unsere leiblichen Personen zwangsläufig – des langen und breiten und mit sehr lauter Stimme, so als ob sie weit voneinander entfernt gewesen wären. Ihre Stimmen hätten beängstigend klingen können, hätte ihnen nicht die Sanftheit der Gesichter widersprochen und wären wir nicht in der Stimmung gewesen, uns nur über sehr wenige Dinge dieser Welt zu ängstigen.

Legrand kehrte endlich zurück, gefolgt von zwei Männern, die europäische kurze Hosen trugen und in riesigen Zigarrenspitzen steckende Zigarren rauchten. Die Erkundigungen, die er eingezogen hatte, waren alles andere als erfreulich. Er sagte uns, die Polizei habe in diesem Dorf am gestrigen Tag eine Razzia veranstaltet. Es sei durchaus möglich, daß unsere Ankunft sie alarmiert habe, und vielleicht müsse man damit rechnen, daß sie nicht nur wiederkäme, sondern sogar weiter vorstieße bis zu dem Dorf, in dem wir Gégé treffen sollten. Er hatte nicht in Erfahrung bringen können, ob Gégé gewarnt worden war. Wenn ja, würde sich nur schwer erkunden lassen, wohin er geflohen war, und es würde sehr schwer werden, ihn zu finden.

»Sehr schwer?« fragte Anna.

»Vielleicht sogar unmöglich«, sagte Legrand.

»O nein«, sagte Anna.

»Besser das, als sich schnappen zu lassen«, sagte Legrand.

»Ich bin reich«, sagte Anna.

»Das kommt Sie aber teuer zu stehen«, sagte Legrand.

»Aber ich bin sehr reich«, sagte Anna.

»Wirklich so reich?« sagte Legrand plötzlich aufgemuntert.

»Ja«, sagte Anna. »Es ist eine Schande.«

»In dem Fall«, sagte Legrand, »und wenn es noch nicht zu spät ist, könnten wir uns vielleicht einigen...«

Ihm schien plötzlich etwas einzufallen.

»Aber«, sagte er, »im Falle er es nicht wäre...«

»Er ist es auch so schon zur Genüge«, sagte Anna.
»Verstehe ich nicht«, sagte Legrand nach einer Weile.
»Ich meine«, sagte Anna, »daß ich auch in dem Fall...«

Legrand entschied, daß es das beste sei, das drei Wegstunden entfernt gelegene Dorf aufzusuchen, in dem sich Gégé noch am Abend zuvor versteckt gehalten hatte. Nur dort könnten wir, wäre er nicht mehr da, erfahren, in welcher Richtung wir unsere Nachforschungen fortsetzen sollten. Legrand schien voller Unternehmungsgeist und froh darüber, besonders seit Annas Angebot, und zum ersten Mal seit Léopoldville willigte er ein, mit uns ein wenig holländischen Whisky zu trinken.

Wir machten uns sogleich auf den Weg, um nicht die geringste Chance zu verpassen. Gégé konnte jede Minute aufbrechen, wir mußten uns eilen. Die beiden Mombouttous, mit denen Legrand ein langes Palaver abgehalten hatte, begleiteten uns, Legrand kannte den Weg nicht genau. Am Ausgang des Dorfs gelangten wir auf sehr enge Pfade aus gestampftem Boden, auf denen man nur im Gänsemarsch gehen konnte. Anna ging vor mir her, ihr voran Legrand und die beiden Mombouttous. Epaminondas beschloß unseren Zug. Es war heiß, aber der ständig wehende Savannenwind machte das Gehen durchaus erträglich. Von Zeit zu Zeit drehte sich Anna zu mir um, lächelte mir zu, und wir sahen einander an, ohne zu sprechen. Worüber hätten wir nun noch sprechen können? Ich fand sie bleicher als sonst, aber wir hatten so wenig geschlafen, daß sie müde sein mußte. Nach einer halben Stunde Marsch teilte Legrand uns belegte Brote und Kekse aus, die er aus unserem Nachtquartier, dem Hotel mitgenommen hatte. Das rührte uns sehr, aber wir – und auch Epaminondas – hatten nicht mehr den geringsten Appetit. Nichts ereignete sich während dieses langen Marsches. Außer daß Epaminondas von Zeit zu Zeit sonderbare Rufe ausstieß – die bereits an die der Mombouttous erinnerten –, weil er einen Kudu gesehen zu haben glaubte. Und daß er genügend Kudus gesehen zu haben glaubte, um unseren Zeitplan um eine halbe Stunde zu verzögern. Und daß dann und wann die beiden Mombouttous sich wieder miteinander unterhielten, mit so lauter Stimme, daß wir jedesmal zusammenfuhren. Das Gelände war wellig und manchmal in hohem Maße. Wenn es zu sehr einsank, hörte der Wind auf, und das Gehen wurde mühsam. Im allgemeinen aber fand man bald wieder zurück auf die Ebene und zum warmen Wind, der überall in der Savanne heulte.

Nach zwei Stunden stieg der Pfad steil an und führte dann wieder hinab in ein tiefes, kühles, von Kapokbäumen und Mahagoni bestandenes Tal. Legrand drehte sich um und teilte Anna mit, daß es nicht mehr sehr weit sei. Wir stiegen den anderen Hang des Tals wieder hinauf und befanden uns von neuem in der Savanne, einer Savanne mit spärlichem Baumwuchs und dichtem, bis zur Brust reichendem Gras, durch das der Wind pfiff. Immer wieder schnitten andere Pfade den unseren; aus gestampfter Erde und ebenso eng wie er, liefen sie wie das Blut durch das gesamte Uëlebecken. Gegen drei Uhr ging ein kurzes Unwetter nieder. Solange es dauerte, mußten wir uns in den Schutz eines Baums stellen. Wir nutzten den Anlaß, um Zigaretten zu rauchen und holländischen Whisky zu trinken. Doch niemand hatte Lust zu reden, auch Legrand nicht. Während dieser Ruhepause schoß Epaminondas auf einen Vogel, der gleichfalls im Baum Schutz gesucht hatte. Er verfehlte ihn. Legrand ärgerte sich. Wir seien so nahe, sagte er, daß dies das sicherste Mittel sei, um den Matrosen von Gibraltar in die Flucht zu jagen. Trotzdem gab er, ehe wir unseren Marsch wieder aufnahmen, aus dem Mausergewehr zwei Schüsse in die Luft ab. Das aber, sagte er uns, sei das Signal. Sie hallten lange in der Savanne nach, und die Luft war nach dem Regen so, daß sie wie ein Kristall knirschte. Eine halbe Stunde später zog Legrand die Uhr und gab einen weiteren Schuß ab, wieder in die Luft. Dann befahl er uns, stehen zu bleiben und vollkommen still zu sein. Eine Minute verstrich in tiefstem Schweigen. Dann erhob sich ein dumpfes trauriges Tam-Tam in der Savanne. Legrand sagte uns, daß wir nur noch eine halbe Stunde vom Ziel entfernt seien. Von da an sah ich Anna nicht mehr an. Sie drehte sich nicht mehr zu mir um. Epaminondas selbst erblickte keinen einzigen Kudu mehr.

Wie vorausgesagt erschien eine halbe Stunde darauf, nach einer jähen Biegung des Pfads, ein kleines Dorf, niedrig und dunkel, wie ein Termitenhügel im Grasland verloren. Ich überholte Anna und ging, in einigem Abstand, hinter Legrand her. Er trat als erster auf den Dorfplatz. Er blieb stehen. Ich schloß mich ihm an. Auf dem Platz befand sich kein einziger Weißer.

Das Dorf glich jenem, das wir verlassen hatten, schien aber kleiner zu sein, und sein Hauptplatz war rechteckig, nicht rund. Auch hier die gleichen Buncohütten und die schilfgedeckten Veranden. Es war ganz ruhig. Anna und Epaminondas trafen nun auch ein. Frauen webten unter den Veranden. Kupferfarbene nackte Kinder spielten. Ein Schmied bearbeitete ein Gerät und sandte blaue Funkengarben zur Sonne auf. Einige Männer hockten da und verlasen Hirse. Der Schmied beobachtete unsere Ankunft und fuhr dann in seiner Arbeit fort. Die Frauen webten, die Männer verlasen die Hirse emsig weiter. Allein die Kinder kamen unter vogelähnlichen Schreien auf uns zu. Niemand sonst ließ sich stören. Legrand schnitt eine komische Grimasse. Es war deutlich, daß wir nicht nur erwartet wurden, sondern überdies auch unerwünscht waren. Legrand kratzte sich lange den Kopf und sagte uns, all dies erscheine ihm ungewöhnlich. Er wies uns auf eine leere Veranda hin und sagte, wir sollten uns dorthin setzen. Bei der Ankunft waren die beiden Mombouttous direkt zu einer Hütte gegangen, die auf der rechten Seite des Platzes, zehn Meter von uns entfernt, stand, und Legrand folgte ihnen dorthin. Wie wir erst jetzt, da er uns verließ, bemerkten, saß auf der Veranda der Hütte auf einer Matte eine Frau, die uns ansah. Die beiden Mombouttous redeten auf sie ein, aber sie hörte nicht hin. Im Gegensatz zu den anderen tat sie nichts. Sie sah Anna unverwandt an. Sie war schön. Wir gewannen den Eindruck, daß Legrand sie kenne, er begrüßte sie, schob die beiden Mombouttous zur Seite und sprach nun seinerseits auf sie ein. Sie schien sehr jung zu sein und nicht aus diesem Dorf zu stammen, ihr Schurz war von anderer Form und Farbe als die der anderen Frauen, von guter Qualität, grau mit eingewebten roten Vögeln, sie trug ihn an der Schulter befestigt, nicht um die Taille gebunden. Nur eine ihrer Brüste war unbedeckt, von vollkommener Schönheit. Sie schien nicht besonders groß zu sein, doch größer als die meisten der Mombouttou-Frauen, die wir bisher gesehen hatten. Die Haut ihrer Arme und Schultern hatte noch die gleiche Kupferfarbe wie bei den Kindern. Wie die Kinder hatte sie auch noch volle glatte Wangen.

Im Dorf hing ein seltsamer Geruch.

Legrand redete drei Minuten auf die junge Frau ein. Dann wartete er. Auch sie wartete und gab ihm sodann eine ganz kurze Anwort, wobei sie Anna nicht aus den Augen ließ. Ihre Zähne erhellten ihre Schwärze mit wildem Glanz.

An den Pfeilern ihrer Veranda hingen zwei Tanzmasken. Sie waren aus schwarz und weiß bemaltem Holz und von schraubenförmigen Hörnern gekrönt. Anna blickte die Frau ebenfalls häufig an. Legrand begann von neuem, auf sie einzureden. Aber sie gab keine Antwort mehr. Legrand überlegte, kratzte sich wieder den Kopf und wandte sich zu uns:

»Sie will nicht sagen, wo er ist«, sagte er.

Anna stand auf und ging zur Hütte. Wir folgten ihr. Epaminondas und ich konnten es, die Wahrheit zu sagen, auch gar nicht erwarten, das zu tun. In unmittelbarer Nähe blieb ihre Schönheit ebenso vollkommen. Anna trat zu ihr hin und lächelte ihr zu, sie war sehr bewegt. Die Frau sah sie mit vor ungeheuer schmerzlicher Neugier geweiteten Augen an und erwiderte ihr Lächeln nicht.

Der sonderbare Geruch, der in der Luft lag, verstärkte sich, und hinter uns erhob sich ein beißender Rauch. Aber außer mir achtete niemand darauf. Und auch mich kümmerte er kaum.

Anna stand vor der Frau und blickte sie an. Die Frau blickte auch sie an, doch immer noch, ohne ihr zulächeln zu können. Anna zog ein Päckchen Zigaretten aus der Tasche ihrer Shorts und hielt es ihr hin. Sie tat es mit einer demütigen Gebärde und lächelte, wie ich sie nie hatte lächeln sehen, für sie allein, in Vergessenheit dessen, was sie fragen wollte. Die Frau fuhr beim Anblick des Zigarettenpäckchens zusammen. Sie senkte die Augen, nahm eine Zigarette und führte sie zum Mund. Ihre Hand war eine Blume mit blauen Blütenblättern. Sie zitterte. Ich beugte mich zu ihr und zündete ihr die Zigarette an. Aber ihre Hand zitterte so stark, daß die Zigarette ihr entglitt. Epaminondas hob sie ihr auf. Mechanisch griff sie danach, führte sie zum Mund und tat einen tiefen Zug. Sie war eine Frau, die gern rauchte, die beim Rauchen Kraft und Geduld fand. Ihr Blick ließ zum ersten Mal von Anna ab und musterte Epaminondas und mich, immer mit der gleichen schmerzlichen Neugier. Sie versuchte zu verstehen, verstand nicht und ergab sich darein.

»Sagen Sie ihr«, sagte Anna leise, »sagen Sie ihr, daß die Wahrscheinlichkeit eines Irrtums groß ist.«

Legrand übersetzte mit Mühe. Die Frau hörte ungerührt zu. Sie antwortete nicht.

Vom Abendwind getragen, trieb uns eine dicke Rauchspirale entgegen. Doch wieder fand niemand Muße, dies zu bemerken. Außer mir. Und auch jetzt achtete ich kaum darauf. Dabei war sie sonderbar beißend und übelriechend.

»Sehr, sehr groß«, sagte Anna.

Legrand übersetzte wiederum mühsam. Er wurde allmählich nervös. Sekundenlang schien es, als wollte die Frau antworten, aber sie schwieg weiter.

»Sagen Sie ihr, daß ich ihn seit drei Jahren suche«, sagte Anna.

Legrand übersetzte. Die Frau schaute Anna lange an,

dachte wieder nach, länger als zuvor, senkte dann die Augen und blieb stumm.

»Vielleicht«, sagte Legrand und drehte sich zum Platz um, »werden die anderen eher reden.«

»Nein«, sagte Anna, »ich will mit niemand anderem als ihr sprechen.«

Sie wartete lange, ehe sie zu sprechen anfing. Sie war wieder ruhig geworden. Die Frau hatte ihre Zigarette zu Ende geraucht, und Anna bot ihr eine neue an. In diesem Augenblick wurde der Brandgeruch so stark, daß man ihn wahrnehmen mußte. Anna drehte sich um und wurde totenblaß. Sie schaute, woher der Geruch kam. Er kam von hinter dem Platz her, aus nur geringer Entfernung. Anna versuchte eine Fluchtbewegung zur anderen Seite, in die Richtung, aus der wir eingetroffen waren. Dann blieb sie kraftlos stehen. Legrand begriff offensichtlich nicht, was in uns vorging. Ich lief hin, gefolgt von Epaminondas. Auf einem kleinen runden Platz standen zwei Männer und brieten einen Kudu. Sie drehten einen Ast, an den er mit den Beinen gebunden war. Sein noch unversehrter Kopf streifte mit den Nüstern den Boden, sein langer Hals jedoch, der seine Freiheit in die fernsten Wälder der Erde getragen hatte, war schon vom Feuer gebrandmarkt. Die versenkten Hufe verbreiteten im ganzen Dorf den Geruch, der uns erschreckt hatte. Seine Hörner waren entfernt worden. Sie lagen am Boden, wie den Händen von Kämpfern entfallene Schwerter. Ich ging zu Anna zurück.

»Ein Kudu«, sagte ich, »ein großer Kudu.«

Auch die Frau hatte unser Verhalten beobachtet, ohne es zu verstehen. Und Legrand, der nur geringen Sinn für die menschliche Vorstellungskraft besaß, verstand es ebenso wenig. Anna gewann ziemlich rasch ihre Fassung zurück. Sie lehnte sich eine Minute lang an einen Pfeiler der Veranda, dann wandte sie sich wieder der Frau zu. In diesem Augenblick fing die Frau an zu sprechen. Sie hatte eine weiche gutturale Stimme.

»Für Sie hat er diesen Kudu gestern Morgen erlegt«, übersetzte Legrand.

Sie schwieg wieder. Anna setzte sich neben sie auf die Matte. Die Frau beruhigte sich ein wenig.

»Ich will sie nicht mehr fragen, wo er sich aufhält«, sagte Anna langsam. »Das ist nicht nötig. Sagen Sie ihr, daß er eine, wie soll ich sagen, eigentümliche Narbe hat, die man nicht ohne weiteres, von außen, sehen kann, die nur Frauen wie sie... wie ich haben sehen können. Sagen Sie ihr, daß er für uns beide sehr leicht zu erkennen ist, wegen dieser Narbe.«

Legrand übersetzte, so gut er vermochte, kurz und bündig, so schien es uns. Die Frau dachte nach und antwortete.

»Sie fragt, wie diese Narbe aussieht«, sagte Legrand.

Anna mußte trotz allem lächeln.

»Sie muß verstehen«, sagte sie, »daß ich ihr das nicht sage.«

Legrand übersetzte wieder. Anstatt zu lächeln kniff die Frau leicht die Augen zusammen. Sie sagte, daß sie verstanden habe. Dann gab sie eine ziemlich lange Antwort.

»Sie sagt, daß alle Männer Narben haben«, übersetzte Legrand.

»Gewiß«, sagte Anna, »aber diese eine gehört zu seiner Lebensgeschichte. Viel mehr als es Narben gewöhnlich tun.«

Er übersetzte. Wieder dachte sie nach. Unsere Aussichten schwanden immer mehr. Offensichtlich verstand sie nicht. »Jetzt ist alles vermasselt«, sagte Epaminondas. Er stampfte vor Ungeduld mit den Füßen. Er dachte nur noch an Kudus und wäre allzu gern aufgebrochen, um zu versuchen, vor der Nacht noch einen zu erlegen. Auch Legrand regte sich auf. Beim Übersetzen hatte er jetzt einen ordinären Tonfall. Nur Anna und ich blieben bei dieser Geduldsprobe ruhig. Ja, unsere Aussichten schwanden immer mehr, als die Frau plötzlich wieder ziemlich lange und in entschiedenerem Tonfall als bisher sprach.

»Sie sagt«, übersetzte Legrand, »Narben wie diese seien an jedem starken und tapferen Mann zu finden.«

Und ärgerlich aufstampfend fügte er hinzu:

»Als ob es darum ginge. Sie wird Sie noch bis zum Abend hinhalten.«

»Das bin ich gewohnt«, sagte Anna.

Die Frau sagte wiederum etwas, noch ausführlicher diesmal. Legrands Ärger machte ihr nicht den geringsten Eindruck.

»Sie sagt, starke und tapfere Männer gebe es überall, hier wie anderswo«, sagte Legrand.

»Wo?« fragte Anna, »wo befindet sich die Narbe?«

Ich hielt den Atem an. Anna hatte sich der Frau genähert und sprach zu ihr und nicht mehr zu Legrand. Wie in Sète, als sie sich unter dem Vorbau der Tankstelle nach mir umgedreht hatte, konnte ich sie nur undeutlich sehen. Die Frau log nicht. Sie unterließ es, die Dinge zu sagen, aber ihr Gesicht zeigte nicht den Ausdruck von Verstellung.

»Wo?« fragte Anna wieder.

Sie hätte wohl nicht die Kraft gehabt, mehr zu sagen. Die Frau war sichtlich bereit nachzugeben. Sie antwortete nicht. Sie sah Anna mit den Augen einer zum Tode Verurteilten an, dann hob sie einen blauen Finger. Ich schloß die Augen. Als ich sie wieder öffnete, hatte der Finger unter dem linken Ohr, auf dem Hals innegehalten. Sie schrie. Legrand übersetzte sofort.

»Ein Messerstich, er war damals zwanzig Jahre alt.«

Anna hörte nicht zu. Mit angstverzerrtem Gesicht hatte sie sich wieder an den Pfeiler gelehnt. Sie zündete sich eine Zigarette an.

»Das ist nicht er«, sagte sie.

Legrand übersetzte nicht. Er war sehr enttäuscht.

»Das ist nicht er«, sagte Anna zu der Frau.

Mit der Hand bedeutete sie nein. Ihre Augen standen voller Tränen. Die Frau sah es auch. Sie nahm Annas Hand und begann zu lachen. Anna lachte ebenfalls. Ich entfernte mich.

»Sie lügt«, sagte Legrand.

»O nein«, sagte Anna.

Ich ging zu dem Kudu. Epaminondas folgte mir. Nun war

der Kopf des Kudus in den Flammen. Die Männer hatten die Feuerstelle verschoben und lösten von seinen Flanken bereits lange goldene Streifen. Ich spürte Epaminondas' Hand auf meiner Schulter und sah ihn an. Er lachte. Ich versuchte zu lachen, konnte es noch nicht. Der Kudu, glaubte ich, bedrückte mir das Herz. Anna kam mit der Frau, die jetzt immerfort wie ein Kind lachte. Anna trat zu mir und betrachtete den Kudu. Die Frau sagte etwas zu Legrand.

»Sie sagt«, übersetzte Legrand, »Sie sollten ein wenig davon kosten.«

Sie löste eigenhändig drei Stücke von der fettriefenden Flanke des Kudus und reichte sie uns. Erst da hob ich die Augen zu Anna.

»Er ist gut, dieser Kudu«, sagte sie.

Sie hatte wieder einen Ausdruck, den ich an ihr kannte. Die Flammen des Feuers tanzten in ihren Augen.

»Er ist das Beste, was es auf der Welt gibt«, sagte ich.

Allein die Frau, glaube ich, verstand, daß wir uns liebten.

Man bestand darauf, daß wir im Dorf übernachteten. Es war zu spät, um den Rückweg anzutreten. Wir nahmen die Einladung an. Epaminondas schlug vor, bis zur Dunkelheit spazieren zu gehen. Die beiden Führer begleiteten uns. Legrand sagte, er sei erschöpft; er bewunderte unsere Unverdrossenheit, ging aber nicht mit. Nachdem wir das Dorf hinter uns gelassen hatten, machten wir halt, um etwas holländischen Whisky zu trinken. Dabei wurde sie von einem langen unbändigen Gelächter erfaßt. Als die beiden Mombouttous sie lachen sahen, lachten sie ebenfalls, und Epaminondas und ich fielen ein.

»In deinem amerikanischen Roman«, sagte sie, als sie sich wieder ein wenig beruhigt hatte, »mußt du erzählen, daß wir diesen Kudu gegessen haben ...«

»Diesen oder einen anderen«, sagte ich. »Was für ein entsetzliches Los wäre uns beiden beschieden gewesen, wenn ...«

»Wer hätte je davon erfahren?« sagte sie.

Epaminondas glaubte, unweit von uns im hohen Gras eine Bewegung zu sehen. Er richtete sich auf, das Gewehr im Anschlag.

»Sei still«, sagte er zu Anna, »du wirst den Kudu verscheuchen mit deinen Geschichten.«

Am nächsten Morgen traten wir die Rückwanderung an. Legrand blieb im Dorf, um auf Gégé zu warten. Er gab Anna eine Adresse in Léopoldville an, wo sie das Geld für die Unternehmung hinterlegen konnte. Wir trennten uns in bestem Einvernehmen. Anna küßte die Frau.

In Léopoldville blieben wir etwas länger als beabsichtigt. Denn in unserer Abwesenheit hatte die Jacht gebrannt. Eine Unvorsichtigkeit Brunos, der, während Öl gebunkert wurde, ein brennendes Streichholz zu sehr in die Nähe eines Tanks geworfen hatte. Als wir ankamen, rauchte die *Gibraltar* noch. Das Feuer verschonte nur Bar und Oberdeck.

Nach unserer Rückkehr von den Mombouttous war Anna nicht in der Stimmung, sich darüber aufzuregen.

»Eine von sechsunddreißig Metern weniger auf der Welt«, sagte sie.

Und zu mir sagte sie freundlich:

»Das wird Ihren amerikanischen Roman abkürzen.«

Die Hauptsache war, daß bei diesem Anlaß auch Bruno aufrichtig wurde. Von diesem Augenblick an war er stets guter Laune. Man erzählte uns, daß er, als die Feuerwehr kam, ebenfalls von einem so unbändigen Lachen gepackt worden sei, daß man hätte glauben können, er habe den Verstand verloren. Laurent aber hatte den Leuten – so gut er konnte – erklärt, daß Großbrände bei manchen Personen derartige unerwartete Reaktionen hervorriefen.

Einen ganzen Abend überlegten wir, ob wir, wie jedermann, mit dem Passagierschiff weiterfahren oder ob wir ein anderes Schiff kaufen sollten. Um uns nicht zu trennen und um uns ein bißchen zu beschäftigen, beschlossen wir, ein anderes Schiff zu kaufen. In Léopoldville fanden wir nur eine alte Jacht, kleiner als die *Gibraltar* und viel weniger komfortabel. Aber niemand nahm daran Anstoß. Am wenigsten sie. Die Wahrheit zu sagen, hatte sie diese *Gibraltar*, ex-*Anna*, ex-*Cypris* ein wenig satt.

Wir ließen auf der Jacht ein Funkgerät installieren und legten von Léopoldville ab. Zwei Tage danach erhielten wir eine Nachricht aus Havanna. Darauf fuhren wir in die Karibik.

Laurent verließ uns in Porto-Rico. Epaminondas ein wenig später in Port-au-Prince. Bruno blieb länger. Einstweilen, in Erwartung ihrer Rückkehr, trafen wir uns mit anderen Freunden.

Gegen die Karibik zu war das Meer sehr schön. Aber davon kann ich noch nicht erzählen.

Inhalt

Marguerite Duras
im Suhrkamp Verlag und Insel Verlag

Blaue Augen schwarzes Haar. Aus dem Französischen von Maria Dessauer. st 1681

Eden Cinéma. Aus dem Französischen von Ruth Henry. es 1443

Emily L. Roman. Aus dem Französischen von Maria Dessauer. st 1808

Ganze Tage in den Bäumen. Erzählung. Deutsch von Elisabeth Schneider. st 1157

Heiße Küste. Roman. Aus dem Französischen von Georg Goyert. st 1581

Hiroshima mon amour. Filmnovelle. Deutsch von Walter Maria Guggenheimer. st 112

Im Park. Roman. Aus dem Französischen von Andrea Spingler. st 1938

Im Sommer abends um halb elf. Roman. Aus dem Französischen von Ilma Rakusa. Leinen, BS 1087 und st 2201

La Musica Zwei. Theaterstück. Aus dem Französischen von Simon Werle. es 1408

Liebe. Aus dem Französischen von Barbara Henninges. BS 935

Der Liebhaber. Roman. Aus dem Französischen von Ilma Rakusa. Leinen, BS 967 und st 1629

Der Liebhaber aus Nordchina. Roman. Aus dem Französischen von Andrea Spingler. Leinen

Der Matrose von Gibraltar. Roman. Aus dem Französischen von Maria Dessauer. Leinen und st 1847

Moderato cantabile. Roman. Aus dem Französischen von Leonharda Gescher und W. M. Guggenheimer. st 1178

Der Nachmittag des Herrn Andesmas. Deutsch von Walter Boehlich. BS 109

Das Nachtschiff. Caesarea. Die negativen Hände. Aurelia Steiner. Aurelia Steiner. Aurelia Steiner. Aus dem Französischen von Andrea Spingler. Leinen

Die Pferdchen von Tarquinia. Roman. Aus dem Französischen von Walter M. Guggenheimer. Gebunden und st 1269

Ein ruhiges Leben. Roman. Deutsch von W. M. Guggenheimer. st 1210

Sommer 1980. Aus dem Französischen von Ilma Rakusa. es 1205

Sommerregen. Aus dem Französischen von Andrea Spingler. Leinen und st 2284

Das tägliche Leben. Aus dem Französischen von Ilma Rakusa. es 1508

Vera Baxter oder Die Atlantikstrände. Aus dem Französischen von Andrea Spingler. es 1389

20/1/3.94

Marguerite Duras
im Suhrkamp Verlag und Insel Verlag

Die Verzückung der Lol V. Stein. Deutsch von Katharina Zimmer. st 1079

Der Vize-Konsul. Roman. Deutsch von W. M. Guggenheimer. st 1017 und Großdruck. it 2312

Zu Marguerite Duras

Yann Andréa: M. D. Aus dem Französischen von Renate Hörisch-Helligrath. es 1364

Marguerite Duras / Michelle Porte: Die Orte der Marguerite Duras. Aus dem Französischen von Justus F. Wittkop. es 1080

20/2/3.94

Reise um den Tag in 13 Welten

Miguel Barnet
Alle träumten von Cuba

Die Lebensgeschichte eines
galicischen Auswanderers
Roman
Aus dem Spanischen von Anneliese Botond
st 2435. 224 Seiten

Die Lebensgeschichte des galicischen Auswanderers Manuel Ruiz, der das mondäne Cuba vor der Revolution aus Heimweh wieder verläßt, in den Bürgerkrieg in Spanien verstrickt wird und von Frankreich aus wieder nach Havanna gelangt. Ein dokumentarischer Roman voller Sehnsucht, Wehmut und Poesie.

Guillermo Cabrera Infante
Drei traurige Tiger

Roman
Aus dem kubanischen Spanisch von Wilfried Böhringer
st 2436. 542 Seiten

Nacht in der Karibik, großstädtische Amüsierwelt, Havanna im Jahr 1958, vor der Revolution: Drei traurige Tiger (oder sind es vier?) tigern durch den Dschungel aus nächtlichen Straßen, Bars, Nachtclubs, Absteigen. Ein Roman voll erzählerischer Erfindungskraft, Erotik und Humor.

Marguerite Duras
Der Matrose von Gibraltar

Roman
Aus dem Französischen von Maria Dessauer
st 2437. 360 Seiten

Marguerite Duras sucht im Mittelmeer mit Anna, der schönen und reichen Besitzerin einer Luxusjacht, deren verlorenen Liebhaber, den Matrosen von Gibraltar. Ein Roman über die Liebe, die absolute Liebe, diesem höchsten Gut, das unerreichbar scheint.

Reise um den Tag in 13 Welten

Bodo Kirchhoff
Mexikanische Novelle

st 2438. 176 Seiten

Ein deutscher Journalist reist nach Mexiko, um das Porträt eines Soldaten zu schreiben. Eine Mexikanerin verliebt sich in ihn. Als sie von ihrem Bruder in ihre Heimatstadt zurückgeschickt wird, reist der Erzähler ihr nach ... Bodo Kirchhoff, so ein Kritiker, »erzählt eine ›unerhörte Begebenheit‹ mit solcher Spannungsperfektion, daß man als Leser atemlos folgt und nach Mehr verlangt«.

Wolfgang Koeppen
Nach Rußland und anderswohin

Empfindsame Reisen
st 2439. 268 Seiten

Mit Wolfgang Koeppen reisen wir quer durch Europa. In seinen Reiseberichten erweist er sich als minuziöser Beobachter, dessen sprachliche Potenz hinter der Schärfe des Wahrgenommenen nicht zurückbleibt. Koeppen hält sich offen für das Erlebnis, für die Zufälle des Augenblicks und sieht gerade das, was wahrzunehmen das präparierte Reiseabenteuer verhindert.

Milan Kundera
Das Leben ist anderswo

Roman
Mit einem Nachwort des Autors
Aus dem Tschechischen von Susanna Roth
st 2440. 344 Seiten

Milan Kunderas *Das Leben ist anderswo* ist die ironische Geschichte einer Jugend. Denn Jaromil, der junge Mann aus Prag, ist ein Dichter oder besser, seine Mutter hat ihn zum Dichter gemacht und fordert ihn damit sein Leben lang heraus.

Reise um den Tag in 13 Welten

William Least Heat Moon
Blue Highways

Eine Reise in Amerika
Aus dem Amerikanischen von Dieter Hildebrandt
st 2441. 584 Seiten

Das Faszinierende an Amerika: Es ist immer wieder neu zu entdecken. *Blue Highways* ist ein Entdeckungsbuch besonderer Art, denn – so scheint es – hier ist Kolumbus noch heute unterwegs. Wir befahren die Highways, direkt über die Wege und Abwege der amerikanischen Wirklichkeit.

Angeles Mastretta
Mexikanischer Tango

Roman
Aus dem Spanischen von Monika López
st 2442. 328 Seiten

Mexikanischer Tango – ein lateinamerikanischer Emanzipationsroman voller Liebe und Leidenschaft, eine »Sensation und Entdeckung« (*FAZ*). Catalina entdeckt ihre eigenen Stärken und prallt so mit der Denk- und Gefühlsweise einer ganzen Gesellschaft zusammen.

Eduardo Mendoza
Die Stadt der Wunder

Roman
Aus dem Spanischen von Peter Schwaar
st 2443. 504 Seiten

Eduardo Mendoza erzählt von der abenteuerlichen Karriere des Onofre Bouvila, seinem Aufstieg zum mächtigsten Mann einer europäischen Metropole und damit von der spannenden Geschichte Barcelonas, einer der schönsten Städte der Welt: *Die Stadt der Wunder.*

Reise um den Tag in 13 Welten

Mario Vargas Llosa
Der Geschichtenerzähler

Roman
Aus dem Spanischen von Elke Wehr
st 2444. 287 Seiten

Mario Vargas Llosa erschließt in der spannend entfalteten Handlung seines Romans *Geschichtenerzähler* ein brennendes und hochaktuelles Thema Lateinamerikas: die Kultur der Indios im Amazonasgebiet. Welchen Platz lassen wir dem ganz Anderen, wie es sich in der Welt der »Primitiven« zeigt und entzieht, in unserer »modernen« Gesellschaft?

Martin Walser
Brandung

Roman
st 2445. 320 Seiten

Helmut Halm nimmt das Angebot einer Gastdozentur in Amerika an. Er macht sich auf, endlich seiner Persönlichkeit Gewicht und Bedeutung zu gewinnen. Doch auch an der kalifornischen Pazifikküste kommt alles anders als er denkt. Mit *Brandung* ist Martin Walser ein ebenso intelligenter wie witziger Roman über die Sehnsucht nach mehr Leben gelungen, ein großes Buch, das – so die Kritik – »lesesüchtig macht«.